Loucamente
SUA

CB051483

GANHADORA DO PRÊMIO GOLDEN HEART

RACHEL GIBSON

Loucamente SUA

TRADUÇÃO:
Renata da Silva

Título original:
Truly Madly Yours

7ª edição – Fevereiro de 2016

Grafia atualizada segundo o Acordo Ortográfico da Língua Portuguesa
de 1990, que entrou em vigor no Brasil em 2009

Editor e Publisher
Luiz Fernando Emediato

Diretora Editorial
Fernanda Emediato

Assistente Editorial
Adriana Carvalho

Capa e Projeto Gráfico
Alan Maia

Diagramação
Kauan Sales

Preparação
Suiang Guerreiro

Revisão
Valquíria Della Pozza

DADOS INTERNACIONAIS DE CATALOGAÇÃO NA PUBLICAÇÃO (CIP)
(Câmara Brasileira do Livro, SP, Brasil)

Gibson, Rachel
Loucamente sua / Rachel Gibson ; tradução Renata
da Silva -- São Paulo : Jardim dos Livros, 2013.

ISBN 978-85-63420-28-2

1. Ficção norte-americana I. Título.

12-08766 CDD: 813

Índice para catálogo sistemático

1. Ficção : Literatura norte-americana 813

EMEDIATO EDITORES LTDA
Rua Gomes Freire, 225 – Lapa
CEP: 05075-010 – São Paulo – SP
Telefax: (+ 55 11) 3256-4444
E-mail: geracaoeditorial@geracaoeditorial.com.br

Impresso no Brasil
Printed in Brazil

Com amor para meu pai e minha mãe, Al e Mary Reed. Tarde da noite, quando me aquieto, ainda consigo me lembrar do cheiro da pele de minha mãe e da textura do cabelo curto e espetado de meu pai, e sei que eu fui abençoada.

Prólogo

O brilho vermelho de um aquecedor iluminou as rugas e marcas do rosto de Henry Shaw, enquanto o relinchar de seu Appaloosa o chamava na brisa quente de inverno. Ele colocou uma fita cassete de oito faixas para tocar e a voz profunda e ébria de uísque de Johnny Cash preencheu o pequeno estábulo. Antes de Johnny ter uma religião, ele foi um beberrão e tanto. Um homem de verdade, e Henry apreciava isso. Depois Johnny encontrou Jesus e June e sua carreira foi para o inferno num piscar de olhos. A vida nem sempre é como planejamos. Deus, mulheres e doenças achavam uma forma de interferir. Henry odiava tudo que pudesse atrapalhar seus planos, odiava não estar no comando.

Ele serviu um *bourbon* e olhou através da pequena janela sobre sua bancada de trabalho. O sol estava se pondo exatamente sobre a Montanha Shaw, assim chamada em homenagem aos ancestrais de Henry que se estabeleceram no vale rico daquela região. Sombras cinza cortavam o vale em direção ao Lago Mary, cujo nome foi dado em honra à tataravó de Henry, Mary Shaw.

Havia algo que Henry detestava mais do que Deus e doenças e não estar no comando de tudo: os malditos médicos. Eles apalpam e furam o paciente até que encontram algo errado, e Henry nunca ouviu nada do que gostaria de nenhum deles. Toda vez ele tentava provar que os médicos estavam errados, porém ele nunca conseguiu.

Henry passou óleo de semente de linho em velhos trapos de algodão e os colocou numa caixa de papelão. Ele sempre planejou ter netos, mas não os teve. Ele era o último Shaw. O último em uma longa linha de uma extensa e respeitável família. Os Shaws estavam praticamente extintos, e isso era, para ele, como uma punhalada no peito. Não havia ninguém para continuar sua linhagem depois que ele se fosse... ninguém, exceto Nick.

Ele se sentou numa velha cadeira de escritório e levou o *bourbon* à boca. Seria o primeiro a admitir que errou com aquele garoto. Por muitos anos, tentou compensar o que fez de errado a seu filho. Mas Nick era um homem teimoso, incapaz de perdoar, da mesma forma que foi um garoto rebelde, difícil de ser amado.

Se Henry tivesse mais tempo, ele tinha certeza de que poderia chegar a algum acordo com seu filho. Mas ele não tinha, e Nick não facilitava. Na verdade, Nick fazia com que ficasse cada vez mais difícil gostar dele.

Henry se lembra do dia em que a mãe de Nick, Benita Allegrezza, o encurralou na entrada, dizendo que Henry era o pai do bebê de cabelos negros em seus braços. Henry voltou sua atenção do olhar nervoso de Benita para os olhos grandes e azuis de sua esposa, Ruth, que estava ao seu lado.

Ele negou até não poder mais. Claro, havia uma grande chance de que o que Benita estava dizendo fosse verdade, mas ele negou até mesmo a possibilidade. Ainda que Henry não fosse casado, ele jamais escolheria ter um filho com uma mulher basca. Os bascos eram negros, voláteis e religiosos demais para o seu gosto. Ele queria filhos brancos, de cabelos loiros. Não queria que seus filhos fossem confundidos com *wet-backs*[1]. E ele sabia que os bascos não eram mexicanos, contudo eram todos iguais para ele.

Se não fosse pelo irmão de Benita, Josu, ninguém saberia de seu caso com a jovem viúva. Mas aquele desgraçado tentou chantageá-lo para reconhecer Nick como seu filho. Ele pensou que Josu estivesse mentindo quando jurou contar a todos na cidade que Henry havia se aproveitado de sua irmã de luto e a engravidado. Ele ignorou a ameaça, porém Josu não estava blefando. Novamente Henry negou a paternidade.

Mas, quando Nick tinha cinco anos, ele se parecia o suficiente com um Shaw, de modo que ninguém mais acreditava em Henry. Nem mesmo Ruth. Ela se divorciou dele e tirou metade do seu dinheiro.

Entretanto, naquela época, ele ainda tinha tempo. Tinha trinta e poucos anos, ainda era jovem.

Henry pegou uma .357 e colocou seis balas no cilindro.

Depois de Ruth, ele encontrou sua segunda esposa, Gwen. Embora fosse uma pobre mãe solteira de filiação questionável, ele se casou com ela por diversas razões. Ela obviamente não era estéril, ao contrário do que ele pensava de Ruth, e era bonita de dar inveja. Ela e sua filha foram tão gratas a ele que se moldaram aos seus desejos. Mas, no final das contas, sua enteada o desapontou muito e a coisa que ele mais queria de Gwen, ela não conseguiu dar. Após anos de casamento, ela não lhe deu um herdeiro legítimo.

---

[1] Termo usado para se referir a imigrantes ilegais, especialmente mexicanos que estão nos Estados Unidos.

Henry girou o cilindro, depois encarou o revólver em sua mão com desprezo. Com o cano da pistola, ele empurrou a caixa de trapos embebidos em óleo de semente de linho para perto do aquecedor. Ele não queria que ninguém limpasse a bagunça depois que se fosse. A música que esperava ouvir crepitou pelas caixas de som, era a faixa oito, Johnny cantava sobre cair em um círculo de fogo em chamas.

Seus olhos ficaram um pouco sombrios quando ele pensou em sua vida e nas pessoas que deixaria para trás. Era uma pena que ele não ficaria para ver as caras de todos quando descobrissem o que havia feito.

Um

O reverendo Tippet falou, de forma monótona, em tom solene:

— A morte vem como se deve a todos os homens e com isso ocorre a inevitável separação de seus entes queridos. Sentiremos falta de Henry Shaw, marido e pai amoroso, e notável membro de nossa comunidade.

O reverendo fez uma pausa e olhou o grande grupo reunido para se despedir do homem.

— Henry ficaria feliz de ver tantos amigos aqui hoje.

Henry Shaw olharia para a fila de carros do lado de fora do portão de entrada do Cemitério da Salvação e acharia a respeitável reunião um pouco menos cerimoniosa do que o devido. Até ele ter saído do poder por votação no ano passado em favor do detestável democrata George Tanasee, Shaw foi prefeito de Truly, Idaho, por mais de vinte e quatro anos.

Henry foi um grande homem na pequena comunidade. Ele era dono de metade do comércio e tinha mais dinheiro que a cidade inteira junta. Pouco depois de sua primeira esposa ter se divorciado dele, vinte e seis anos atrás, ele a substituiu pela mulher mais bonita que já se viu. Era o dono do melhor casal de cachorros weimaraners no estado, Duke e Dolores, e até pouco tempo tinha a maior casa da cidade. Mas isso tudo foi antes daqueles garotos Allegrezza começarem a construir em todos os lugares. Ele tinha uma enteada também, mas não falava nela havia anos.

Henry amava seu cargo na comunidade. Ele tinha sido carinhoso e generoso com as pessoas que concordavam com seu ponto de vista, mas, se alguém não fosse amigo de Henry, era seu inimigo. Aqueles que o desafiavam geralmente se arrependiam. Ele era um filho da puta pretensioso e ignorante, e, quando recolheram seus restos chamuscados do inferno que ele dizia ser sua vida, houve alguns membros da comunidade que achavam que Henry Shaw teve exatamente o que merecia.

— Damos a terra o corpo de nosso ente querido. A vida de Henry...

Delaney Shaw, a enteada de Henry, ouviu a agradável voz suave do reverendo Tippet e olhou sua mãe de soslaio. A suave expressão de tristeza pela perda caía bem em Gwen Shaw, mas Delaney não estava surpresa. Sua mãe ficava linda de qualquer jeito, sempre. Delaney olhou então para o arranjo de rosas amarelas no caixão de Henry. O sol brilhante de junho[2] lançava raios na superfície de mogno e metálico brilhante. Ela pôs a mão no bolso verde do casaco que pegou emprestado de sua mãe e achou seus óculos de sol. Colocando os óculos com armação de tartaruga em seu rosto, ela se escondeu dos fortes raios de sol e dos olhares curiosos das pessoas a sua volta. Alinhou seus ombros e respirou profundamente várias vezes. Ela não esteve em casa por dez anos. Sempre quis voltar e fazer as pazes com Henry. Mas agora era tarde demais.

---

[2] Nos Estados Unidos, o verão corresponde aos meses de junho, julho e agosto.

Uma brisa leve jogava mechas ruivas e loiras em seu rosto e ela colocava seu cabelo curto atrás das orelhas. Ela devia ter tentado, não devia ter ficado longe por tanto tempo. Não devia ter permitido que tantos anos se passassem, mas jamais havia pensado que ele morreria. Não Henry. A última vez que o viu, eles disseram coisas horríveis um para o outro. Sua raiva era tão intensa que ainda era capaz de se lembrar disso com clareza.

Um som como a ira de Deus ressoava ao longe. Delaney olhava para o céu, em parte esperando ver raios e trovões, certa de que a chegada de um homem como Henry criaria turbulência no paraíso. O céu permaneceu azul-claro, mas o som continuava, atraindo sua atenção aos portões de ferro do cemitério.

Sentado em sua moto preta e brilhante com cromo cintilante, cabelos bagunçados pelo vento sobre seus ombros largos, um motoqueiro solitário se movia rapidamente no meio da multidão para se despedir do falecido. O potente motor fazia o chão tremer e abalava o ar; o momento do enterro sufocado por um conjunto de escapamentos da marca bad-dog. O rapaz, que usava *jeans* desbotado e uma leve camiseta branca, diminuiu a velocidade, fazendo com que sua Harley parasse, de modo muito barulhento, na frente do carro fúnebre cinza. O motor morreu, e a sola de sua bota raspou no asfalto, enquanto ele pousava a moto sobre o pé de apoio. Depois, com um movimento leve, ele desceu. A barba, que deixou crescer por vários dias, escurecia o queixo firme e as bochechas, chamando atenção para sua boca firme. Ele tinha uma pequena argola dourada em uma de suas orelhas e usava óculos Oakley de platina.

Havia algo vagamente familiar no motoqueiro durão. Algo em sua suave pele oliva e cabelos negros, mas Delaney não conseguia se lembrar dele.

— Ah, meu Deus! Não acredito que ele veio vestido assim — disse a mãe de Delaney, de modo ofegante. Outras pessoas de luto também estavam incrédulas, e a falta de educação do rapaz gerou diversos comentários.

— Ele é problema.

— Sempre foi muito encrenqueiro.

O *jeans* Levi's parecia acariciar suas coxas, dava forma a sua virilha e cobria as longas pernas com tecido macio. A brisa quente levava a camiseta de encontro ao largo peito musculoso. Delaney olhou para seu rosto novamente. Ele tirou vagarosamente os óculos de sol e os colocou no bolso da camiseta. Seus olhos cinza-claros foram direto de encontro aos dela.

O coração de Delaney parou e suas pernas pareciam tremer. Ela sentia como se aqueles olhos a penetrassem; eram exatamente como os de seu pai irlandês, mas muito mais surpreendentes porque estavam em um rosto típico de origem basca.

Nick Allegrezza, fonte de fascinação e origem das desilusões de Delaney em sua adolescência. Nick, conversa mole e persuasivo. Ele ficou ali como se não notasse o tumulto que causou, ou ainda como se notasse, porém simplesmente não se importasse. Delaney partiu havia dez anos, mas certas coisas obviamente não tinham mudado. Nick havia encorpado e seus traços amadureceram, mas sua presença ainda chamava atenção.

O reverendo Tippet acenou com a cabeça e disse:

— Oremos por Henry Shaw.

Delaney coçou seu queixo e fechou os olhos. Mesmo quando criança, Nick era o centro das atenções. Seu irmão mais velho, Louie, era bagunceiro também, mas nunca foi tão terrível quanto Nick. Todos sabiam que os irmãos Allegrezza eram bascos malucos, impulsivos, mãos-leves e só pensavam *naquilo*.

Todas as garotas da cidade eram alertadas para que ficassem longe dos irmãos, mas a maioria delas sucumbia facilmente ao charme deles e se atiravam pra cima "daqueles garotos bascos". Nick ganhou também a reputação de tirar a virgindade de todas as meninas da cidade. Mas ele não havia encantado Delaney. Ao contrário do que todos acreditavam, ela não tinha transado com ele. Ele não tinha tirado a virgindade *dela*. Tecnicamente não.

— Amém — disseram todos os presentes ao mesmo tempo.

— Sim, amém — disse Delaney, sentindo-se um pouco culpada por seus pensamentos durante uma oração a Deus. Ela olhou por cima dos óculos de sol em direção a Nick e viu seus lábios se moverem enquanto ele fazia, num movimento rápido, o sinal da cruz. Ele era católico, claro, como as outras famílias bascas da região. Ainda assim, parecia um sacrilégio ver um motoqueiro como ele, uma imagem tão sensual, de cabelo comprido e com brinco na orelha agindo como se fosse um padre. Depois disso, como se ele tivesse o dia inteiro, olhou para Delaney da altura de seu casaco até seu rosto. Por um instante, houve um brilho em seus olhos, mas no instante seguinte o brilho sumiu e o rapaz voltou sua atenção para uma loira com um leve vestido rosa ao lado dele. Ela ficou nas pontas dos pés e sussurrou algo em seu ouvido.

As pessoas de luto se amontoaram em volta de Delaney e sua mãe, e deram os pêsames antes de pegarem os carros e irem embora. Ela perdeu Nick de vista e se virou para as pessoas que passavam na frente dela. Reconheceu a maior parte dos amigos de Henry, que pararam para falar com ela, mas viu poucos rostos com menos de cinquenta anos. Sorria e apertava mãos, odiando cada minuto em que eles a examinavam de perto. Ela queria ficar sozinha. Queria ficar sozinha para que pudesse pensar sobre Henry antes de terem se decepcionado tanto um com o outro. Contudo, ela sabia que não teria essa oportunidade tão cedo. Estava cansada emocionalmente e, enquanto ela e a mãe chegavam à limusine que as levaria para casa, sabia que não queria nada além de hibernar.

O ruído prolongado da Harley de Nick chamou sua atenção e ela olhou para o lado. Ele tentou ligar o motor duas vezes, depois fez uma curva em forma de U e acelerou. As sobrancelhas de Delaney se abaixaram enquanto o via passar rapidamente; seus olhos focaram na loira grudada em suas costas como uma ventosa. Ele pegou uma mulher no funeral de Henry, escolheu-a como se estivesse num bar. Delaney não a reconheceu, mas ela não estava surpresa em ver uma mulher saindo do enterro com Nick. Nada para ele era sagrado. Ele não tinha limites.

Ela entrou na limusine e afundou no banco de veludo. Henry estava morto, mas nada havia mudado.

— Foi um ótimo serviço, não acha? — Gwen perguntou, interrompendo os pensamentos de Delaney enquanto o carro saía do cemitério e ia em direção à Estrada 55.

Delaney continuou olhando para o brilho azul do Lago Mary, pouco visível em meio à floresta de pinheiros.

— Sim — ela respondeu, e virando para a mãe comentou —, foi muito bom.

— Henry te amava. Ele apenas não sabia como entrar em acordo.

Elas tiveram essa mesma discussão várias vezes, e Delaney não queria mais falar sobre isso. A conversa sempre começava e terminava da mesma forma e nada se resolvia.

— Quantas pessoas você acha que irão? — ela perguntou, referindo-se ao bufê após o funeral.

— A maioria, creio. — Gwen se aproximou de Delaney e ajeitou o cabelo da filha atrás da orelha.

Delaney esperava que sua mãe molhasse os dedos com saliva e fizesse cachos em sua testa como costumava fazer quando era criança. Ela odiava que sua mãe fizesse isso quando era menor, e ainda sentia o mesmo. A arrumação constante como se ela não fosse boa o suficiente do modo que era. A constante perturbação, como se ela pudesse ser transformada em algo que não era.

Não, nada havia mudado.

— Estou tão feliz que está em casa, Laney.

Delaney se sentiu sufocada, abriu a janela. Ela inspirava o ar fresco da montanha e expirava devagar. Dois dias, ela disse a si mesma. Ela poderia voltar para casa em dois dias.

Na semana passada, ela havia recebido uma notificação de que estava no testamento de Henry. Depois do modo como tinham se separado, ela não conseguia imaginar por que ele a havia incluído. Ela se perguntava se ele havia incluído Nick também, ou se ele ignoraria o filho, mesmo depois de sua morte.

Logo ela se perguntou se Henry havia deixado dinheiro ou propriedades para ela. Era mais provável que fosse um presente de grego, como um barco de pesca velho e enferrujado ou um casaco de lã. Seja lá o que fosse, não importava, ela iria embora logo depois que o testamento fosse lido. Agora tudo o que tinha a fazer era criar coragem para dizer isso para sua mãe. Talvez ligasse para ela de um orelhão de algum lugar perto de South Lake. Até lá, planejava visitar algumas velhas amigas, passar em alguns bares locais e esperar até poder ir para casa, para a grande cidade, onde conseguia respirar. Ela sabia que, se ficasse mais que alguns dias, iria enlouquecer — ou pior.

— Nossa, veja quem está de volta.

Delaney se serviu no bufê de cogumelos recheados, depois olhou nos olhos de sua inimiga de infância, Helen Schnupp. Helen foi, com o passar dos anos, um espinho no caminho de Delaney, uma pedra em seu sapato e um grande pé no saco. Toda vez que Delaney olhava, Helen estava lá, geralmente um passo à frente. Helen era mais bonita, mais rápida como corredora e melhor no basquete. Na segunda série, Helen ganhou dela no concurso de soletrar. Na oitava série, Helen ganhou dela a vaga de líder de torcida e no terceiro ano do ensino médio ela foi pega num *drive-in* com o namorado de Delaney, Tommy Markham, mandando ver no carro *station wagon* da família Markham. Uma garota não esquece uma coisa dessas, e Delaney sentiu prazer ao ver as pontas duplas de Helen e suas luzes exageradas.

— Helen Schnupp — ela disse, odiando ter que admitir a si mesma que, apesar do cabelo, sua antiga Nêmesis ainda era bela.

— É Markham agora — Helen pegou um *croissant* e o recheou com uma fatia de presunto. — Tommy e eu estamos casados e muito felizes há sete anos.

Delaney deu um sorriso forçado.

— Isso não é incrível? — ela disse a si mesma que não estava nem aí para nenhum dos dois, mas sempre se distraía pensando num final estilo Bonnie e Clyde para Helen e Tommy. O fato de ainda nutrir esse rancor não a incomodava tanto quanto ela pensava que deveria. Talvez fosse tempo de começar aquela psicoterapia que ela tanto adiava.

— Você está casada?

— Não.

Helen olhou para ela com pena.

— Sua mãe me contou que você vive em Scottsdale.

Delaney lutou contra uma grande vontade de enfiar o *croissant* de Helen no nariz dela.

— Eu moro em Phoenix.

— Oh? — Helen pegou um cogumelo e saiu rapidamente da fila. — Não devo ter ouvido direito.

Delaney duvidava que Helen tivesse qualquer problema de audição. Seu cabelo era outra questão, contudo, e se Delaney já não tivesse planejado partir em poucos dias, e se fosse uma pessoa mais legal, se ofereceria para ajudar a reparar parte do estrago. Ela até passaria um pouco de proteína no cabelo encrespado de Helen e embrulharia sua cabeça em celofane. Mas ela não era tão boa assim.

Ela olhou a sala de jantar cheia de pessoas até localizar sua mãe. Cercada de amigos, todos os fios loiros perfeitamente ordenados, maquiagem impecável, Gwen Shaw parecia uma rainha em sua corte. Gwen sempre foi a Grace Kelly de Truly, Idaho. Ela era, inclusive, até certo ponto parecida com Grace Kelly. Com quarenta e quatro anos, podia facilmente se passar por trinta e nove e, como ela mesma gostava de dizer, parecia muito jovem para ter uma filha de vinte e nove.

Em qualquer outro lugar, uma diferença de quinze anos entre mãe e filha deixaria muitas sobrancelhas de pé, mas na pequena cidade de Idaho não era incomum para casais que namoram no ensino médio casarem-se logo depois de formados, às vezes porque a noiva estava para dar à luz. Ninguém pensava nada de mais de gravidez na adolescência, a menos que não houvesse casamento. *Esse* tipo de escândalo alimentava o fogo das fofocas por anos.

Todos em Truly acreditavam que a jovem esposa do prefeito havia ficado viúva pouco depois que se casou com o pai biológico de Delaney, mas era mentira. Aos quinze, Gwen havia se envolvido com um homem casado e, quando ele descobriu que ela estava grávida, a largou e ela saiu da cidade.

— Vi que você voltou. Achei que podia estar morta.

A atenção de Delaney foi voltada para a velha senhora Van Damme encurvada sobre um andador metálico e balançando em direção a um ovo, seu cabelo branco puxado pelos dedos ondulava exatamente como Delaney se lembrava. Ela não conseguia recordar o primeiro nome da mulher. Ela não sabia se já o havia ouvido ou pronunciado. Todos sempre a chamavam de velha senhora Van Damme. A mulher era tão idosa agora que suas costas se curvaram com a idade e a osteoporose; parecia que ela estava se tornando um fóssil humano.

— Quer ajuda para se servir? — Delaney ofereceu, ficando um pouco mais reta, enquanto tentava se lembrar da última vez que tomou um copo de leite, ou pelo menos um antiácido Tums enriquecido com cálcio.

A senhora Van Damme esbarrou num ovo, depois entregou a Delaney o prato.

— Um pouco daquele e daquele outro — a senhora direcionava, apontando para diversos pratos.

— Quer salada?

— Me dá gases — a senhora Van Damme sussurrou, depois apontando para uma tigela de manjar. — Aquilo parece bom, e um pouco daquelas asas de frango também. Elas estão picantes, mas eu trouxe meu Pepto.

Para uma pessoa tão pequena, a velha senhora Van Damme comia como um pedreiro.

— Você tem parentesco com o Jean-Claude? — Delaney brincou, tentando trazer uma leveza para a ocasião.

— Quem?

— Jean-Claude Van Damme, o boxeador.

— Não, não conheço nenhum Jean-Claude, mas talvez haja algum morando em Emmet. Os Van Dammes de Emmet estão sempre em confusão, sempre brigando por alguma coisa. No ano passado o Teddy — o neto mais novo do meu irmão — foi preso por roubar aquela mascote em formato de urso da frente do prédio do serviço florestal. Para que ele iria querer a mascote, afinal?

— Talvez porque o nome dele é Teddy.

— Hã?

Delaney franziu as sobrancelhas.

— Deixa pra lá.

Ela não devia ter tentado. Ela se esqueceu de que seu senso de humor não era apreciado em cidades rurais onde os homens costumavam usar o bolso de suas camisas como cinzeiro. Ela acomodou a senhora Van Damme numa mesa perto do bufê e foi para o bar.

Ela sempre pensou que, após o funeral, o ritual de as pessoas se reunirem para comer como porcos e ficar bêbadas era um pouco estranho, mas ela achava que existia para confortar a família. Delaney não se sentiu nada reconfortada. Ela se sentiu exposta, mas sempre teve essa sensação em Truly. Ela cresceu como a filha do prefeito e de sua bela esposa. Delaney sempre se sentiu como se não se enquadrasse nesse contexto. Ela nunca seria extrovertida ou animada como Henry, nem bonita como Gwen.

Ela andou pelo salão onde os amigos de Henry da fraternidade Moose Lodge estavam no bar fedendo a Johnnie Walker. Eles deram pouca atenção a ela enquanto se servia de uma taça de vinho e tirava os sapatos de salto baixo que sua mãe insistiu que ela pegasse emprestados.

Embora Delaney soubesse que era compulsiva às vezes, ela tinha apenas um vício. Era apaixonada por sapatos. Ela achava que Imelda Marcos tinha má reputação. Delaney amava sapatos. Todos os sapatos. Exceto sandálias com saltos grossos. Muito sem graça. Os gostos dela pendiam mais para saltos de bico fino, botas da moda ou sandálias baixas com tiras de couro. Suas roupas também não eram exatamente convencionais. Nos últimos anos ela trabalhou no Valentina, um salão elegante onde os clientes pagavam centenas de dólares para cortar o cabelo e esperavam ver a cabeleireira em roupas estilosas. Pelo dinheiro que pagavam, os clientes de Delaney queriam ver saias curtas de vinil, calças de couro ou blusas claras com sutiãs pretos. Não exatamente algo apropriado para a enteada de um defunto usar em seu funeral, ainda mais quando o falecido governou a pequena cidade por tantos anos.

Delaney estava quase saindo da sala quando a conversa a fez parar.

— O Don diz que ele se parecia com uma massa de carvão na hora que o tiraram de lá.

— Belo modo de morrer.

Os homens balançaram a cabeça juntos e beberam seus uísques. Delaney sabia que o incêndio havia ocorrido num quarto de ferramentas que Henry havia construído do outro lado da cidade. De acordo com Gwen, ele passou a se interessar em criar Appaloosas recentemente, e não se importava com o cheiro de esterco perto de sua casa.

— Henry amava aqueles cavalos — disse um Moose num traje casual *cowboy-cut.* — Eu ouvi que uma faísca fez com que o estábulo pegasse fogo também. Não sobrou muito dos Appaloosas, apenas alguns ossos do fêmur e um casco ou dois.

— Você acha que alguém causou o incêndio propositalmente?

Delaney bufou. *Incêndio causado propositalmente.* Em uma cidade que ainda tinha que aprender a usar a TV a cabo, em Truly todos preferiam ouvir fofocas e espalhar intrigas. Eles viviam em função disso. Alimentavam-se disso, como se fosse a comida do restaurante Fifth Food Group.

— Os investigadores da cidade de Boise não acreditam nisso, mas não foi descartada a possibilidade.

Houve uma pausa na conversa, antes que alguém dissesse:

— Duvido que o incêndio foi intencional. Quem faria isso com o Henry?

— Talvez Allegrezza.

— Nick?

— Ele odiava o Henry.

— Como muitas outras pessoas, verdade seja dita. É necessário muito ódio para queimar um homem e seus cavalos. Não sei se os Allegrezza odiavam Henry tanto assim.

— Henry estava muito irritado com os condomínios que Nick está construindo em Crescent Bay, e eles quase brigaram por causa disso na Chevron[3] há um ou dois meses. Não sei como ele conseguiu aquela propriedade de Henry, mas com certeza conseguiu e construiu vários condomínios no local.

Novamente eles assentiram com a cabeça e beberam. Delaney havia passado várias horas deitada na areia branca e nadando

[3] Empresa de lubrificantes que faz parte do grupo Texaco.

na água azul e cristalina de Crescent Bay. Cobiçada por quase todos da cidade, a Bay era uma obra-prima imobiliária localizada numa grande porção de praia não desenvolvida. A propriedade estava na família de Henry há gerações, e Delaney se perguntou como Nick conseguiu pôr as mãos nela.

— Pelo que ouvi, os Allegrezza estão fazendo fortuna com aqueles condomínios.

— Sim. Eles foram comprados pelos californianos. Daqui a pouco, vamos ser passados pelos bebedores de *latte* e afeminados.

— Ou pior: atores.

— Não há nada pior do que um samaritano como Bruce Willis vindo para cá e tentando mudar tudo. Ele é a pior coisa que já aconteceu a Hailey. Caramba, ele se muda para lá, renova alguns prédios e acha que pode dizer como votar a todos na droga do estado.

Os homens acenaram com a cabeça mutuamente concordando com certo escárnio e decepção. Quando a conversa passou a ser sobre artistas de cinema e filmes de ação, Delaney saiu despercebida da sala. Ela saiu do hall para a sala de estar e fechou as portas atrás dela. Na parede atrás de sua escrivaninha de mogno maciço, o rosto de Henry a encarava. Delaney se lembrou de quando pintaram o retrato dele. Ela tinha treze anos, mais ou menos na época em que tentou pela primeira vez ter um pouco de independência. Ela queria furar as orelhas. Henry disse que não. Não foi a primeira, e certamente não seria a última vez que Henry tentou exercer seu controle sobre ela. Ele sempre tinha que estar no comando.

Delaney se sentou na grande cadeira de couro e ficou surpresa ao ver uma foto dela na escrivaninha. Ela se lembrou do dia em que Henry tirou a foto. Foi o dia em que sua vida inteira havia mudado. Ela tinha sete anos e sua mãe tinha acabado de se casar com Henry. Era o dia que ela tinha deixado uma casa térrea no subúrbio de Las Vegas e, depois de um curto voo, se mudado para uma casa estilo vitoriano de três andares em Truly.

A primeira vez que ela viu a casa, com suas duas torres e telhado com formas triangulares, pensou que estava se mudando para um palácio, o que significava que Henry era obviamente um rei. A mansão era circundada por uma floresta em três lados, todos iguais, para proporcionar uma linda paisagem, enquanto o jardim da parte de trás ia em direção às águas geladas do Lago Mary.

Em poucas horas, Delaney havia deixado a pobreza e pousado num conto de fadas. Sua mãe estava feliz e Delaney se sentia como uma princesa. E naquele dia, sentada nos degraus num vestido branco com franzidos que sua mãe a havia forçado a usar, ela tinha se apaixonado por Henry Shaw. Ele era mais velho que os outros homens que passaram pela vida de sua mãe — e mais legal também. Ele não gritava com Delaney e não fazia sua mãe chorar. Ele fazia com que ela se sentisse segura, sensação que ela tivera poucas vezes na vida. Ele a adotou e era o único pai que teve. Por esses motivos, ela amou Henry e sempre o amará.

Também foi a primeira vez que ela viu Nick Allegrezza. Ele saiu dos arbustos do jardim de Henry, seus olhos acinzentados cheios de ódio, suas bochechas estampadas de raiva. Ele a assustou, e ainda assim ela ficou fascinada por ele. Nick era um garoto bonito, cabelos negros, pele lisa e bronzeada e olhos cor de fumaça.

Ele ficou em meio aos arbustos, seus braços parados, rígidos com fúria e resistência. Todo aquele sangue rebelde basco e irlandês correndo em suas veias. Henry viu a cena e depois falou com ela. Anos depois, Delaney não conseguia se lembrar das palavras exatas, mas ela jamais se esqueceria do sentimento de raiva.

— Mantenha-se longe dele — Henry disse enquanto viu o menino partir, com o queixo empinado e a coluna reta.

Não era a última vez que ele a alertava para se manter longe de Nick, mas, anos depois, ela chegou à conclusão de que gostaria de ter dado ouvidos para aquele aviso.

Nick fazia força para colocar sua Levi's, depois a abotoava. Ele olhou sobre o ombro para a mulher entrelaçada nos lençóis do motel. Seu cabelo loiro estava bagunçado. Seus olhos estavam fechados, a respiração lenta e tranquila. Gail Oliver era filha de um juiz e mãe recentemente divorciada de um filho novo. Para celebrar o fim de seu casamento, ela fez uma lipoaspiração e colocou silicone. No enterro de Henry ela foi até ele confiante e disse que queria que fosse o primeiro a ver seu novo corpo. Ele sabia pelos olhos dela que ela havia pensado que ele se sentiria lisonjeado. Ele não estava. Queria uma distração, e ela ofereceu isso a ele. Ela se sentiu ofendida quando ele estacionou a moto em frente ao Motel Starlight, mas ela não havia pedido a ele que a levasse para casa.

Nick passou pelo carpete verde e foi em direção a uma porta de vidro que o levava a um pequeno deque que dava vista para a Highway 55. Ele não planejava ir ao funeral do velho. Ele ainda não entendeu como isso aconteceu. Num minuto estava no Crescent Beach examinando algumas especificações com um subempreiteiro e, quando viu, estava em sua Harley indo em direção ao cemitério. Ele não pretendia ir. Ele sabia que era *persona non grata*, mas foi mesmo assim. Por algum motivo que não queria entender. Ele queria dizer adeus.

Nick foi para um canto do deque, longe da luz que vinha do assoalho de madeira, e se sentiu envolvido em escuridão. Mal havia o reverendo Tippet pronunciado a palavra "amém" perante Gail, usando aquele vestidinho leve com alças finas, ela veio fazer a proposta a Nick.

— Meu corpo está melhor aos trinta e três do que estava aos dezesseis — ela sussurrou em seu ouvido. Nick não podia se lembrar com clareza como ela era aos dezesseis, mas lembrava que ela gostava de sexo. Gail foi uma dessas garotas que adoravam transar, mas queriam agir como se fossem virgens depois disso. Ela costumava fugir de casa e ir para os fundos do Mercado Lomax, onde ele trabalhava horas varrendo o chão. Se ele estivesse com vontade, deixava-a entrar e transava com ela em cima de uma caixa ou no balcão do caixa. Depois disso, ela agia como se estivesse fazendo um favor a ele. Eles viam a situação de modo diferente.

O ar fresco da noite bagunçava seu cabelo na altura dos ombros e tocava levemente sua pele. Ele mal percebeu o arrepio. Delaney voltou. Quando ele ouviu sobre Henry, imaginou que ela voltaria para casa para o enterro. Ainda assim, vê-la do outro lado do caixão de Henry, com seu cabelo tingido de mais ou menos cinco tons de vermelho, foi um choque. Depois de dez anos, ela ainda o fazia lembrar de uma boneca de porcelana, macia como seda e delicada. Vê-la trouxe tudo à tona, e ele se recordou da primeira vez que a viu. O cabelo dela era loiro, naquela época, e ela tinha seis anos de idade.

Naquele dia, há mais de vinte anos, ele ficou esperando na fila da sorveteria Tasty Freeze quando ouviu pela primeira vez sobre a nova esposa de Henry. Ele mal podia acreditar na notícia. Henry tinha se casado novamente, e, como tudo que Henry fazia interessava ao Nick, ele e seu irmão mais velho, Louie, subiram em suas bicicletas Stingray e pedalaram até a enorme casa estilo vitoriano de Henry. Com os giros da roda da bicicleta, a cabeça de Nick também parecia girar. Ele sabia que Henry jamais se casaria com sua mãe. Eles odiavam um ao outro desde que Nick conseguia se lembrar. Eles nem se falavam. Na maioria das vezes Henry simplesmente ignorava Nick, mas talvez aquilo mudasse agora. Talvez a nova esposa de Henry gostasse de crianças. Talvez ela gostasse dele.

Nick e Louie esconderam suas bicicletas atrás dos pinheiros e rastejaram pelos espessos arbustos da beirada do terraço com gramado. Era um lugar que eles conheciam bem. Louie tinha doze anos, dois anos mais velho que Nick, mas Nick tinha mais paciência de esperar do que o irmão. Talvez fosse porque ele estava acostumado a esperar, ou porque seu interesse em Henry Shaw era mais pessoal do que o de seu irmão. Os dois garotos se acomodaram e prepararam para esperar.

— Ele não sai — reclamou Louie após uma hora vigiando. — Nós estamos aqui há muito tempo, e ele não sai.

— Mais cedo ou mais tarde ele vai sair. — Nick olhou para seu irmão, depois voltou a prestar atenção na frente da casa cinza. — Ele tem que sair.

— Vamos pegar alguns peixes no tanque do senhor Bender.

Todo verão Clark Bender colocava trutas marrons em seu tanque, no quintal dos fundos. E todo verão os garotos Allegrezza tomavam vários deles.

— A mamãe vai ficar uma fera — Nick lembrou seu irmão, a experiência de semana passada de apanhar na mão com a colher de pau ainda estava fresca em sua memória. Geralmente Benita Allegrezza defendia seus garotos com ferocidade cega. Mas mesmo ela não podia negar as acusações do senhor Bender quando os dois foram levados para casa, fedendo a peixe, diversas trutas selecionadas penduradas numa fieira de peixes.

— Ela não vai descobrir "porque Bender está fora da cidade".

Nick olhou para Louie novamente, e pensando em todas aquelas trutas famintas ele teve siricutico para pescar peixes.

— Tem certeza?

— Sim.

Ele pensou no tanque e em todos aqueles peixes esperando por uma isca e um gancho afiado. Inclinou a cabeça para a frente e para trás e trincou os dentes. Se Henry se casou de novo, Nick ficaria para ver sua esposa.

— Você é louco — Louie disse com repugnância e saiu correndo para fora dos arbustos.

— Você vai pescar?

— Não, eu vou para casa, mas primeiro preciso tirar água do joelho.

Nick sorriu. Ele gostava quando seu irmão mais velho dizia coisas legais como aquela.

— Não conte para a mamãe onde estou.

Louie baixou a calça e olhou como se tivesse se aliviado em uma ponderosa.

— Só não suma quando ela descobrir.

— Não sumirei.

Quando Louie subiu em sua bicicleta e foi embora pedalando, Nick passou a vigiar a frente da casa. Ele apoiou o queixo na mão e ficou de olho na porta. Enquanto esperava, pensava em Louie e no quanto era sortudo por ter um irmão que estava na sétima série. Ele podia falar sobre qualquer coisa com Louie que ele nunca ria. Louie já tinha visto o filme sobre puberdade na escola, então Nick podia fazer perguntas importantes a ele, como quando ele ia ter pelos no saco, coisas que um rapaz não conseguia discutir com sua mãe católica.

Uma formiga carpinteira subiu no braço de Nick e ele quase a esmagou com os dedos quando a porta da frente se abriu e ele gelou. Henry saiu da casa e parou na varanda para ver se alguém o vigiava. Ele chamou com a mão, e uma garotinha passou pela porta. Cachos loiros emolduravam o rosto dela e caíam em suas costas. Ela deu a mão para Henry e os dois cruzaram a varanda e desceram os primeiros degraus. Ela usava um vestido branco de babados com meias rendadas, como as garotas costumam usar na primeira comunhão, mas não era nem ao menos domingo. Henry apontou na direção em que Nick estava e ele prendeu o ar, com medo que tivesse sido visto.

— Logo ali — Henry disse para a garotinha enquanto se dirigia ao local do esconderijo de Nick. — Há uma grande árvore que imagino que ficaria boa com uma casa.

A garotinha olhou o homem alto ao seu lado e concordou. Seus cachos dourados balançavam como molas. A pele da garota era bem mais clara que a de Nick, e seus grandes olhos eram castanhos. Nick achava que ela parecia uma daquelas bonequinhas que sua tia Narcisa mantinha trancada num armário de vidro, afastadas de garotos desastrados com mãos sujas. Nick nunca teve permissão de tocar as lindas bonequinhas, mas, de qualquer modo, ele nunca quis.

— Como em *O Ursinho Pooh*?

— Você gostaria de uma?

— Sim, Henry.

Henry se ajoelhou e olhou nos olhos da menina.

— Sou seu pai agora. Pode me chamar de papai.

O peito de Nick parecia desmoronar e era como se levasse um golpe tão forte em seu coração que ele mal conseguia respirar. Ele esperou a vida inteira para ouvir aquelas palavras, mas Henry as disse para uma garota estúpida de rosto claro que gostava de *O Ursinho Pooh*. Ele deve ter feito algum ruído porque Henry e a menina olharam diretamente para seu esconderijo.

— Quem está aí? — Henry perguntou do seu lugar.

Devagar, com medo, Nick se levantou e enfrentou o homem que sua mãe dizia sempre ser o pai dele. Ele ficou reto com seus ombros para trás e olhou nos olhos cinza-claros de Henry. Ele queria fugir, mas não se moveu.

— O que você está fazendo aí? — Henry perguntou novamente.

Nick levantou seu queixo no ar, porém não respondeu.

— Quem é ele, Henry? — a garota perguntou.

— Ninguém — ele respondeu e virou em direção a Nick. — Vá para casa. Agora vá, e não volte mais aqui.

Parado atrás de um arbusto que cobria até a altura do peito, com seus joelhos tremendo e seu estômago doendo, Nick Allegrezza sentiu suas esperanças morrerem. Ele odiava Henry Shaw.

— Você é um filho da puta — ele disse, depois olhou para a menina de cabelo dourado. Ele a odiava também. Com seus olhos queimando de ódio e ardentes de raiva, ele se virou e saiu do seu esconderijo. Ele nunca mais voltou. Ele cansou de esperar nas sombras. Esperar por coisas que ele jamais teria.

Os passos faziam Nick parar de pensar em seu passado, mas ele não voltou.

— O que você acha? — Gail veio por trás dele e o abraçou pela cintura. O material fino de seu vestido era a única coisa que separava os seios quase descobertos dela das costas dele.

— Do quê?

— Da minha versão nova e melhorada.

Ele então olhou para ela. Ela estava no escuro e ele não podia vê-la direito.

— Você está bem assim — ele respondeu.

— Bem? Eu gastei milhões em silicone e isso é o melhor que pode me dizer? "Você está bem assim"?

— O que quer que eu diga, que você poderia ter sido mais inteligente e investir seu dinheiro em imóveis em vez de investir em solução salina?

— Eu achei que homens gostavam de seios grandes — ela disse com voz zangada.

Grandes ou pequenos não importavam tanto quanto o que uma mulher fazia com seu corpo. Ele gostava de mulher que sabia usar o que tinha, que perdia o controle na cama. Uma mulher que conseguisse se soltar e mandar ver com ele. Gail se preocupava muito com sua aparência.

— Eu achava que todos os homens fantasiassem seios grandes — ela continuou.

— Nem todos.

Nick não tinha fantasias com uma mulher havia muito tempo. Na verdade, ele não fantasiava desde que era criança e todas as fantasias daquela época eram as mesmas.

Gail entrelaçou o pescoço dele e se levantou.

— Você não parecia se importar algum tempo atrás.

— Eu não disse que me importava.

Ela deslizou a mão no peito dele em direção ao abdômen.

— Então faz amor comigo novamente.

Ele segurou o pulso dela.

— Eu não faço amor.

— Então o que fizemos há meia hora?

Ele pensou em dar uma resposta de uma palavra só, mas sabia que ela não ia gostar de sua sinceridade. Ele pensou em levá-la para casa, mas ela deslizou a mão para a frente de sua calça *jeans* e ele pensou talvez em esperar para ver o que ela tinha em mente.

— Aquilo foi sexo. Uma coisa não tem nada a ver com a outra.

— Você soa amargurado.

— Por quê? Porque não confundo sexo com amor?

Nick não se considerava amargurado, apenas desinteressado. Do ponto de vista dele, o amor não compensava. Era só um monte de tempo e emoção perdidos.

— Talvez você nunca tenha se apaixonado — ela desabotoou a calça dele. — Talvez você se apaixone por mim.

Nick deu uma gargalhada.

— Não conte com isso.

Dois

No dia seguinte ao funeral, Delaney dormiu até tarde e por pouco escapou de uma reunião do Grupo de Caridade de Truly, o equivalente à Junior League[4]. Ela esperava ficar deitada em casa toda a tarde e passar algum tempo com sua mãe antes de sair naquela noite para reencontrar sua melhor amiga do ensino médio, Lisa Collins. As duas planejavam se encontrar no Mort's Bar para uma noitada de margaritas e fofocas.

Mas Gwen tinha outros planos para Delaney.

— Gostaria que ficasse para a reunião — Gwen disse assim que entrou na cozinha, parecendo uma modelo de catálogo vestindo seda azul-clara. Ela enrugou a testa quando viu os sapatos de Delaney.

— Queremos comprar equipamentos novos de parquinho para o Parque Larkspur e acho que poderia nos ajudar a ter ideias de formas criativas de arrecadar dinheiro.

---

[4] Organização sem fundos lucrativos que faz trabalhos de caridade e educação. Há hoje em torno de 292 Junior Leagues divididas em alguns países.

Delaney preferia comer papel-alumínio a participar de uma daquelas chatas reuniões de sua mãe.

— Tenho planos — ela mentiu, e espalhou compota de morango no pão tostado. Ela tinha vinte e nove anos, porém ainda não era capaz de decepcionar sua mãe intencionalmente.

— Que planos?

— Vou almoçar com uma amiga — ela encostou as costas no balcão e deu uma mordida no pão.

Pequenas rugas permaneceram no canto dos olhos azuis de Gwen.

— Você vai para a cidade vestida assim?

Delaney olhou para seu suéter sem mangas, seus *shorts jeans* pretos e as finas tiras de couro suas sandálias com sola de borracha. Ela se vestiu de forma conservadora, mas talvez seu calçado fosse um pouco diferente do padrão de cidade pequena. Ela não se importava, pois o adorava.

— Gosto do que estou usando — ela disse, sentindo-se como se tivesse nove anos novamente. Ela não gostava da sensação, mas a lembrava da principal razão que a faria deixar Truly rapidamente na tarde seguinte após a leitura do testamento de Henry.

— Vou te levar para fazer compras semana que vem. Vamos até Boise passar o dia no *shopping* — Gwen sorriu com verdadeira alegria. — Agora que você voltou para casa, podemos ir uma vez por mês.

Lá estava a suposição de Gwen de que Delaney voltaria para Truly já que Henry estava morto. Contudo, Henry Shaw não foi o único motivo de Delaney se manter a mais de um estado de distância de Idaho.

— Não preciso de nada não, mãe — ela disse e terminou o café da manhã. Se ela ficasse mais que alguns dias, não havia dúvidas de que Gwen a levaria para comprar roupas na Liz Clairbone e a transformaria num membro respeitável do Grupo de

Caridade. Delaney cresceu usando roupas de que não gostava e fingindo ser alguém que não era só para agradar a seus pais. Ela se matava para receber menção honrosa por boas notas na escola, e jamais atrasou um livro na biblioteca. Ela cresceu como a filha do prefeito, o que significava que ela precisava ser perfeita.

— Esses sapatos não são desconfortáveis?

Delaney meneou a cabeça em gesto negativo.

— Me conta sobre o incêndio — ela disse, mudando o assunto de propósito. Desde que chegou a Truly, ela ficou sabendo muito pouco sobre o que realmente aconteceu na noite da morte de Henry. Sua mãe relutava em falar sobre isso, porém, agora que o enterro havia acabado, Delaney a pressionou para obter informações.

Gwen pegou a faca de manteiga que Delaney usou para passar compota no pão. Os saltos de seus sapatos azuis faziam ruído no azulejo vermelho quando ela caminhava em direção à pia da cozinha.

— Henry estava em seu quarto de ferramentas e o local pegou fogo. O xerife Crow me disse que eles acham que começou por uma pilha de trapos embebidos em óleo de semente de linho que ele havia deixado perto de um velho aquecedor. — A voz de Gwen tremeu quando ela falou.

Delaney se aproximou de sua mãe e passou o braço pelos ombros de Gwen. Ela olhou para o quintal, para o barco na doca sendo manejado em ondas leves, perguntou o que estava com medo de falar:

— Você sabe se ele sofreu muito?

— Acho que não, porém não quero saber se sim. Não sei por quanto tempo ele viveu ou se Deus foi misericordioso e ele morreu antes de as chamas chegarem a ele. Não perguntei. Tudo que aconteceu na última semana foi difícil o suficiente. — Ela fez uma pausa para limpar a garganta. — Tenho tido tanta coisa para fazer e não gosto de pensar nisso.

Delaney olhou para sua mãe e, pela primeira vez em um longo período, ela sentiu uma ligação com a mulher que havia lhe dado à luz. Elas eram tão diferentes, mas nisso eram iguais. Apesar dos defeitos de Henry Shaw, ambas o amaram.

— Tenho certeza de que seus amigos entenderiam se você cancelasse seu encontro hoje. Se quiser, ligo para eles por você.

Gwen olhou para Delaney e balançou a cabeça.

— Eu tenho responsabilidades, Laney. Não posso deixar tudo de lado para sempre.

Para sempre? Henry faleceu há menos de uma semana, e foi enterrado a menos de vinte e quatro horas. Ela deixou sua mão cair do ombro da mãe, sentindo a ligação desaparecer.

— Vou sair um pouco — Delaney disse, e saiu pela porta dos fundos antes que a decepção tomasse conta dela. Uma brisa da manhã batia nas folhas das árvores fazendo ruído, preenchendo o ar com cheiro de pinheiros com o sussurro das folhas. Ela respirou profundamente e foi para o pátio dos fundos.

Decepção parecia a melhor palavra para descrever sua família. Eles tinham um relacionamento de fachada e, como resultado, eram fadados a desapontar uns aos outros. Algum tempo atrás, ela entendeu que sua mãe era superficial, muito mais preocupada com a aparência do que com a substância. E Delaney havia aceitado que Henry era muito controlador. Quando ela se comportava como Henry esperava, ele era ótimo pai. Ele disponibilizava todo seu tempo e atenção, levando ela e seus amigos para andar de barco ou acampar em Sawtooths, mas os Shaw viveram uma vida de represálias e recompensas, e ela sempre se sentia decepcionada pelo fato de que qualquer coisa, até mesmo o amor, era condicionado.

Delaney passou por uma alta ponderosa para chegar a uma longa passarela no final do gramado. Duas placas de metal de identificação posicionadas em cima da porta do canil sinalizavam que os Weimaraners dentro dela eram Duke e Dolores.

— Vocês não são lindos? — ela falou de forma carinhosa, tocando os focinhos macios deles pelo espaço da grade e falando com eles como se fossem cãozinhos de estimação. Delaney adorava cachorros. Tinha sido criada com os predecessores de Dolores e Duke, Clark e Clara. Mas esses dias ela saía demais para ter um peixinho dourado, que dirá ter um verdadeiro animal de estimação. — Tadinhos desses bebês trancados. — Os Weimaraners lamberam os dedos dela e ela se ajoelhou. Os cães eram bem cuidados e, como pertenciam ao Henry, sem dúvida eram bem treinados. Seus rostos longos e marrons e olhos tristes e azuis imploravam a ela silenciosamente que os libertassem. — Sei como se sentem. Eu costumava ficar presa aqui também. — Duke soltou um gemido de pena que arrebatou o coração de Delaney. — Certo, mas não saiam do quintal.

A porta do canil abriu e Duke e Dolores saíram correndo, passando por Delaney como dois raios de luz.

— Droga, voltem aqui — ela gritou, virando-se apenas em tempo de ver os rabinhos curtos e grossos desaparecerem no meio da floresta. Ela pensou em deixá-los sair com a esperança de que voltassem sozinhos. Então pensou na estrada a menos de uma milha de casa.

Delaney pegou duas coleiras de couro de dentro do canil e foi atrás deles. Ela não se sentia ligada aos cães, porém não queria que eles fossem atropelados também.

— Duke! Dolores! — ela chamava, correndo o mais rápido que podia, equilibrando cuidadosamente seu peso sobre as sandálias. — Hora do jantar. Bife do Kibbles and Bits[5]. — Ela os seguiu para dentro da floresta e em velhos caminhos que fazia quando era criança. Pinheiros altos a deixavam em meio a sombras e arbustos passavam em suas canelas e tornozelos. Ela achou os cachorros na velha casa da árvore que

---

[5] Marca de comida de cachorro.

Henry construiu para ela quando era criança, mas saíram assim que viram suas coleiras. — Milk-Bones[6] — ela gritou enquanto os seguia pelo Elephant Rock e pelo Huckleberry Creek. Talvez desistisse dos dois animais se eles não tivessem ficado a uma pequena distância provocando-a, deixando-a tensa com sua proximidade. Delaney os seguiu para baixo dos galhos de uma árvore aspen e raspou sua mão quando ficou em cima de um pinheiro caído.

— Que droga! — praguejou enquanto procurava arranhões em si. Duke e Dolores se sentaram abanando o rabo e esperando que ela terminasse. — Venham! — ela falou. Eles abaixaram a cabeça em sinal de submissão, mas, assim que ela deu um passo, eles levantaram e fugiram. — Voltem aqui!

Ela pensou em deixá-los ir embora, mas depois se lembrou da reunião da Sociedade de Truly para obras de caridade na casa de sua mãe. Perseguir cães estúpidos pela floresta de repente soou como uma boa ideia.

Delaney os seguiu até uma pequena colina e parou embaixo de um pinheiro para recuperar o fôlego. Suas sobrancelhas abaixaram quando olhou para o prado em frente a ela, subdividido e sem árvores. Havia uma escavadeira e uma carregadeira inutilizadas próximo de uma grande caçamba. Tinta laranja neon marcava o chão em vários pontos além das valas de esgoto e Nick Allegrezza estava no meio do caos perto de um jipe Wrangler, Duke e Dolores aos pés dele.

O coração de Delaney subiu para a garganta. Nick era a única pessoa que ela queria evitar durante sua curta visita. Ele era a fonte da experiência mais humilhante de sua vida. Ela lutava para suprimir a vontade de dar meia-volta e voltar pelo caminho que veio. Nick a tinha visto e não havia como ela fugir. Ela tinha que se obrigar a caminhar calmamente em direção a ele.

---

[6] Biscoito de cachorro em formato de osso.

Ele vestia a mesma roupa do enterro de Henry. Camiseta branca, Levi's, brinco de ouro, mas ele havia se barbeado hoje e seu cabelo estava com um rabo de cavalo. Ele parecia ter saído de um *outdoor.*

— Olá — ela disse. Ele não disse nada, apenas ficou lá, uma de suas grandes mãos acariciando vagarosamente o topo da cabeça de Duke enquanto seus olhos cinza a olhavam. Ela lutou contra a sensação de apreensão ao se aproximar dele.

— Estou levando os cachorros de Henry para passear — ela disse, e novamente ele ficou em silêncio, parado com seu olhar inescrutável. Ele era mais alto do que ela se lembrava. O topo de sua cabeça não batia nem no ombro dele. Seu peito era mais largo. Seus músculos maiores. A última vez que ficou tão perto dele, ele bagunçou sua vida e a mudou para sempre. Ela pensou que ele fosse um cavaleiro de armadura brilhante, dirigindo um Mustang ligeiramente surrado. Mas ela estava errada.

Ele era proibido para ela por toda vida, e ela foi atraída a ele como um inseto a uma luz. Delaney foi uma boa garota que desejava se libertar, e tudo que ele tinha que fazer era estalar o dedo e dizer quatro palavras. Quatro palavras provocativas de seus lábios de mau. "Vem cá, minha gata", ele disse, e sua alma respondeu com um alto *sim.* Era como se ele enxergasse dentro dela, além do superficial, a verdadeira Delaney. Ela tinha dezoito anos e era ingênua demais. Ela nunca pôde abrir as asas, respirar em paz, e Nick foi como oxigênio puro que foi direto para sua cabeça. Porém, ela pagaria por isso.

— Eles não são tão comportados como eram Clark e Clara — ela continuou, recusando-se a se sentir intimidada pelo silêncio dele.

Quando ele finalmente falou, não foi o que ela esperava.

— O que você fez com seu cabelo?

Ela tocou os macios cachos ruivos.

— Eu gosto dele assim.

— Você fica melhor loira.

A mão de Delaney despencou, e ela passou a olhar para os cães aos pés de Nick.

— Não pedi sua opinião.

— Você deveria processar quem fez isso.

Ela tinha gostado mesmo do cabelo, mas, mesmo que não tivesse, ela não poderia se processar.

— O que você está fazendo aqui, roubando? — ela perguntou, enquanto colocava a coleira no pescoço de Duke.

— Não — ele ficou surpreso. — Eu nunca roubo no Dia do Senhor. Você está segura.

Ela olhou para seu rosto escuro.

— Mas em funerais tudo bem, certo?

Ele franziu a testa.

— Do que você está falando?

— Daquela loira de ontem. Você foi ao enterro de Henry como se fosse a um bar para pegar meninas. Aquilo foi desrespeitoso e muita falta de educação, Nick. Até mesmo para você.

O franzido sumiu, seguido por um sorriso malicioso.

— Ficou com ciúme?

— Não fique se achando.

— Quer os detalhes?

Ela revirou os olhos.

— Me poupe.

— Tem certeza? É bem picante.

— Consigo viver sem saber disso.

Ela puxou parte de seu cabelo para trás da orelha, depois tentou pegar Dolores.

Antes que tocasse na cachorra, Nick pegou seu pulso.

— O que aconteceu aqui? — ele perguntou e segurou a mão dela. A palma da mão dele era grande, quente e calejada, e ele passava delicadamente seu dedão na palma da mão dela. Ela sentiu um leve formigamento na ponta dos dedos, que subiu para seu braço.

— Não é nada — ela tirou a mão. — Eu arranhei tentando passar por uma raiz de árvore.

Ele olhou para o rosto dela.

— Você passou por uma raiz de árvore com esses sapatos?

Pela segunda vez em menos de uma hora, seus sapatos preferidos foram apontados como vilões.

— Não há nada de errado com eles.

— Não se você é uma *dominatrix* — ele a mediu da cabeça aos pés e então dos pés a cabeça. — Você é?

— Vai sonhando. — Ela tentou pegar Dolores novamente e desta vez conseguiu colocar a coleira em seu pescoço. — Chicotes e correntes não são minha ideia de algo divertido.

— Que pena. — Ele cruzou os braços na frente do peito e encostou o traseiro no jipe. — O mais próximo de uma *dominatrix* experiente que Truly tem é Wendy Weston, campeã em 1990 nas modalidades de corrida do barril e lançamento de bezerros.

— E você aguentaria duas mulheres espancando seu bumbum?

— Você podia me roubar dela — ele gracejou. — Você é mais bonita que Wendy e tem os sapatos certos.

— Nossa, muito obrigada. Que pena que vou embora amanhã à tarde.

Ele pareceu um tanto surpreso com sua resposta.

— Viagem curta.

Delaney deu de ombros e puxou os cães para perto dela.

— Eu não pretendia ficar muito.

Ela provavelmente nunca mais o veria e deixou seu olhar perambular pela linha sensual de seu rosto escuro. Ele era bonito demais para o bem dele mesmo, mas talvez não fosse tão mau quanto ela lembrava. Ele jamais se passaria por um cara *legal*, mas pelo menos não a lembrava da noite que ela se sentou no capô de seu Mustang. Fazia dez anos. Talvez ele tivesse amadurecido.

— Adeus, Nick — ela disse, e deu um passo para a outra direção.

Ele encostou dois dedos em sua sobrancelha, numa saudação zombeteira, e ela seguiu o caminho de onde veio, arrastando os cachorros.

No topo da pequena montanha, ela olhou para trás uma última vez. Nick estava onde ela o havia deixado, vigiando-a. Enquanto andava pelas sombras da floresta, ela se lembrava da loira que ele pegou no funeral de Henry. Talvez ele tenha amadurecido, porém ela tinha certeza de que nas veias dele corria testosterona em vez de sangue.

Duke e Dolores faziam força para correr e Delaney os segurava com mais força. Ela pensou em Henry e Nick e se perguntou novamente se Henry tinha incluído seu filho no testamento. Ela se perguntava se eles tentaram alguma vez se reconciliar e imaginou se Henry havia deixado uma herança para ela. Por alguns breves momentos se deixou imaginar o que poderia fazer com muito dinheiro. Primeiro, quitaria o carro, depois compraria um par de sapatos de algum lugar como Bergdorf Goodman. Ela nunca teve um par de sapatos que custasse oitocentos dólares, mas gostaria de ter.

E se Henry tivesse deixado pra ela uma *grande* fortuna?

Ela abriria seu próprio salão. Sem dúvida. Um salão moderno com muitos espelhos, mármore e aço inoxidável. Ela sonhava com seu negócio tinha um tempo, mas duas coisas ficaram em seu caminho. Primeiro, ela não achou uma cidade onde gostaria de viver por mais de dois anos. E, segundo, não tinha capital ou garantias para obtê-lo.

Delaney parou em frente à árvore caída por que passou antes. Quando Duke e Dolores começaram a rastejar por baixo dela, ela os puxou pela coleira e deu a volta. Seus saltos balançavam nas pedras e seus dedos estavam cobertos de sujeira. Enquanto andava com dificuldade pelo mato, ela pensou em mordidas de insetos e carrapatos chupadores de sangue. Um arrepio subiu por sua espinha. Ela tentou não pensar em contrair a febre maculosa das

Montanhas Rochosas e passou a imaginar o salão perfeito. Começaria com cinco cadeiras e as cabeleireiras iriam alugar um espaço *dela* para variar. Como não gostava de fazer pé e mão, ela contrataria outra pessoa para isso. Ela faria apenas o que amava: cortar cabelos, fofocar e servir *latties* aos clientes. Começaria cobrando setenta e cinco dólares pelo corte e secagem. Uma ninharia pelo seu serviço e, uma vez que tivesse uma clientela fixa, aumentaria os preços gradualmente.

Deus abençoe a América e o sistema de mercado livre onde todo mundo tinha direito de cobrar o que quisesse. Aquele pensamento completou o círculo de ideias sobre Henry e seu testamento. Por mais que quisesse sonhar com seu próprio salão, ela duvidava muito que lhe tivesse deixado algum dinheiro. Provavelmente o presente seria algo que ele sabia que ela não queria.

Enquanto Delaney seguia seu caminho por Huckleberry Creek, os dois cachorros pulavam na água gelada e espirravam nela. Henry provavelmente havia deixado para ela um presente de grego. Algo para torturá-la por um longo tempo. Algo como dois Weimaraners desobedientes.

Truly se gabava de ter dois mercados, três restaurantes, quatro bares e um farol recentemente instalado. O Drive-In Valley View ficou fechado por cinco anos por falta de clientes e um dos dois salões de beleza, Gloria's: Um Corte Divino, havia fechado um mês antes da inesperada morte de Gloria. A mulher de mais de cem quilos sofreu um ataque cardíaco fulminante enquanto lavava o cabelo da senhora Hillard. Pobre senhora Hillard, ainda tem pesadelos.

O velho fórum ficava perto do posto policial e do prédio de serviço florestal. Três igrejas competiam por almas: mórmon, católica e cristã renovada. O novo hospital foi construído perto da combinação de escola de ensino fundamental e médio, contudo o estabelecimento mais adorado da cidade, Mort's Bar, está na parte mais antiga de Truly, na Rua principal, entre o Value Hardware e o Restaurante Panda.

Mort's era mais que um lugar para encher o tanque. Era uma instituição, famoso por suas Coors geladas e sua coleção de chifres. Veados, alces e antílopes decoravam as paredes do bar, seus magníficos armários decorados com calcinhas. Biquínis. Cuecas. Sungas. Todas as cores, assinadas e datadas pelo doador bêbado. Alguns anos atrás, o dono pregou uma cabeça de lebrílope ao lado do alce, mas nenhuma mulher de respeito, bêbada ou sóbria, queria sua calcinha perto de algo de aparência tão engraçada como uma lebrílope. A cabeça foi rapidamente tirada dali e colocada na sala dos fundos, em cima da máquina de *pinball.*

Delaney nunca foi ao Mort's. Ela era muito nova dez anos atrás. Agora que deslizava margaritas por um balcão nos fundos, ela pensava no que era atrativo nesse lugar. Exceto pela parede acima do bar, Mort's era como milhares de lugares parecidos em milhares de outras cidades pequenas. As luzes eram turvas, o *jukebox* constante e o cheiro de tabaco e cerveja permeavam tudo. O modo de se vestir era casual e Delaney se sentiu em casa usando um *jeans* e uma blusinha da marca Mossimo.

— Você já doou sua calcinha — ela perguntou para Lisa, que estava sentada do outro lado do balcão azul de vinil. Em alguns minutos junto com a velha amiga, as duas já estavam bem à vontade, como se nunca tivessem se separado.

— Não que eu me lembre — ela respondeu, seus olhos verdes iluminados com humor. O sorriso e a gargalhada simples de Lisa foram o que as juntaram na quarta série. Lisa era despreocupada, seu cabelo castanho estava sempre preso com um rabo irregular. Delaney era ansiosa, seu cabelo loiro estava sempre com cachos perfeitos. Lisa era relaxada. Delaney tentava relaxar. Elas gostavam das mesmas músicas e filmes e adoravam discutir como se fossem irmãs por horas. As duas se completavam.

Depois que Lisa se formou no ensino médio, ela conseguiu o diploma de *design* de interiores. Morou em Boise por oito anos, empregada numa empresa de *design* onde fazia todo o trabalho e não recebia nenhum crédito. Dois anos atrás ela largou o emprego e voltou para Truly. Agora, graças a computadores e *modems*, ela fazia trabalhos como *design* de sua casa.

O olhar de Delaney foi prendido pelo rosto bonito de sua amiga e o rabo de cavalo desgrenhado. Lisa era inteligente e atraente, mas Delaney ainda tinha um cabelo mais bonito. Se ela ficasse mais tempo na cidade, cortaria o cabelo da amiga para destacar seus olhos, talvez fazer umas camadas leves em volta de seu rosto.

— Sua mãe me contou que você é maquiadora profissional em Scottsdale. Ela disse que você tem clientes famosos.

Delaney não se surpreendia pelo fato de sua mãe tentar criar outra imagem do que ela fazia e tomou um gole de margarita. Gwen odiava a profissão de Delaney, talvez porque a lembrasse da vida delas antes de Henry — a vida sobre a qual Delaney nunca teve permissão de falar quando Gwen modelava cabelos para dançarinas de Vegas. Mas Delaney não era nada parecida com sua mãe. Ela adorava trabalhar em salão. Levou anos para finalmente descobrir sua vocação. Ela adorava a sensação tátil, o cheiro dos produtos de Paulo Mitchell e a gratidão de um cliente satisfeito. E não fazia mal, desde que ela fosse muito boa.

— Sou uma cabeleireira num salão de Scottsdale, mas moro em Phoenix — ela disse e lambeu o sal do lábio superior. — Amo o que faço, mas minha mãe tem vergonha do meu emprego, como se eu fosse prostituta ou algo assim. — Ela encolheu os ombros. — Eu não sou maquiadora por causa das horas, mas já aparei o cabelo de Ed McMahon uma vez.

— Você é esteticista? — Lisa riu. — Essa é demais. A Helen Markham tem um salão em Fireweed Lane.

— Você está de brincadeira, né? Eu vi Helen ontem. O cabelo dela estava uma palha.

— Eu não disse que ela era boa.

— Bem, eu sou — Delaney afirmou, finalmente achando algo em que era muito melhor que sua velha rival.

Uma garçonete serviu mais duas margaritas para elas.

— Aqueles cavalheiros ali — a moça falou, apontando em direção ao bar — pagaram mais uma rodada para vocês.

Delaney olhou para o homem que conhecia como um dos amigos de Henry:

— Agradeça a eles — ela disse e viu a garçonete partir. Ela não pagava por uma bebida desde que pisou no Mort's. Homens de quem ela mal se lembrava mandavam bebidas para sua mesa. Ela estava na sua terceira e, se não tomasse cuidado, logo ficaria bêbada.

— Lembra de quando você pegou a Helen e o Tommy fazendo aquilo no banco de trás do Vista Cruiser da mãe dele? — Lisa começava a parecer um pouco alcoolizada.

— Lógico que sim. Ele me disse que ia ao *drive-in* com uns amigos. — Ela bebeu mais um copo e pegou o terceiro. — Eu decidi surpreendê-lo. E surpreendi.

Lisa riu e virou o copo.

— Foi tão engraçado.

A risada de Delaney se uniu à de sua amiga.

— Mas não o tempo todo. De todas as garotas do mundo, justo a Helen Schnupp roubar meu primeiro namorado foi uma droga.

— É, mas ela te fez um grande favor. Tommy se tornou um vagabundo. Ele trabalha o suficiente para ganhar o seguro-desemprego. Tem duas filhas e Helen é que as sustenta na maior parte do tempo.

— Como ele está? — Delaney perguntou, indo direto ao ponto.

— Ainda bonitão.

— Droga! — Ela esperava ouvir pelo menos que ele estava com uma falha no cabelo. — Quem era aquele amigo do Tommy? Você se lembra? Ele sempre usava aquele boné de beisebol de John Deere, e você tinha a maior queda por ele.

Lisa franziu a testa.

— Jim Bushyhead.

Delaney estalou os dedos.

— Isso. Você namorou ele um tempo, mas ele te trocou por aquela garota com bigode e seios grandes.

— Tina Uberanga. Ela era basca e italiana... tadinha.

— Eu lembro que você continuou muito apaixonada por ele por um bom tempo depois de ele te largar.

— Não, não continuei.

— Claro que sim. Nós costumávamos passar pela casa dele de carro pelo menos cinco vezes por dia.

— Não mesmo.

Mais duas bebidas chegaram, presenteadas por outro dos colegas de Henry. Delaney agradeceu e voltou a prestar atenção em sua amiga. Elas retomaram a conversa com um fluxo contínuo de margaritas. Às 21h30, Delaney olhou para o relógio. Ela havia perdido a conta de quanto tinha bebido, e suas bochechas estavam ficando dormentes.

— Eu acho que Truly não tem serviço de táxi ainda.

Se ela parasse naquele momento, teria mais de três horas para ficar sóbria antes de o bar fechar e ela ter que dirigir até sua casa.

— Não. Finalmente temos um posto de gasolina com loja de conveniência. Mas fecha às 11 horas da noite. — Ela apontou para Delaney. — Você não sabe a sorte que tem em viver numa cidade com uma loja de conveniências como a Circle K. Você não consegue um doce ou um *burrito* às 2 horas da manhã por aqui.

— Você está bêbada?

Lisa se inclinou e confessou:

— Sim, e adivinha? Vou me casar.

Delaney esbravejou:

— O quê? Você vai se casar e esperou esse tempo todo para me contar?

— Bom, é que não vamos contar para ninguém por enquanto. Ele quer contar para a filha primeiro, antes que todos saibam. Mas ela está em Washington com a mãe até semana que vem.

— Quem? Quem é o sortudo?

Lisa olhou nos olhos de Delaney e disse:

— Louie Allegrezza.

Delaney ficou perplexa, até que teve uma crise de riso.

— Essa foi boa.

— Estou falando sério.

— O Louie Louco.

Ela continuou rindo enquanto balançava a cabeça.

— Você só pode estar brincando.

— Não estou. Estamos juntos há oito meses. Na semana passada ele me pediu em casamento, e é claro que eu disse sim. Vamos nos casar dia 15 de novembro.

— O irmão do Nick? — Ela parou de rir. — Você está falando sério, não é?

— Muito, mas não podemos contar pra ninguém até que ele fale com Sophie.

— Sophie?

— Sua filha do primeiro casamento. Sophie tem treze anos e é a princesinha do papai. Ele acha que se contar para ela assim que voltar ela terá seis meses para se adaptar à ideia.

— O Louie Louco. — Delaney repetiu, pasma. — Ele não passou um tempo na cadeia?

— Não, ele não faz mais nenhuma loucura. — Ela pausou e meneou a cabeça. — Além disso, ele nunca foi *tão* louco assim.

Delaney se perguntou se sua amiga havia batido a cabeça nos últimos dez anos e sofrido de perda de memória.

— Lisa, ele roubou um carro na sexta série.

— Não. Nós estávamos na quinta série. Ele estava no primeiro ano do ensino médio; ele tentou ser honesto, ia devolver o carro, quando errou uma curva e foi pego parado em frente à farmácia. — Lisa encolheu os ombros. — Ele nem teria sido pego se não tivesse desviado do cachorro dos Olsen, Buckey.

Delaney tentou clarear a mente.

— Você está jogando a culpa no Buckey?

— Aquele cachorro sempre andou sem coleira.

Todos os cachorros andam soltos em Truly.

— Mal posso acreditar que está culpando o pobre do Buckey? Você deve estar mesmo apaixonada.

Lisa sorriu.

— Estou. Você nunca se sentiu tão apaixonada que quis entrar na pele de um homem e ficar lá?

— Poucas vezes. — Delaney admitiu, sentindo um pouco de inveja de sua amiga. — Mas superei depois de algum tempo.

— É uma pena que more tão longe, ia te convidar para meu casamento. Lembra que prometemos ser a dama de honra uma da outra?

Delaney se lembrou com saudade.

— Sim. Eu ia me casar com John Cryer e você ia se casar com Andrew McCarthy.

Lisa também relembrou.

— *A garota de rosa-shocking*. Era um ótimo filme. Quantas vezes você acha que choramos quando Andrew McCarthy largou Molly Ringwald por que ela era pobre?

— Pelo menos umas mil vezes. Lembra quando... — ela começou, mas a voz do garçom as interrompeu.

— Vamos fechar.

Delaney olhou seu relógio novamente.

— Vão fechar? Não é nem 10 horas da noite.

— É domingo. — Lisa a lembrou. — Os bares fecham às 10 aos domingo.

Delaney entrou em pânico.

— Estamos muito bêbadas para dirigir. Como vamos voltar para casa?

— Louie vem me buscar porque é uma forma de não gastar dinheiro com um encontro. Além disso, ele acha que vai "se dar bem" hoje. Tenho certeza de que ele também te leva para casa.

Ela imaginou a cara de horror de sua mãe na janela ao ver o louco Louie Allegrezza levando ela de carro. Delaney sorriu com a ideia, e ela sabia que tinha bebido muitas margaritas.

— Se ele não se importar.

Mas não foi Louie que apareceu no bar cinco minutos depois como se fosse dono do lugar. Foi Nick. Ele usava uma camisa de flanela xadrez sobre a camiseta. Tinha deixado a camisa desabotoada e ela ia até a altura dos quadris. Delaney sentiu como se afundasse no banco. Bêbada ou sóbria, ela não estava no clima para vê-lo. Ele não havia mencionado o passado deles quando ela o encontrou mais cedo naquele dia, porém, mesmo assim, ela não acreditava que ele não falaria disso.

— Nick! — Lisa acenou para que ele a avistasse. — Onde está o Louie?

Ele olhou na direção de Lisa, mas seu olhar travou em Delaney enquanto ele se aproximava delas.

— Sophie ligou dizendo que estava chateada com algo — ele explicou, ficando ao lado da mesa. Depois parou e voltou sua atenção para a futura cunhada. — Ele me pediu que viesse te buscar.

Lisa levantou-se rapidamente.

— Você se importaria em dar uma carona para Delaney também?

— Tudo bem — Delaney disse rapidamente. Ela pegou a bolsa de crochê e se levantou. — Eu vou sozinha. — O local parecia girar um pouco e ela se apoiou na parede. — Acho que não estou bêbada.

Nick torceu o nariz.

— Você está muito bêbada.

— Só levantei rápido — ela disse e colocou a mão dentro da bolsa cor de pêssego procurando uma moeda. Ela ia ter que ligar para sua mãe e não estava ansiosa por isso, porém, se ela achava que a mãe ficaria horrorizada em ver Louie, Nick seria a última gota.

— Não dá para você dirigir — Lisa insistiu.

— Eu não ia... ei! — ela chamou Nick, enquanto ele cruzava o bar com a bolsa dela nas mãos. Qualquer outro homem correria o risco de parecer um pouco *gay* carregando a bolsa cor de pêssego de uma mulher, menos Nick.

Ela e Lisa o seguiram até a porta e pela noite escura. Ela torceu para que sua mãe já estivesse dormindo.

— Que frio — Delaney disse, os braços na altura do peito, e ela praticamente correndo na calçada para acompanhar o ritmo de caminhada do Nick. Ela não estava mais acostumada com as noites de calor nas montanhas de Idaho. Em Phoenix a temperatura ficava em torno de 30°, não 10°, e ela mal podia esperar para voltar.

— Não está tão frio — Lisa disse enquanto passavam pelo Miata amarelo de Delaney estacionado na curva. — Você virou fresca.

— Você é mais fresca que eu. Sempre foi. Lembra quando caiu na jaula do macaco na sexta série e ficou chorando por três horas sem parar?

— Machuquei meu cóccix.

Elas pararam ao lado do jipe preto de Nick.

— Não machucou tanto assim. Você é muito fresca.

— Pelo menos eu não chorei feito um bebê quando tive que dissecar um sapo no ensino médio.

— Eu fiquei com as vísceras do sapo no meu cabelo. Qualquer um choraria se vísceras de sapo voassem em seu cabelo.

— Meu Deus do céu — Nick disse como se fosse um padre cansado, e abriu a porta do passageiro do carro. — O que fiz para merecer isso?

Lisa empurrou o banco para a frente.

— Algo pecaminoso, tenho certeza — ela disse, e depois sentou no banco de trás.

Nick riu e arrumou o banco para Delaney. Como um perfeito cavalheiro, ele segurou a porta para ela. Ela sabia que estava bêbada, seu julgamento estava debilitado, mas talvez ele tivesse mudado. Ela olhou para ele na sombra, apenas a parte de baixo de seu rosto iluminada por uma luz da rua. Ela sabia que ele era capaz de conquistar qualquer uma a hora que quisesse, e houve algumas vezes na vida dela que ele tinha sido estranhamente gentil com ela. Como uma vez na quarta série, quando ela saiu do mercado com uma embalagem de Trident e descobriu que o pneu da sua bicicleta havia furado. Nick insistiu em levar a bicicleta até a casa dela. Ele foi doce com ela, e ela retribuiu dividindo o doce com ele. Talvez ele realmente tivesse mudado e *se tornado* um cara legal.

— Obrigada pela carona, Nick.

Ou, ainda melhor, talvez ele tivesse se esquecido da pior noite da vida dele. Talvez ele tivesse se esquecido de que ela havia se atirado para cima dele.

— De nada. — Ele sorriu e entregou a bolsa para ela. — Minha gata.

Três

Delaney fechou a bolsa e olhou para seu quarto uma última vez. Nada havia mudado desde o dia em que foi embora, dez anos atrás. O papel de parede de rosas, o teto de lacinhos e sua coleção de músicas estavam exatamente como ela havia deixado. Até as fotos que ela tinha colado no espelho estavam do mesmo jeito. Suas coisas ficaram no lugar esperando por ela, contudo, em vez de fazê-la se sentir confortável e bem-vinda, o quarto dava a sensação de opressor. As paredes a trancafiavam. Ela precisava sair de lá.

Agora tudo o que ela precisava fazer era ouvir o testamento e, é claro, dizer para sua mãe que ia embora. Gwen faria o máximo para que Delaney se sentisse culpada, e Delaney não queria bater de frente com ela.

Ela saiu do quarto, desceu a escada e foi para o escritório de Henry ouvir a leitura do testamento. Ela havia se vestido de forma confortável, com um vestido-camiseta sem mangas feito de algodão macio azul e calçando um par de sandálias plataforma que ela poderia facilmente tirar durante a longa viagem que faria.

Na entrada do escritório, um amigo de longa data de Henry, Frank Stuart, a cumprimentou como se fosse um porteiro de um hotel caro:

— Bom dia, senhoria Shaw — ele disse enquanto ela entrava no cômodo. Max Harrison, o advogado de bens de Henry, estava sentado na escrivaninha e olhou para Delaney quando ela entrou. Ela apertou sua mão e falou com ele brevemente antes de se sentar ao lado da mãe na primeira fila.

— Está faltando alguém? — ela perguntou, referindo-se às cadeiras vazias ao lado delas.

— Nick — Gwen disse enquanto passava os dedos pelas três correntes de seu colar de pérolas. — Embora eu não consiga imaginar por que Henry deixaria algo para ele em seu testamento. Ele tentou se reconciliar com o rapaz várias vezes nos últimos anos, mas Nick jogou na cara do pai cada tentativa.

Então Henry havia tentado se reconciliar. Ela não estava muito surpresa. Sempre achou que, uma vez que Henry não foi capaz de ter um herdeiro legítimo com Gwen, ele acabaria dando atenção para o filho que sempre ignorou.

Menos de um minuto depois, Nick entrou na sala, tentando parecer quase respeitável com uma calça risca de giz e uma camisa polo de seda da mesma cor de seus olhos. Ele havia se vestido de modo apropriado, diferente do enterro. Ela olhou para ele de soslaio, porém ele olhava para a frente, pés alinhados, mãos repousando nas coxas. O cheiro de limpeza de sua colônia pós-barba atiçava o nariz dela. Ela não tinha falado mais com ele desde que a chamou de "minha gata" na noite anterior. Ela o ignorou o caminho inteiro até a casa da sua mãe, sentindo a mesma humilhação que achava que tinha superado anos atrás. Não tinha intenção de falar com aquele idiota agora.

— Obrigado a todos pela presença — Max saudou, atraindo a atenção de Delaney. — Para poupar tempo, gostaria que fizessem todas as perguntas no final. — Ele limpou a garganta, ajeitou os papéis na sua frente e começou a falar com sua voz suave de advogado. — "Eu, Henry Shaw, agora de Truly, residente em Valley County, estado de Idaho, declaro ser este meu Último Desejo em vida e Testamento, aqui revogando todos os Desejos e Cláusulas Adicionais que fiz neste documento."

"Artigo I: Eu nomeio meu amigo de confiança, Frank Stuart, como Testamenteiro deste Testamento. Peço que nenhum Testamenteiro ou sucessor cumpra essa função em seu lugar..."

Delaney olhou para um ponto atrás da cabeça de Max e ouviu com um ouvido enquanto ele lia a parte do testamento que ressaltava o dever de seu testamenteiro. Ela não se importava com os deveres do testamenteiro. Sua cabeça estava cheia de coisas mais importantes, como sua mãe sentada de um lado e Nick do outro. Os dois se odiavam intensamente. Eles sempre se odiaram, e a tensão que preenchia a sala era quase palpável.

O ombro de Nick roçava no de Delaney enquanto ele apoiava os cotovelos nos braços da cadeira. Sua camisa tocava levemente a pele dela, depois parou. Delaney fez de tudo para se manter parada, como se o toque não tivesse acontecido, como se ela não tivesse sentido a suave textura de sua manga na pele.

Max continuou até a seção do testamento que favorecia os funcionários de longo prazo de Henry e seus irmãos de Moose Lodge. Ele fez uma pausa e Delaney voltou a olhar para ele. Ela prestava atenção nele colocando uma folha de lado antes de continuar.

— "Artigo III: (A) Eu dou e deixo como herança parte das minhas propriedades tangíveis e metade dos meus bens não dispostos de outro modo, junto com quaisquer apólices de seguro para minha esposa, Gwen Shaw. Gwen era uma excelente esposa, e eu a amei demais."

"(B) Para minha filha, Delaney Shaw, dou e deixo como herança o resto de minhas propriedades tangíveis e o resto de meus bens não dispostos de outro modo, na condição de ela permanecer dentro dos limites da cidade de Truly, Idaho, e não deve deixar a cidade pelo período de um ano para que possa cuidar de sua mãe. O ano seguinte a começar depois da notificação deste Testamento. Se Delaney se recusar a cumprir com os termos deste Testamento, as propriedades referidas no Artigo III (B) serão passadas para meu filho, Nick Allegrezza."

— O que tudo isso significa? — Delaney interrompeu. Sua mãe segurando seu braço de forma repentina foi a única coisa que a impediu de se levantar.

Max olhava para ela, depois voltou a olhar para o documento na escrivaninha na frente dele.

— "(C) Eu dou para meu filho, Nick Allegrezza, as propriedades conhecidas como Angel Beach e Silver Creek, para usá-las da forma que achar melhor, contanto que ele não tenha relações sexuais com Delaney Shaw por um ano. Se Nick se recusar, ou agir de modo contrário aos meus desejos em relação a esta estipulação, então a propriedade acima mencionada deverá ser revertida para Delaney Shaw."

Delaney sentou reta na cadeira, sentindo como se tivesse levado um choque. O rosto estava vermelho e o coração parecia ter parado. A voz de Max continuou por um bom tempo, mas Delaney estava confusa demais para ouvir. Era muito para absorver de uma vez só, e ela não entendia direito muito do que ele havia lido. Exceto a última parte proibindo Nick de ter "relações sexuais" com ela. Aquela parte foi um tapa direcionado aos dois. Um lembrete do passado quando Nick havia usado Delaney para se vingar de Henry, e ela havia implorado a ele que o fizesse. Mesmo depois de sua morte, Henry não havia terminado de puni-la. Ela estava tão mortificada que queria morrer. Ela se questionou o que Nick pensava, mas estava muito assustada para olhar para ele.

O advogado terminou e olhou para todos. O silêncio preenchia o escritório e ninguém falou por um longo momento, até que Gwen fez a pergunta que estava na mente de todos.

— Isso é legal e obrigatório?

— Sim — Max respondeu.

— Então, eu vou receber metade dos bens sem condições, mas, para Delaney herdar, ela é obrigada a ficar em Truly por um ano?

— Isso mesmo.

— Isso é ridículo — Delaney escarneceu, fazendo o melhor para se esquecer de Nick e se concentrar em sua própria herança. — Estamos nos anos de 1990. Henry não pode dar uma de deus. Isso não pode ser legal.

— Te garanto que é. Para herdar sua parte, você terá que concordar com as condições expressas no testamento.

— Esqueça — Delaney disse. Suas malas estavam feitas. Ela não ia deixar Henry controlá-la do caixão. — Dou minha parte para minha mãe.

— Você não pode. A herança é condicional. Você receberá sua parte dos bens com a condição de morar em Truly por um ano. Os bens são mantidos em custódia até depois do período provisório. Resumindo, você não pode deixar para a sua mãe o que você não tem. E, se você decidir rejeitar os termos do testamento, sua parte das propriedades será revertida para Nick, não para Gwen.

E se Delaney fizesse isso, sua mãe a mataria. Mas Delaney não se importava. Ela não ia vender sua alma para poupar a de sua mãe.

— O que acontece se eu contestar o testamento? — ela perguntou, ficando desesperada.

— Você não pode contestar o testamento simplesmente porque não gostou das condições. Você precisa ter uma base para isso, como falta de capacidade mental ou fraude.

— Bem, aí está. — Delaney levantou suas mãos, palmas viradas para cima. — Henry obviamente não estava em seu juízo perfeito.

— Creio que o tribunal veria de modo diferente. Precisa provar que a condição é ilegal ou contra uma política pública, e não é nenhum dos dois. Talvez seja considerada um capricho, mas está dentro dos requisitos da lei. O fato é, Delaney, que sua parte dos bens está avaliada em mais de 3 milhões de dólares. Tudo o que você tem que fazer é morar em Truly por um ano, e nenhum tribunal vai considerar a condição impossível de ser cumprida. Você pode aceitar ou não. É simples assim.

Delaney sentou-se novamente, sem ar nos pulmões. *Três milhões*. Ela achou que eles estavam falando de alguns *mil*.

— Se concordar com os termos — Max continuou —, uma mesada adequada será dada a você para cuidados e apoio.

— Quando Henry fez esse testamento? — Gwen queria saber.

— Dois meses atrás.

Gwen assentiu com a cabeça, como se tudo fizesse sentido, porém não fazia. Não para Delaney.

— Você tem dúvidas, Nick? — Max perguntou.

— Sim. Uma trepada constitui uma relação sexual?

— Ah, meu Deus! — Gwen suspirou.

Delaney fechou as mãos em punho e virou para ele. Seus olhos cinza queimavam de ódio e a raiva diminuía seus lábios. Estava tudo bem para Delaney. Ela também estava furiosa. Eles se olharam, dois combatentes loucos por uma luta.

— Você — ela disse, levantando o queixo e olhando para ele como se fosse algo que ela precisava desgrudar da sola de seu sapato — é mal.

— E sexo oral? — Nick perguntou, olhando fixamente para Delaney.

— Ah... Nick — Max disse, tenso. — Eu não acho que nós...

— Acho que sim — Nick interrompeu. — Henry estava obviamente preocupado com isso. Tão preocupado que incluiu em seu testamento. — Ele olhou para o advogado. — Acho que precisamos saber as regras de cara para não haver confusão.

— *Eu* não estou confusa — disse Delaney.

— Por exemplo — Nick continuou como se ela não tivesse dito nada. — Eu nunca consideraria sexo casual uma relação. Apenas dois corpos nus se esfregando um no outro, ficando suados e se divertindo. De manhã você acorda sozinho. Nenhuma promessa que você não pretende cumprir. Nenhum compromisso. Nenhuma obrigação de se olharem no café da manhã. Apenas sexo.

Max limpou a garganta.

— Creio que a intenção de Henry era não ter nenhum tipo de contato sexual.

— Como alguém vai ficar sabendo?

Delaney olhou furiosa para ele.

— Simples. Eu não transaria com você nem que minha vida dependesse disso.

Ele olhou para ela e levantou uma sobrancelha, de forma cética.

— Bem — Max interveio —, como testamenteiro, é dever de Frank Stuart conferir se os termos são seguidos.

Nick olhou para o testamenteiro, que estava no fundo da sala.

— Você vai me espionar, Frank? Espiar pela minha janela?

— Não, Nick. Vou acreditar na sua palavra de que vai concordar com as condições do testamento.

— Não sei não, Frank. — Ele disse, e olhou para Delaney mais uma vez. Seu olhar pousou um tempo na boca dela, depois desceu para sua garganta e peito. — Ela é bem gostosa. E se eu não conseguir me controlar?

— Pare com isso já! — Gwen apontou para Nick. — Se Henry estivesse aqui, você não se comportaria desse modo. Se Henry estivesse aqui, você seria mais respeitoso.

Ele olhou para Gwen enquanto se levantava.

— Se Henry estivesse aqui, eu daria um pé na sua bunda por ele.

— Ele era seu pai.

— Ele não foi nada mais que um doador de esperma — ele disse com ódio, depois foi para a porta e a bateu antes de sair. — Que pena para todos nós que ele só conseguiu fazer isso uma vez — ele disse, deixando o escritório num silêncio profundo.

— Deixe por conta do Nick tornar tudo desagradável — Gwen disse depois de ouvir a porta fechar. — Henry tentou se relacionar novamente com ele, mas Nick o rejeitava toda vez. Acho que é porque ele sempre teve ciúme de Delaney. Seu comportamento aqui hoje prova isso, vocês não acham?

A cabeça de Delaney começou a pesar.

— Eu não sei. — Ela colocou as mãos no rosto. — Nunca entendi por que o Nick faz essas coisas.

Nick sempre foi um mistério para ela, mesmo quando eram crianças. Ele sempre foi imprevisível, e ela nunca fingiu entender por que ele se comportava daquele modo. Um dia ele agia como se mal pudesse tolerar a presença dela na mesma cidade, depois, no dia seguinte, era capaz de dizer algo legal para ela, ou fazer os garotos da escola pararem de perturbá-la. E, assim que ela começava a pensar que ele era legal, ele a pegava de surpresa, deixando-a estupefata e arfante. Como hoje, e como na vez que ele a atingiu com uma bola de neve entre os olhos. Ela estava na terceira série, parada na frente da escola, esperando que sua mãe a buscasse. Ela lembra que estava de um lado, vendo Nick e um grupo de amigos construindo um forte de neve perto do mastro da bandeira. Ela lembra de como seu cabelo grosso e preto e a pele cor de oliva eram contrastantes com todo aquele branco. Ele usava um casaco de lã de marinheiro com remendos de couro nos ombros, e suas bochechas estavam ficando vermelhas com o frio. Ela sorriu para ele, e ele atirou uma bola de neve nela e praticamente a deixou inconsciente. Ela teve que ir para a escola com dois olhos pretos, que mais para a frente ficaram verdes e amarelos antes de voltarem ao normal.

— O que foi agora? — Gwen perguntou, trazendo Delaney de volta dos pensamentos sobre Nick e seu passado.

— Se ninguém contestar o testamento, nós podemos agir rápido — Max olhou para Delaney. — Você pretende contestar o testamento?

— Para quê? Você deixou claro que a condição de Henry para mim é pegar ou largar.

— Certo.

Ela devia saber que Henry ia impor condições para o testamento dele. E que ele tentaria fazê-la assumir seus negócios, para controlá-la e a todos de seu sepulcro. Agora tudo que ela tinha que fazer era escolher. Dinheiro ou a alma dela. Há meia hora ela teria dito que a alma dela não estava à venda, mas isso foi antes de ouvir o preço dado. Agora, as linhas de repente se apagaram, e ela não sabia mais o que pensar.

— Posso vender os bens de Henry?

— Assim que pertencerem legalmente a você.

Três milhões de dólares em troca de um ano de sua vida. Depois disso, ela poderia ir para onde quisesse. Desde que saiu de Truly, dez anos atrás, ela nunca ficou em um lugar por mais de alguns anos. Sempre ficava inquieta e ansiosa se permanecesse muito tempo em um só lugar. Quando sentia vontade de mudar, ia embora de cara. Com todo aquele dinheiro, ela poderia ir para o lugar que quisesse. Fazer o que quisesse, talvez encontrar um lugar que quisesse chamar de casa.

A última coisa que ela queria no mundo era voltar para Truly. Sua mãe a deixaria louca. Ela seria louca se ficasse e perdesse um ano de sua vida.

Ela seria louca se não ficasse.

O jipe Wrangler parou a uma pequena distância dos restos queimados do que foi, uma vez, um grande estábulo. O fogo foi tão intenso que a construção havia desmoronado, deixando uma pilha de escombros irreconhecíveis. À esquerda, uma base escurecida, um amontoado de cinzas e cacos de vidro quebrado eram tudo que havia restado do quarto de ferramentas de Henry.

Nick estourou a embreagem do jipe e desligou o motor. Ele teria apostado tudo como o velho não pretendia matar seus cavalos também. Ele estava ali na manhã seguinte depois do fogo, quando o investigador tirou o que sobrou de Henry das cinzas. Nick não esperava sentir nada. Ele estava surpreso por sentir.

Exceto pelos cinco anos em que Nick viveu e trabalhou em Boise, ele morou na mesma cidadezinha que seu pai, ambos se ignorando. Foi apenas quando ele e Louie mudaram sua companhia de construção para Truly que Henry decidiu que finalmente reconheceria Nick. Gwen tinha acabado de fazer quarenta anos e Henry finalmente aceitou o fato de que eles nunca teriam filhos. O tempo havia passado, e ele voltou sua atenção para o único filho. Naquela época, Nick tinha vinte e poucos anos e nenhum interesse numa reconciliação com o homem que sempre se recusou a reconhecê-lo. Até onde sabia, o interesse repentino de Henry era um caso de “tarde demais”.

Mas Henry estava determinado. Ele fez ofertas persistentes de dinheiro e propriedades a Nick. Ofereceu a Nick milhares de dólares para mudar seu nome para Shaw. Quando Nick recusou, Henry dobrou a oferta. Nick disse para enfiá-la naquele lugar.

Ele ofereceu a Nick uma parte de seus negócios se Nick agisse como o filho que Henry queria.

— Venha para o jantar — como se aquilo compensasse por uma vida de indiferença. Nick recusou.

Finalmente, contudo, eles começaram a coexistir. Nick deu a seu pai a cortesia de ouvir suas propostas e ofertas *antes* de recusar. Mesmo agora, Nick tinha que admitir que algumas das ofertas eram muito boas, mas ele as recusava facilmente. Henry o acusava de teimosia, mas era mais desinteresse que qualquer outra coisa. Nick apenas não se importava mais, porém, mesmo se ele estivesse muito tentado, tudo tinha um preço. Nada era de graça. Havia sempre uma troca. *Quid pro quo.*

Até seis meses atrás, num esforço para construir uma ponte sobre o abismo que os separava, Henry deu a Nick um presente muito generoso, uma oferta pacífica sem compromissos. Ele, num ato de bondade, deu a ele Crescent Bay.

— Assim meus netos sempre terão a melhor praia em Truly — ele disse.

Nick aceitou o presente e, em uma semana, apresentou planos para a cidade de desenvolver condomínios nos cinco acres de propriedade em frente à praia. O mapa preliminar foi aprovado muito rapidamente, antes que Henry soubesse e pudesse ir contra. O fato que o velho não descobriu até depois de aprovado foi uma sorte incrível.

Henry ficou furioso. Mas ele superou isso rapidamente porque havia algo que Henry queria mais do que tudo. Ele queria algo que apenas Nick poderia dar a ele. Queria um neto. Um descendente de sangue direto. Henry tinha dinheiro, propriedades e prestígio, mas não tinha tempo. Ele foi diagnosticado com câncer de próstata em estágio avançado. Sabia que ia morrer.

— Apenas escolha uma mulher — Henry pediu muitos meses atrás, depois de entrar nos escritórios de Nick do centro da cidade. — Você deve ser capaz de engravidar alguém. Deus sabe que você praticou mais que o suficiente para acertar.

— Eu já disse, nunca conheci uma mulher com quem quisesse me casar.

— Você não precisa se casar, por Deus.

Nick não queria produzir um bastardo para ninguém, e ele odiava Henry por sugerir isso a ele, seu filho bastardo, como se as consequências não importassem.

— Você está fazendo isso para me irritar. Vou te deixar tudo quando eu morrer. Tudo. Falei com meu advogado, e terei que deixar algo para Gwen para ela não contestar meu testamento, mas você ficará com todo o resto. E tudo o que tem que fazer é engravidar uma mulher antes de eu morrer. Se você não consegue escolher alguém, eu escolho a mulher para você. Alguém de uma boa família.

Nick mostrou a porta para ele.

O celular tocava no banco ao lado dele, mas ele o ignorou. Não ficou tão surpreso quando soube que a causa da morte de Henry foi um ferimento com arma de choque[7] em vez do fogo. Ele sabia que Henry estava piorando, e Nick teria feito a mesma coisa.

O xerife Crow foi a pessoa que disse a Nick que Henry havia se matado, mas poucas pessoas sabiam a verdade. Gwen queria que fosse assim. Henry havia falecido da forma que quis, mas não antes de criar um baita testamento.

Nick imaginou que Henry colocaria algo em seu testamento, porém jamais esperava que Henry deixasse como condição o que Nick faria ou não com Delaney. Por que ela? Ele tinha um pressentimento muito ruim e tinha medo de saber a resposta. Soava perverso, contudo ele sentia que Henry estava tentando escolher a mãe de seu neto.

Por razões que ele não queria examinar a fundo, Delaney sempre foi sinônimo de confusão para ele. Desde o início. Como na vez em que ela estava em frente à escola num chique casaco azul com gola branca de pele, com um monte de cachos brilhantes de seu cabelo loiro perto do rosto. Seus olhos grandes e castanhos olharam os dele, e um pequeno sorriso apareceu em seus lábios. Seu peito havia inflado e sua garganta fechado. E, depois que ele percebeu o que estava fazendo, pegou uma bola de neve e acertou a menina na testa. Ele não sabia por que havia feito aquilo, mas foi a única vez que sua mãe deu uma cintada nele. Não tanto porque ele havia acertado Delaney, mas

[7] Arma usada para defesa pessoal.

porque havia acertado uma garota. Quando ele a viu na escola, ela parecia o Zorro, com os olhos pretos. Ele olhou para ela se sentindo mal e desejando correr para casa e se esconder. Tentou pedir desculpas, porém ela fugia quando o via se aproximando. Ele não a culpava.

Depois de todos aqueles anos, ela ainda tinha um jeito de tocá-lo. Era o jeito que ela olhava para ele às vezes. Como se ele estivesse sujo, ou pior, quando ela olhava *além* dele, como se ele nem existisse. O fazia sentir vontade de beliscá-la, só para ouvi-la reclamar de dor.

Hoje ele não queria magoá-la ou provocá-la. Bem, não até que ela olhou para ele com aquele olhar de "você é a escória". Mas ouvindo o testamento de Henry *o* provocou. Só de pensar nisso o irritava novamente. Ele pensou em Henry e Delaney, e um péssimo sentimento arrepiava sua nuca novamente.

Nick colocou a chave na ignição e foi para a cidade. Ele tinha algumas dúvidas, e Max Harrison era a única pessoa que sabia as respostas.

— O que posso fazer por você? — o advogado perguntou assim que Nick apareceu no escritório espaçoso perto da entrada do prédio.

Nick não perdeu tempo com conversa à toa.

— O testamento de Henry é legal e eu posso contestar?

— Como eu disse mais cedo, quando li o testamento, é legal. Você pode gastar seu dinheiro contestando. — Max deu a Nick um olhar atento antes de continuar. — Porém não vai ganhar.

— Por que ele fez isso? Tenho minhas suspeitas.

Max olhou para o homem mais jovem parado em seu escritório. Havia algo imprevisível e intenso espreitando por dentro daquele exterior sereno. Max não gostava de Allegrezza. Ele não gostou do jeito que ele havia se comportado antes. Não gostou da falta de respeito que ele mostrou a Gwen e Delaney — um homem nunca deveria xingar na presença de damas. Mas ele gostou ainda menos do testamento de Henry. Ele se sentou na poltrona de couro atrás da escrivaninha, e Nick se sentou de frente para ele.

— Do que você suspeita?

Nick levantou seu olhar sombrio para Max e disse sem ressalvas:

— Henry quer que eu engravide Delaney.

Max ficava em dúvida se dizia ou não a verdade a Nick. Ele não sentia amor ou lealdade nenhuma por seu último cliente. Henry era um homem muito difícil e ignorou seus conselhos profissionais várias vezes. Ele advertiu Henry sobre traçar um testamento tão caprichoso e potencialmente prejudicial, mas Henry Shaw sempre tinha que fazer as coisas do seu jeito, e o dinheiro foi bom demais para Max deixar esse cliente encontrar outro advogado.

— Creio que era esse o objetivo dele, sim.

Ele respondeu sinceramente, talvez porque se sentia um pouco culpado por sua participação nisso.

— Por que ele não disse isso no testamento?

— Henry queria que seu testamento fosse daquela forma por dois motivos. Primeiro, ele não achava que você ia concordar em ser pai de uma criança em troca de propriedades ou dinheiro. Segundo, eu informei a ele que se você contestasse uma condição de estipulando que engravidasse uma mulher, você provavelmente ganharia com base no conflito de moral. Henry não queria pensar que havia um juiz por aí que acreditasse que você tivesse alguma moral quando se tratava de mulheres, mas contestar o testamento iria arruinar o propósito. — Max fez uma pausa e viu a mandíbula de Nick enrijecer. Ele ficou feliz em ver uma reação, apesar de sutil. Talvez o homem não estivesse completamente livre de emoções humanas. — Sempre teria a chance de você pegar um juiz que declararia a condição nula.

— Por que Delaney? Por que não outra mulher?

— Ele tinha a impressão de que você e Delaney tinham um passado clandestino juntos — disse Max. — E ele achava que se proibisse você de tocar em Delaney, você sentiria vontade de desafiá-lo, a meu ver você fez isso no passado.

A garganta de Nick estava entalada de raiva. Ele não teve um passado clandestino com Delaney.

— Clandestino — fez soar como Romeu e a droga da Julieta. Além disso, essa teoria de proibição, o que Max disse poderia ter sido verdade em algum momento, mas Henry havia abusado da carta na manga. Nick não era mais criança, atraído por coisas que não podia ter. Ele não fazia coisas simplesmente para desafiar o velho, e não estava atraído pela boneca de porcelana que sempre o fazia apanhar.

— Obrigado. Sei que não tinha que me dizer nada.

— É verdade.

Nick apertou a mão estendida de Max. Ele sabia que o advogado não gostava muito dele, mas tudo bem.

— Espero que Henry tenha passado por toda essa confusão por nada. Espero, pelo bem de Delaney, que ele não consiga o que quer.

Nick nem se importou em responder. A virgindade de Delaney estava protegida dele. Ele saiu pela porta do escritório e desceu a rua em direção ao jipe. Conseguiu ouvir seu celular tocando mesmo antes de abrir a porta. O celular parou apenas para começar novamente. Ele ligou o motor e pegou o aparelho. Era sua mãe querendo informações sobre o testamento e lembrando que ele deveria almoçar com ela. Nick não precisava de lembrete. Ele e Louie almoçavam na casa da mãe várias vezes por semana. Isso acalmava as preocupações dela sobre seus hábitos alimentares e fazia com que ela não fosse para as casas deles e reorganizasse a gaveta de meias.

Mas hoje, em particular, ele não queria ver sua mãe. Ele sabia como ela reagiria ao testamento de Henry e não queria mesmo falar com ela sobre isso.

Ela ia endoidecer, ficar com raiva e direcionar sua raiva para todos com o sobrenome Shaw. Ele achava que ela tinha vários motivos para odiar Henry.

Seu marido, Louis, foi morto dirigindo um dos caminhões de transporte de madeira de Henry, deixando-a com um filho pequeno, Louie, para criar sozinha. Poucas semanas depois do enterro de Louis, Henry foi à casa deles a fim de oferecer conforto e condolências. Quando ele partiu aquela noite, foi embora com a assinatura da jovem viúva que estava vulnerável em um documento que o livrava de qualquer responsabilidade pela morte de Louis. Ele a deixou com um cheque e um filho no ventre. Depois que Nick nasceu, Benita confrontou Henry, mas ele negou que o bebê pudesse ser dele. Ele continuou negando o fato por boa parte da vida de Nick.

Embora Nick entendesse que sua mãe tivesse direito de ficar brava, quando chegou à casa dela, ficou surpreso com o ardor das críticas. Ela xingou o testamento em três línguas: espanhol, basco e inglês. Nick entendeu apenas parte do que ela disse, mas a maior parte de sua raiva era direcionada a Delaney. E ele nem havia contado a ela sobre a estipulação de não haver relações sexuais entre eles. Ele esperava não ter que contar isso.

— Aquela garota — ela disse com raiva enquanto cortava um pedaço de pão. — Ele sempre prioriza aquela *neska izugarri* em vez de seu filho. Seu próprio sangue. Ela não é nada, nada. E ainda assim ela fica com tudo.

— Ela talvez saia da cidade — Nick lembrou sua mãe. Ele não se importava se Delaney ia ficar ou se já estava a caminho de casa. Ele não queria os negócios ou o dinheiro de Henry, pois já havia recebido a única propriedade que queria de seu pai.

— Ah! Por que ela iria embora? Seu tio Josu terá algo a dizer a esse respeito.

Josu Olechea era o único irmão de sua mãe. Ele era um criador de carneiros e dono de terras perto de Marsing. Desde que

Benita ficou viúva, ela contava com Josu para ser o chefe da família, não importando que seus filhos já fossem adultos.

— Não o incomode com esse assunto — Nick disse e apoiou o ombro no refrigerador. Quando era garoto, toda vez que aprontava alguma coisa ou que sua mãe achava que ele e Louie precisavam de uma influência masculina positiva, ela os mandava para passar o verão com Josu e seus rebanhos. Os dois amavam fazer isso até descobrirem as mulheres.

A porta dos fundos se abriu e seu irmão entrou na cozinha. Louie era mais baixo que Nick. Firme, com cabelos e olhos pretos que havia herdado de seus pais.

— Então — Louie começou a falar, fechando a porta de tela atrás dele —, o que o velho te deixou?

Nick sorriu e se alinhou. Seu irmão ia gostar da herança.

— Você vai adorar essa.

— Ele ficou com praticamente nada — sua mãe interferiu, enquanto carregava um prato de pão fatiado para a sala de jantar.

— Ele me deixou a propriedade Angel Beach e a terra em Silver Creek.

As grossas sobrancelhas de Louie se levantaram e seus olhos negros brilharam.

— Caralho — o incorporador de terras de trinta e quatro anos sussurrou para que sua mãe não o ouvisse.

Nick riu e os dois seguiram Benita até a sala de jantar e sentaram-se à mesa de carvalho polido. Eles viram sua mãe dobrar a toalha de mesa e voltar para pegar a comida deles.

— O que você vai fazer na propriedade Angel Beach? — Louie perguntou, presumindo corretamente que Nick ia querer construir algo no terreno. Benita talvez não percebesse o valor da herança de Nick, mas seu irmão sim.

— Não sei. Tenho um ano para pensar a respeito.

— Um ano?

Benita colocou tigelas de *guisado de vaca* na frente dos filhos e se sentou. Estava calor lá fora e Nick realmente não queria carne ensopada. — Só consigo a propriedade se fizer algo. Ou melhor, se *não* fizer.

— Ele está tentando fazer você mudar de nome novamente?

Nick olhou para o irmão e a mãe, que olhavam de volta para ele. Não havia escapatória. Eles eram uma família, e acreditavam que pessoas da família tinham o direito de meter o nariz onde não eram chamadas. Ele pegou um pedaço de pão e deu uma mordida. Depois que engoliu, disse:

— Há uma condição. Eu fico com a propriedade daqui a um ano se não me envolver com Delaney.

Nick olhou de soslaio para sua mãe, que ainda olhava para ele. Ela nunca havia falado com nenhum dos dois sobre sexo. Ela nem ao menos mencionava o assunto. Ela havia deixado *a conversa* para o tio Josu, mas naquela época os dois garotos já sabiam muito sobre o assunto. Ele olhou novamente para seu irmão e levantou uma sobrancelha.

Louie provou a carne ensopada.

— O que acontece se você se envolver?

— O que você quer dizer como o que acontece? — Nick olhou zangado para seu irmão enquanto pegava a colher. Mesmo se ele fosse louco o suficiente para querer Delaney, o que ele não era, ela o odiava. Ele enxergou isso nos olhos dela hoje. — Você soa como se houvesse possibilidade.

Louie não disse nada. Ele não tinha que dizer. Ele sabia o histórico de Nick.

— O que acontece? — Sua mãe perguntou, pois não sabia de nada, mas sentia que tinha o direito de saber tudo.

— Delaney herda a propriedade.

— Claro. Não é suficiente ela ter ficado com tudo que era seu por direito? Agora ela ficará atrás de você para pôr as mãos na sua propriedade, Nick — sua mãe previu, gerações de sangue basco desconfiado e reticente corriam por sua veia. Seus olhos escuros fixaram-se. — Tome cuidado com ela. Ela é tão gananciosa quanto a mãe.

Nick duvidava muito que teria que *tomar cuidado* com Delaney. Na noite passada, quando ele a levou de carro até a casa da sua mãe, ela se sentou no jipe como se fosse uma estátua, a luz da lua iluminando sua imagem em meio às sombras e deixando-o saber que ela estava realmente brava com ele. E, depois de hoje, ele tinha certeza de que ela o evitaria como se ele tivesse uma doença contagiosa.

— Me promete, Nick. Ela sempre te colocou em confusão. Tome cuidado.

— Eu tomarei.

Louie grunhiu.

Nick franziu a testa para o irmão e trocou propositalmente de assunto.

— Como está Sophie?

— Ela vai voltar para casa amanhã.

— Que boa notícia. — Benita sorriu e deixou um pedaço de pão perto de sua tigela.

— Eu queria ter um pouco mais de tempo a sós com Lisa antes de contar a Sophie sobre o casamento — Louie disse. — Não sei como ela vai reagir às notícias.

— Ela vai se acostumar com sua nova madrasta no devido tempo. Tudo vai dar certo — Benita previu. Ele gostava de Lisa, mas ela não era basca nem católica, o que significava que Louie não podia se casar com ela *na igreja*. Não importa que Louie havia se divorciado e não podia se casar *na igreja* de qualquer jeito. Benita não se preocupava com Louie. Ele ficaria bem. Mas Nick... Ela se preocupava com Nick. Ela sempre se preocupou. E agora aquela *garota* estava de volta e ela se preocupava ainda mais.

Benita odiava todos com o sobrenome Shaw. Ela odiava principalmente Henry, pela forma que ele a tratou e a forma que havia tratado seu filho, mas ela odiava aquela *garota* e sua mãe também. Há anos ela assistia a Delaney desfilando por aí em roupas chiques enquanto Benita tinha que remendar as roupas de segunda mão de Nick. Delaney tinha bicicletas novas e brinquedos caros, enquanto Nick passou a infância quase sem brinquedos, ou com alguns usados. E, enquanto ela assistia a Delaney ganhar mais do que uma garotinha precisava, ela também via seu filho de peito estufado e cabeça levantada. Um homenzinho estoico. E, cada vez que ela o via fingir que não se importava, seu coração se quebrava mais. Cada vez que ela o via olhando para aquela garota, ficava mais amargurada.

Benita tinha orgulho de seus filhos e os amava por igual. Mas Nick era diferente de Louie. Nick era muito sensível.

Ela olhava para seu filho mais novo. Nick sempre partiria seu coração.

Quatro

Os sacos para coletar fezes de cachorro no bolso do *short* de Delaney pareciam uma patética metáfora de sua vida. Merda, essa era a realidade. Desde que vendeu sua alma por dinheiro, era isso que sua vida havia se tornado, e ela não achava que poderia melhorar pelos próximos onze meses. Praticamente tudo o que ela possuía estava num galpão de armazenamento perto dos limites da cidade, e a forma mais próxima de companhia que possuía eram os dois Weimaraners que passeavam com ela.

Delaney levou menos de cinco horas para decidir aceitar as condições do testamento de Henry. Uma quantidade de tempo espantosamente curta, mas ela queria o dinheiro. Ela teve o prazo de uma semana para viajar para Phoenix, largar o emprego e fechar seu apartamento. Dizer adeus a seus amigos em Valentina foi difícil. Dizer adeus a sua liberdade foi ainda mais difícil. Faz apenas um mês, mas é como se ela fosse prisioneira há um ano.

Ela não tinha emprego e vestia roupas de que não gostava porque vivia com sua mãe.

O sol quente fritava sua cabeça enquanto ela ia para Macaco Branco em direção ao centro da cidade. Quando ela morava em Truly, há dez anos, a maior parte das ruas não tinha nome. Não havia necessidade, mas, com a recente chegada de turistas e o rápido crescimento no ramo imobiliário, a câmara municipal se matou para inventar nomes de ruas bastante criativos como Macaco-Aranha, Macaco-Prego e Macaco-Branco. Delaney parecia viver na seção de primatas da cidade, enquanto Lisa se dava mais ou menos bem na Rua Margarida, que, é claro, ficava próxima da Magnólia e da Maria-Sem-Vergonha.

Desde que voltou, ela percebeu muitas outras mudanças. O centro comercial havia quadruplicado e a parte velha da cidade tinha sido reformada. Havia duas plataformas para acomodar a chegada de muitos barcos e *jet skis* e três novos parques na cidade. Mas, além dessas mudanças, havia dois sinais muito claros de que a cidade tinha finalmente deixado os anos 1990. Primeiro, havia uma loja Mountain Java Espresso[8] localizada entre a imobiliária Sterling Realty e a lanchonete Grits and Grub Diner. E, segundo, o velho moinho que obstruía a passagem foi transformado numa pequena cervejaria. Quando Delaney morava em Truly, as pessoas costumavam beber cafés Folgers e cervejas Coors. Elas chamariam duas doses de café *latte light* de "café de mulherzinha" e tirariam sarro de qualquer um que ousasse pronunciar as palavras "cerveja de framboesa".

Era 4 de Julho[9] e a cidade estava inundada de patriotismo. Bandeiras e laços vermelhos, brancos e azuis decoravam tudo, desde o *banner* de "Bem-vindo a Truly" ao índio de madeira na abertura do Howdy's Trading Post. Mais tarde haveria

[8] Bar especializado em expressos.
[9] Dia da independência dos Estados Unidos.

um desfile, é claro. Em Truly, havia desfiles para todas as ocasiões. Talvez ela ficasse pelo centro da cidade e assistisse. Ela não tinha mais nada mesmo para fazer.

Na esquina de Beaver e Principal, Delaney parou e esperou que uma RV passasse. Ela deu de recompensa a Duke e Dolores, por terem se comportado bem durante a caminhada, biscoitos Milkbones. Levou várias semanas frustrantes para ela conseguir estabelecer seu papel latindo mais alto e ensinando quem estava no comando. Ela teve tempo. No último mês passou parte do seu tempo colocando a conversa em dia com alguns antigos colegas de escola. Mas eles estavam todos casados e com família e olhavam para ela como se fosse anormal por não ter nada disso.

Ela adoraria ter passado mais tempo com Lisa, mas, diferentemente de Delaney, ela tinha um emprego e um noivo. Delaney adoraria se sentar com a amiga e falar sobre o testamento de Henry e o verdadeiro motivo de sua volta a Truly. Mas ela nem ousou. Se o que foi estipulado por Henry viesse a público, a vida de Delaney se tornaria um inferno. Ela passaria a ser assunto de infindáveis especulações e o tópico de infinitas fofocas. E, se a parte do testamento que diz respeito ao *Nick* fosse revelada, ela provavelmente teria que se matar.

Do jeito que estava, ela se sentia propensa a morrer de tédio antes de tudo acabar. Delaney passou seus dias assistindo a *talk shows*, ou levando Duke e Dolores para passear como um modo de sair de casa e escapar da vida que sua mãe havia planejado para ela. Gwen decidiu que, uma vez que Delaney moraria em Truly por um ano, ela deveria se envolver nos mesmos projetos, pertencer às mesmas organizações sociais e comparecer às mesmas reuniões que ela. Gwen até inscreveu a filha para liderar um comitê para lidar com o problema de drogas em Truly. Delaney recusou a proposta de forma educada. Primeiro, porque o problema de drogas em Truly era digno de risadas. Segundo, que Delaney preferia beber água de um *bong*[10] a se envolver com a comunidade.

Ela e os cachorros desceram a Principal, passando por uma loja de conveniência e uma de camisetas, ambas abertas recentemente na região do centro da cidade. Considerando a quantidade de pessoas que por ali passavam, pareciam ter boas vendas. Ela passou por uma pequena livraria com um pôster grudado na porta anunciando um festival de R&B. O pôster surpreendeu Delaney e ela se perguntou quando a cidade havia trocado Conway Twitty por James Brown.

Ela parou na frente de um pequeno prédio de dois andares, tendo em uma ala uma sorveteria e em outra os escritórios Allegrezza Construções. No grande vitrô estavam pintadas as palavras: Gloria's: Um Corte Divino. Qualquer corte e penteado por dez dólares. Delaney não achou que a placa fazia jus às habilidades de Gloria.

Duke e Dolores estavam sentados e ela coçou as orelhas deles. Delaney se inclinou e olhou pelo vitrô para ver as cadeiras vermelhas da Naugahyde[11] do salão. Toda vez que ela dirigia pela cidade, percebia que o salão estava fechado.

— E aí, fazendo o quê?

Delaney reconheceu a voz de Lisa na hora. Ela não ficou surpresa em ver Louie ao lado de Lisa. Seu olhar era direto e um pouco desconcertante. Ou talvez ela achava que ele a olhasse desse modo por ser irmão de Nick.

— Só estava olhando o salão — ela respondeu.

— Preciso ir *alu gozo* — disse Louie, depois inclinou a cabeça e beijou a noiva. O beijo se prolongou e Delaney ficou olhando entre as orelhas de Duke. Ela não namorava havia mais

[10] Objeto similar ao *narguilé* utilizado para o fumo de diversos tipos de ervas, adicionando água ao fundo do *bong* e a erva e tragando por uma das bocas.

[11] Marca de couro artificial.

de um ano, e o relacionamento não tinha durado mais que quatro meses. Ela não conseguia se lembrar da última vez que um homem a havia beijado como se a quisesse engolir sem se importar com quem estivesse assistindo.

— Até mais, Delaney.

Ela olhou novamente para Louie.

— Até mais, Louie.

Ela o viu entrar no prédio ao lado do salão. Talvez ela pensasse que ele estava desconcertado porque, como seu irmão, era extremamente masculino. Nick era mais alto, mais esculpido, como uma estátua. Louie parecia um touro. Você jamais veria um Allegrezza usando uma gravata Versace ou uma sunga minúscula.

— O que significa *alu gozo*? — ela perguntou, sentindo um pouco de dificuldade de pronunciar as palavras estrangeiras.

— É um apelido carinhoso, como amorzinho. Louie é tão romântico.

Ela sentiu uma inveja repentina.

— O que você está aprontando?

Lisa ajoelhou-se e fez carinho embaixo do focinho de Duke e Dolores.

— Levei Louie para almoçar, e estava trazendo-o de volta.

— Para onde vocês foram?

Lisa sorriu quando os cães lamberam suas mãos.

— Minha casa.

Delaney sentiu uma pontinha de ciúme e percebeu que estava mais solitária do que achava. Era o 4 de Julho e uma sexta à noite. O fim de semana estava chegando — vazio. Ela sentia falta dos amigos que tinha em Phoenix. Sentia falta de sua vida ocupada.

— Estou feliz de tê-la encontrado. O que você vai fazer hoje à noite? — Lisa perguntou.

Delaney pensou: "Absolutamente nada".

— Ainda não sei.

— Louie e eu pensamos em chamar uns amigos. Gostaria que fosse também. A casa dele é na Horseshoe Bay, perto de onde vão soltar os fogos de artifício sobre o lago. O show é muito legal dessa praia.

Delaney Shaw na casa de Louie Allegrezza? O irmão de Nick? Filho da senhora Allegrezza? Ela tinha visto Benita outro dia no mercado e tudo que ela se lembrava da mulher ainda era verdade. Ninguém mostrou tanto descaso quanto Benita Allegrezza. Ninguém podia transmitir superioridade e desdém no mesmo olhar.

— Oh, eu acho que não, mas obrigada mesmo assim.

— Covarde — Lisa colocou as mãos na cintura.

— Não sou covarde — Delaney jogou o peso do corpo para uma perna e inclinou a cabeça para o lado. — Apenas não quero ir para um lugar em que sei que não sou bem-vinda.

— Você é bem-vinda. Eu falei com Louie, e não tem problema nenhum em você ir. — Lisa respirou fundo e disse: — Ele disse que gosta de você.

Delaney riu.

— Mentirosa.

— O.k., ele disse que não *conhecia* você. Mas, se ele a conhecesse melhor, que provavelmente ia gostar.

— O Nick vai estar lá?

Uma de suas principais metas para sobreviver o ano inteiro era evitá-lo o máximo possível. Ele era rude e bruto e a lembrava propositalmente de coisas que ela achava melhor esquecer. Ela estava presa na mesma cidade, mas isso não significava que precisava ser sociável com ele.

— Nick vai ficar perto do lago com alguns amigos, então não vai estar lá.

— E a senhora Allegrezza?

Lisa olhou para ela como se Delaney fosse idiota.

— Claro que não. Louie vai convidar alguns caras que trabalham para ele e Sophie estará lá com alguns amigos. Nós vamos nos reunir para comer cachorros-quentes e hambúrgueres às 6 da tarde. Você deveria vir. O que mais você tem pra fazer?

— Bem, eu ia assistir ao desfile.

— O desfile acaba às 6 da tarde, Delaney. Você não quer ficar sozinha em casa, não é?

A falta de vida social deixava Delaney constrangida. Ela olhou do outro lado da rua, para a imobiliária Sterling Realty. Ela pensou na noite que ia ter. Depois de *Roda da Fortuna*, o que ela tinha para fazer?

— Bem, acho que posso dar uma passada lá. Se você tem certeza de que Louie não se importaria que eu fosse.

Lisa concordou com a cabeça para despreocupar Delaney e foi embora.

— Eu te disse, conversamos sobre isso e ele não se importa. Assim que te conhecer, ele gostará de você.

Delaney viu sua amiga partir. Ela não estava tão otimista quanto Lisa. Louie era irmão de Nick, e a tensão e a animosidade entre ela e Nick eram algo palpável. Ela não falava com Nick desde a leitura do testamento de Henry, mas o havia visto várias vezes. Delaney o viu descendo com tudo a Wagon Wheel Road em sua Harley, alguns dias depois indo para Mort's com uma ruiva grudada do seu lado. A última vez que ela o viu foi na intersecção das ruas Principal e Primeira. Ela parou no sinal vermelho, e ele atravessou a rua na frente dela. *Não sei não, Frank. Ela é bem gostosa. E se eu não conseguir me controlar?*

Ela se agarrou ao volante e sentiu suas bochechas queimarem. Ela estava focada na pasta na mão direita dele, e se perguntou o que ele faria se ela *acidentalmente* o atropelasse. Se o pé dela escorregasse acidentalmente do freio e fosse para o acelerador. Se ela acidentalmente o derrubasse e depois desse marcha à ré só por segurança.

Ela ligou o motor do Miata como se fosse Cha-Cha Muldowney[12] esperando o sinal de largada, depois soltou a embreagem apenas o suficiente para disparar em direção à faixa de pedestres. A cabeça de Nick se levantou e ele saiu do caminho. As sobrancelhas dele se abaixaram e seus olhos frios e cinza lançaram um olhar de raiva em direção a Delaney. Um segundo mais e ela teria atingido a perna direita dele.

Ela sorriu para ele. Por um momento a vida era boa.

Delaney passou horas pensando se devia ou não ir à festa da Lisa. Ela não havia se decidido até que se pegou pensando em passar a noite enrolando com uma pilha de revistas e uma garrafa de vinho. Ela tinha vinte e nove anos e se não tomasse uma atitude depressa tinha medo de que pudesse se tornar uma daquelas mulheres que usam chapéu em vez de pentear o cabelo e trabalham em saltos plataforma vermelhos para a Easy Spirit[13]. Antes que pudesse mudar de ideia, ela colocou uma blusa de gola rulê preta e jaqueta de couro verde-limão. A calça *jeans* que colocou também era preta, mas suas botas de cano alto combinavam com a jaqueta. Ela passou musse nos cachos macios e pôs argolas douradas nos quatro furos da orelha.

Quando Delaney chegou à festa, já era um pouco mais de 8 da noite. Três adolescentes de treze anos que riam bastante atenderam a porta e a conduziram até a parte de trás de uma casa espaçosa construída com pedras de rio e madeira.

— Todos estão aqui — uma das garotas que tinha olhos escuros informou. — Você quer colocar sua bolsa no quarto do meu pai?

[12] Corredora pioneira na modalidade *dragster*.

[13] Loja de sapatos mais confortáveis para caminhada, porém não muito bonitos.

Ela colocou a carteira e um batom vinho em uma pequena bolsa de couro que parecia uma caixa de chapéus. Delaney conseguia ficar sem a carteira, mas não conseguiria substituir o batom *Estee Lauder* por um ano.

— Não, obrigada. Você é Sophie?

A garota nem olhou direito para Delaney enquanto passavam pela cozinha.

— Sim. Quem é você?

Sophie usava aparelho, tinha espinhas e cabelo grosso com pontas duplas e secas. Pontas duplas deixavam Delaney doida. Eram como um quadro torto que deixa a pessoa louca até que seja alinhado.

— Sou uma amiga da Lisa, Delaney.

Sophie moveu a cabeça rapidamente e seus olhos se arregalaram.

— Ah, meu Deus! Eu ouvi falar de você pela minha vó.

Pela cara de Sophie, Benita não havia feito elogios.

— Ótimo — Delaney murmurou enquanto estava perto das três garotas. Ela passou por várias portas de vidro até um deque. Duas enormes ponderosas faziam sombra na areia branca da praia abaixo, e vários barcos estavam amarrados ao cais sendo movimentados pelas ondas suaves do Lago Mary.

— Olá — Lisa cumprimentou e saiu do semicírculo de pessoas em que se encontrava. — Achei que não ia conseguir vir. Teve que ir a um lugar chique antes?

Delaney olhou para as roupas dela, depois olhou para os outros convidados usando camisetas e *shorts*.

— Não, eu ainda sinto frio. Tem certeza de que tudo bem de eu estar aqui?

— Claro. Como foi o desfile?

— Foi quase a mesma coisa da última vez que vi, com a diferença de que o grupo de veteranos da Guerra Mundial se reduziu a dois idosos no fundo de um ônibus escolar. — Ela sorriu, relaxada como não se sentia há mais de um mês. — E a maior atração ainda é a antecipação de que o tocador de tuba vai pisar na bosta do cavalo.

— Como foi a banda do ensino fundamental? Sophie me disse que eles foram muito bem este ano. Delaney se esforçou para tecer um elogio.

— Bem, os uniformes são melhores que os da nossa época de escola.

— Foi o que achei — Lisa riu. — Você está com fome?

— Já comi, obrigada.

— Venha, vou te apresentar para o pessoal. Você deve se lembrar de algumas pessoas.

Delaney seguiu Lisa até um grupo reunido em volta de duas churrasqueiras. Os quinze ou mais convidados eram uma combinação de amigos que Lisa e Louie conheciam há boa parte de suas vidas e pessoas que trabalhavam na Allegrezza Construções.

Delaney conversou com Andrea Huff, a melhor arremessadora de beisebol no ensino fundamental. Andrea se casou com John French, o garoto que, num dos arremessos dela, havia levado uma bolada no estômago e botou para fora macarrão com queijo no parquinho. Os dois pareciam felizes juntos, e Delaney se perguntou se havia uma ligação entre os eventos.

— Tenho dois filhos — ela apontou para a praia, depois parou para se debruçar no parapeito e gritou com umas crianças andando no lago. — Eric! Eric French, eu te falei para não entrar na água depois de comer.

Um garoto loiro se virou e colocou uma mão no rosto para fazer sombra nos olhos.

— Só entrei até a altura dos joelhos.

— Certo, mas, se você se afogar, não venha chorando para mim — Andrea se distanciou do parapeito. — Você tem filhos?

— Não, nunca me casei.

Andrea olhou para ela como se fosse um alienígena, e em Truly, Delaney imaginou que uma mulher de vinte e nove anos solteira era uma aberração.

— Agora, me conta o que você tem feito desde o ensino médio.

Delaney contou para ela sobre os lugares em que viveu e então a conversa passou a ser sobre as lembranças que cada uma tinha de morar em uma pequena cidade no mesmo período. Elas conversaram sobre ir de trenó até a base da Montanha Shaw e riram da época em que Andrea perdeu a parte de cima do biquíni esquiando na água do lago.

Um sentimento inesperado e enternecedor tomou a alma de Delaney. Falar com Andrea era como encontrar algo de que ela nem sabia que sentia falta, como sandálias velhas há muito tempo descartadas por um par mais bonito.

Depois de Andrea, Lisa apresentou Delaney a vários homens solteiros que trabalhavam para Louie e ela recebeu muita atenção masculina. A maior parte dos trabalhadores da construtora era mais nova que Delaney. Vários eram bastante bronzeados, tinham bumbum de ferro e pareciam ter saído de um comercial de Coca Diet. Delaney ficou feliz por não ter ficado em casa tomando aquela garrafa de Franzia. Especialmente quando um operador de retroescavadeira chamado Steve passou uma garrafa de Bud para ela e a mirou com seus olhos azuis. Seu cabelo era como bala de leite clareada pelo sol, e ele era desalinhado de um modo que Delaney acharia muito atraente se não fosse tão perfeito. O cabelo era estrategicamente desgrenhado e tinha muito gel para ser tão natural. Steve sabia que era lindo.

— Vou ver se Louie está bem — Lisa deu um sorriso, depois fez um sinal positivo com o polegar atrás de Steve como se ainda estivessem na escola e tivessem que aprovar os namorados uma da outra.

— Já te vi antes — Steve disse assim que ficaram sozinhos.

— Mesmo? — Ela levou a cerveja à boca e bebeu um gole. — Onde?

— Em seu carrinho amarelo. — O sorriso dele mostrava seus dentes muito brancos, ligeiramente tortos. — É difícil não vê-la.

— Acho que meu carro chama atenção.

— Não o seu carro. Você. É difícil não ver você.

Ela se sentia tão invisível nas camisetas lisas e *shorts* que usava ultimamente que apontou para si mesma e perguntou: — Eu?

— Não me diga que você é uma dessas garotas que gostam de fingir que não sabem que são lindas?

Linda? Não, Delaney sabia que não era bonita. Ela era atraente e podia ficar bonita quando se arrumava. Mas, se Steve queria dizer que era linda, ela ia deixar. Porque, perfeito ou não, ele não era um cachorro — figurativa ou literalmente. Ela passou tanto tempo com Duke e Dolores que, se deixasse, ela seria capaz de derreter diante de tanta atenção.

— Quantos anos você tem? — ela perguntou a ele.

— Vinte e dois.

Sete anos. Aos vinte e dois Delaney estava aproveitando a vida. Ela foi como uma condenada a prisão que depois foi libertada — presa por cinco anos. Entre os dezenove e vinte e quatro, viveu uma vida de abandono negligente e total liberdade. Divertiu-se muito, mas estava feliz de estar mais velha e com mais sabedoria.

Olhou para as adolescentes na praia acenando os braços e correndo para a beira do mar. Ela não era *tão* mais velha que Steve, e não estava procurando por um relacionamento sério. Delaney levou a garrafa à boca novamente e tomou um gole. Talvez ela pudesse apenas usá-lo no verão. Usá-lo e depois largá-lo. Certamente, homens a haviam usado e largado. Por que ela não podia tratar os homens do mesmo modo que a trataram? Qual era a diferença?

— O tio Nick voltou — Sophie falou alto para Louie, que estava em meio a um monte de gente.

Tudo dentro de Delaney silenciou. O olhar dela se voltou para o barco cruzando vagarosamente em direção ao fim do cais, para o homem atrás do leme do Bayliner, os pés dele estavam separados, seus cabelos negros esvoaçando na altura dos ombros. A sombra do pinheiro alto cobria a superfície da água e banhava ele e os passageiros em sombras. Sophie correu para o cais com as amigas atrás dela, sua conversa animada mais alta que o barulho do motor externo do barco. A risada em resposta de Nick chegou até os ouvidos de Delaney com a brisa. Ela deixou sua bebida no parapeito e procurou Lisa a alguns metros de distância, com cara de culpada.

— Com licença, Steve — ela disse, e foi em direção à sua amiga.

— Não me mate — Lisa sussurrou.

— Você deveria ter me falado.

— Você viria?

— Não.

— Então estou feliz que eu menti.

— Por quê? Para que eu viesse até aqui e depois fosse embora?

— Não seja tão fresca. Você precisa esquecer seus sentimentos hostis por Nick.

Delaney olhou para os olhos de sua amiga de infância e tentou não ficar magoada com o comentário. Ela se lembrou que Lisa não sabia do testamento de Henry ou da noite em que Nick a usou, dez anos atrás.

— Sei que ele vai ser seu cunhado, mas tenho bons motivos para sentir hostilidade por ele.

— Louie me contou.

Jorraram perguntas horríveis na cabeça de Delaney. Ela se perguntou quem sabia o quê. O que eles sabiam e quem havia dito o que a quem.

— O que ele te disse?

— Ele me contou sobre o testamento.

Delaney olhou para Louie, que estava observando o lago. Ela preferia que ninguém soubesse sobre o testamento, mas não era a maior de suas preocupações. Por sorte, seu maior medo estava enterrado no passado.

— Há quanto tempo você sabia disso?

— Há mais ou menos um mês, e queria que tivesse me contado. Queria te convidar para o meu casamento, mas estava esperando você me dizer que ia ficar. Fingir que eu não sabia foi muito difícil, mas agora posso te convidar para ser uma de minhas madrinhas. Eu queria que fosse minha dama de honra, porém não pude te convidar, então pedi para minha irmã ser. Mas eu...

— O que o Louie te contou exatamente? — Delaney interrompeu enquanto pegava o braço de Lisa e a puxava para uma parte deserta do deque.

— Que, se você for embora de Truly, Nick herda sua parte dos bens de Henry e, se vocês dois transarem, você herda a parte dele.

— Quem mais sabe?

— Benita, eu acho.

Claro.

— E talvez Sophie. Ela disse algo sobre ter ouvido sua avó.

Depois de um frio na barriga, ela soltou o braço de Lisa.

— Isso é tão humilhante! Agora todos na cidade sabem e eu não vou conseguir ir a lugar nenhum sem as pessoas me observarem para ter certeza de que não vou sair da cidade ou transar com o Nick. — Ela sentiu dor de cabeça só de pensar na ideia. — Como se isso fosse acontecer.

— Ninguém mais vai ficar sabendo. Se está preocupada com Sophie, eu falo com ela.

— E ela vai te dar ouvidos?

— Se eu falar para ela que a fofoca poderia magoar o Nick, ela dará ouvidos. Ela o idolatra. Aos olhos de Sophie, Nick é um santo e nunca faz nada de errado.

Delaney olhou para o Santo Nick com seu harém de fêmeas vindo pelo cais. Ele deu um grande saco de papel para Sophie e ela e suas amigas foram para uma mesa de piquenique na praia. Sua camiseta verde estava dentro da calça Levi's com o grande rasgo em cima do joelho direito e chinelos de dedo de borracha, ele parecia que tinha acabado de sair da cama. Delaney olhou para as três mulheres. Talvez ele tivesse mesmo.

— Me pergunto onde ele as pegou — Lisa disse, referindo-se à loira ao lado dele e às morenas logo atrás. — Ele ia apenas passar em casa para pegar alguns fogos de artifício para Sophie.

— Aparentemente ele pegou mais do que algumas bombas de fumaça. Quem são essas mulheres?

— A loira é Gail alguma coisa, não sei o nome de casada dela, mas seu pai era o juiz Tanner. As duas atrás dele parecem as gêmeas Howell, Lonna e Lanna.

Delaney se lembrou de Gail Tanner. Ela era muitos anos mais velha que Delaney, e suas famílias se encontravam eventualmente. Ela também a reconheceu como a mulher que Nick pegou no enterro de Henry. As gêmeas Howell ela não conhecia.

— A Gail é casada?

— Divorciada.

Delaney olhou melhor para elas. As mulheres usavam blusinhas bem justas por dentro das calças *jeans*. Delaney adoraria chamá-las de vadias, mas não podia. Elas pareciam mais garotas de capa de revista que prostitutas.

— A Gail pôs silicone? Não lembro dela ter tanta "comissão de frente".

— Colocou silicone e fez uma lipo no bumbum também.

— Hum. — Delaney olhou novamente para Nick e o triângulo da coxa estava visível pelo rasgo em seu *jeans*. — Você já viu as pessoas fazendo lipoaspiração na TV? Nossa, meu traseiro dói só de imaginar.

— É nojento. Parece gordura de galinha.

— Você faria?

— Nem pensaria duas vezes. E você?

Delaney olhou para a amiga como se tivesse pensado nisso.

— Acho que não, mas provavelmente vou levantar meus seios depois que eles começarem a ir em direção ao meu umbigo. Se tiver sorte, não terei que fazer isso pelos próximos vinte anos ou mais.

E Delaney chamou a atenção de Lisa para seu busto.

— Você sempre teve seios bonitos. Eu nunca tive seios grandes, mas tenho um belo traseiro.

As duas mulheres olharam para o traseiro de Lisa.

— Melhor que o meu — Delaney admitiu, depois voltou a olhar para Nick e as três mulheres atravessando a praia em direção às escadas que davam acesso ao deque.

— Então, qual delas é namorada dele?

— Não sei.

— Provavelmente as três.

— Provavelmente.

— Nenhuma delas — disse Louie de trás.

Delaney gemeu por dentro e fechou os olhos. Ela foi pega fofocando sobre Nick. Pior, ela foi pega por Louie. Por quanto tempo ele estava lá? Ela se perguntou se ele a ouviu falando sobre levantar os seios, mas ela não ousou perguntar. Devagar, ela se virou para ele, procurando algo para dizer.

Por sorte, Lisa não teve o mesmo problema.

— Tem certeza de que ele não está namorando as gêmeas?

— Não — ele respondeu, depois anunciou com uma expressão muito séria. — Nick é homem de uma mulher só.

Delaney olhou para Lisa e as duas caíram no riso.

— Qual é a graça? — Louie queria saber. Ele cruzou os braços e suas sobrancelhas negras formavam uma linha reta na testa.

— Você — Lisa respondeu e beijou sua boca firme. — Você é louco, mas é isso que amo em você.

Louie passou o braço em volta da cintura de Lisa e a puxou para perto.

— Também te amo, *alu gozo.*

Ninguém nunca havia dito palavras carinhosas exóticas para Delaney — a não ser que ela levasse em conta “Transa comigo, gatinha”. Nenhum homem a amou do modo que Louie obviamente amava Lisa. E parece que nenhum homem iria querê-la, também, enquanto ela estivesse presa em Truly sem nada para fazer além de levar cachorros para passear. Tinha que haver algo melhor que recolher cocô de cachorro.

— Você sabe quem é o dono do prédio ao lado do seu?

— Você sabe — Louie encolheu os ombros. — Talvez sua mãe. Isso depende de como tudo terminar no testamento de seu pai.

— Eu sei?

Quando ela recebeu a notícia, um grande sorriso apareceu em seus lábios.

— Sim. Henry era dono de todo aquele quarteirão.

— Seus escritórios também?

— Sim.

Ela tinha muito em que pensar e decidiu partir.

— Bem, muito obrigada por me receberem — Delaney disse, pretendendo ir embora antes de ficar perto de Nick.

— Você acabou de chegar — Lisa mencionou. — Fique até depois dos fogos. Louie, diga a ela que quer que ela fique.

— Por que você não fica? — Louie disse e pegou a bota que tinha pendurada no ombro e deu a ela.

Ótimo, agora ela pareceria uma bebezona se fosse embora. Ela pegou a bolsa de pele de porco da mão dele e perguntou:

— O que é isto?

— *Txakoli.* — Quando ela não bebeu, ele acrescentou: — Vinho tinto. É para ocasiões especiais e feriados.

Delaney levantou a bolsa e molhou o queixo com um pouco do vinho antes de acertar a boca. O vinho era doce e muito potente e, quando ela o abaixou novamente, tinha vinho na garganta.

— Acho que deveria ter colocado em um copo — ela brincou e limpou o queixo e o pescoço.

De trás, a bota foi roubada da mão dela. Ela virou e deu de cara com um peito largo de algodão verde desbotado. O estômago dela revirou como um *pretzel* quando ela subiu o olhar para os olhos cinza de Nick, passando por seus lábios. Os Allegrezza tinham o hábito de aparecer por trás.

— Abra a boca — ele disse.

Ela virou a cabeça para o lado e olhou para ele.

— Abra a boca — ele repetiu e levantou a bota em cima do rosto dela.

— O que você vai fazer se eu não abrir? Derramar vinho em mim?

Ele sorriu de forma lenta e sensual.

— Sim.

Ela não duvidava dele nem por um instante. No instante em que abriu a boca, o vinho jorrou entre seus lábios. Ela olhava sem esperança Lisa e Louie se afastarem. Ela os teria seguido se não a tivessem obrigado a permanecer parada. Então o vinho acabou. Ela engoliu e lambeu o canto da boca, sem dizer uma palavra.

— De nada.

A brisa levava o cheiro da pele dele e bagunçava fios de seu escuro cabelo grosso na altura dos ombros. Ele tinha cheiro de ar da montanha fresco e homem negro e sensual.

— Não pedi sua ajuda.

— Não, mas você precisa de muito *txakoli* para matar aquele inseto no seu traseiro. Ele se inclinou um pouco para trás e levantou a bota. Um arco vermelho encheu a boca dele, e sua garganta trabalhava enquanto ele engolia. Pelos negros faziam sombra em sua axila e, pela primeira vez, Delaney notou a tatuagem em volta de seu bíceps direito. Era uma fina coroa de espinhos, e os emaranhados e espinhos de tinta preta pareciam muito reais em sua pele lisa e bronzeada. Ele abaixou a bolsa e sugou uma gota de vinho do lábio inferior.

— Você ia me atropelar no outro dia, minha gata?

Ela tentou não reagir.

— Não me chame desse jeito, por favor.

— De que jeito? Minha gata?

— Sim.

— Por que não?

— Porque não gosto.

Nick não estava nem aí para o que ela gostava. Ela tentou atropelá-lo, sem dúvida. Ele olhou as curvas do corpo dela enquanto rosqueava a tampa na bota.

— Acho uma pena.

Assim que pisou no deque, ele a havia notado, e não apenas porque Delaney estava usando blusa de gola alta e jaqueta verde de couro enquanto todos estavam vestidos para o verão. Era o cabelo dela. O sol se pondo pegava todas as diferentes nuances de vermelho e as deixava em chamas.

— Então acho que na próxima vez que te vir na faixa de pedestres não vou frear.

Nick se aproximou de Delaney até que ela precisou mover a cabeça para trás para poder olhar para ele. Seu olhar se movia pelas bochechas de porcelana perfeitas que ela tinha até seus lábios rosados. A última vez que ele chegou tão perto dela, ela estava nua.

— Pode tentar.

Branca e rosada. Isso era o que ele lembrava mais dela. Lábios e língua macios e rosados. Peitos brancos e firmes e pequenos mamilos rosa. Coxas brancas de seda.

Ela abriu a boca para dizer algo, mas, fosse lá o que quisesse dizer, foi silenciada pela aproximação de Gail.

— Aí está você — Gail disse enquanto pegava o braço de Nick. — Vamos pegar logo um lugar na praia antes que o *show* comece.

Nick olhou para os olhos grandes e castanhos de Delaney e sentiu um intumescimento que não tinha nada a ver com a mulher desejável que ele tinha a seu lado. Ele deu um passo para trás e deu atenção para Gail.

— Se está com pressa, vá sem mim.

— Não, eu espero. — Gail olhou para Delaney. Ela agarrou o braço dele com ainda mais força. — Olá, Delaney. Fiquei sabendo que se mudou novamente para cá.

— Por um tempo.

— A última vez que vi sua mãe ela me disse que você era aeromoça na United.

Delaney franziu a testa ligeiramente e olhou a sua volta como se estivesse procurando desesperadamente por uma razão para escapar.

— Isso foi há cinco anos, e eu era carregadora de malas, não aeromoça — ela disse e deu um passo para trás. — Bem, foi bom ver você novamente, Gail. Tenho que ir. Falei para a Lisa que ia ajudá-la... a... fazer algo. — Sem olhar para Nick nem por um instante, ela se virou e saiu.

— O que está acontecendo com vocês? — Gail perguntou.

— Nada.

Ele não queria falar de Delaney, especialmente com Gail. Ele não queria nem pensar nela. Ela era confusão para ele. Sempre foi. Desde a primeira vez que ele olhou nos olhos grandes e castanhos dela.

— Quando cheguei, parecia estar acontecendo algo.

— Para.

Ele se soltou de Gail e entrou. Mais cedo, quando ele foi para a casa dele pegar os fogos de artifício que havia prometido a Sophie, Gail e as gêmeas bateram na porta. Ele não gostava que mulheres passassem na casa dele a hora que quisessem. Dava a elas a falsa ideia de que ele tinha um relacionamento com elas. Mas era feriado, e ele decidiu esquecer a intromissão e as convidou para a festa do Louie. Agora desejava não ter convidado. Ele reconheceu aquele olhar determinado em Gail. Ela não ia parar.

Gail foi logo atrás de Nick, mas esperou que estivessem sozinhos na cozinha antes de continuar.

— Você lembra quando Delaney foi embora, há dez anos? Muitas pessoas diziam que ela estava grávida e que você era o pai.

Nick jogou a bota de Louie no balcão, depois pegou dois Miller's no *cooler* e tirou as tampas. Ele se lembrou dos rumores. Dependendo de quem você ouvia a fofoca na época, havia mais de cem lugares em que ele e Delaney faziam aquilo e das formas mais imaginativas. Mas, em qualquer versão que você ouvisse, o fim era sempre o mesmo: Nick Allegrezza havia colocado suas mãos sujas em Delaney Shaw. Ele havia engravidado a princesa.

Henry não sabia em que acreditar. Ele ficou com raiva da *possibilidade* de o rumor ser verdade. Ele exigiu que Nick negasse. Claro que Nick não negou.

— Você a engravidou?

Agora era irônico demais. Dez anos depois, Henry queria que ele engravidasse Delaney. Nick deu uma das bebidas geladas para Gail.

— Eu já disse, para.

— Acho que tenho o direito de saber, Nick.

Ele olhou nos olhos azuis dela e riu sem humor.

— Você não tem direito de saber nada.

— Eu tenho direito de saber se você sai com outras mulheres.

— Você sabe que saio.

— E se eu pedisse para você parar?

— Não peça — ele advertiu.

— Por que não? Nós ficamos íntimos desde que nos tornamos amantes. Poderíamos ter uma vida maravilhosa juntos, se você deixasse.

Nick sabia que ele não era o único homem na lista de maridos em potencial de Gail. Ele apenas estava no topo. Por um instante, ser o número um na lista de *hit* sexual foi interessante, mas ultimamente ela tinha começado a ficar possessiva e isso o irritava.

— Eu te disse desde o início para não esperar nada de mim. Eu nunca confundo sexo com amor. Um não tem nada a ver com o outro. — Nick levou a cerveja aos lábios e disse: — Eu não amo você, mas tente não levar para o lado pessoal.

Ela cruzou os braços e encostou o traseiro na beirada do balcão.

— Você é um merda. Não sei por que estou com você.

Nick deu um bom gole na bebida. Os dois sabiam por que ela estava com ele.

Delaney sentiu o musculoso braço masculino de Steve passar por sua cintura e puxá-la para perto dele. Vermelho, branco e azul explodiram na noite negra, banhando o lago com faíscas brilhantes enquanto Delaney testava a sensação do abraço de Steve. Ela chegou à conclusão de que gostava disso. Ela gostou do contato e do calor, sentiu-se viva novamente.

Ela olhou para a esquerda e viu Nick enterrar a parte de baixo de um cano na areia. Alguns minutos antes, ela dera uma boa olhada nos fogos de artifício que o "tio Nick" havia trazido para sua sobrinha. Todos os fogos eram ilegais na sacola.

Uma cascata dourada iluminava o corpo dele por alguns segundos, e ela olhou para outra direção. Ela não ia mais evitá-lo. Não iria deixar de ir a algum lugar só para não encontrá-lo. E não iria passar o resto do tempo em Truly, como passou o mês passado. Ela tinha um plano. Sua mãe não ia gostar, mas Delaney não ligava para isso.

E ela tinha que se aprontar para um casamento em novembro também. Lisa havia falado com ela novamente para que fosse ao seu casamento e Delaney aceitou. Lembrou-se das várias vezes em que ela e Lisa colocaram panos de prato no cabelo e fingiam entrar na igreja. Elas imaginavam quem se casaria primeiro e sonhavam ter um casamento duplo. Nenhuma delas pensava que seria solteira até os vinte e nove anos.

Vinte e nove. Até onde Delaney sabia, ela era a única de suas amigas de escola que não estava pelo menos noiva. Em fevereiro ela vai fazer trinta. Uma mulher de trinta anos sem residência própria e sem um homem na sua vida. Com a casa ela não se preocupava. Com 3 milhões ela podia comprar uma casa. Mas o homem... Não é que ela *precisasse* de um homem na vida dela. Não precisava, mas seria legal ter um por perto às vezes. Ela não namorava fazia um tempo e sentia falta da intimidade.

O olhar dela voltou-se novamente para a silhueta escura do homem acendendo fogos num cano perto da beira do lago. Ele se virou e olhou para a direção dela. Ela sentiu um frio na barriga, e olhou rapidamente para o céu à noite.

A cidade fez um espetáculo tão maravilhoso que acendeu o lago como um amanhecer e ateou fogo na cobertura do barco do coronel Mansfield. As pessoas amavam isso e mostravam sua apreciação armando as próprias bombas na praia e nas sacadas. Happy Dragons, Cobras e Mighty Rebels queimavam em chuvas de brilho. Fogos de artifícios legais como Whistling Pete's, modificados para emitir sons e voar, zuniam no céu à noite.

Delaney havia se esquecido de quão piromaníacas eram as pessoas de Truly. Um míssil barulhento passou assoviando em cima da cabeça de Delaney e explodiu na chuva vermelha no deque de Louie.

Bem-vindo a Idaho. Terra das batatas e dos *shows* pirotécnicos.

Cinco

A maçaneta da porta do Miata de Delaney pressionava o traseiro dela enquanto Steve a pressionava pela frente. Ela colocou as mãos no peito dele e parou o beijo.

— Venha comigo — ele sussurrou no ouvido dela.

Delaney se afastou apenas o suficiente para ver as sombras escuras do rosto dele. Ela queria poder usá-lo. Estava tentada. Queria que ele não fosse tão jovem a ponto de a idade dele importar, mas importava.

— Não posso.

Ele era bonito, tinha um peito perfeito, e parecia ser muito legal. Ela se sentia um papa-anjo.

— Meu colega que mora comigo viajou.

Um colega que mora com ele. É claro que dividia o apartamento com alguém, ele tinha vinte e dois. Ele provavelmente se alimentava de comida enlatada e Budweiser. Quando ela tinha vinte e dois, uma boa refeição consistia em salgadinho, salsa e sangria. Ela morava em Vegas, trabalhava em Circus Circus, nem se importava com o resto da vida.

— Nunca vou para casa com homens que acabo de conhecer — ela disse e o empurrou até que ele desse um passo para trás.

— O que você vai fazer amanhã à noite?

Delaney balançou a cabeça e abriu a porta do carro.

— Você é um cara legal, mas não estou interessada em ficar com ninguém no momento.

Quando partiu, ela viu pelo retrovisor Steve indo embora. No começo ficou lisonjeada com a atenção que ele lhe deu, mas, durante a noite, ela se sentiu mais desconfortável com a situação. Ela amadureceu muito nos últimos sete anos. Mobiliar se tornou tão importante quanto um moderníssimo aparelho de som, e em algum momento a frase "farrear até passar mal" perdeu o apelo. Mas mesmo que ela estivesse muito tentada a usar o corpo de Steve para obter prazer, Nick havia arruinado sua noite. Ele arruinou só de estar na festa. Ele esteve muito presente e se passou muito entre os dois para ela ignorá-lo completamente. Mesmo quando conseguiu esquecê-lo por alguns momentos, ela sentiu seu olhar atraí-la. Porém, quando olhava de volta, ele não estava olhando para ela.

Delaney saiu da longa estrada e entrou na garagem. E, mesmo se Nick não estivesse lá, e Steven não fosse tão novo, ela duvidava seriamente que iria para casa com ele. Ela tinha vinte e nove anos, morava com a mãe e era muito paranoica para curtir sexo casual.

Depois que estacionou perto dos Cadillacs de Henry e Gwen que combinavam um com o outro, ela entrou em casa pela porta da cozinha. A varanda estava com uma luz turva de uma lâmpada e várias velas de citronela iluminando Gwen e a parte de trás da cabeça de um homem. Delaney apenas reconheceu o advogado de Henry, Max Harrison, quando saiu. Ela não o via desde o dia em que leu o testamento de Henry. Ficou surpresa em vê-lo agora.

— Que bom vê-la novamente — ele disse, enquanto se aproximava. — Como está sendo morar em Truly novamente?

"Uma porcaria", ela pensou enquanto se sentava à mesa na cadeira de ferro forjado ao lado de sua mãe.

— Leva um tempo para se acostumar.

— Divertiu-se na festa? — Gwen perguntou.

— Sim — ela respondeu com sinceridade. Ela conheceu algumas pessoas legais e, apesar de Nick Allegrezza, se divertiu.

— Sua mãe estava me contando que você anda ocupada treinando os cachorros de Henry. — Max se sentou novamente, e sorriu. — Talvez tenha encontrado uma nova profissão.

— Na verdade, gosto da minha — ela disse. Desde sua conversa com Louie, ela andou pensando no prédio vago no centro da cidade. Ela não queria discutir suas ideias com a mãe até ter certeza de que poderia dar certo, e a pessoa com quem ela precisava conversar a respeito coincidentemente estava sentada na mesma mesa que ela, e de qualquer jeito sua mãe ia acabar descobrindo mais cedo ou mais tarde.

— Quem é dono do prédio ao lado da Construções Allegrezza? É um pequeno prédio de dois andares com um salão de beleza no andar de baixo.

— Acho que Henry deixou aquela propriedade na Rua Primeira com a Principal para você. Por quê?

— Quero reabrir o salão.

— Não acho uma boa ideia — a mãe disse. — Há muitas outras coisas que você pode fazer.

Delaney a ignorou:

— Como posso fazer isso?

— Para começar, você precisará de um pequeno empréstimo comercial. O dono anterior faleceu, então você vai precisar entrar em contato com o advogado que representa os herdeiros para determinar o valor do salão — ele começou a explicar. Quando terminou, meia hora depois, Delaney sabia exatamente o que precisava fazer. A primeira coisa que faria na segunda era visitar o banco que mantinha o dinheiro dela sob custódia e pedir um empréstimo. Até onde enxergava, tinha apenas uma falha no platô. O salão estava localizado exatamente ao lado da empresa de construção de Nick.

— Posso aumentar o aluguel do prédio ao lado? — Talvez ela pudesse forçá-lo a sair.

— Não até que o prazo de locação expire.

— Quando termina?

— Daqui a um ano.

— Droga.

— Por favor, não xingue — a mãe dela disse em tom de reprovação enquanto colocava a mão na cabeça de Delaney. — Se você quer abrir um negócio, por que não pensa em uma loja de presentes?

— Eu não quero abrir uma loja de presentes.

— Você poderia abrir em tempo de vender peças de cerâmica para o Natal.

— Eu não quero vender cerâmica.

— Acho uma ótima ideia.

— Então faça isso você. Eu sou cabeleireira, e quero reabrir o salão no centro da cidade.

Gwen ajeitou as costas na cadeira.

— Você só está fazendo isso para me contrariar.

Ela não estava, mas morou com a mãe por tempo suficiente para saber que, se discutisse, ia acabar parecendo infantil. Às vezes falar com Gwen era como brigar com um papel mata-moscas. Quanto mais você luta para se libertar, mais você fica grudado.

Levou um pouco mais de três meses para Delaney conseguir o empréstimo e deixar o salão pronto para abrir. Enquanto esperava, ela fazia um estudo não científico do distrito comercial da cidade, com ênfase no número de clientes que passavam pelo salão de beleza de Helen. Com um bloco de papel e uma caneta na mão, ela estacionava em becos e espionava a Nêmesis de sua infância, Helen Markham. Quando Lisa não estava trabalhando nem estava ocupada com os planos do casamento, Delaney pedia a ela que reportasse qualquer atividade que percebesse também.

Delaney fez quadros de estatísticas demográficas e juntava visualmente dados de permanentes feios com permanentes bonitos. Ela até mesmo inventou um sotaque falso caso Helen a reconhecesse quando ela ligasse para saber quanto a concorrência cobrava por um retoque na tintura. Mas várias coisas passaram pela cabeça dela quando revirou a lixeira de Helen uma noite para ver que tipo de produtos baratos ela usava. Enquanto estava lá, com lixo até as coxas e o pé afundando em um contêiner de queijo *cotagge* estragado, ela percebeu que tinha exagerado em sua investigação. Ela também percebeu que o sucesso do salão dela tinha muito mais a ver com realizar um sonho do que com ganhar de Helen. Delaney esteve longe por dez anos, só para voltar e cair nas mesmas armadilhas de sempre. Contudo, desta vez ela não ia perder nada para Helen.

No final do estudo, ela percebeu que Helen havia criado um negócio próspero, porém Delaney não estava preocupada. Ela viu o cabelo de Helen. Podia roubar a clientela de sua antiga rival facilmente.

Uma vez que conseguiu o empréstimo, Delaney largou o caderninho e se ocupou em arrumar o local. Uma suja camada de pó cobria tudo, da caixa registradora ao bigudinho do permanente. Tudo precisava ser lavado e esterilizado. Ela examinou com atenção os registros anteriores do dono, mas os números não batiam com os do inventário. Ou Gloria era completamente sem aptidão, ou alguém entrou depois da morte dela e roubou as malas dos produtos de cabelo. Não que Delaney tivesse se importado muito com o roubo, já que ela não tinha que pagar aos herdeiros de Gloria pelos produtos que faltassem e tudo na loja estava fora de moda havia pelo menos três anos. Ainda assim, ela ficou um pouco desconfortável em pensar que alguém talvez tivesse acesso ao salão. Na sua cabeça, a principal suspeita era obviamente Helen, que sempre foi ladra. Além disso, quem usaria pedaços de algodão, toalhas de algodão e grampos?

Garantiram a Delaney que ela tinha a única chave das portas da frente e de trás, além de ter a única chave para o apartamento de cima. Ela não estava convencida disso e ligou para o único chaveiro da cidade, que prometeu que faria a troca de fechaduras em uma semana. Mas ela morava em Truly, onde uma semana podia significar um mês, dependendo da maré.

Nove dias antes de abrir o negócio, ela raspou o nome antigo da janela e as palavras *cortes modernos* aplicadas no lugar em cor dourada. Ela tinha novos produtos no estoque e novas cadeiras de verniz preto na recepção. O chão de madeira foi reformado e as paredes pintadas com um branco brilhante. Delaney pendurou pôsteres e substituiu os espelhos antigos por uns novos e maiores. Quando terminou, estava muito satisfeita e orgulhosa do seu serviço. Não era o salão dos sonhos. Não era de cromo e mármore nem tinha os melhores estilistas, mas ela havia conseguido muita coisa em um curto período de tempo.

Delaney se apresentou aos donos da loja de iguarias Bernard, na esquina, e da loja de camisetas ao lado. E um em que ela não viu o jipe de Nick estacionado, foi à Construções Allegrezza e se apresentou à secretária dele, Hilda, e à gerente, Ann Marie.

Duas noites antes de abrir, Delaney deu uma pequena festa no salão. Ela convidou Lisa e Gwen e todas as amigas da mãe. Enviou convites a donos de negócios na região, e excluiu a Construções Allegrezza, mas mandou entregar um convite em mãos a Helen. Por duas horas, o salão ficou cheio de pessoas comendo morangos e bebendo champanhe, mas Helen não apareceu.

Gwen apareceu, mas depois de meia hora inventou uma desculpa esfarrapada sobre estar um pouco gripada e foi embora. Era só mais uma forma de expressar desaprovação. Mas

Delaney deixou de viver em função da aprovação da mãe havia muito tempo. Ela sabia que nunca a teria.

No dia seguinte, Delaney se mudou para o apartamento na parte de cima do salão. Contratou alguns rapazes para transferirem seus móveis do estoque para o pequeno apartamento de um quarto. Gwen disse a Delaney que ela iria desistir e voltar logo, mas a filha sabia que isso não aconteceria.

Havia uma escada de madeira num pequeno estacionamento atrás do salão que levava até a porta verde-esmeralda da nova casa. O apartamento estava uma bagunça e precisava de piso, novas cortinas e um fogão decente, de depois da era Brady Bunch[14]. Delaney amava o local. Amava os assentos na pequena sala de estar e no quarto. Amava a velha banheira, e a grande janela em formato de arco que dava vista para a Rua Principal. Ela certamente já morou em apartamentos melhores, e aquele lugar tão pequeno não podia nem se comparar com os luxos da casa de sua mãe, mas talvez fosse exatamente por isso que ela amava aquele lugar. As coisas que estavam ali eram dela. Delaney nem tinha notado quanto sentia falta das coisas até que os pratos preencheram as prateleiras. Dormiu na sua própria cama de ferro forjado e sentou no próprio sofá de linho cor de creme, com almofadas de estampa de zebra, para assistir à própria televisão. O café preto e as mesas eram dela, assim como a mesinha na pequena sala de jantar do outro lado da sala de estar. A sala de jantar e a cozinha eram separadas por meia-parede, e dava para ver a maior parte do apartamento de uma vez só. Não que houvesse muito que ver.

Delaney desempacotou o que considerava serem suas roupas de trabalho e as pendurou no armário. Ela fez algumas compras, uma cortina transparente de plástico para o boxe com

[14] Seriado norte-americano exibido nas décadas de 1960 e 1970.

corações vermelhos e grandes, e dois tapetes trançados para os remendos no chão da cozinha.

Três dias depois de começar o novo serviço, ela tinha um telefone, mas ainda estava esperando as fechaduras novas. Estava esperando também que aparecessem alguns clientes.

Delaney pediu à primeira cliente do salão que se sentasse na cadeira e tirou a toalha da cabeça dela.

— Tem certeza de que quer ondulado sem secador, senhora Van Damme? — Ela não fazia esse tipo de penteado desde a escola de cabeleireiros. Não só fazia quatro anos, mas também dava muito trabalho fazer esse tipo de penteado.

— Sim, da forma que sempre uso. Da última vez fui àquele salão na outra esquina — ela disse, referindo-se ao salão de Helen —, mas ela não fez um bom serviço. Parecia que eu tinha minhocas na cabeça. Não tenho um penteado decente desde que Gloria morreu.

Delaney tirou a jaqueta curta de vinil e colocou um avental verde que cobria a camiseta de *laicra* cor de framboesa e saia de vinil, deixando visíveis os joelhos e as botas brilhantes. Ela lembrava do seu emprego no salão Valentina, em Scottsdale, e de suas clientes que sabiam alguma coisa de moda e tendências. Pegou o pente modelador e começou a tirar os nós da nuca da senhora. Depois achou um creme para ondular cabelos no estoque, deixado ali pela dona antiga. Ela geralmente não concordaria em fazer um penteado no cabelo da senhora Van Damme, especialmente depois que ela barganhou o valor até chegar a dez dólares. O talento intuitivo de Delaney estava na habilidade de ver os defeitos da natureza e corrigi-los com corte e cor. O corte certo fazia com que narizes parecessem menores, olhos maiores e queixos mais fortes.

Mas ela estava desesperada. Ninguém queria pagar mais de dez dólares por nada. Nos três dias em que o salão estava aberto, a senhora Van Damme era a única pessoa que não havia olhado para os preços e saído correndo. Tudo bem que ela mal podia andar...

— Se você fizer um bom trabalho, vou te recomendar para as minhas amigas, mas elas não pagarão mais do que eu.

"Ah, meu Deus", ela pensou, "um ano inteiro atendendo senhoras mão de vaca. Um ano inteiro fazendo cachinhos e coques.

— Você divide o cabelo para a direita, senhora Van Damme?

— Para a esquerda. E, já que seus dedos estão no meu cabelo, você pode me chamar de Wannetta.

— Há quanto tempo você usa o cabelo desse jeito, Wannetta?

— Ah, por mais ou menos quarenta anos. Desde que meu falecido marido me disse que eu parecia a Mae West.

Delaney duvidava muito que Wannetta algum dia se pareceu com Mae West.

— Talvez seja hora de uma mudança — ela sugeriu e colocou luvas de borracha como se fosse cirurgiã.

— Não. Eu gosto de manter o que funciona.

Delaney cortou a ponta da garrafa e aplicou o creme no lado direito da cabeça da mulher e começou a moldar as ondas com os dedos e com o pente. Ela tentou várias vezes antes de conseguir acertar a primeira mecha para que pudesse fazer a segunda e a terceira. Enquanto ela trabalhava, Wannetta falava sem parar.

— Minha amiga Dortha Miles mora numa casa de repouso em Boise. Ela gosta muito de lá. Diz que a comida é boa. Pensei em me mudar para um desses lugares também. Desde que meu marido, Leroy, faleceu, no ano passado — ela fez uma pausa para passar a mão ossuda por debaixo da capa e coçar o nariz.

— Como o seu marido morreu? — Delaney perguntou enquanto formava uma mecha com o pente.

— Caiu de cabeça do telhado. Não sei quantas vezes eu disse para aquele velho tonto não subir ali. Mas ele nunca me dava ouvidos, e olha onde está agora. Ele teve que ir até lá e mexer na antena da TV, confiante que podia colocar no canal dois. E agora eu estou sozinha, e, se não fosse pelo meu neto imprestável, Ronnie, que não consegue parar num emprego e está sempre pedindo dinheiro emprestado, talvez eu pudesse me mudar para uma dessas casas de repouso com Dortha. Apenas não tenho certeza se conseguiria porque acho que a filha dela é — ela fez uma pausa e falou mais baixo — lésbica. Eu acho que esse tipo de coisa é genética. Agora, não estou dizendo que Dortha é — ela pausou novamente e sussurrou a palavra seguinte — lésbica, mas ela sempre teve tendência a usar cabelo curto, e usava sapatos confortáveis mesmo antes que seus pés começassem a sentir dores. E eu odiaria morar com alguém e descobrir algo assim. Teria medo de tomar banho, e teria medo que ela andasse pelo apartamento nua. Ou talvez ela tentasse me espiar quando eu estivesse sem roupa.

A imagem mental que veio à cabeça de Delaney era assustadora, e ela teve que se conter para não cair no riso. A conversa mudou do medo de Wannetta de lésbicas nuas para outras preocupações perturbadoras na vida dela.

— Depois que aquela casa próxima do Cow Creek foi roubada, no ano passado — ela disse —, tive que começar a trancar as portas. Nunca tive que fazer isso antes. Mas eu moro sozinha agora, e não estou sendo cuidadosa demais, eu acho. Você é casada? — ela perguntou, olhando para Delaney pela parede de espelhos na frente dela.

Delaney estava cansada daquela pergunta.

— Não encontrei o homem certo ainda.

— Eu tenho um neto, Ronnie.

— Não, obrigada.

— Hum. Você mora sozinha?

— Sim — Delaney respondeu no momento em que terminou a última mecha. — Eu moro no andar de cima.

— Aqui em cima? — Wannetta apontou para o telhado.

— Sim.

— Por quê, se sua mãe tem uma casa tão boa?

Havia milhares de razões. Ela mal falava com sua mãe desde que se mudara, e não podia dizer que estava tão chateada por causa disso.

— Eu gosto de morar sozinha — ela respondeu e montou uma fileira de pequenos cachos na testa da mulher.

— Bem, só tome cuidado com esses malucos desses garotos bascos, os Allegrezza ao lado. Eu namorei um pastor de ovelhas uma vez. Eles têm modos muito estranhos.

Delaney se segurou para não rir novamente. Antes de abrir o salão, ela se preocupava com a ideia de encontrar Nick, mas, embora não visse seu jipe no estacionamento atrás dos dois prédios, e as portas dos fundos deles fossem muito perto, ela não o viu. De acordo com Lisa, ela não via Louie muito ultimamente também. A Construções Allegrezza estava fazendo hora extra para completar vários grandes trabalhos antes da primeira neve, que deveria cair no início de novembro.

Quando Delaney acabou, a senhora Van Damme ainda era velha e enrugada e não parecia nada com Mae West.

— Que tal? — ela perguntou e entregou um espelho oval para a mulher.

— Hum... Me vira.

Delaney virou a cadeira para que Wannetta pudesse ver a parte de trás do cabelo.

— Está bom, mas vou descontar cinquenta centavos pelos cachinhos na frente. Eu nunca disse que pagaria por cachos extras.

Delaney franziu a testa e tirou a capa dela.

— Você dá um desconto de cidadã idosa, não dá? Helen não é tão boa quanto você, mas ela dá desconto para idosos.

Daquele jeito, ela iria falir rapidinho. Assim que a senhora Van Damme foi embora, Delaney trancou o salão e tirou seu avental verde. Ela pegou a jaqueta de vinil e foi para os fundos. Assim que saiu e se virou para fechar a porta, um jipe preto empoeirado parou numa vaga reservada para Construções Allegrezza. Ela olhou para a direção do carro e quase derrubou as chaves.

Nick desligou o motor do jipe e colocou a cabeça para fora da janela.

— Ei, minha gata, onde você foi vestida como uma prostituta?

Devagar ela se virou e colocou o casaco.

— Não estou vestida como uma prostituta.

Quando saiu do carro, Nick mediu Delaney dos pés à cabeça. O olhar dele começou nas botas e foi subindo. Um sorrisinho apareceu em seus lábios.

— Parece que alguém se divertiu bastante te enrolando em fita isolante.

Ela tirou o cabelo de dentro da gola da jaqueta e o mediu da mesma forma que ele fez com ela. O cabelo dele estava puxado para trás num rabo de cavalo, e os braços estavam descobertos em sua camisa social azul. A calça *jeans* estava gasta, quase branca em vários pontos, e as botas estavam empoeiradas.

— Você fez essa tatuagem na cadeia? — ela perguntou, apontando para a coroa de espinhos circulando o bíceps dele.

O sorriso dele permaneceu igual e ele não respondeu.

Delaney não conseguia se lembrar de uma vez em que conseguiu que Nick fosse bom com ela. Ele era sempre mais rápido e maldoso. Mas isso foi no passado, com a antiga Delaney. A nova Delaney levantava o nariz e abusava da sorte.

— Por que você estava na prisão se expondo em público?

— Por estrangular uma ruiva espertinha que costumava ser loira. — Ele deu vários passos em direção a ela e parou numa distância em que dava para tocá-la. — Valeu a pena.

Delaney olhou para ele e sorriu.

— Você se abaixou para pegar o sabonete que caiu no chão?

Ela esperou que ele ficasse bravo. Esperou que ele dissesse algo cruel. Algo para fazê-la desejar sair correndo no segundo que visse o jipe dele, mas ele não disse.

Ele deu um sorriso largo.

— Essa foi boa — respondeu, depois riu, e foi o sorriso cheio de confiança de um homem que sabia com certeza que ninguém nem ao menos pensaria em questionar sua preferência sexual.

Ela não conseguiu se lembrar de nenhuma vez que ouviu a risada dele que não fosse direcionada para ela. Como na vez em que Gwen fez com que ela se vestisse como um Smurf para o desfile de *Halloween*, e Nick e seus colegas valentões caíram na risada.

Este Nick estava desarmado.

— Parece que nós dois estaremos no casamento de Louie.

— Sim, quem imaginaria que minha melhor amiga ia acabar ficando com o louco Louie Allegrezza.

Sua gargalhada foi alta e verdadeira.

— Como vão os negócios? — ele perguntou e realmente a deixou abalada.

— O.k. — A última vez que ele foi gentil, ela havia deixado que ele tirasse sua roupa enquanto ainda estava vestido. — Tudo que preciso é de umas fechaduras novas.

— Por quê? Alguém tentou invadir o local?

— Não tenho certeza. — Ela olhou para os papéis dobrados saltando para fora do bolso, para qualquer coisa menos para seus olhos radiantes. — Me deram apenas uma chave para o local e deve haver mais em algum canto. Eu chamei o chaveiro, mas ele não veio ainda.

Nick estendeu a mão para a maçaneta que estava na altura da cintura de Delaney e sacudiu. O pulso dele roçou o quadril dela.

— Ele provavelmente não virá. Jerry é um ótimo chaveiro quando trabalha, mas ele trabalha apenas o suficiente para pagar o aluguel e as bebidas. Você não o verá até que ele fique sem Black Velvet.

— Que ótimo — ela olhou para a ponta de suas botas brilhantes. — Já tentaram arrombar a porta do seu comércio?

— Não, mas tenho portas de aço e trancas.

— Talvez eu faça o trabalho sozinha — ela disse, pensando alto. Será que era tão difícil? Tudo o que precisava era de uma chave de fenda e talvez de uma broca.

Desta vez quando ele riu, foi definitivamente dela.

— Eu mando um subempreiteiro passar aqui nos próximos dias.

Delaney olhou para ele, passando pelo queixo, pelos lábios carnudos e sensuais e pelo olhar frio. Ela não confiava nele. A oferta foi boa demais.

— Por que você faria isso por mim?

— Duvidoso?

— Muito.

Ele deu de ombros.

— Uma pessoa poderia facilmente entrar pela ventilação de um prédio para outro.

— Sabia que sua oferta não era por pura bondade.

Ele se inclinou para a frente e apoiou as mãos na parede ao lado da cabeça dela.

— Você me conhece tão bem.

O corpo grande dele bloqueava a luz do sol, mas ela se recusava a se sentir intimidada.

— O que isso vai me custar?

Um sorriso malicioso iluminou os olhos dele.

— O que você tem?

O.k., ela se recusava a demonstrar que ele a havia intimidado. Ela levantou o queixo um pouco.

— Vinte contos?

— Não é o suficiente.

Presa entre os braços dele, ela mal podia respirar. Uma fina camada de ar separava a boca dela da dele. Ele estava tão perto que ela podia sentir o cheiro de creme de barbear ainda na pele dele. Ela tinha que sair dali.

— Quarenta? — ela perguntou, sua voz totalmente estridente e sem ar.

— Uh-uh — ele tocou o queixo dela com o indicador e trouxe o olhar dela para o dele. — Não quero o seu dinheiro.

— O que você quer?

Os olhos dele foram em direção à boca de Delaney e ela achou que ele fosse beijá-la.

— Pensarei em algo — ele disse, e desencostou da parede.

Delaney respirou profundamente e o viu desaparecer no prédio ao lado. Ela tinha medo de pensar no que esse algo seria.

No dia seguinte, no trabalho, ela fez uma placa oferecendo polimento para as unhas de graça. Ninguém quis, mas ela passou *spray* no cabelo da senhora Vaughn até parecer um capacete. Laverne Vaughn ensinava na escola de Truly até que foi obrigada a se aposentar aos setenta e tantos anos.

Evidentemente, Wannetta cumpriu com sua palavra. Ela falou de Delaney para as amigas. A senhora Vaughn pagou dez dólares, quis o desconto de cidadã idosa e exigiu um polimento na unha grátis. Delaney tirou a placa.

Na sexta ela lavou e modelou o cabelo de outra amiga de Wannetta, e no sábado a senhora Stokesberry deixou duas perucas para serem lavadas. Uma branca para o dia a dia, outra preta para ocasiões especiais. Ela foi buscá-las três horas depois e insistiu em colocar a peruca branca na cabeça ela mesma.

— Você dá desconto para idosos, certo? — ela perguntou enquanto colocava o cabelo para trás da orelha.

— Sim — Delaney suspirou, perguntando-se por que estava aturando tanto as pessoas. A mãe dela, as mulheres de cabelos grisalhos e Nick. Especialmente Nick. A resposta veio na sua cabeça como o som da caixa registradora. Três milhões de dólares. Ela conseguia aturar muita coisa por 3 milhões.

Assim que a mulher foi embora, Delaney fechou o salão mais cedo e foi visitar seus amigos Duke e Dolores. Os cachorros ficaram muito felizes e lamberam suas bochechas. Finalmente rostos amigáveis. Ela descansou a testa no pescoço de Duke e tentou não chorar. Falhou com eles da mesma forma que havia falhado com o salão. Ela odiava fazer ondas com os dedos e passar *spray* em cabeças. Odiava demais lavar e modelar perucas. Principalmente, ela odiava não poder fazer o que amava. E o que Delaney amava era fazer mulheres comuns parecem extraordinárias. Ela adorava o som de secadores de cabelo, o corte rápido e o cheiro de tinturas e produtos para permanente. Ela amava sua vida antes de voltar a Truly para o enterro de Henry. Ela tinha amigos e um emprego que amava.

Sete meses e quinze dias, ela disse para si mesma. Sete meses e então ela podia ir para onde quisesse. Ela se levantou e pegou as coleiras dos cachorros.

Meia hora depois, voltou do passeio com os cães e os colocou de volta no canil. Ela já estava indo quando Gwen apareceu.

— Você pode ficar para o jantar? — ela perguntou, colocando um suéter bege de angorá nos ombros dela.

— Não.

— Desculpe por ter ido embora da sua festa cedo.

Delaney achou as chaves do carro no bolso. Geralmente se calaria e guardaria tudo para ela, mas não estava no clima.

— Não acho que esteja arrependida.

— Lógico que estou. Por que você diria algo assim para mim?

Ela olhou para a mãe, nos olhos azuis dela e no cabelo em bobes.

— Não sei — ela respondeu, decidindo desistir de argumentar algo que sabia que ia perder. — Tive um dia dos infernos. Venho jantar amanhã à noite, se quiser.

— Tenho planos para amanhã à noite.

— Na segunda, então — Delaney disse enquanto entrava no carro. Ela acenou com a mão e, assim que voltou para o apartamento, ligou para Lisa. — Você está livre esta noite? — Ela perguntou quando sua amiga atendeu. — Preciso de uma bebida. Talvez duas.

— Louie vai trabalhar até tarde, então posso te ver um pouco.

— Por que não nos encontramos no Hennesey's? Uma banda de *blues* vai tocar lá mais tarde.

— Tudo bem, mas provavelmente irei embora antes de eles começarem.

Delaney se sentia um pouco desapontada, mas estava acostumada a ficar sozinha. Depois que desligou o telefone, tomou banho e colocou uma calça *jeans* e um casaco verde que mostrava a barriga. Ela arrumou o cabelo, passou maquiagem e calçou sua bota Doc Marten's e jaqueta de couro para ir a Hennesey's, que ficava a três quadras. Na hora que chegou, 18h30, o bar já estava cheio de gente que foi direto do serviço.

Hennesey's era um bar de tamanho médio, com o andar de cima com vista para o de baixo. As mesas nos dois andares ficavam perto umas das outras, e havia um palco móvel na grande pista de dança. Por enquanto, as luzes de dentro do bar piscavam e a pista estava vazia. Mais tarde, isso ia mudar.

Delaney pegou uma mesa perto do bar e estava tomando a primeira cerveja quando Lisa chegou. Ela olhou para a amiga e apontou com um dedo, sem soltar o copo, para o rabo de cavalo de Lisa.

— Você deveria me deixar cortar seu cabelo.

— Nem pensar — Lisa pediu um Miller Lite, depois olhou novamente para Delaney. — Você se lembra do que fez em Brigit?

— Quem é Brigit?

— A boneca que minha tataravó Stolfus me deu. Você cortou os longos cachos dourados dela e a fez parecer a Cyndi Lauper. Eu fiquei traumatizada desde então.

— Prometo que você não vai parecer com a Cyndi Lauper. Até corto de graça.

— Vou pensar a respeito. — A cerveja de Lisa chegou e ela pagou à garçonete. — Eu pedi os vestidos das damas de honra hoje. Quando chegarem, você tem que ir até em casa para os ajustes finais.

— Vou ficar parecendo um guia turístico numa plantação do sul?

— Não. Os vestidos são de veludo com *strech* cor de vinho. Só uma simples linha A para que você não tire a atenção da noiva.

Delaney tomou um gole de cerveja e sorriu.

— Eu não conseguiria de qualquer modo, mas você deveria mesmo pensar em me deixar fazer seu cabelo para o grande dia. Será divertido.

— Talvez eu deixe você fazer uma trança ou algo assim. — Lisa tomou um gole. — Agendei o bufê para o jantar do casamento.

Quando o tema do casamento de Lisa ficou cansativo, a conversa passou a ser sobre o negócio de Delaney.

— Como está o movimento no salão?

— Péssimo. Eu tive uma cliente, a senhora Stokesberry. Ela deixou a peruca e eu lavei como se fosse um poodle.

— Trabalho legal.

— Nem me fala.

Lisa tomou um gole e disse:

— Não quero fazer você se sentir pior, mas passei pelo salão da Helen hoje. Ela estava com bastante trabalho.

Delaney franziu a testa.

— Tenho que fazer algo para roubar a clientela dela.

Ela já tinha tentado fazer isso com a promoção de polimento de unhas de graça.

— Eu precisava ser alertada — ela disse, considerando silenciosamente suas opções.

— Talvez você devesse fazer uma pequena apresentação ou algo assim na escola de Sophie. Corte alguns cabelos, deixe algumas daquelas garotas bonitas. Então todas as outras garotas vão querer cortar o cabelo também.

— E suas mães irão levá-las outras vezes — Delaney bebeu a cerveja e pensou nas possibilidades.

— Não olhe agora, mas Wes e Scooter Finley acabaram de entrar. — Lisa escondeu o rosto com a mão. — Não faça contato ocular ou eles virão aqui.

Delaney escondeu o rosto também, mas olhou por entre os dedos. — Eles ainda são tão feios quanto antes.

— E tão estúpidos quanto antes também.

Delaney se formou com os irmãos Finley. Eles não eram gêmeos, apenas muito parecidos. Wes e Scooter eram duas sombras mais negras que albinas com olhos arregalados e pálidos.

— Eles ainda acham que atraem mulheres?

Lisa assentiu com a cabeça.

— Vai entender. — Quando a ameaça Finley havia passado, Lisa abaixou a mão e apontou para dois homens no bar. — O que você acha, samba-canção ou cueca?

Delaney olhou as camisetas com o grande logotipo vermelho do Chevron, o cabelo estilo Achy Breaky[15] e disse: — Cuecas. Brancas. Da loja Fruit of the Loom.

— E o terceiro?

O homem era alto, magro, com cabelo perfeitamente alinhado. O suéter amarelo abotoado na altura do pescoço dizia a Delaney que ele era novo na cidade ou um homem de muita coragem. Apenas um homem muito corajoso andaria pelas ruas de Truly com um suéter de qualquer cor, que dirá amarelo, abotoado no pescoço.

[15] Música de Billy Ray Cirus que virou febre e se tornou um termo para determinar um estilo de dança e vestimenta.

— Tanga, eu acho. Ele é muito ousado.

Delaney tomou um gole de cerveja e olhou para a porta.

— Algodão ou seda?

— Seda. Sua vez agora.

As duas olharam para a porta, esperando a próxima vítima a entrar. Ele entrou menos de um minuto depois, e estava tão bonito quanto Delaney se lembrava. O cabelo castanho de Tommy Markham ainda era cacheado na altura das orelhas e do pescoço. Ainda era mais magro que gostoso, e quando o olhar dele pousou em Delaney, seu sorriso ainda era tão charmoso quanto o de um garoto levado. O tipo de sorriso que podia fazer uma mulher perdoar quase tudo.

— Você está deixando minha esposa maluca. Você sabe disso, não é? — ele disse enquanto se aproximava da mesa.

Delaney olhou nos olhos azuis de Tommy e colocou inocentemente a mão no peito.

— Eu? — Em outros tempos a visão de seus longos cílios fazia o coração dela bater mais rápido. Ela não conseguia deixar de sorrir, mas seu coração estava calmo. — O que eu fiz?

— Você voltou.

Bom, ela pensou. Helen passou a infância inteira alfinetando Delaney, deixando-a louca.

Virar o jogo é sempre mais gostoso.

— Então, onde está a bola de ferro e a corrente?

Ele sorriu e se sentou ao lado dela.

— Ela e as crianças foram a um casamento em Challis. Vão voltar amanhã, não sei a que horas.

— Por que você não foi junto? — Lisa perguntou.

— Eu tinha que trabalhar de manhã.

Delaney olhou para a amiga dela, que fazia o sinal de "ele é casado" com os olhos. Delaney deu de ombros. Lisa não tinha com que se preocupar. Ela nunca dormiu com um homem casado. Mas Helen não sabia disso, então deixa ela se preocupar.

Nick desligou o telefone e virou com a cadeira. A luz florescente zunia e um sorriso surgiu nos lábios enquanto ele olhava pelo vitrô. O sol havia se posto e seu próprio reflexo olhava de volta para ele. Tudo acontecia ao mesmo tempo. Ele tinha três empreiteiros querendo investir capital de empreendimento comercial com ele, e estava falando com vários credores.

Ele colocou o lápis na escrivaninha na sua frente, depois passou os dedos pelo cabelo. Metade da cidade de Truly estava assustada quando soube de seus planos para Silver Creek. A outra metade da cidade iria adorar.

Quando ele e Louie decidiram mudar a empresa para Louie, eles sabiam que os moradores mais antigos da cidade resistiriam a qualquer tipo de crescimento e desenvolvimento. Mas, como Henry, essas pessoas estavam morrendo e sendo substituídas por um fluxo de jovens bem-sucedidos. Dependendo de quem você ouvisse, os Allegrezza estavam fazendo um grande negócio ou devastando terras. Eles eram amados ou odiados. Mas, até aí, eles sempre foram.

Ele alongou os braços em cima da cabeça. As especificações para um campo inteiro de golfe e os projetos de condomínios de 16,5 por 60 metros quadrados estavam na frente dele. Mesmo com uma verba modesta, a Construções Allegrezza ia fazer uma fortuna. E isso foi apenas o primeiro estágio de evolução. O segundo era fazer vínculos com outras empresas para conseguir ganhar ainda mais dinheiro, construções que levariam milhares de horas a pouca distância do verde. Agora tudo que Nick precisava era ter os quarenta acres que Henry tinha deixado para ele. Conseguiria isso em junho.

Nick sorriu no escritório vazio. Ele conseguiu seu primeiro milhão construindo desde casas simples até mansões em Boise, mas um homem podia sempre usar dinheiro extra.

Ele pegou sua jaqueta do cabideiro e saiu pelos fundos. Depois de planejar o que faria em Silver Creek, ele ia pensar sobre o que queria construir na praia Angel. Ou talvez não fosse construir nada ali. Fez uma pausa longa, o suficiente para apagar as luzes atrás dele. Sua Harley Fat Boy estava no espaço ao lado do Miata de Delaney. Ele olhou para o apartamento dela, e a porta verde iluminada por uma luz fraca. Que buraco.

Ele conseguia entender por que ela queria sair da casa da mãe. Ele não conseguia aturar Gwen por três segundos sem ter vontade de estrangulá-la. Mas o que ele não conseguia entender era por que Delaney havia escolhido morar naquele lixo. Ele sabia que o testamento de Henry dava um dinheiro mensal a ela, e ele sabia que ela podia pagar um lugar melhor. Era fácil arrombar aquela porta.

Quando tivesse tempo, ele ainda planejava trocar as fechaduras no serviço dela. Mas Delaney não era o problema. Onde ela morava ou o que ela escolhia vestir não era da conta dele. Se ela queria morar num buraco e usar uma faixa de vinil que mal cobria a bunda, era problema dela. Ele não estava nem aí. Ele tinha certeza de que não perderia tempo pensando nela nem de modo passageiro se ela não estivesse morando praticamente no andar de cima dele.

Nick passou uma perna sobre a moto e a alinhou. Se ele visse qualquer outra mulher naquela saia de prostituta, teria gostado disso, mas não em Delaney. Vê-la com uma roupa tão justinha quanto um lanche embrulhado em papel filme fez com que ele tivesse vontade de tirar o plástico e dar uma mordida.

Ele chutou o pé de apoio da moto com o calcanhar da bota e apertou o botão de ignição. O motor *v-twin* fazia mais barulho do que tudo, rompia o ar noturno e fazia as coxas dele vibrar. Ficar excitado por uma mulher que ele não ia levar para a cama não o incomodava. Ficar excitado por causa daquela mulher específica sim.

Ele acelerou e desceu a viela, mal diminuindo a velocidade quando entrou na rua Primeira. Sentia-se inquieto e ficou em casa tempo suficiente para tomar um banho. O silêncio o deixava no limite, e ele não sabia o porquê. Precisava de uma diversão, uma distração, e acabou ficando em Hennesey's com uma cerveja na mão e Lonna Howell no colo.

Sua mesa estava de frente para a pista de dança, num local um pouco mais escuro com corpos que mudavam aos poucos de posição, variando entre ritmos sensuais e *blues* lânguidos vindos de enormes caixas de som. Flashes brilhavam na banda e diversas fileiras de luz iluminavam a parte da frente do bar. Mas principalmente a taverna estava escura como um pecado, de modo que as pessoas podiam cometer pecados ali.

Nick não tinha planejado cometer nenhum pecado especificamente, mas a noite era uma criança e Lonna estava mais que disposta.

Seis

Delaney entrelaçou os dedos atrás do pescoço do antigo namorado e dançou com ele o ritmo lento da guitarra do *blues*. Estar tão perto de Tommy foi como um *déjà-vu*, apenas diferente porque os braços que a seguravam agora eram de homem, não de garoto. Quando era mais novo, ele não tinha ritmo, hoje continuava sem ter. Quando garoto, ele tinha cheiro de sabão Irish Spring. Agora ele usava colônia, não o cheiro fresco que ela sempre associava a ele. Ele foi seu primeiro amor. Fez o coração dela bater forte. Ela não sentia mais isso agora.

— Me lembra novamente — ele disse perto da orelha de Delaney — por que não podemos ser amigos?

— Porque sua esposa me odeia.

— Verdade. — Ele se aproximou um pouco, mas manteve as mãos nas costas dela. — Mas eu gosto de você.

Tommy começou a flertar com ela sem a menor vergonha na cara havia uma hora, logo depois que Lisa foi embora. Ele fez propostas a ela duas vezes, mas foi tão charmoso que ela não conseguia ficar brava com ele. Ele a fez rir e esquecer que havia partido o coração dela ao escolher Helen.

— Por que você não dormiu comigo no ensino médio? — ele perguntou.

Ela queria muito, muito mesmo. Ficou tão apaixonada e cheia de hormônios da adolescência. Mas o terror de sua mãe e de Henry descobrirem que ela dormiu com um rapaz dominou o desejo dela por Tommy.

— Você me largou.

— Não, você me largou.

— Só depois que te peguei transando com a Helen.

— Ah, é.

Ela se afastou o suficiente para olhar o rosto dele, que mal estava visível na pista de dança escurecida. Eles riram juntos quando ela disse:

— Aquilo foi horrível.

— Foi mal. Eu sempre me senti muito culpado pelo que aconteceu, mas não sabia o que dizer depois disso. Eu sei o que eu queria dizer, mas não achei que fosse gostar de ouvir.

— O quê?

Os dentes dele tinham um brilho branco na luz turva.

— Que sentia muito que você me pegou transando com a Helen, mas se podíamos continuar saindo mesmo assim.

Houve um tempo em que ela escrevia o nome dele em todos os cadernos, quando imaginava viver um conto de fadas com Tommy Markham.

— Você teria topado?

— Não — ela respondeu, muito grata por ele não ser marido dela.

Ele se inclinou e deu num beijo na testa dela.

— Isso é o que me lembro melhor de você. A palavra "não" — ele disse perto da pele dela. A música parou e ele se afastou e sorriu para ela. — Estou feliz que você voltou. — Ele a levou até a mesa e pegou a jaqueta.

— Te vejo por aí.

Delaney o viu indo embora e tomou a bebida que havia deixado na mesa. Enquanto levava a garrafa à boca, tirava o cabelo da nuca com sua mão livre. Tommy não mudou muito desde o ensino médio. Ele ainda era bonito. Ainda era charmoso e um canalha. Ela quase sentiu pena por Helen, quase.

— Planejando um encontro com seu ex-namorado?

Ela reconheceu a voz mesmo antes de se virar. Abaixou a garrafa e olhou para o único homem que causa mais sofrimento a ela que todos os seus ex-namorados juntos.

— Está com ciúme?

Mas, diferentemente de Tommy, ela jamais esqueceria o que aconteceu em uma noite quente de agosto com Nick Allegrezza.

— Roxo de ciúme.

— Você veio aqui para discutir comigo? Porque não quero brigar. Como você disse no outro dia, nós dois estaremos no casamento do seu irmão. Talvez devêssemos nos dar bem. Sermos mais amigáveis.

Ele deu lentamente um sorriso sensual.

— Quão amigáveis?

— Amigos, apenas amigos — ela disse, embora duvidasse que isso fosse acontecer algum dia. Mas talvez eles pudessem parar de dizer ofensas um para o outro. Especialmente porque ela parecia sempre sair perdendo.

— Camaradas?

Ele forçando um pouco a barra.

— O.k.

— Chapas?

— Claro.

Ele negou com a cabeça.

— Isso nunca vai acontecer.

— Por quê?

Ele não respondeu. Em vez disso, tirou a garrafa da mão dela e a colocou na mesa. O cantor da pequena banda de *blues* começou a tocar uma versão lenta e doce de *I've Been Loving You Too Long* enquanto Nick a levava para a pista de dança cheia. Ele a puxou para perto, depois começou a mexer os quadris no ritmo sensual da música *soul.* Ela tropeçava enquanto tentava manter alguma distância entre os seios dela e o peito dele, mas suas mãos grandes nas costas dela a mantiveram onde ele a queria. Ela não tinha escolha, além de colocar as mãos dela nos ombros largos dele. As pontas do cabelo dele passavam pelos dedos dela como o toque de uma seda, e o calor do corpo sensual e malhado passava pelas camadas de denim e flanela do suéter para aquecer a pele dela. Ao contrário de Tommy, o ritmo fluía de Nick, tranquilo e natural, como uma corrente lânguida sem pressa de chegar a lugar algum.

— Você podia ter me chamado para dançar — ela disse, falando mais alto que as batidas do coração.

— Você está certa. Eu podia.

— Estamos na década de 1990. A maioria dos homens já deixou as cavernas.

O cheiro dele preenchia a cabeça dela com o cheiro de algodão limpo e de um homem caloroso.

— A maioria das pessoas gosta do seu ex-namorado.

— Sim.

— Tommy pensa com a cabeça de baixo.

— Você também.

— Lá vem você de novo — ele fez uma pausa e baixou um pouco a voz — achando que sabe tanto sobre mim.

Ela sentiu um nó no estômago numa confusão de emoções conflitantes. Raiva e desejo, antecipação de tirar o fôlego e muito medo. Tommy Markham, seu primeiro amor, não havia criado tanto caos dentro dela. Por que Nick? Ele foi sacana com ela mais vezes do que foi legal. Eles tinham um passado que ela achou que havia enterrado.

— Todos na cidade sabem que você passa tempo com uma boa quantidade de mulheres.

Ele se afastou o suficiente para olhar para ela. A luz do palco mostrava apenas a parte esquerda do lindo rosto dele.

— Mesmo que isso fosse verdade, tem uma diferença. Não sou casado.

— Casado ou não, sexo casual ainda é nojento.

— Foi isso que você disse para o seu namorado?

— Minha relação com Tommy não é da sua conta.

— Relação? Você vai encontrá-lo mais tarde para fazer um pouco daquele sexo casual que você acha tão nojento? — Suas mãos moveram das costas dela até a cabeça. — Ele te deixou tão excitada?

Ele passou os dedos pelo cabelo dela de baixo para cima, segurando sua cabeça nas palmas das mãos. Os olhos dele estavam tão duros quanto granito.

Ela empurrou os ombros dele, mas ele agarrou com mais força, pressionando os dedos fortes no couro cabeludo dela. Ele não a machucou, mas não a soltava também.

— Você é doente.

Ele abaixou o rosto e perguntou perto dos lábios dela.

— Ele te excita?

Ela respirou com dificuldade.

— Dói?

O coração de Delaney pesava no peito e ela não conseguia responder. Ele roçou de leve a boca na dela e deslizou a ponta da língua pela fresta dos seus lábios. Uma corrente de prazer passou pelos seios dela. A reação imediata do corpo dela a surpreendeu e assustou. Nick era o último homem por quem ela queria sentir aquele forte desejo. O passado deles foi muito feio. Ela queria empurrá-lo para longe, mas ele esquentou ainda mais o momento, tornando o beijo carnal. A língua dele entrou na boca dela para um beijo roubado, devorando-a, consumindo a resistência dela e criando uma sucção deliciosa com os lábios dele.

Ela queria odiá-lo. Ela queria odiá-lo mesmo se ela correspondesse ao beijo. Mesmo que sua língua o encorajasse. Mesmo que ela cruzasse os braços no pescoço dele e se unissem como se fossem uma coisa só num mundo caótico. Seus lábios eram quentes. Firmes. Exigiam que ela o beijasse de volta com a mesma paixão.

Ele deslizou suas grandes mãos pelas laterais do corpo dela e se enfiaram por baixo da blusa. Ela sentiu os dedos dele acariciarem levemente suas costas, um carinho em cada canto da pele. Depois suas mãos quentes e calejadas passaram pela cintura dela, e seus polegares deslizaram pela barriga, deixando entrar ar levemente pela pele aquecida. O nó no estômago dela pareceu ainda maior e a sensação de uma alfinetada no peito, endurecendo os mamilos como se ele os tivesse tocado. Ele a fez esquecer que estava numa pista cheia. Ele a fez esquecer de tudo. As mãos dela passaram pelo pescoço dele, e ela enrolou os dedos em seu cabelo. Depois o beijo mudou, ficou quase delicado, e ele pressionou suavemente os polegares em seu umbigo. Ele deslizou os polegares pela cintura na altura da calça *jeans* e pressionou sua coxa contra a protuberância dele na altura do botão.

O próprio lamento sufocado trouxe um instante de sanidade e ela saiu do beijo dele. Ela tentou recuperar o ar, envergonhada e chocada com a relação descontrolada do seu corpo. Ele já havia feito isso antes, só que daquela vez ela não o interrompeu.

Delaney o empurrou e as mãos dele a soltaram. Quando finalmente olhou no rosto dele, seu olhar era velado e cuidadoso. Depois seu maxilar enrijeceu e seus olhos se estreitaram.

— Você não devia ter voltado. Você deveria ter continuado longe — ele disse, depois abriu espaço entre as pessoas e saiu.

Impressionada com o comportamento deles e ainda com desejo correndo pelas veias, Delaney não conseguiu se mover por um bom tempo. O *blues* continuava a tocar nas caixas de som e os casais em volta dela se mexiam de acordo com o ritmo como se nada perturbador tivesse acontecido. Somente Delaney sabia o que havia ocorrido. Ela só voltou para a mesa quando a música parou. Talvez ele estivesse certo. Talvez ela devesse ter continuado longe, mas ela vendeu a alma por dinheiro. Muito dinheiro, e não podia ir embora agora.

O som inconfundível da Harley de Nick sacudiu a noite, e Delaney olhou em direção a ele. Ele estava com a moto entre as pernas bem abertas, de costas para ela, e usava uma jaqueta de couro preta nos ombros. Ele chamou com um gesto da mão e uma das irmãs Howell subiu na garupa, grudada nele.

A cabeça de Delaney girava e ela colocou as mãos nos bolsos durante a curta caminhada para casa. Nick era totalmente imoral. Sempre foi, mas por que ele a beijou quando tinha uma das garotas Howell com ele, ia além do entendimento de Delaney. Na verdade, por que ele a tinha beijado ia além da compreensão dela. Ele não gostava dela. Isso estava claro.

Lógico que ele não gostava dela dez anos atrás também. Ele a usou para se vingar de Henry, mas Henry está morto agora, e se envolver com ela podia significar perder a herança que Henry havia deixado. Nick era muitas coisas, todas complicadas, mas não era burro.

Ela virou à esquerda pela viela e foi em direção ao apartamento. Não fazia sentido, mas muitas coisas que Nick fazia nunca fizeram o menor sentido para ela.

Em qualquer outra cidade, Delaney ficaria com medo de andar pelas ruas sozinha à noite, mas não em Truly. Às vezes uma das casas de verão ao norte do lago era invadida. Mas nada de ruim acontecia. As pessoas não travavam as portas do carro, também não se importavam em trancar a porta de casa.

Delaney morou em muitas cidades grandes para sair sem trancar a porta do apartamento. Ela subiu as escadas e entrou, trancou a porta e colocou as chaves na mesa de vidro. Enquanto tirava as botas, pensava em Nick e sua reação maluca. Por um momento em que baixou a guarda, ela o queria.

E ele a queria também. Ela sentiu isso na forma como ele a tocou e na ereção que teve.

Delaney soltou a bota no chão, e ficou no escuro. Numa pista de dança cheia de gente, ela o beijou como se fosse um pecado novo e ela estivesse morrendo de vontade de provar. Ele a fazia queimar, e ela o queria como se não quisesse nenhum outro homem por muito tempo. Como ela o quis no passado. Como se nenhum outro existisse além dele e nada mais importasse. Nick era o único homem que ela conheceu que podia fazê-la se esquecer de tudo. Havia algo nele que ia direto para a cabeça dela. Aconteceu nessa noite como tinha acontecido antes de ela partir de Truly dez anos atrás.

Ela não gostava de pensar no que aconteceu, mas estava exausta e sua mente voltava sem parar para as memórias que tentava esquecer, mas nunca conseguiu.

O verão depois da formatura no ensino médio começou mal e continuou ainda pior. Ela tinha acabado de fazer dezoito anos e chegara à conclusão de que era hora de mandar na própria vida. Ela não queria ir direto para a faculdade. Queria parar um ano para decidir o que realmente ia fazer, mas Henry já a tinha inscrito na Universidade de Idaho, onde ele foi membro da Galeria da Fama dos alunos. Ele escolheu as aulas que ela faria e a colocou em vários cursos para calouros.

No fim de junho Delaney criou coragem para dizer a Henry para entrarem em um acordo. Ela podia estudar meio período na Universidade Estadual de Boise, para onde Lisa ia também, e queria fazer as aulas que pareciam ser divertidas para ela.

Ele disse que não. Fim de discussão.

Com a inscrição em agosto, ela falou novamente com Henry em julho.

— Não seja boba. Eu sei o que é melhor para você. Sua mãe e eu discutimos isso, Delaney. Seus planos para o futuro não têm objetivo. Você ainda é muito jovem para saber o que quer.

Mas ela sabia. Ela sabia fazia um bom tempo e ainda assim pensou que aos dezoito anos conseguiria. Por alguma razão, ela pensou que, como poderia votar, conseguiria sua independência. Mas quando o aniversário dela passou, em fevereiro, sem nenhuma mudança na vida, ela chegou à conclusão de que se formar no ensino médio deveria significar se libertar do controle de Henry. Ela teria liberdade para ser ela mesma. A liberdade de ser louca se quisesse. Para fazer aulas bobas na faculdade. Para usar *jeans* rasgados ou muita maquiagem. Para usar as roupas que quisesse. Para parecer prostituta, vadia ou puta.

Ela não tinha essa liberdade. Em agosto Henry e a mãe dela a levaram de carro por três horas para a Universidade de Idaho, na cidade de Moscow, Idaho, e ela se inscreveu para o semestre. No caminho de volta, Henry ficava falando: "Confie em mim para saber o que é melhor para você". E "algum dia você ainda vai me agradecer. Quando você tiver seu diploma de negócios, vai me ajudar a cuidar das minhas empresas." Sua mãe a acusou de ser "mimada e imatura".

Na noite seguinte, Delaney fugiu do quarto pela janela pela primeira e última vez na vida. Ela podia ter pedido a Henry para usar o carro dele, ele provavelmente teria deixado, mas não queria pedir nada a ele. Não queria dizer aos pais para onde ia, com quem estaria ou a que horas voltaria para casa. Ela não tinha um plano, só uma ideia vaga de fazer algo que nunca tinha feito antes. Algo que outras garotas de dezoito anos faziam. Algo impulsivo e empolgante.

Delaney enrolou seu cabelo loiro e liso em grandes bobes e colocou um vestido rosa de verão que abotoava na frente. O vestido ia até em cima do joelho e era o mais ousado que ela já vestira. As alças eram finas e ela não estava de sutiã. Achava que parecia mais velha, não que isso importasse. Era a filha do prefeito e todos sabiam quantos anos tinha. Ela foi para a cidade num par de sandálias huarache e carregando um cardigã branco. Era uma noite quente de sábado e algo devia estar acontecendo. Algo que ela sempre teve medo de fazer por medo de ser pega e desapontar Henry.

Ela achou algo do lado de fora do Mercado Hollywood na Rua Fifth, onde parou para ligar para Lisa de um telefone público. Ficou atrás de uma luz fraca contorcida na frente do prédio de tijolos.

— Vamos — ela disse para a pessoa com quem falava no telefone. — Venha me encontrar.

— Eu já disse, sinto que minha cabeça vai explodir — Lisa disse, soando engraçado por causa do resfriado.

Delaney olhou para os números de metal na frente do telefone e franziu a testa. Como ela podia se rebelar sozinha.

— Criançona.

— Não sou criançona. Estou doente.

Ela olhou para cima, com sua atenção voltada para dois rapazes se movendo pelo estacionamento em direção a ela.

— Ah, meu Deus. — Ela pendurou a blusa em um braço e fez uma concha com a mão perto do lado de falar do telefone. — Os Finley estão vindo na minha direção. Havia apenas outros dois irmãos que tinham reputação pior que Scooter e Wes Finley. Os Finley tinham dezoito e vinte anos e haviam acabado de se formar no ensino médio.

Não faça contato ocular — Lisa advertiu, depois teve uma crise de tosse.

— Olá, Delaney Shaw — Scooter falou lentamente, e encostou um ombro no prédio ao lado dela. — O que você está fazendo na rua sozinha?

Ela olhou nos olhos azul-claros deles.

— Procurando por diversão.

— Huh, huh — ele riu. — Acho que encontrou.

Delaney se formou na escola Lincoln High com os Finley e os achava um pouco divertidos e um tanto densos. Eles mantinham o ano letivo interessante acionando falsos alarmes de incêndio ou abaixando as calças para mostrar a bunda branca deles. Eram bons em fazer bundalelê.

— O que você tinha em mente, Scooter?

— Delaney, Delaney — Lisa disse no fone. — Fuja. Fuja o mais rápido que puder dos Finley.

— Beber umas brejas — Wes respondeu pelo irmão. — Ir a uma festa.

Beber "breja" com os Finley certamente era algo que ela nunca tinha feito.

— Tenho que ir — ela disse para Lisa.

— Delaney.

— Se encontrarem meu corpo flutuando no lago, diga à polícia que eu fui vista pela última vez com os Finley. — Quando ela desligou o telefone, um velho Mustang conversível com marcas de ferrugem e escape enferrujado saiu do estacionamento, os dois faróis iluminando Delaney e seus novos amigos. As luzes e o motor morreram, a porta ficou aberta e do lado de fora estava alguém com cara de mal. Nick Allegrezza colocou a camiseta dentro de um *jeans* velho. Ele olhou para Scooter e Wes, depois para Delaney. Nos últimos três anos, Delaney viu Nick poucas vezes. Ele passou a maior parte do tempo em Boise, onde trabalhava e ia para a universidade. Mas não tinha mudado muito. O cabelo ainda era preto e brilhante, curto nas orelhas e na nuca. Ele ainda era de tirar o fôlego.

— Nós podíamos ter uma festinha particular — Scooter sugeriu.

— Só nós três? — ela perguntou alto o suficiente para Nick ouvir. Ele costumava chamá-la de bebê, geralmente depois de jogar um grilo nela. Ela não era mais um bebezinho.

Surgiu uma ruga no canto da boca dele, depois ele virou e desapareceu no mercado.

— Nós podíamos ir para casa — Wes continuou. — Nossos pais viajaram.

Delaney olhou para os irmãos.

— Ah... vocês vão convidar mais alguém?

— Por quê?

— Para uma festa — ela respondeu.

— Você tem alguma amiga que pode chamar?

Ela pensou na única amiga que tinha em casa doente com um resfriado e balançou a cabeça.

— Vocês não conhecem algumas pessoas para convidar?

Scooter sorriu e se aproximou dela.

— Por que eu ia querer fazer isso?

Pela primeira vez, Delaney ficou apreensiva.

— Por que vocês querem fazer uma festinha, lembra?

— Faremos uma festinha. Não se preocupe.

— Você está assustando-a, Scoot — Wes empurrou o irmão e o colocou de lado. — Vamos para casa e de lá chamamos mais pessoas.

Delaney não acreditou nele e olhou para as sandálias dela. Ela queria ser como outras garotas de dezoito anos. Ela queria fazer algo impulsivo, porém não queria um *ménage à trois*. E não há dúvida de que era o que eles tinham em mente. Se e quando Delaney decidisse perder a virgindade, não seria com um ou dois Finley. Ela viu as bundas brancas deles — e não, obrigada.

Livrar-se deles ia ser difícil, e ela se perguntou por quanto tempo ia ficar em frente ao Mercado Hollywood antes que eles finalmente desistissem e fossem embora.

Quando ela olhou para cima novamente, viu Nick parado do lado do carro com uma caixa com seis cervejas no banco de trás. Ele ficou reto, jogou o peso do corpo em um pé e olhava para Delaney. Olhou para ela por um bom tempo, depois disse:

— Vem cá, princesa.

Houve um tempo em que ela ficava assustada e fascinada por ele ao mesmo tempo. Ele sempre foi tão confiante, tão seguro de si e tão proibido. Ela não tinha mais medo e, na visão dela, tinha duas escolhas: confiar nele ou nos Finley. Nenhuma das opções era ótima, mas, apesar de sua péssima reputação, ela sabia que Nick não era capaz de forçá-la a fazer nada que não quisesse. Ela não estava segura de que conseguia dizer o mesmo sobre Scooter e Wes.

— Nos vemos — ela disse, depois andou devagar para o mais mau de todos os caras maus. A pulsação dela não tinha nada a ver com medo e tudo a ver com o tom ligeiramente profundo da voz dele.

— Onde está seu carro?

— Eu vim andando para cá.

Ele abriu a porta do lado do banco do passageiro.

— Entre.

Ela olhou para seus olhos cor de fumaça. Ele não era mais um menino, sem dúvida.

— Para onde você vai?

Ele acenou com a cabeça em direção aos Finley.

— E isso importa?

Provavelmente deveria importar.

— Você não vai me levar para caçar no meio da floresta e me largar lá, não é?

— Hoje não. Você está segura.

Ela colocou a blusa nas costas e sentou no banco de passageiros com o máximo de dignidade possível. Nick ligou o Mustang, e os faróis estavam com luz forte. Ele saiu do estacionamento e foi em direção à Fifth.

— Você vai me contar para onde estamos indo? — ela perguntou, empolgada. Ela mal podia acreditar que estava sentada no carro de Nick. Mal podia esperar para contar a Lisa. Era incrível.

— Estou levando você para casa.

— Não — ela virou para ele. — Não pode. Eu não quero voltar. Eu não posso voltar ainda.

Ele olhou para ela, depois voltou a olhar para a estrada escura na frente dele.

— Por que não?

— Pare e me deixe sair — ela disse em vez de responder à pergunta. Como ela podia explicar para alguém, que dirá Nick, que ela não conseguia respirar mais lá? Parecia que Henry colocava o pé na sua garganta, e ela não conseguia respirar. Como podia explicar a Nick que ela esperou a maior parte da vida para se libertar de Henry, mas agora ela sabia que aquele dia nunca chegaria? Como poderia explicar que esse era o jeito dela de finalmente revidar? Ele provavelmente iria rir dela e pensar que era imatura, como Henry e sua mãe achavam. Ela sabia que era ingênua, e odiava isso. Seus olhos começaram a se encher de água e ela se virou. A ideia de chorar como um bebezinho na frente de Nick a deixava desesperada.

— Deixe-me sair daqui.

Em vez de parar, ele deu a volta com o Mustang em direção à casa de Delaney. A rua na frente dos faróis do carro era como um tubo de tinteiro, com sombras dos pinheiros altos e iluminada apenas pelo reflexo do centro dividido.

— Se você me levar para casa, vou sair novamente

— Você está chorando?

— Não — ela mentiu, forçando para abrir bem os olhos, esperando que o vento secasse as lágrimas.

— O que você estava fazendo com os Finley?

Ela olhou para ele, seu rosto iluminado com luzes douradas do painel.

— Procurando algo para fazer.

— Aqueles dois não são coisa boa.

— Eu consigo lidar com Scooter e Wes — ela se gabou, embora não estivesse certa disso.

— Bobagem — ele disse e parou o Mustang no fim da longa viagem para a casa dela. — Agora entre em casa, que é o seu lugar.

— Não me diga onde é o meu lugar — ela disse enquanto pegava a maçaneta e abria a porta com o ombro. Ela estava cheia de todo mundo dizendo para onde ir ou o que fazer. Desceu do carro e bateu a porta. Com a cabeça cheia, foi de novo em direção à cidade. Estava muito brava para chorar.

— Aonde você pensa que vai? — ele a chamou.

Delaney soltou o pássaro da gaiola e parecia bom. Libertador. Ela continuou andando e o ouviu xingar antes de o som da voz dele sumir no barulho de pneus.

— Entre — ele gritou, enquanto o carro parava do lado dela.

— Vai pro inferno.

— Eu falei para entrar.

— E eu falei para você ir para o inferno.

O carro parou, mas ela continuou andando. Ela não sabia para onde ia naquele momento, mas não ia voltar para casa até que estivesse bem e pronta. Ela não queria ir para a Universidade de Idaho. Ela não queria se formar em negócios. E não queria passar mais tempo da vida numa cidade em que não conseguia respirar.

Nick segurou o braço dela e a puxou. Os faróis iluminavam as costas dele e ele parecia alto e impositivo.

— Pelo amor de Deus, qual o seu problema?

Ela o empurrou e ele segurou o outro braço dela.

— Por que eu deveria te contar? Você não se importa. Você só quer me largar em casa. — Lágrimas escorreram dos cílios, e ela ficou arrasada. — Não ouse me chamar de bebê. Tenho dezoito anos.

O olhar dele passou da testa para a boca dela.

— Eu sei quantos anos você tem.

Ela piscou e olhou para ele com a visão turva, para a fina curva do seu lábio superior, o nariz reto e os olhos claros. Meses de frustração e raiva fluíam dela como água na peneira.

— Tenho idade o suficiente para saber o que quero fazer com a minha vida. E não quero ir para a faculdade. Eu não quero fazer o curso de negócios, e não quero que ninguém me diga o que é melhor para mim. — Ela respirou fundo, depois continuou. — Eu quero viver minha própria vida. Eu quero pensar em mim mesma primeiro. Estou cansada de tentar ser perfeita, quero poder fazer besteira como todo mundo. — Ela pensou por um momento, depois disse: — Quero que todos me deixem em paz. Quero viver a vida, minha vida. Quero provar o bom da vida. Conhecer o lado negro. Quero viver um pouco.

Nick a puxou pelas pontas dos dedos e olhou nos olhos dela.

— Eu quero te fazer viver um pouco — ele disse, depois abaixou a cabeça e deu uma leve mordida na parte carnuda dos lábios inferiores dela.

Por alguns longos batimentos cardíacos, Delaney ficou bem parada, muito impressionada para se mover. A cabeça dela endureceu com um monte de sensações impressionantes. Nick Allegrezza estava mordendo levemente seus lábios e ela ficou sem ar. A boca dele estava quente e firme, e ele a beijava como um homem muito experiente. As mãos dele acariciaram o rosto dela e ele desceu os polegares pelo maxilar dela até o queixo. Depois ele puxou o queixo até que a boca dela abriu. A língua quente dele tocou a dela, e ele tinha gosto de cerveja. Arrepios quentes subiam pela espinha dela e ela o beijava como nunca tinha beijado ninguém. Ninguém tinha feito ela se sentir como se sua pele estivesse muito presa ao crânio e nos seios. Ninguém nunca fez com que ela quisesse agir primeiro e pensar nas consequências depois. Ela colocou as mãos na parede que era o peito dele e sugou sua língua para dentro de sua boca.

E sempre na cabeça dela havia a absoluta incredibilidade de tudo aquilo. Esse era Nick, o garoto que passava o mesmo tempo aterrorizando e fascinando-a. Nick, o homem, que a fez se sentir excitada e sem ar.

Ele terminou o beijo antes de Delaney estar pronta, e ela escorregou as palmas das mãos pelo pescoço dele.

— Vamos sair daqui — ele disse e segurou sua mão.

Dessa vez ela não perguntou a ele para onde iriam.

Ela não se importava.

Sete

Eles dirigiram três milhas para fora da cidade e ele estacionou na areia da praia Angel. A propriedade era isolada e eles tinham que abrir um portão de arame para chegar ao local. Era uma área que Delaney conhecia muito bem. A floresta densa deu passagem para a areia branca; tudo pertencia a Henry.

Nick apoiou as costas no capô do Mustang e colocou um pé no para-choque. Tirou duas Coors do engradado de seis cervejas, depois colocou o resto perto dele.

— Você já tomou cerveja? — ele perguntou, abrindo as duas garrafas e dando uma para Delaney.

Henry a deixou provar uma vez.

— Sim, claro, bebo o tempo todo.

Ele lançou um olhar de desconfiança.

— O tempo inteiro, huh? — Ele levou a latinha à boca e deu uma boa golada.

Delaney o observou e também tomou um pouco da cerveja dela. Ela disfarçou a careta se virando e olhando para o

Lago Mary há poucos metros dela. Um caminho com pouca iluminação conduzia pelas ondas negras até um ponto em que a lua reluzia na água. A trilha parecia mágica, como se pudesse ir para a praia sem nunca se molhar. Como se pudesse andar sobre as águas e parar em algum lugar exótico. Ela provou a cerveja novamente e, desta vez, conseguiu não fazer cara feia. Uma brisa leve tocava a pele, mas ela não estava com frio.

— Acho que você não quer ir para a U de I.

Ela se virou para Nick. Flashes de luz faziam o cabelo negro dele brilhar.

— Não, não quero ir para a faculdade agora.

— Então não vá.

Ela riu e tomou mais uns goles da cerveja.

— Claro. Quando alguém levou em consideração o que eu quero? Henry nem me perguntou quais aulas eu gostaria de fazer neste semestre. Ele apenas me inscreveu e pagou por tudo.

Nick ficou quieto por um instante e Delaney não precisou perguntar no que ele estava pensando. A ironia falava mais alto que palavras. Nick trabalhou duro para poder ter o privilégio que Henry forçava Delaney a ter.

— Fale para o velho para não encher o saco. Eu falaria.

— Eu sei que você faria isso, mas eu não consigo.

Ele levantou a latinha e perguntou:

— Por que não?

Porque ela sempre sentiu que devia a Henry por resgatar a ela e a mãe daquele minúsculo *trailer* em Airstream, nos subúrbios de Las Vegas.

— Simplesmente não posso. — Ela olhou por um instante para a forma das montanhas até olhar novamente para Nick. — Isso é tão estranho. Nunca imaginei que você e eu beberíamos juntos.

— Por quê?

Ela olhou para ele como se fosse um pouco retardado.

— Porque você é quem você é. E eu sou eu — ela disse e tomou mais uns goles.

O olhar dele ficou mais sério.

— Você quer dizer porque você é a filha do prefeito e eu sou o filho bastardo dele?

Sua aspereza a surpreendeu. A maioria das pessoas que ela conhecia não dizia esse tipo de coisa de forma tão direta. A pessoa geralmente beijaria o ar acima de sua bochecha e diria que você estava bonita, mesmo não estando. Ela se perguntou como seria ter esse tipo de liberdade.

— Bem, eu não colocaria desse modo.

— Como você colocaria, então?

— Que sua família me odeia, e que a minha família não gosta de você.

Ele inclinou a cabeça para trás e tomou metade da cerveja. Ele a olhou por cima da latinha até que a baixou novamente.

— É um pouco mais complexo que isso.

— Verdade. Você passou a maior parte da sua vida me torturando.

— Um canto de sua boca carnuda levantou.

— Nunca torturei você. Posso ter te provocado ocasionalmente.

— Ha! Quando eu estava na terceira série, você me disse que Roggie Overton roubava garotinhas loiras e as dava para servir de alimento para os dobermans dele. Eu tive medo de Roggie por anos.

— E você passou a maior parte da vida com o nariz empinado como se cheirassem mal.

— Não passei, não. — Delaney não achava que tinha alguma vez olhado para alguém com o nariz empinado.

— Sim — ele assegurou a ela.

— Então por que você me beijou?

Nick olhou fixamente para a boca dela.

— Fiquei curioso.

— Curioso para saber se eu deixaria?

Ele deu uma risadinha baixa e deixou que os olhos dele descessem até os botões que fechavam o vestido dela.

— Não. Curioso para saber se você é tão doce quanto parece.

Ela ficou tão reta quanto pode e tomou uns goles de cerveja para criar coragem antes de perguntar:

— E então?

Ele a chamou para perto de si com o dedo e disse baixinho, com uma voz sensual:

— Vem cá, minha gata.

Algo em sua voz, o que ele disse e o modo que disse atraiu-a como se fossem uma carretilha e uma corda e ela estivesse se enrolando no carretel. Ela sentiu um friozinho na barriga

— Você tem gosto do vinho de uva-do-monte do meu tio Josu. Definitivamente doce, mas ardente.

Ela escondeu o sorriso atrás da lata de Coors. Ela queria ser como vinho.

— Isso é ruim?

Ele pegou a cerveja da mão dela e colocou atrás dele no capô do carro.

— Depende o que você quer fazer a esse respeito. — Ele colocou a cerveja dele perto da dela e se movimentou levemente. Nick tocou o queixo dela com os dedos e olhou em seus olhos. — Alguém já te beijou até que você se sentisse tão excitada que era como se estivesse em brasas?

Ela não respondeu, não querendo admitir que nunca tinha sido tão consumida ou incendiada de paixão a ponto de perder a cabeça ou o medo que tinha de Henry.

Nick deslizou as mãos pelas laterais do pescoço de Delaney, e olhou nos olhos dela:

— Até que não ligasse para mais nada? — Ele sussurrou em seu ouvido. — Alguém já tocou seus seios? Debaixo da camiseta, por dentro do seu sutiã? Onde sua pele é quente e macia?

A língua dela ficou no céu da boca.

— Alguém já colocou a mão dentro da sua calcinha? — A boca quente dele se movia aberta pela bochecha dela. — Sentiu que entre suas pernas é liso e que você está pronta?

Além das aulas de educação sexual, ninguém nunca tinha falado com Delaney sobre sexo antes. O que ela sabia tinha aprendido em filmes e de ouvir escondido outras garotas falando na escola. Até Lisa era capaz de dizer que ela era recatada, mas não Nick, aparentemente. Ele via nela o que mais ninguém percebia, e, em vez de ficar ofendida pelo linguajar dele, ela o beijou. Por anos ela ouviu rumores sobre suas conquistas sexuais. Ela não queria que ele pensasse que ela era ingênua e chata em comparação com outras, e aumentou a paixão propositalmente e o devorou com os lábios e a língua. Ela se deixava mergulhar de cabeça nas chamas que queimavam sua pele. Seu corpo jovem repleto de desejo e, pela primeira vez na vida, ela se esqueceu de todo o resto.

O beijo eliminou as diferenças entre eles, varrendo-as com muita paixão. As mãos dele se moviam pelas costas dela e deslizaram até o seu traseiro. Ele tocou cada nádega, depois deslizou até os pés, e apertou os seios dela contra o peito dele. Ele a puxou em direção à pélvis e a deixou sentir sua ereção. Ela não estava com medo. Em vez disso, sentiu-se livre. Livre para explorar ela mesma o que outras garotas da idade dela sabiam. Livre para ser uma garota de dezoito anos desejável prestes a se tornar uma mulher adulta. Ela ficou corada por causa das novas sensações e maravilhas, e queria que ele a tocasse como tocaria qualquer outra garota. Para se perder com ele.

Ele se afastou e deixou que ela deslizasse pelo seu corpo.

— É melhor pararmos por aqui, minha gata.

Delaney não queria parar. Ainda não. Ela deslizou pelo seu peito, ajeitando o corpo dela no dele. Ela lambeu os lábios e o lambeu.

— Não — ele teve um calafrio e olhou para ela como se ele quisesse afastá-la, porém não fosse capaz. Delaney olhou nos olhos dele, depois deixou os olhos correrem por seu lindo rosto. Ela beijou a bochecha dele e abaixo da orelha. — Não vou nem me mover. — Abriu a boca e lambeu sua pele quente. Ele cheirava a sabão e pele e brisas frescas da montanha.

As mãos dele foram para a cintura dela, depois subiram pelos lados de modo a dobrar seu vestido. A barra subiu até a parte de cima das coxas, e ele pressionava a ereção dele na barriga dela.

— Tem certeza de que é isso que você quer?

Ela assentiu com a cabeça.

— Me diga. Diga para que não haja erros.

— Me toque do modo que disse.

Ele encheu a palma da mão com o seio direito dela.

— Aqui?

O mamilo dela endureceu.

— Sim.

— Você não respondeu à minha pergunta. Alguém já te tocou desse modo?

Ela olhou nos olhos dele, e era como se estivesse vendo outro lado de Nick. Pela primeira vez na vida ela viu o homem que existia dentro dele além do rosto de tirar o fôlego. Ela não conhecia esse Nick. Seu olhar era intenso, ainda assim ele a acariciava como se ela fosse feita de algo delicado.

— Não.

— Por quê? — Ele esfregava levemente a ponta do polegar na ponta do seio dela, e ela mordia os lábios para não gemer alto. — Você é linda, Delaney, poderia ter o cara que quisesse. Por que eu?

Ela sabia que não era linda, não como sua mãe. Porém o modo como ele olhava para ela e a tocava, e o tom de sua voz quando disse quase a fez acreditar nele. Ele a fazia acreditar que qualquer coisa era possível.

— Porque você não me faz querer dizer não.

Ele deu um gemido e a beijou novamente. O beijo começou com um leve roçar de lábios, porém logo se tornou quente, úmido, agitado. Uma parte carnal de sua língua tocou algo igualmente carnal dentro dela e ela se contorceu nele. Ela queria entrar na pele de Nick, sentir-se cercada por ele. Quando ele finalmente a afastou dele, a respiração dela estava pesada. Ele pegou os botões que fechavam o vestido e, enquanto olhava nos olhos dela, desabotoava-os até o vestido rosa de algodão estar aberto na altura da cintura. Ela se sentia um tanto apreensiva. Nunca havia ficado nua na frente de um homem e, enquanto ela queria que ele a tocasse, não queria necessariamente que ele a visse. Não um homem como Nick, que havia visto mais do que sua cota de mulheres nuas, mas ele tirou o vestido dela, e aí já era tarde demais. O ar frio tocava seus mamilos já duros, e ele olhava os seios dela. Ele olhou para ela por tanto tempo que a apreensão dela aumentou e ela levantou as mãos para se esconder dele.

— Não se esconda de mim — ele segurou os pulsos de Delaney e os passou para as costas dela. A coluna de Delaney se arqueou, e as alças do vestido caíram para os braços. Ele novamente encostou o traseiro no capô do carro, deixando o rosto na altura dos seios nus dela. Sussurrou o nome dela, depois beijou-lhe entre os seios. Sua bochecha gelada roçou a curva de dentro do seio dela, e ela se esqueceu da apreensão que sentia.

— Você é linda — as palavras dele aqueciam sua pele e tocavam o coração, e dessa vez ela acreditava no que ele dizia. Ele descansou a testa nela, seus cabelos negros em contraste com a pele branca dela. — Eu sabia que você seria. Sempre soube. Sempre. — Então sua boca quente passou pelos seus seios e ele deslizou a fresta da boca para o mamilo. — Sabia que você era rosada bem aqui.

Por um segundo Delaney se perguntou como ele sabia, mas então a língua dele circulou o mamilo dela seu cérebro parou.

Sua respiração ficou superficial enquanto ela via a língua dele enrolar, lambendo-a.

— Você gosta disso?

Atrás dela, as mãos de Delaney presas pelos pulsos.

— Sim?

— Quanto?

— M... muito.

— Você quer mais?

Delaney fechou os olhos e sua cabeça só podia pensar em uma coisa.

— Sim — ela respondeu, e ele sugou o mamilo dela para dentro da boca dele. Os lábios dele puxaram e ela sentiu o impulso entre as pernas. Era bom. Tão bom que ela não queria que ele parasse. Nunca mais. A boca dele se movia para o outro seio dela e ele sugava o outro mamilo também. A língua dele lambia e dava batidinhas e ela ficava inquieta, desejando mais.

— Nick — ela sussurrou e soltou os pulsos das mãos dele. O vestido dela caiu no chão e estava nos pés dela. Ela passou os dedos no cabelo dele, segurando-o nos seios dela.

— Mais?

— Sim.

Ela não sabia exatamente o que queria, mas definitivamente queria mais daquela sensação quente. Queria mais dele.

Uma de suas grandes mãos quentes deslizou entre as pernas dela e ele gentilmente tocou a virilha dela. O algodão fino da calcinha dela era a única barreira entre a palma da mão dele e a pele sensível dela.

— Você está molhadinha.

A sensação de calor havia se intensificado e ela mal podia falar.

— Desculpe — foi o que conseguiu dizer.

— Não precisa se desculpar. Sempre quis deixar sua calcinha molhadinha — ele deu um beijo rápido nela. Depois pegou a cintura dela e a sentou no capô do Mustang, no lugar em que ele estava antes apoiado. Ele moveu os pés dela para o para-choque de cromo e disse:

— Deite-se, Delaney.

— Por quê? — Ela colocou uma mão no peito dele e a desceu até a frente do *jeans* dele. Ela pressionou a mãos contra o pênis duro dele.

Nick respirou fundo e empurrou os ombros dela até que ela se deitou com as costas apoiadas no metal gelado.

— Porque vou fazer você se sentir muito bem.

— Eu já estou me sentindo bem. — Ela esticou os braços para ele enquanto ele ficava entre as coxas dela.

— Então vou fazer você se sentir ainda melhor — ele colocou as duas mãos dos lados dela e a beijou como se quisesse consumi-la. Quando ele levantou a boca novamente disse: — Vou te deixar em brasas.

Delaney olhou para seu lindo rosto e ela queria que ele fizesse amor com ela. Queria saber o que outras mulheres da idade dela sabiam. Ela queria que Nick a ensinasse.

— Sim — ela disse para qualquer coisa que ele quisesse.

Ele sorriu e suas mãos habilidosas tiraram a calcinha dela. Ela sentiu o algodão deslizar pela panturrilha e a calcinha ser tirada. As palmas das mãos dele passavam pela parte inferior de suas coxas, e um de seus polegares a tocou onde ela era lisa. O prazer era indescritível. Os dedos dele roçavam a pele úmida dela até que ela quisesse gritar.

— Mais?

— Sim — ela murmurou e os olhos dela se fecharam. — Mais. — O toque dele era tão bom que era quase doloroso, a pressão na virilha era intensa. Ela queria que aquilo acabasse, mas ao mesmo tempo, que continuasse para sempre. Ela queria que ele ficasse nu e em cima dela, preenchendo os braços dela com o corpo quente dele. Ela abriu os olhos e olhou para ele, parado entre os joelhos dela olhando para ela.

— Faz amor comigo, Nick.

— Vou te dar algo melhor que amor. Ele se ajoelhou e delicadamente beijou a parte interna da coxa. — Vou fazer você gozar.

Delaney congelou, muito grata por estar cercada de escuridão. Quando ela disse que sim, ela não quis dizer isso. Ela fecharia as pernas, mas Nick estava no caminho. Ela não tinha certeza do que ele ia fazer, mas ela estava certa de que não ia fazer aquilo.

Mas ele fez. Ele deslizou as mãos por baixo de seu bumbum, depois a levantou em direção à sua boca quente e aberta. O susto a manteve parada. Ela não podia acreditar no que ele tinha feito. O que ele estava fazendo. Ela queria dizer para ele parar, contudo ela não conseguia falar sentindo aquela onda de prazer e calor envolvendo seu corpo. Ela não conseguia controlar o arrepio subindo pela espinha e, em vez de o empurrar, ela arqueou a coluna.

A língua e a boca dele gentilmente a acariciavam entre as pernas dela da mesma forma que ele tinha beijado seus seios.

— Nick — ela gemeu e tocou as laterais da cabeça dele. O prazer aumentou e cada toque de sua língua a empurrava para o clímax. Ele colocou um dos calcanhares dela no ombro dele e beijou seus lábios, sugando a pele sensível dela. As incríveis sensações passavam por seu corpo, depois a faziam se sentir nas nuvens.

As estrelas no céu pareciam apenas borrões enquanto ela sentia ondas quentes de êxtase. Ela falava o nome dele várias vezes enquanto o calor subia por suas coxas e seios. Ela tinha contrações involuntárias e quando acabou ela se sentiu mudada. Ela estava em choque pelo que tinha feito e com quem, mas não estava arrependida. Ela nunca havia se sentido tão próxima de outra pessoa na vida, e ela queria que ele a abraçasse.

— Nick.

Ele beijou com delicadeza a parte interna da coxa dela.

— Mmm.

Ao toque dos lábios dele, ela de repente ficou consciente da posição embaraçosa dela. Sentiu as bochechas se queimarem enquanto escorregava o pé do seu ombro e se sentava.

Ele colocou as mãos em concha no rosto dela.

— Mais?

Ela era inocente, não estúpida, e sabia o que ele estava perguntando. Ela queria dar a ele o mesmo prazer maravilhoso que ele havia acabado de dar a ela.

— Mais.

Ela puxou a camiseta dele de dentro do *jeans* e abriu a calça. As mãos dele seguraram o pulso dela e a pararam.

— Fique parada um instante — ele disse antes de um *flash* de luz cobrir o rosto dele. — Merda.

Delaney olhou para o lado e foi cegada por dois faróis iluminando na direção deles. Nas veias deles corria adrenalina pura, e ela empurrou Nick e saiu do capô ao mesmo tempo. O vestido estava nos pés dele, e ela pegou a roupa no momento em que o Lincoln prateado de Henry parou ao lado do Mustang. Ela colocou o vestido pela cabeça, mas suas mãos tremiam tanto que não conseguia abotoar.

— Me ajude — ela gritou para ninguém em especial.

Nick virou para ela e abotoou o vestido. Ele sussurrou algo no ouvido, porém ela não conseguia ouvi-lo.

— Fique longe dela — Henry gritou no segundo em que abriu a porta do carro.

Ela conseguiu fechar os dois botões de cima do vestido, mas não conseguiu controlar o pânico. Ela olhou para o chão e viu o grande pé de Nick pisando na calcinha dela. Ela dava pequenos soluços.

— Tire suas mãos imundas de cima dela.

Delaney olhou para cima quando Henry chegou perto deles. Ele empurrou Nick e a puxou para trás dele. Os dois homens tinham o mesmo peso, mesmo tipo físico, mesmos olhos brilhantes. Os faróis do Lincoln iluminavam cada detalhe. As alças da regata de Henry, o grisalho de seu cabelo.

— Nunca pensei que você fosse tão baixo — Henry disse enquanto apontava para Nick. — Sempre soube que você me odiava, mas nunca achei que fosse capaz de ser tão baixo só para se vingar de mim.

— Talvez isso não tenha nada a ver com você — Nick disse, com as sobrancelhas abaixadas.

— O caralho que isso não tem nada a ver comigo. Você me odiou a vida inteira, e tem ciúme de Delaney desde que me casei com a mãe dela.

— Você está certo. Eu odiei você a vida toda. Você é um filho da puta e o maior favor que já fez para minha mãe foi negar que algum dia dormiu com ela.

— E finalmente você conseguiu se vingar. O único motivo para ter transado com Delaney foi para se vingar de mim.

Nick cruzou os braços e jogou o peso do corpo em um dos pés.

— Talvez eu tenha transado com ela porque ela me dá tesão.

— Eu deveria te espancar.

— Tente, velhote.

— Ah, meu Deus — Delaney suspirou enquanto fechava os botões do vestido. — Henry, nós não...

— Entre no carro — Henry a interrompeu.

Ela olhou para Nick, e o amante gentil que a fez se sentir linda havia desaparecido.

— Diga a ele. — Alguns momentos atrás, ela se sentiu tão próxima dele, agora parecia que não o conhecia. Ele parecia relaxado, contudo isso era uma ilusão. Ou talvez ela conhecesse esse Nick. Esse homem seguro diante dela era o Nick com quem ela havia crescido; o homem que a buscou mais cedo era a ilusão. — Por favor, diga a ele que nada aconteceu — ela implorou a ele para ajudá-la a sair daquela situação. — Diga a ele que não fizemos nada!

Ele levantou uma sobrancelha.

— Sobre o que você quer que eu minta, minha gata? Ele a viu sentada em meu carro como um ornamento do capô. Se ele tivesse chegado alguns minutos antes, ele teria visto muito mais.

— Você conseguiu sua vingança, não foi? — Henry pegou o braço de Delaney e a empurrou em direção a Nick. — Você pegou uma garota inocente e tirou a inocência dela só para se vingar de mim.

Delaney olhou para o olhar rígido de Nick e não sabia em que acreditar. Ela queria que ele se importasse pelo menos um pouco, mas os olhos que a olhavam de volta eram tão frios. Alguns minutos atrás ela diria que Henry estava enganado, porém não sabia o que pensar.

— Isso é verdade? — ela perguntou enquanto uma lágrima escorria pelo seu rosto quente — Você me usou para se vingar de Henry?

— O que você acha?

O que ele tinha feito com ela era tão particular, tão íntimo, que ela não achava que conseguia suportar saber que ele a tinha usado. Ela queria que ele dissesse que Henry estava errado, que ele a beijou e a tocou porque a queria, não porque odiava Henry.

— Não sei.

— Não sabe?

— Não.

Ele não falou por um tempo que parecia eterno, depois disse:

— Acredite então em Henry.

Um soluço ficou entalado na garganta e ela foi cambaleando em direção ao Lincoln. O peito dela doía e ela conseguiu entrar no carro antes que a segunda lágrima rolasse pelo rosto. O couro frio embaixo de seu bumbum a lembrava que ela estava completamente nua por baixo do vestido. Ela olhou pela janela para os dois homens e ouviu Henry ameaçar Nick, mais alto que a batida acelerada de seu coração.

— Você fique longe da minha filha — ele gritou. — Você fique longe dela ou vou fazer da sua vida um inferno.

— Pode tentar — Nick disse, num tom difícil de ouvir por causa do vidro grosso da janela. — Mas não há nada que você possa fazer comigo.

— Vamos ver — Henry foi para o lado do banco do motorista do Lincoln. — Fique longe de Delaney — ele alertou uma última vez e entrou no carro. Deu marcha à ré no carro e os faróis iluminaram Nick uma última vez por uns poucos segundos. E, nesses poucos segundos, a camiseta dele parecia ter uma cor branca brilhante, o algodão suave para o lado de fora da calça, e o botão de cima do *jeans* aberto. Ele abaixou para pegar algo, mas Henry virou em direção à estrada antes que ela pudesse ver o que ia pegar do chão. Mas ela não precisava ver, pois já sabia o que era. Cuidadosamente, ela arrumou a parte de trás do vestido.

— Isso vai matar sua mãe — Henry disse, nervoso.

"Provavelmente", Delaney pensou. Ela olhou para as mãos e uma lágrima caiu no polegar dela.

— Ela foi ao seu quarto te dar boa-noite, mas você não estava lá. — O Lincoln fez uma curva e entrou na estrada principal, e Henry acelerou o grande motor.

— Ela ficou morta de preocupação. Achou que você tinha sido raptada.

Delaney mordeu os lábios para pedir a desculpa costumeira. Ela não se importava se tinha preocupado a mãe.

— Espere só até ela saber que a verdade é pior do que tudo o que imaginou.

— Como você me achou?

— Não que isso importe, mas várias pessoas no mercado viram você entrar no carro do Allegrezza. Se vocês não tivessem deixado aberto o portão da Praia Angel, teria levado mais tempo, mas eu teria te encontrado.

Delaney não duvidava dele. Ela olhou para a noite escura pela janela do passageiro.

— Eu tenho dezoito anos. Mal posso acreditar que você dirigiu pela cidade toda procurando por mim como se eu tivesse dez anos.

— E eu mal posso acreditar que te encontrei pelada como se fosse uma prostituta barata — ele disse e continuou falando até estacionar o Lincoln na garagem.

Delaney desceu do carro o mais calmamente possível, dadas as circunstâncias, e entrou na casa. A mãe estava na cozinha.

— Onde você estava? — Gwen perguntou, medindo-a de cima a baixo.

Delaney passou por ela sem responder. Henry ia contar para a mãe. Ele sempre contava. Então juntos eles decidiriam seu destino. Eles provavelmente a castigariam como se ela fosse criança. Ela subiu as escadas até o quarto e fechou a porta. Não estava tentando se esconder. Sabia bem a futilidade da independência e, mesmo que não soubesse, a lição dessa noite a ensinou.

Delaney olhou seu reflexo no espelho. O rímel havia escorrido pelas bochechas, os olhos estavam vermelhos e o rosto, pálido. De resto ela parecia como sempre. Não parecia que seu mundo havia se movido sob os pés e agora ela estava em um novo lugar. O quarto parecia o mesmo que era horas antes quando ela fugiu pela janela. As fotos grudadas no espelho e as rosas na colcha da cama eram as mesmas de sempre, mas tudo estava diferente. Ela estava diferente.

Ela deixou Nick fazer coisas com ela que nunca imaginou em seus sonhos mais loucos. Oh, ela já tinha ouvido falar em sexo oral. Algumas garotas na aula de matemática se gabavam por saber fazer sexo oral, porém, até aquela noite, Delaney não acreditava que as pessoas realmente faziam aquele tipo de coisa. Agora ela sabia. Agora ela sabia que um homem nem precisava gostar da garota com quem estava. Agora ela sabia que um homem podia fazer coisas extremamente íntimas com uma mulher por uma razão que não era paixão ou atração mútua. Agora ela sabia como era ser usada.

Quando ela pensou nos lábios quentes de Nick pressionando a parte interna de suas coxas, as bochechas pálidas dela ficaram vermelhas e ela tentou parar de pensar nisso. No que a havia deixado constrangida. Ela queria se sentir livre. Livre do controle de Henry. Livre da vida dela.

Ela era uma tola.

Delaney se trocou e colocou uma camiseta e uma calça *jeans*, depois lavou o rosto. Quando terminou, foi para o escritório de Henry, onde sabia que seus pais estariam esperando por ela. Eles estavam sentados na mesa de mogno e, pela cara de Gwen, Henry havia contado tudo, nos mínimos detalhes.

Os olhos azuis arregalados de Gwen pousaram na filha.

— Bem, não sei nem o que te dizer.

Delaney se sentou em uma das cadeiras de couro do outro lado da escrivaninha. Não saber o que dizer nunca havia impedido a mãe dela antes. Não a impediria agora.

— Diga que Henry está errado. Diga que ele não te pegou tendo relações sexuais com o Allegrezza.

Delaney não disse nada. Ela sabia que não ia ganhar. Ela nunca ganhava.

— Como pôde? — Gwen meneou a cabeça e colocou uma mão na garganta. — Como foi capaz de fazer algo assim com esta família? Enquanto fugia pela janela do quarto, você pensou em algum momento na posição do seu pai nesta comunidade? Enquanto deixou aquele garoto Allegrezza tocar você, você parou um só segundo para pensar quanto o seu pai ia sofrer por suas ações?

— Não — Delaney respondeu. Quando a cabeça de Nick estava entre as coxas dela, ela não pensou em seus pais. Ela estava ocupada se humilhando.

— Você sabe quanto esta cidade gosta de fofocar. Até 10 da manhã todos da cidade já estarão sabendo do seu comportamento vergonhoso. Como pôde fazer isso?

— Você magoou demais sua mãe — Henry acrescentou. Eles eram como lutadores, um pronto para a luta enquanto o outro não tinha mais força. — Se seu comportamento vergonhoso se tornar público, não sei como ela vai andar de cabeça erguida pela cidade. — Ele apontou o dedo para ela. — Nunca esperávamos isso de você. Você sempre foi uma garota tão boazinha. Nunca imaginávamos que pudesse fazer algo tão vulgar. Eu nunca achei que traria vergonha para esta família. Acho que você não é a pessoa que pensávamos que era. Acho que nem a conhecemos.

As mãos de Delaney se fecharam em punhos. Ela achou melhor não falar nada, mas Henry consideraria isso como discutir, e Henry odiava que qualquer um discutisse com ele. Porém, Delaney não podia evitar.

— Isso é porque vocês nunca quiseram me conhecer. Vocês só estão interessados em como eu os faço parecer. Vocês não se importam em como eu me sinto.

— Laney — Gwen disse.

— Você não se importa se não quero ir para a faculdade agora. Eu te falei que não queria ir, e você está me obrigando mesmo assim.

— Então é por isso que você agiu assim hoje à noite? — Henry disse como se fosse um Deus onipotente. — Você quer se vingar de mim por saber o que é melhor para você.

— Esta noite teve a ver comigo. Eu queria sair e ser uma menina de dezoito anos comum. Eu queria ter uma vida. Queria me sentir livre.

— Você quer dizer se sentir livre para arruinar sua vida.

— Sim! Livre para arruinar minha vida se eu quiser, como qualquer outra pessoa. Nunca tive liberdade para fazer nada. Você escolhe tudo para mim. Eu nunca tenho opção.

— E isso é bom — Gwen disse. — Você é imatura e egoísta, e hoje à noite escolheu o único garoto que podia magoar ao máximo sua família. Você se deu para uma pessoa cujo único interesse em você era se vingar de Henry.

O que Nick tinha feito foi uma grande humilhação, porém o desespero que ela sentia era ainda pior. Enquanto olhava para os pais, ela sabia que nada adiantaria. Eles nunca entenderiam. Nunca mudariam. E ela nunca escaparia.

— Você se degradou. Mal posso olhar para você — a mãe disse.

— Então não olhe. Você ia me levar para a Universidade de Idaho em uma semana. Me leve amanhã, em vez disso.

Delaney saiu da sala sentindo o peso da resignação sobre seus ombros. Ela subiu as escadas, os pés estavam pesados, o coração vazio, as lágrimas secaram. Ela não se importou em tirar a calça *jeans* antes de se deitar na cama. Ela olhava para o teto rosa e sabia que não conseguiria dormir, e estava certa. Por sua cabeça passava cada detalhe das últimas horas. O que seus pais disseram. O que ela disse e como nada realmente mudou. E, não importa quanto ela tentava evitar pensar em Nick, a mente dela voltava várias vezes para ele. Ela lembrava o toque dele, da textura de seda do cabelo entre os dedos e do gosto da pele. Fechou os olhos e conseguia praticamente sentir a boca quente e úmida dele nos seios e mais para baixo. Ela não sabia por que o deixou fazer aquelas coisas nela. Ela tinha muitas experiências anteriores com ele para saber que ele podia passar de agradável para peçonhento como uma cobra em um minuto. Então por que Nick Allegrezza entre todas as pessoas?

Delaney socou o travesseiro e virou de lado. Talvez porque ele sempre foi tão livre e sempre a fascinou com seu rosto angelical e modos problemáticos. Talvez porque era lindo de tirar o fôlego, e à noite ele a fez se sentir como se ela fosse linda também. Ele olhava para ela como um homem que queria fazer amor com uma mulher. Ele a tocava como se a quisesse. Mas era tudo mentira. Uma ilusão, e ela foi tola e ingênua.

"Vou te dar algo melhor que amor", ele disse. "Vou fazer você gozar." Por que ele escolheu aquele modo em particular, ela não sabia. Porém, ele não podia escolher nada mais humilhante nem se tivesse anos para planejar. Ele a deixou nua enquanto permaneceu vestido. Ele tocou o corpo inteiro dela, e ela não chegou a ver nem ao menos o peito dele.

O único consolo dela era que ninguém sabia, nem mesmo o Henry, o que aconteceu exatamente no capô do Mustang de Nick. Talvez ninguém falasse sobre isso.

Mas Gwen só errou no tempo que levaria para a fofoca chegar a ela. Era meio-dia, não 10 da manhã do dia seguinte quando Lisa ligou e disse a Delaney que alguém a viu com Nick na pousada Charm, na cidade ao lado de Garden. Outro disse que os viu correndo nus pelo Parque Larkspur e transando no escorregador. E um terceiro disse que ela e Nick foram vistos em um beco atrás da loja de bebidas, tomando doses de tequila e mandando ver no banco de trás do carro dele.

De repente, ser mandada para a faculdade não parecia nada mal. A Universidade de Idaho não era a primeira opção de Delaney, mas ficava a três horas de Truly, a quatro de seus pais e seu controle rígido. A quatro horas da fofoca se espalhando pela cidade como um furacão. A quatro de ter que ver Nick ou qualquer membro de sua família.

Não, talvez a U de I não fosse tão terrível no final das contas.

— Se você tirar boas notas e se comportar — Henry disse no caminho para Moscow —, talvez diminuamos sua carga de aulas ano que vem.

— Isso seria ótimo — ela disse sem entusiasmo. No ano seguinte ela estaria longe há doze meses, e tinha certeza de que faria algo no meio tempo para desagradar a Henry. Mas ela ia tentar. Como sempre tentava.

Ela tentou por um mês, mas o primeiro gosto de verdadeira liberdade foi direto para a cabeça dela, e ela tirou apenas D no primeiro semestre. Perdeu a virgindade com um jogador de futebol americano chamado Rex e conseguiu um emprego de garçonete no Ducky's Bar e Grill, que tinha mais bar do que *grill*.

O dinheiro do trabalho lhe dava mais liberdade e, quando fez dezenove, em fevereiro, largou a faculdade. Os pais ficaram devastados, mas ela não se importava mais. Foi morar com o primeiro namorado, um levantador de pesos chamado Rocky Baroli. Ela buscava mais conhecimento lendo o abdômen incrível de Rocky e somando quantas doses de bebida conseguia consumir em noitadas na época em que ia ao campus. Aprendeu a diferença entre um Tom Collins e uma vodca Collins, entre importados e caseiros.

Delaney conseguiu sua independência e a administrava. Ela a agarrou com as duas mãos e deu uma grande mordida, e nunca mais ia voltar a sua vida anterior. Vivia como se tivesse que ter todas as experiências de uma vez, antes que a liberdade lhe fosse arrancada. Quando pensava naqueles anos, sabia que tinha sorte em estar viva.

A última vez que viu Henry, ele a localizou com o único propósito de arrastá-la de volta para casa. Naquela época ela tinha largado Rocky e se mudado para um apartamento no sótão em Spokane com outras duas garotas. Ele olhou para os móveis de brechó, cinzeiros cheios e coleção de garrafas vazias de bebida e mandou que ela fizesse as malas. Ela se recusou e a discussão ficou feia. Ele disse que se ela não entrasse no carro dele, ia repudiá-la, esquecer que era filha dele. Ela o chamou de filho da puta controlador.

— Não quero mais ser sua filha. É muito cansativo. Você sempre foi mais ditador do que pai. Nunca mais venha atrás de mim — foram as últimas palavras que ela disse para Henry.

Depois disso, sempre que Gwen ligava, ela garantia que Henry não estava em casa. A mãe a visitava de vez em quando na cidade em que estivesse morando, mas é claro que Henry nunca ia com ela. Ele manteve sua palavra. Ele a repudiava por completo, e ela nunca se sentiu tão livre — livre de seu controle, livre para arruinar com a vida dela. E às vezes ela realmente arruinava, porém, no processo, ela também crescia.

Ela era livre para se mudar de um estado e emprego para outro até que decidiu o que fazer com sua vida. Finalmente havia decidido, seis anos atrás, quando se inscreveu no curso de cabeleireiro. Depois da primeira semana, ela sabia que tinha encontrado seu lugar. Amava as sensações táteis e todo o processo de criar algo maravilhoso diante dos olhos. Tinha liberdade para se vestir de modo ousado, se quisesse, porque sempre havia alguém um pouco mais ousado que ela.

Levou mais tempo para Delaney do que para a maioria decidir uma profissão, porém, finalmente ela encontrou algo em que era boa e que adorava fazer.

Ser estilista deu a ela liberdade para ser criativa. Também deu a liberdade para se mudar quando começasse a se sentir presa em algum lugar, embora não se sentisse claustrofóbica fazia algum tempo.

Não desde que Henry faleceu e controlou a vida dela mais uma vez.

Delaney pegou as botas e foi para o quarto. Ela acendeu a luz e guardou as botas no *closet*. O que estava errado com ela? O que podia fazer com que beijasse Nick em uma pista de dança cheia apesar do passado sórdido deles? Havia outros homens disponíveis por perto. Verdade, alguns eram casados ou divorciados com cinco crianças, e nenhum deles era tão bom quanto Nick, mas ela não tinha um passado doloroso com outros homens.

Nick, a cobra. Era o que ele era, como aquela grande jiboia com os olhos hipnotizantes de *Mogli, o menino lobo,* e ela era mais uma vítima sem esperança.

Delaney olhou para si mesma no espelho sobre a penteadeira e franziu a testa. Talvez ela não estivesse tão só e sem foco a ponto de ficar suscetível aos encantos de Nick. Houve um tempo na vida em que não se focar era o objetivo dela. Não é mais. Ela morava em uma cidade onde não queria ficar, trabalhava num salão sem nenhuma intenção de dar certo. Seus únicos objetivos eram sobreviver e complicar a vida de Helen. Algo tinha que mudar, e ela precisava fazer essa mudança.

Oito

Na segunda de manhã Delaney pensou em anunciar uma vaga de manicure no pequeno jornal diário, mas resistiu à ideia porque o salão ficaria aberto apenas por sete meses. Ficou acordada a noite anterior pensando num modo de fazer o negócio dela se tornar um sucesso, mesmo ficando com o salão por um curto período de tempo. Ela queria se sentir orgulhosa de si mesma. Ia terminar a guerra secreta de cabelos contra Helen e ficar o mais longe possível de Nick.

Depois que Delaney abriu o salão, pegou um pôster de Claudia Schiffer, seu corpo perfeito espremido num Valentino de renda, os cabelos dourados cacheados emoldurando seu lindo rosto. Não há nada como um pôster glamoroso para chamar atenção.

Delaney tirou os sapatos de fivela e foi até a sacada. Tinha acabado de colar o pôster no vitrô quando a campainha tocou. Ela olhou para a esquerda e colocou a fita na saliência. Uma das gêmeas Howell ficou na entrada olhando para o salão, o cabelo castanho-claro para trás do rosto bonito, preso por uma grossa faixa vermelha.

— Posso te ajudar? — Delaney perguntou enquanto descia cuidadosamente da janela, perguntando-se se essa era a gêmea que sentou na garupa da Harley de Nick no sábado passado. Se era, a mulher tinha problemas mais graves do que pontas duplas.

Os olhos azuis sondaram Delaney da cabeça aos pés, examinando a meia-calça listrada verde e preta, a calça capri verde e a blusa de gola rulê preta.

— Aceita novos clientes? — ela perguntou.

Delaney estava desesperada para ter clientes, desesperada para ter qualquer um que não tivesse idade para ter o desconto de idosos, mas ela não gostava de ser examinada de perto, como se estivessem procurando por defeitos. Delaney não se importava se perdesse essa cliente em potencial, por isso ela disse:

— Sim, mas eu cobro vinte e cinco dólares.

— Você é boa?

— Sou a melhor que você vai encontrar por aqui — Delaney colocou os pés nos sapatos, um pouco surpresa pelo fato de a mulher não ter fugido pela porta e descido a rua à procura de um corte de cabelo a dez dólares.

— Isso não é lá muita coisa. A Helen é péssima.

Talvez ela tenha se precipitado no julgamento.

— Bom, eu não sou péssima — ela disse, simplesmente. — Na verdade, sou muito boa.

A mulher pegou a faixa de cabelo e tirou.

— Quero cortar as pontas e fazer camadas até aqui — ela disse, indicando a linha do maxilar. — Sem franja.

Delaney a olhou com mais atenção. A mulher na frente dela tinha uma bela linha do maxilar e ossos da face altos. A testa era proporcional ao resto do rosto. O corte que ela queria ficaria bom, mas, com seus grandes olhos azuis, Delaney sabia que algo curto e de menino iria ficar maravilhoso.

— Entre.

— Nos conhecemos rapidamente na festa do 4 de Julho — a gêmea disse enquanto seguia Delaney. — Sou Lanna Howell.

Delaney parou na frente do lavatório.

— Sim, lembro de você — Lanna se sentou e Delaney colocou uma capa prateada e uma toalha branca e macia. — Você tem uma irmã gêmea, certo? — perguntou, quando o que realmente queria saber era se ela era a gêmea que ficou grudada em Nick na outra noite.

— Sim, Lonna.

— Verdade — ela disse enquanto analisava o cabelo da cliente entre seus dedos. Depois ela ajustou a capa na parte de trás da cadeira e acomodou Lanna até pousar a nuca de forma confortável no apoio e colocar o cabelo dentro do lavatório. — O que você usava para fazer luzes no cabelo? — ela perguntou, enquanto testava a temperatura da água com a mão.

— Clareador e suco de limão.

Mentalmente, Delaney revirava os olhos só de pensar na lógica de algumas mulheres que gastavam fortunas em cosméticos, depois iam para casa e passavam uma garrafa de água oxigenada de cinco dólares na cabeça.

Com uma mão ela protegia o rosto, o pescoço e as orelhas de Lanna do *spray* enquanto com a outra ela molhava o cabelo com água morna. Ela usava um xampu suave e condicionador natural e, enquanto trabalhava, as duas mulheres conversavam sem muita pressa sobre o tempo e as belas cores do outono. Quando terminou, enrolou a toalha na cabeça de Lanna e a levou para a cadeira.

— Minha irmã disse que te viu na outra noite no Hennesey's — Lanna disse enquanto Delaney secava o cabelo.

Delaney olhou para o grande espelho, estudando o reflexo de Lanna. Então, ela pensou enquanto pegava o pente, era a outra gêmea que estava com Nick.

— Sim, eu estava lá. Tocou uma banda de R&B muito boa de Boise.

— É o que eu ouvi. Eu trabalho no restaurante na microcervejaria, então não pude ir.

Enquanto Delaney penteava os cachos e dividia o cabelo em cinco partes, presas por presilhas, ela mudou propositalmente o assunto de Hennesey's. Perguntou a Lanna sobre o emprego dela, e a conversa passou a ser sobre o grande festival de esculturas de gelo que a cidade tinha em dezembro. De acordo com Lanna, o festival virou um grande evento.

Quando criança, Delaney era tímida e introvertida, porém depois de anos tentando deixar suas clientes mais à vontade, ela conseguia conversar com qualquer um sobre qualquer coisa. Poderia enrolar sobre Brad Pitt tão fácil quanto reclamar sobre cólicas. Cabeleireiros são muito parecidos com garçons e padres. Algumas pessoas pareciam capazes de botar tudo para fora e confessar detalhes chocantes de suas vidas. Confissões na cadeira do salão eram uma das muitas coisas de que Delaney sentia falta antes de aceitar as condições do testamento de Henry. Ela também sentia falta da competição e camaradagem entre as cabeleireiras e as fofocas quentinhas que faziam a vida de Delaney parecer menos enfadonha em comparação.

— Você conhece o Nick Allegrezza bem?

A mão de Delaney parou por um instante, depois cortou uma parte do cabelo no centro da nuca de Lanna.

— Nós crescemos juntos em Truly na mesma época.

— Mas você o conhecia bem?

Ela olhou para o espelho novamente, depois olhou de novo para suas mãos, fazendo uma linha no cabelo dela da direita para a esquerda. — Acho que ninguém conhece mesmo o Nick. Por quê?

— Minha amiga Gail acha que está apaixonada por ele.

— Então dou a ela meus pêsames.

Lanna riu.

— Você não se importa?

— Claro que não. — Mesmo que Nick fosse capaz de amar alguma mulher, ele não era problema dela.— Por que eu deveria me importar? — Ela perguntou e tirou o prendedor da parte de trás do cabelo e prendeu na barra da calça capri.

— Gail me disse tudo sobre Nick e você e o que aconteceu quando você morava aqui.

Delaney não ficou tão surpresa enquanto penteava os cachos e cortava a outra parte do cabelo. — Qual história você ouviu?

— A que você teve que sair da cidade anos atrás para ter o filho de Nick.

Delaney sentiu como se tivesse levado um chute no estômago e suas mãos endureceram novamente. Ela não devia ter perguntado. Houve muita agitação e vários rumores quando ela partiu, porém nunca tinha ouvido esse. Sua mãe jamais o mencionou, porém, naquela época, ela não o faria. Gwen não gostava de falar do verdadeiro motivo da partida de Delaney. Ela sempre se referia àquele momento como "quando você foi para a escola". Delaney não sabia por que aquela notícia velha a incomodava agora, mas incomodava.

— Mesmo? Essa é nova para mim — ela disse, prestando atenção nos cabelos e deslizando os cachos entre os dedos. Delaney abriu a tesoura perto do dedo e cortou uma linha reta. Não conseguia acreditar que a cidade achava que ela estava grávida. Bem, na verdade, ela conseguia sim. Ela se perguntou se Lisa sabia desse rumor — ou Nick.

— Desculpa — Lanna interrompeu seus pensamentos. Achei que soubesse. Acho que meti os pés pelas mãos.

Delaney olhou para ela. Lanna parecia estar sendo sincera, mas Delaney não conhecia a mulher, então não tinha certeza absoluta.

— Foi apenas um pouco chocante ouvir que tive um filho quando nunca estive grávida — Ela soltou mais uma parte do cabelo e o penteou. — Especialmente de Nick. Nós nem gostamos um do outro.

— Isso deve aliviar a cabeça de Gail. De Lonna também. As duas estão meio que competindo pelo mesmo homem.

— Achei que fossem amigas.

— Elas são. Se você sair com Nick, ele fala de cara que não está interessado em casamento. Lonna não se importa, mas Gail está tentando entrar na casa.

— O que você quer dizer com isso?

— Lonna diz que Nick nunca leva mulheres para casa para fazer sexo. Ele vai para motéis ou coisa parecida. Gail acha que, se ela conseguir convencê-lo a fazer amor com ela na casa dele, então conseguirá que ele faça outras coisas também. Como comprar um grande anel de diamante e entrar na igreja com ela.

— Nick deve ter uma grande dívida de motel.

— Provavelmente — Lanna riu.

— Isso não te incomoda?

— A mim? Talvez se eu estivesse saindo com ele, mas não estou. Eu e minha irmã nunca namoramos o mesmo homem.

Delaney se sentiu aliviada, e ela realmente não sabia por que deveria se importar se Nick transava com duas lindas gêmeas.

— Bem, isso não incomoda sua irmã?

— Não muito. Ela não está procurando um marido. Não como Gail. Gail acha que vai mudar a mente dele, mas não conseguirá. Quando Lonna viu você e Nick dançando na outra noite, ela se perguntou se você era outra das mulheres dele.

Delaney virou a cadeira e soltou a última parte do cabelo.

— Você realmente veio aqui para cortar o cabelo ou para conseguir informações para sua irmã?

— Os dois — Lanna riu. — Mas eu gostei do seu cabelo desde a primeira vez que o vi.

— Obrigada. Já pensou em deixar o seu curto? — Ela perguntou, mudando novamente o assunto de propósito. — Bem curto, como Halle Berry em *Os Flintstones*?

— Não acho que ficaria bem de cabelo curto.

— Acredite em mim, você ficaria incrível. Você tem olhos grandes e cabeça com formato perfeito. A minha é um pouco estreita, por isso preciso de muito volume.

— Teria que pensar nisso por um bom tempo.

Delaney baixou a tesoura e pegou uma lata de *mousse*. Ela enrolou as pontas do cabelo de Lanna em volta de uma escova larga e as secou. Quando terminou, entregou a Lanna um espelho oval.

— O que você acha? — ela perguntou, sabendo que estava muito bom.

— Acho — Lanna respondeu devagar enquanto analisava a parte de trás do cabelo — que não preciso dirigir mais duzentas e cinquenta milhas até Boise para cortar o cabelo.

Depois que Lanna foi embora, Delaney varreu o cabelo e limpou o lavatório. Ela pensou sobre o antigo rumor de que ela tinha ido embora dez anos atrás por estar grávida de Nick. Ela se perguntou que outras fofocas circularam quando deixou a cidade e ficou presa num dormitório na Universidade de Idaho. Talvez perguntasse para a mãe naquela noite quando fosse jantar com ela.

Mas ela não teve a chance de perguntar. Max Harrison atendeu a porta com um uísque com soda na mão e um sorriso receptivo no rosto.

— Gwen está na cozinha fazendo algo no carneiro — ele disse enquanto fechava a porta. — Espero que não se importe de sua mãe ter me convidado.

— Claro que não.

O cheiro maravilho do que sua mãe cozinhava preenchia a cabeça de Delaney e encheu sua boca de água. Ninguém fazia uma perna de carneiro como Gwen, e os cheiros vindos da cozinha embrulhavam Delaney em memórias de ocasiões especiais na casa dos Shaw, como Páscoa ou o aniversário dela, quando ela podia escolher sua refeição preferida.

— Como vai o seu salão? — Max perguntou enquanto a ajudava a tirar o longo casaco de lã, depois pendurando no cabideiro do *hall.*

— O.k. — Ultimamente parecia que Gwen estava passando um bom tempo com Max, e Delaney se perguntou o que estava acontecendo entre a mãe e o advogado de Henry. Ela não conseguia imaginar a mãe como amante de homem nenhum. Ela estava muito tensa, e Delaney chegou à conclusão de que não podia ser nada além de amizade.

— Você devia ir lá um dia e me deixar cortar seu cabelo.

O sorriso silencioso dele fez Delaney sorrir.

— Talvez eu vá — ele disse enquanto andavam em direção à parte de trás da casa.

Quando entrou na cozinha, Gwen olhou para ela por cima da sacola de cenouras que tinha na mão. Os olhos de Gwen mudaram de expressão por uma fração de segundo, o suficiente para Delaney saber que algo estava errado.

Merda! Alguém estava encrencado, e ela duvidava que fosse Max.

— Qual a ocasião especial?

— Nenhuma ocasião especial. Eu queria fazer seu prato favorito. — Gwen olhou para Max e disse a ele: — Todo aniversário, Laney sempre pedia meu carneiro. Outras crianças iriam querer pizza ou hambúrguer, mas não ela.

Talvez ela não estivesse encrencada, mas forçou um sorriso, só por precaução.

— Como posso te ajudar?

— Você pode tirar a salada da geladeira e temperá-la, por favor.

Delaney fez como ela pediu, depois carregou as tigelas para a sala de jantar. A mesa estava posta com belas rosas, velas de cera de abelha, aparelho de jantar Royal Doulton e toalha adamascada de boa qualidade. Parecia uma ocasião especial para ela. O que podia significar duas coisas diferentes. Que ela devia se preocupar, ou que estava se preocupando por nada. Ou sua mãe simplesmente queria ter uma boa refeição, ou estava disfarçando que algo estava errado.

Delaney sabia que era o último caso a partir do momento que sentou. Havia algo errado com o quadro perfeito. A conversa durante o jantar era agradável superficialmente, mas a corrente de tensão estava escondida. Max não parecia perceber, mas Delaney sentia na base do crânio. Ela sentia durante o primeiro prato e enquanto comia o carneiro com hortelã da mãe. Sorria e dava risada e entretinha Max com as histórias de todos os lugares em que morou. Sabia como fazer uma boa fachada, mas, quando ajudou a levar os pratos do jantar para a cozinha, a dor de cabeça desceu para as sobrancelhas. Talvez com Max ali, ela podia escapar rapidamente, antes que a cabeça dela explodisse.

— Bem — ela disse, enquanto colocava os pratos perto da pia —, não queria ir já, mas...

— Max — Gwen interrompeu —, poderia nos deixar a sós por um instante?

Droga.

— Claro, vou analisar aqueles contratos que você quer que eu olhe.

— Obrigada. Não vou demorar.

Gwen esperou até que ouviu a porta do escritório de Henry se fechar antes de dizer:

— Precisava falar com você sobre seu comportamento escandaloso.

— Que comportamento escandaloso?

— Trudie Duran me ligou hoje à tarde para me contar que você e Tommy Markham estavam se embebedando juntos enquanto a esposa dele tinha viajado. De acordo com Trudie, todos no mercado estavam falando sobre isso.

— Quem é Trudie Duran? — Delaney perguntou, com ainda mais dor no crânio.

— Não importa. É verdade?

Ela cruzou os braços e franziu a testa.

— Não. Eu encontrei Tommy no Hennesey's na outra noite, e nos falamos um pouco. Lisa estava lá a maior parte do tempo.

— Bem, estou aliviada. — Gwen pegou um rolo de papel-alumínio e cortou um grande pedaço. — E, como se já não fosse ruim o suficiente, ela disse que a filha Gina viu você beijando Nick Allegrezza na pista de dança. — Ela colocou calmamente o rolo no balcão. — Eu disse que ela devia estar enganada, porque tinha certeza de que você não faria nada tão estúpido. Me diga que ela estava enganada.

— O.k., ela estava enganada.

— É verdade?

Delaney pensou na resposta, porém sabia que mais cedo ou mais tarde seria pega na mentira. Além do mais, não era mais uma menininha que tinha que ter medo de punições, e não ia deixar que a mãe a ameaçasse como se fosse uma criança.

— Não.

— No que você estava pensando? Meu Deus, aquele garoto e a família inteira dele só trouxeram confusão para nós desde o momento em que chegamos a esta cidade. Eles são rudes e invejosos. Especialmente em relação a você, embora Benita tenha me mostrado o lado negro dela em mais de uma ocasião. Você se esqueceu do que aconteceu dez anos atrás? Você se esqueceu do que Nick fez? Da dor e humilhação que causou a todos nós?

— Não foi a todos nós. Foi a mim e não, eu não me esqueci. Mas você está fazendo um grande caso por absolutamente nada — ela assegurou à mãe, mas não parecia ser nada. — Nada aconteceu. Não era nada, não quero falar sobre isso. Não quero nem pensar nisso também.

— Bem, é melhor pensar a respeito. Você sabe como as pessoas desta cidade gostam de fofocar, especialmente sobre nós.

Delaney concordou em silêncio que a maioria das pessoas de Truly amava fofocar — inclusive Gwen —, porém ela não achava que falavam mais dos Shaw do que de outras pessoas. Boa fofoca recebia atenção, mas, como sempre, sua mãe superestimava a importância dela na cadeia alimentar.

— O.k., vou pensar a respeito — ela fechou os olhos e pressionou os dedos na sobrancelha.

— Espero que sim e, pelo amor de deus, fique longe de Nick Allegrezza.

Três milhões de dólares, ela disse para si mesma. Eu posso fazer isso por 3 milhões.

— O que está errado com você? Está doente?

— É só uma dor de cabeça. — Ela respirou profundamente e deixou as mãos caírem. — Preciso ir embora.

— Tem certeza? Você não pode ficar para a sobremesa? Comprei uma torta na Brakery Basket na Rua Sixth.

Delaney recusou a proposta e foi em direção ao escritório de Henry. Ela deu boa-noite a Max, depois pegou o casaco e o vestiu.

A mãe tirou as mãos de Delaney da frente e o abotoou para ela, como se tivesse cinco anos de idade.

— Te amo, e me preocupo com você naquele pequeno apartamento no centro. — Delaney abriu a boca para discutir, mas Gwen tampou sua boca com um dedo. — Eu sei que você não quer voltar para cá agora, mas só quero que saiba que, se mudar de ideia, adoraria te receber aqui.

No momento em que Delaney se convenceu que sua mãe era *Mommie Dearest*[16], a mulher mudou. Sempre foi assim.

[16] Livro escrito pela filha adotiva de Joan Crawford, em que a menina conta os abusos e maus-tratos que ela e seus irmãos passaram.

— Vou me lembrar disso — Delaney disse, saindo rápido antes que as coisas mudassem novamente.

Gwen olhou para a porta e suspirou. Ela não entendia Delaney. Nem um pouco.

Ela não entendia por que a filha insistia em viver naquele pequeno apartamento horrível quando não precisava. Não entendia por que alguém que teve tantas oportunidades rejeitou tudo por uma vida instável como cabeleireira. E não conseguia não ficar um pouco desapontada com ela também.

Henry queria dar a Delaney de tudo, e ela jogou isso fora. Tudo que ela precisava fazer era deixar que ele a guiasse, mas Delaney queria a liberdade. Na visão de Gwen, as pessoas davam valor demais à liberdade, que não botava comida na mesa para você ou seu filho, e não tirava o friozinho no estômago no meio da noite. Algumas mulheres poderiam tomar conta delas mesmas muito bem, mas Gwen não era uma dessas mulheres. Ela precisava e queria um homem que cuidasse dela.

A primeira noite que viu Henry, sabia que ele era o homem certo para ela. Forte e rico. Ela lavava perucas e estilizava cabelos de dançarinas de Las Vegas, e odiava isso. Depois de um dos *shows*, Henry foi para o camarim de sua última namorada e saiu com Gwen. Ele estava tão bonito e tinha tanta classe. Uma semana depois, eles se casaram.

Ela amava Henry Shaw, mas, mais do que amá-lo, ela lhe era muito grata. Com a ajuda dele, viveu sua vida como sempre sonhou. Com Henry, a decisão mais difícil que ela tinha que tomar era o que servir no jantar e a que clube se juntar. Gwen foi para o escritório de Henry. Claro que houve uma troca por todos os privilégios. Henry queria um filho legítimo e, quando ela não conseguiu lhe dar, ele a culpou. Depois de anos tentando, ela finalmente o convenceu a ver um especialista em fertilidade, e, como Gwen suspeitava, Henry não podia ter filhos. Ele tinha baixa contagem de esperma e, o pouco que ele produzia, era deformado e preguiçoso. O diagnóstico o insultou e o deixou com raiva, e ele queria fazer amor o tempo todo para provar aos médicos que eles estavam errados. Ele era tão teimoso e estava tão certo de que podia ter um filho. Claro que os médicos não estavam errados. Eles transavam o tempo todo, mesmo quando ela não queria. Mas nunca foi ruim, e o que recebeu em retorno valeu a pena. As pessoas a admiravam na comunidade, e ela teve uma vida repleta de coisas bonitas.

E, alguns anos atrás, ele desistiu da ideia de ter um filho com ela. Nick voltou para a cidade e Henry se voltou para a criança que ele já tinha. Gwen não gostava de Nick. Ela não gostava da família inteira, mas ficou grata quando Henry ficou obsessivo com o filho dele.

Quando Gwen entrou no escritório, viu que Max estava sentado na escrivaninha analisando alguns documentos. Ele olhou para ela e um sorriso dobrava o canto dos olhos azuis dele. Seu cabelo estava começando a ficar grisalho nas têmporas e, não pela primeira vez nos últimos tempos, ela se perguntava como seria ser tocada por um homem que tinha quase a idade dela. Um homem tão bonito quanto Max.

— A Delaney já foi? — ele perguntou enquanto se aproximava dela.

— Ela acabou de ir embora. Me preocupo com ela. Ela não tem objetivos, é tão irresponsável. Acho que nunca vai crescer.

— Não se preocupe. Ela é inteligente.

— Sim, mas tem quase trinta. Ela vai...

Max passou o dedo indicador nos lábios de Gwen e na bochecha e a silenciou.

— Não quero falar sobre Delaney. Ela já é adulta. Você fez seu trabalho, agora tem que deixá-la viver sua vida e pensar em outras coisas.

O olhar de Gwen se fixou. Max não sabia sobre o que estava falando. Delaney precisava da orientação de sua mãe. Ela viveu como uma cigana por muito tempo.

— Como pode dizer isso? Ela é minha filha. Como não pensar nela?

— Pense em mim em vez disso — ele disse enquanto a beijava delicadamente.

Num primeiro momento, os lábios que a beijavam pareciam estranhos. Ela não conseguia se lembrar de algum outro homem além de Henry beijando-a. Max abriu a boca pressionando a carne dela, e a batida de seu coração triplicou. Ela queria saber como era ser tocada por Max, e agora sabia. Era melhor do que ela imaginava.

No caminho para casa, Delaney parou na drogaria Value Rite para comprar um Tylenol, quatro pacotes de papel higiênico e chocolate Reese's Cups. Ela pegou duas caixas de OB porque estavam em promoção, depois parou na parte de revistas. Pegou uma revista com cheiro de perfume que prometia revelar "Os segredos dos homens". Folheou-a e colocou no carrinho, planejando ler na banheira quando chegasse em casa. No caixa quatro, ainda pegou uma vela perfumada e, quando foi para o cinco para pagar, quase atropelou Helen Markham.

Helen parecia cansada e, pelo olhar de raiva, ela obviamente tinha ouvido as últimas fofocas.

Delaney quase sentiu pena dela. A vida de Helen não devia ser fácil, e Delaney chegou à conclusão de que tinha duas escolhas: fazer sua velha inimiga sofrer, ou tirá-la da sua cola.

— Espero que não tenha acreditado na fofoca sobre Tommy e eu. Não é verdade.

— Fique longe do meu marido. Ele não quer mais que você dê em cima dele.

Tanto por tentar ser legal.

— Eu nunca dei em cima de Tommy.

— Você sempre teve ciúme de mim. Sempre, e agora acha que pode roubar meu marido, mas não vai funcionar.

— Eu não quero seu marido — ela disse, ciente das duas caixas de OB no carrinho, como se uma não fosse suficiente.

— Você o queria desde o ensino médio. Você nunca aceitou que ele me escolheu.

O olhar de Delaney se voltou para o que tinha no carrinho de Helen. Um xarope Robitussin, pinças, um pacote grande de absorventes Stay-free e uma caixa de laxante Correctol. Delaney sorriu sentindo uma ligeira vantagem. Absorventes e laxante.

— Ele só te escolheu porque eu não quis dormir com ele, e você sabe bem disso. Todos sabiam disso naquela época e todos sabem disso hoje. Se você não tivesse agido como uma vagabunda, ele não teria ido pra cama com você.

— Você é patética, Delaney Shaw. Sempre foi. Agora acha que pode voltar, roubar meu marido e minha clientela.

— Eu já disse que não quero o Tommy — ela apontou o dedo para Helen e se aproximou dela. — Mas tome cuidado porque vou roubar sua clientela.

Seu sorriso escondia uma maldade que ela não notou enquanto passava por Helen com seu carrinho em direção ao caixa. Tanto para acabar com a discussão delas. Mas ela ia acabar com Helen.

As mãos de Delaney tremiam enquanto ela colocava as compras no balcão do caixa. Elas ainda tremiam enquanto levava as compras para casa e quando colocou a chave na fechadura. Ligou o noticiário das 10 para ter um som de fundo e colocou as compras no balcão da cozinha. O dia começou bem, mas ficou ruim em instantes. Primeiro a mãe dela, depois Helen. Fofocas sobre ela corriam pelos telefones de Truly, e não tinha nada que ela pudesse fazer para mudar isso.

Sua cabeça parecia que ia explodir e ela tomou quatro Tylenol. Isso era culpa de Tommy e de Nick. Ela tomava conta da vida dela quando os dois chegaram. Se a tivessem deixado em paz, nada disso teria acontecido. Ela não ia ter que se defender para a mãe e não teria discutido com Helen no Value Rite.

Delaney pegou a revista, foi para o banheiro e encheu a banheira. Assim que se despiu, entrou na água morna. Ela sentiu um arrepio na espinha e suspirou. Tentou ler, mas só conseguia pensar em modos de desbancar o negócio de Helen. Ela se perguntava se Tommy, o cachorro, tinha realmente dito para sua esposa que Delaney tinha "dado em cima" dele, mas achou que não importava.

Ela pensou em Nick e em seus rumores. Estava começando tudo de novo. Dez anos atrás, os dois foram um dos tópicos, aparentemente mesmo depois de ela ter saído da cidade. Não queria ser ligada a Nick, não queria ser vista como uma das mulheres dele. E provavelmente não seria se ele não a tivesse arrastado para a pista de dança e a beijado, até ela se sentir arrepiada da cabeça aos pés. Com pouco esforço, ele fez seu coração bater depressa e seu corpo tremer. Ela não sabia por que Nick, entre todos os homens, podia mexer com ela só com um beijo, mas obviamente não estava sozinha. Havia Gail e Lonna Howell, e aquelas eram apenas duas que ela sabia.

Ela começou a ler um artigo na revista sobre feromônios e o efeito poderoso que tinham no sexo oposto. Se o que ela leu era verdade, Nick teve mais que sua cota. Ele era o flautista[17] dos feromônios, e Delaney era apenas mais um rato hipnotizável.

Ela ficou na banheira até que a água ficou gelada antes de sair e se vestir para dormir com o pijama de flanela e meias justas até o joelho. Pôs o alarme para despertar às 8h30 e se cobriu com seu novo edredom grosso. Tentou esvaziar a cabeça de Nick e Tommy, Gwen e Helen, mas, depois de três

[17] Personagem dos desenhos que encantava pessoas e animas com o toque de sua flauta.

horas ouvindo cada tique-taque do relógio, decidiu ver no armário de remédios se tinha algo para ajudá-la a dormir. Tudo que tinha era um frasco de remédio para resfriado Nyquil, que ela trouxe de Phoenix. Tomou dois comprimidos e tentou novamente dormir.

Mas seu sono agitado. Sonhou que estava presa em Truly para o resto da vida. O tempo não passava. Os dias se recusavam a passar. Ela estava presa para sempre no dia trinta e um de maio. Não havia escapatória.

Quando Delaney acordou, sentia a cabeça pesar e o som do despertador a incomodava. Ela estava aliviada por ter acordado do pesadelo. Desligou o despertador e fechou os olhos. A cabeça continuava pesada e ela se deu conta de que sua cabeça não estava martelando, e sim que alguém batia na porta. Grogue por não ter dormido direito e pelas grandes pílulas de Nyquil, ela foi tropeçando para a sala de estar. Com as meias na altura dos tornozelos, abriu a porta. Imediatamente tampou os olhos para se proteger da luz do sol queimando suas córneas, como se fosse vampira. Olhando de soslaio, viu uma parte do largo sorriso de Nick Allegrezza. Um ar gelado batia no rosto dela e quase a deixava sem ar.

— O que você quer? — ela respirou de forma ofegante.

— Bom dia.

Ele deu aquela risadinha novamente e ela fechou a porta na cara dele. Nick era a última pessoa na face da Terra que ela queria ver naquele momento.

A risada dele continuou enquanto ele falava:

— Preciso da chave da porta dos fundos do seu salão.

— Por quê?

— Achei que você queria que trocassem as fechaduras.

Nove

Delaney olhou para a porta fechada pelo tempo de várias batidas do coração. De jeito nenhum ela ia abrir novamente. Ela prometeu se afastar de Nick. Ele era problema, e ela estava certa de que estava com o cabelo totalmente bagunçado. Mas ela queria fechaduras novas.

— Deixo as chaves no seu escritório mais tarde — ela gritou.

— Estou ocupado mais tarde. É agora ou semana que vem, minha gata.

Ela abriu a porta novamente e olhou para o homem lindo de morrer na sua frente com o cabelo penteado para trás e mãos nos bolsos da jaqueta de motoqueiro.

— Já falei para não me chamar assim.

— Verdade, você disse — ele respondeu, entrando no apartamento como se fosse dono do lugar, trazendo o cheiro do outono e de couro.

O ar frio passava pelas canelas de Delaney e por sua camisola, lembrando-a de que não estava vestida de forma apropriada para receber visitas, mas não estava mostrando nenhuma parte do corpo, também. Ela teve um calafrio e fechou a porta.

— Ei, não te convidei para entrar.

— Mas você queria — ele disse, enquanto abria a jaqueta.

As sobrancelhas dela se juntaram e ela meneou a cabeça.

— Não, eu não queria.

De repente, o apartamento parecia tão pequeno. Ele o preenchia com o tamanho, o cheiro da pele e o seu machismo.

— E agora você quer fazer café também — ele estava com uma camisa xadrez de flanela cinza e azul. Camisas de flanela eram obviamente uma peça importante em seu guarda-roupa. Calças Levi's, gastas em partes interessantes. — Você é sempre mal-humorada de manhã? — ele perguntou, olhando cada cantinho do apartamento. As botas deixadas no gasto carpete bege. Os aparelhos antigos na cozinha. As duas caixas de OB no balcão.

— Não — ela falou rapidamente. — Eu geralmente sou muito agradável.

Ele olhou novamente para ela, e perguntou:

— Acordou com o cabelo armado?

Delaney tentou arrumar o cabelo com a mão e suspirou.

— Vou pegar a chave — ela disse, enquanto ia para a cozinha e pegava a bolsa. Ela pegou o chaveiro do Names to Take, Butts to Kick. Quando se virou, Nick estava tão perto que ela deu um pulo e bateu o traseiro no balcão. Ela olhou para a mão dele indo em direção a ela. Seus longos dedos, as linhas de calos nas palmas das mãos. Um zíper prateado fechava a manga preta da jaqueta do cotovelo ao pulso. Uma aba ficava perto das costas da mão.

— Onde estão as saídas mais próximas de suas portas?

— O quê?

— As saídas elétricas do seu salão.

Ela derrubou as chaves depois pisou nelas.

— Perto do caixa na frente, e atrás do micro-ondas no estoque. — E, como ele parecia um príncipe, e ela tinha certeza de que estava horrível, disse logo: — Não toque em nada.

— O que você acha que vou fazer? — Ele falou enquanto ela passava pelo corredor. — Um permanente em mim mesmo?

— Nunca sei o que vai fazer — ela disse e fechou a porta do quarto. Ela olhou no espelho em cima da penteadeira e levou uma mão à boca. — Ah, meu Deus — ela gritou. Estava com o cabelo de quem acabou de acordar. A parte de trás estava amassada, a frente bagunçada. Ela tinha bolinhas de travesseiro na bochecha direita e uma sujeirinha preta embaixo do olho. Ela abriu a porta parecendo uma daquelas pessoas de olhos esbugalhados que sobreviveram a um desastre natural. Pior que isso, ela abriu a porta para Nick parecendo lixo.

Assim que Delaney ouviu a porta da frente se fechar, ela correu para o banheiro e tomou um banho rápido. A água quente a ajudou a esvaziar a mente, e, assim que saiu, estava totalmente desperta. Ela podia ouvir o som da broca de Nick vindo da parte da frente do salão, foi para a cozinha e começou a fazer café. Ela não sabia por que, mas ele estava fazendo um favor a ela. Estava sendo simpático. Ela não sabia por que, ou por quanto tempo ia durar, mas estava agradecida e queria tirar o máximo de proveito da situação.

Ela colocou um casaco preto de nervuras com zíper na frente e gola e punho com estampa de zebra e saia combinando. Usava botas de pele de bezerro e meias pretas, *mousse* no cabelo passado com os dedos e seco com um difusor. Rapidamente se maquiou, depois colocou seu grande casaco de lã, cachecol e meias. Quarenta e cinco minutos depois que foi acordada por Nick, ela desceu as escadas do apartamento com uma garrafa térmica debaixo do braço e duas xícaras de café saindo fumaça.

A porta dos fundos do salão estava totalmente aberta, e Nick estava de costas para ela, seus pés bem separados, um cinto de ferramentas na cintura. Ele colocou um par de luvas de couro e pousou a broca dentro do salão. Um buraco redondo foi aberto na porta, e ele estava no processo de remover a antiga maçaneta. Olhou para ela enquanto se aproximava, seus olhos cinza passando por seu corpo inteiro.

— Trouxe café para você — ela disse e entregou uma xícara para ele.

Ele mordeu o dedo do meio da luva e tirou a mão. Colocou a luva no bolso da jaqueta e pegou a xícara.

— Obrigado. — Ele soprou o café e olhou para ela por entre a fumaça. — Ainda é outubro, o que você vai fazer em dezembro, quando a neve subir até a altura do seu traseiro? — perguntou, depois tomou um gole de café.

— Congelar. — Ela deixou a garrafa térmica ao lado da porta. — Mas acho que é uma boa notícia para você.

— Por quê?

— Porque aí você herda a minha parte dos bens de Henry. — Ela se alinhou e segurou a xícara. — A menos, é claro, que eu seja enterrada aqui em Truly sem sair da cidade. Aí as coisas ficariam um pouco confusas. Mas, se você quiser, pode jogar meu corpo para fora dos limites da cidade. — Ela pensou por um instante, depois estipulou algo: — Apenas não deixe os animais comerem meu rosto. Eu odiaria isso.

Ele levantou o canto da boca.

— Não quero a sua parte.

— Sim, claro — ela disse, em tom zombeteiro. Como uma pessoa em sã consciência não ia querer uma parte das propriedades que valiam tanto? — Você estava bem apreensivo no dia em que leram o testamento de Henry.

— E você também.

— Somente porque ele estava me manipulando.

— Você não faz nem ideia.

Ela bebeu um pouco de café.

— O que você quer dizer com isso?

— Deixa pra lá. — Ele colocou a xícara perto da garrafa térmica e vestiu as luvas nas mãos. — Digamos apenas que eu consegui exatamente o que queria de Henry. Consegui a propriedade que qualquer construtor daria um rim para ter, e eu consegui de graça. — Ele procurou por uma chave de fenda no seu cinto.

"Não tão de graça", ela pensou. Ainda não, pelo menos. Ele precisava esperar um ano, como ela. — Então você não ficou bravo por ganhar duas propriedades, e eu ficar com os negócios e dinheiro dele?

— Não — ele tirou um parafuso e colocou na caixa à direita dele. — Você e sua mãe fiquem à vontade para ter dor de cabeça.

Ela não sabia se acreditava nele.

— O que sua mãe achou do testamento de Henry?

O olhar dele virou para ela e voltou para a maçaneta.

— Minha mãe? Por que você se importa com o que minha mãe pensa? — ele disse enquanto tirava as maçanetas e as colocava na caixa.

— Eu não me importo muito, porém ela olha para mim como se tivesse mutilado o gato dela. Meio furiosa e, ao mesmo tempo, com desdém.

— Ela não tem um gato.

— Você sabe o que quero dizer.

Ele usava a chave de fenda como alavanca para tirar a fechadura.

— Acho que sei o que quer dizer. — Ele pegou a nova parte e tirou da embalagem. — O que você esperava que ela pensasse? Sou filho dela, e você é a *neska izugarri.*

— O que quer dizer *neska iz-izu* qualquer coisa?

Ele deu um risinho.

— Não leve pro lado pessoal, mas quer dizer que você é uma garota horrível.

— Ah! — Ela bebeu um pouco de café e olhou para os pés. Delaney imaginou que ser chamada de uma "garota horrível" não era tão ruim assim. — Já fui chamada de coisa pior, claro que geralmente em inglês. — Ela olhou novamente para Nick e o viu encaixar a nova fechadura no lugar. — Eu sempre quis ser bilíngue para poder xingar sem minha mãe entender. Você tem sorte.

— Eu não sou bilíngue.

Uma brisa fria batia nas pontas dos cabelos de Delaney e ela se encolheu no casaco.

— Você fala basco.

— Não, não falo. Eu entendo algumas palavras e só.

— Bem, Louie fala.

— Ele entende tanto quanto eu — Nick se ajoelhou e pegou uma tranca. — Nós entendemos um pouco porque minha mãe fala basco com seus parentes. Ela tentou nos ensinar euskara e espanhol, porém nós não tínhamos interesse. A maior parte do que Louie e eu sabemos são palavrões e partes do corpo, porque procurávamos no dicionário dela. — Olhava para Delaney, depois passou a tranca pelo buraco que ele furou na porta. — As coisas que realmente importavam — ele acrescentou.

— Louie chama a Lisa de querida em basco.

Nick encolheu os ombros.

— Então talvez ele saiba mais do que eu pensava.

— Ele a chama de algo como *alu gozo*.

Nick respirou fundo e meneou a cabeça.

— Então ele não a chama de "querida".

Delaney se inclinou e perguntou:

— Então do que ele a está chamando na verdade?

— Sem chance, não te falo — ele pegou no bolso do cinto de ferramentas parafusos e os colocou nos lábios.

Ela lutou contra a vontade de socá-lo.

— Vai. Você não vai me deixar na curiosidade.

— Você contaria para Lisa — ele disse com os parafusos na boca — e me meteria em confusão com Louie.

— Não vou contar. Por favoooooor — ela implorou.

Um som que veio do peito de Nick parou os apelos dela. Ele cuspiu os parafusos e mordeu o dedo do meio da luva novamente. Depois tirou o celular de dentro da jaqueta.

— Sim, é ele — Nick respondeu e guardou a luva no bolso. Ele ouviu por um instante, depois olhou para o céu. — Então quando ele pode sair daí? — Ele colocou o telefone entre o ombro e a orelha e continuou apertando a fechadura. — É muito tarde. Se ele não quer trabalhar conosco, precisa dizer que não, do contrário acho bom ele começar o trabalho até quinta. Nós tivemos sorte até agora com o tempo e não quero abusar. — Ele falou de metros quadrados e uma outra medida, e Delaney não entendia nada daquilo. Apertou a testa na moldura da porta, depois colocou a chave de fenda no cinto de ferramentas uma última vez. — Ligue para Ann Marie, e ela vai te dar os números. Era oitenta ou oitenta e cinco mil, não tenho certeza. — Ele desligou o celular e o colocou dentro da jaqueta. E pegou no bolso do *jeans* um molho de chaves. — Testa — ele pediu, enquanto entrava no salão e colocava as peças da maçaneta no lugar.

Quando fez como ele pediu, as duas trancas abriram com facilidade. Ela tirou a xícara de café de Nick e a garrafa térmica do chão e entrou pelos fundos da loja. Com as mãos cheias, chutou a porta para fechá-la e entrou no estoque. O cinto de ferramentas de Nick e a jaqueta estavam na banqueta ao lado do micro-ondas. A broca estava no chão ainda na tomada, mas ele não estava ali.

Ela ouviu o barulho da descarga enquanto tirava o casaco e as luvas. Pendurou-os no cabideiro ao lado da porta, depois pegou um copo de café para ela e foi para a parte de frente do salão. Por algum motivo estranho, ficar no corredor enquanto Nick usava o banheiro fez com que ela se sentisse como uma *voyeur*, como na época em que se escondeu atrás de uns óculos de sol em Value Rite e o viu comprar uma caixa de doze camisinhas de tamanho grande. Ele tinha uns dezessete anos.

Delaney abriu a agenda de horários e viu que estava vazia. Ela teve alguns namorados, e certamente eles usavam banheiro. Mas, por algum motivo que ela não sabia explicar, era diferente com Nick. Mais pessoal... quase íntimo. Como se ele fosse amante dela, em vez do cara que a provocou a maior parte da vida, depois a usou para se vingar de Henry.

Ela ouviu a porta do banheiro abrir, e tomou uma boa golada de café.

— Você testou a porta da frente? — ele perguntou, os calcanhares das botas fazendo barulho no chão enquanto andava em direção a ela.

— Ainda não — ela olhou para ele e o viu se aproximar. — Obrigada pelas novas fechaduras. Quanto te devo?

— Funciona. Já vi para você — ele disse em vez de responder à pergunta dela. Nick parou ao lado dela, depois apoiou os quadris no balcão ao lado do cotovelo direito dela. — Isso estava no chão quando troquei a fechadura da frente — disse e apontou para um envelope em cima da caixa registradora. — Alguém deve ter passado por baixo da porta.

O nome dela era a única coisa digitada no papel branco, e ela chegou à conclusão de que provavelmente era algum tipo de aviso de uma reunião da associação de negócios da cidade ou algo tão empolgante quanto.

— Suas bochechas estão coradas.

— Está um pouco frio aqui — ela disse, mas não tinha certeza se a temperatura tinha algo a ver com isso.

— Você não vai aguentar o inverno — ele pegou a xícara de café por alguns segundos, depois tocou o rosto dela com as mãos em concha. — Precisa aquecer mais alguma parte do corpo?

Uh-oh.

— Não.

— Tem certeza? — As pontas dos dedos passavam por trás das orelhas dela. — Vou te aquecer bem gostoso. — O polegar dele deslizou pelo queixo, depois passou pelos lábios inferiores. — Minha gata.

Ela fechou a mão em punhos e deu um soco no estômago dele. Em vez de ficar bravo, ele deu risada e soltou o rosto dela.

— Você costumava ser mais divertida.

— Quando?

— Quando ficava de olhos arregalados, e louca, e parecia que queria me acertar, mas era tão boa menina que não conseguia. Seu maxilar ficaria trincado e seus lábios enrugados. Na época da escola, tudo o que eu tinha que fazer era olhar para você, e você saía correndo.

— Isso é porque você praticamente me deixou inconsciente com uma bola de neve.

A testa dele franziu e ele se alinhou.

— Aquele negócio da bola de neve foi um acidente.

— Mesmo, qual parte? Quando você fez uma bola de neve, ou quando você acidentalmente a jogou em mim?

— Eu não queria te acertar com tanta força.

— Por que você jogou a bola em mim?

Ele pensou por um momento, depois respondeu:

— Porque você estava lá.

Ela revirou os olhos.

— Brilhante, Nick.

— É verdade.

— Vou me lembrar disso da próxima vez que vê-lo numa calçada e meu pé sentir vontade de te dar um chute no traseiro.

Seu sorriso mostrava os dentes brancos.

— Você se tornou muito espertinha depois que saiu daqui.

— Eu me tornei eu mesma.

— Gosto disso.

— Nossa, acho que posso morrer feliz agora.

— Me faz perguntar o que mais está diferente.

Ele pegou o zíper da roupa dela. O metal gelado acertou a clavícula e repousou na pele dela.

Delaney respirou profundamente, porém se recusou a desviar o olhar. Ela olhou nos olhos dele. Em um segundo, ele tinha se transformado de um homem mais ou menos comum para o garoto teimoso com quem ela tinha crescido. Ela viu aquele brilho prateado várias vezes para não saber que ele ia bater o pé com força no chão e gritar "bu" e fazê-la sair correndo. Fazê-la pensar que ia jogar uma minhoca nela, ou algo tão odioso quanto. Ela se recusava a deixar que ele a intimidasse. Sempre o deixou ganhar, e ela bateu o pé por todas as vezes que perdeu.

— Não sou a mesma garota que você costumava incomodar o tempo todo. Não tenho medo de você.

Ele levantou uma sobrancelha.

— Não?

— Não.

O olhar dele se fixou no dela enquanto ele pegava o zíper dela novamente. Ele baixou o zíper vagarosamente, menos de um milímetro.

— Agora você está com medo?

As mãos dela estavam rígidas. Ele a estava testando. Ele estava tentando fazer com que ela recuasse primeiro. Ela balançou a cabeça.

Ele desceu o zíper mais um pouquinho e depois parou.

— Agora?

— Não. Você nunca mais vai me assustar. Eu sei o que você é.

— Uh-huh. — O zíper desceu mais um milímetro, e o colarinho de zebra pesado se abriu. — Me diga o que você acha que sabe.

— Você é cheio de papo furado. Você não vai me magoar. Agora você quer que eu pense que vai me deixar nua enquanto as pessoas passam pela minha grande janela. Eu devo ficar nervosa, e aí você vai embora e vai rir de mim. Mas adivinha!

Ele baixou o zíper até a rosa de cetim dourado que fechava a parte da frente do sutiã dela.

— O quê?

Ela respirou fundo e pagou o blefe dele.

— Você não vai fazer isso.

O queixo de Delaney caiu e ela olhou para a parte da frente do casaco. O algodão preto com nervuras ficou aberto, as pontas um pouquinho separadas, mostrando o sutiã com estampa de leopardo e as curvas de dentro dos seios. Depois, antes que Delaney se desse conta, ela foi levantada e colocada em cima da agenda de horários. O tecido suave do *jeans* dele se esfregava nos joelhos dela, e o móvel verde estava gelado embaixo das coxas dela.

— O que você pensa que está fazendo? — ela gritou enquanto ele agarrava a parte da frente da blusa dela.

— Shhh... — Ele tocou os lábios dela com o dedo. O olhar dele estava fixo na grande janela atrás de Delaney.

— O dono da livraria está passando por aqui. Você não quer que ele te ouça e fique bisbilhotando no vitrô, quer?

— Ela olhou para a calçada, mas estava vazia.

— Me tire daqui — ela mandou.

— Você está com medo agora?

— Não.

— Não acredito em você. Você parece que quer sumir da face da Terra.

— Não estou com medo. Apenas sou inteligente demais para entrar no seu jogo.

— Ainda não começamos a jogar.

Mas eles tinham começado, e ele era um homem com quem ela não queria brincar. Ele era perigoso demais, e ela o achava muito sedutor.

— Você se diverte com isso?

Um sorriso lento e sensual surgiu em seus lábios.

— Claro. Aquele sutiã de leopardo que você está usando é bem selvagem.

Delaney largou a blusa o suficiente para fechá-la novamente. Uma vez que estava fechada, ela relaxou um pouco.

— Bem, não fique empolgado. Sabe que não sou.

O sorriso dele a cercou.

— Tem certeza?

— Absoluta.

O olhar dele foi em direção à boca de Delaney.

— Acho que terei que ver o que fazer a esse respeito.

— Não foi um desafio.

— Foi um desafio, Delaney — ele passou os dedos na bochecha dela, e a respiração dela se tornou um pouco superficial. — Um homem sabe quando está sendo desafiado por uma mulher.

— Retiro o que disse. — Ela segurou o pulso dele.

Ele meneou a cabeça.

— Você não pode. Você já expôs tudo.

— Oh, não. — Delaney olhou para o queixo forte de teimoso. Um lugar seguro, afastado dos olhos hipnóticos dele. — Eu nunca expus tudo.

— Talvez seja por isso que está tão tensa. É falta de sexo.

O olhar dela se cruzou com o dele e ela forçou para tirar sua mão do rosto dela.

— Não é falta de sexo. Eu transo o tempo todo — ela mentiu.

Ele a olhou com ar duvidoso.

— Eu transo.

Ele abaixou o rosto em direção ao dela.

— Então talvez você precise de alguém que saiba o que está fazendo.

— Está me oferecendo seus serviços?

A boca de Nick roçou de leve a dela enquanto ele meneava a cabeça.

— Não.

A respiração de Delaney ficou presa.

— Então por que está fazendo isso comigo?

— Porque parece bom — ele sussurrou e deu beijos delicados no canto dos lábios. — Tem gosto bom também. Você sempre teve gosto bom, Delaney. — Ele esfregou os lábios dele nos dela. — Seu corpo todo — ele disse e abriu bem a boca sobre a dela. A cabeça dele se virou para um lado e em um instante tudo mudou. O beijo ficou quente e molhado como se ele estivesse sugando o suco de um pêssego. Ele comeu da sua boca e exigiu que ela se alimentasse da dele em troca. Ele sugou sua língua para dentro da boca. A parte de dentro da boca dele estava quente e escorregadia, e ela sentiu os ossos tremerem. Ela não conseguia pará-lo naquele momento. Deixou-se beijar com a mesma vontade. Ele era tão bom. Tão bom em fazê-la se sentir daquele jeito. Fazê-la mais do que feliz em fazer coisas que ela não tinha o intuito de fazer. Fazê-la se sentir sem ar. Fazer com que a pele dela o desejasse ardentemente.

Ela sentiu o *jeans* Levi's rolar em suas coxas enquanto ele colocava as mãos dela nos ombros dele. Uma das mãos dele tocava o seio dela e ela gemia. Ela sentiu um frio na barriga e seu mamilo endureceu. Sentia o calor da palma da mão dele pela blusa e pelo sutiã de cetim. Curvou-se em direção a ele, querendo mais. As mãos dela deslizavam por seus ombros largos, até as laterais do rosto. Os polegares dela tocaram de leve o queixo dele, e ela deslizou as mãos para o seu pescoço. Ela sentiu a pulsação forte e a respiração irregular dele, e satisfação feminina pura percorria o corpo dela. Os dedos dela se moveram pela frente da camisa dele e abriram os botões. Dez anos atrás ele a viu quase completamente nua, e ela não viu nem uma parte do peito dele. Ela abriu a camisa de flanela para satisfazer uma velha curiosidade. Depois, ela parou o beijo para dar uma boa olhada nele e não ficou desapontada. Ele tinha o tipo de peito que inspirava mulheres a colocarem dinheiro na cueca. Mamilos marrons e músculos definidos, pele bronzeada e cabelos negros que desciam pela sua barriga tanquinho, circulavam seu umbigo, depois desapareciam. Os olhos dela foram em direção à parte da frente da calça dele, onde havia uma grande saliência debaixo do botão. Ela olhou para o rosto de Nick. Ele olhava para ela também e seus lábios ainda estavam molhados do beijo. As mãos dela deslizavam pelo peito dele, e os dedos dela passavam pelo cabelo macio dele. Os músculos dele se enrijeciam com o toque dela.

— Fique parada um instante — ele disse, com voz áspera, como se tivesse acabado de sair da cama. — A não ser que você queira que a mulher de cabelo azul na porta saiba o que estamos fazendo.

Ela ficou paralisada.

— Você está brincando, né?

— Não. Parece a minha professora do primeiro ano do fundamental, a senhora Vaughn.

— Laverne! — ela falou alto e olhou para o lado. — O que será que ela quer?

— Talvez um corte de cabelo — ele disse e esfregou os polegares nos mamilos dela.

— Para com isso. — Ela tirou as mãos dele. — Não acredito que deixei isso acontecer de novo comigo. Ela ainda está lá?

— Sim.

— Você acha que ela consegue nos ver?

— Não sei.

— O que ela está fazendo?

— Olhando para mim.

— Não posso acreditar. Ontem à noite minha mãe reclamou comigo por ter me comportado de modo impróprio com você no Hennesey's. — Ela fez um movimento negativo com a cabeça. — Agora mais essa. Laverne vai contar para todo mundo.

— Provavelmente.

Ela olhou para ele, ainda entre as coxas dela.

— Você não se importa?

— Com o que exatamente devo me importar? Que a coisa estava começando a ficar boa? Que minhas mãos tocavam seus seios e suas mãos estavam no meu peito, e que nós dois estávamos nos divertindo? Claro que me importo com isso. Não terminamos. Mas não espere que eu me importe que uma velhinha olhou pela janela e viu a cena. Por que eu devia me importar com o que as pessoas vão dizer a esse respeito? Todo mundo fala de mim desde o dia em que nasci. Parei de me importar faz tempo.

Delaney empurrou os ombros dele até que ele se afastou um pouco. Com os nervos pulsando de desejo, ela desceu do balcão e se virou em tempo de ver a senhora Vaughn ir embora vestindo um casaco rosa e calça justa.

— As pessoas desta cidade já acham que nós estamos dormindo juntos. E você deveria se importar já que pode perder a propriedade que Henry deixou para você.

— Como? Se toda vez que começamos, em algum momento durante o sexo alguém foge. Sendo assim, não passa de uma tentativa frustrada.

Delaney suspirou e apoiou a cabeça nas mãos.

— Meu lugar não é aqui. Detesto esta cidade. Odeio tudo que é daqui. Mal posso esperar para ir embora. Quero minha vida de volta.

— Olhe pelo lado positivo — ele disse, e ela ouviu o barulho da bota dele enquanto ia para os fundos. — Quando você for embora, será uma mulher rica. Você se vendeu pelo dinheiro de Henry, mas tenho certeza de que vai valer a pena no final.

Ela olhou para ele.

— Você é um hipócrita. Você concordou com a sua parte do testamento também.

Ele entrou no estoque e saiu alguns segundos depois.

— Verdade, mas há uma diferença. — Com sua camisa ainda desabotoada, ele colocou a jaqueta de couro. — O que ele estipulou não é difícil de cumprir.

— Então por que você estava tentando tirar minha blusa?

Ele se ajoelhou e pegou a broca.

— Porque você deixou. Não leve a mal, mas você poderia ser qualquer uma.

As palavras dele foram como um soco no estômago. Ela mordeu as bochechas por dentro para não gritar.

— Te odeio — ela disse quase como um sussurro, mas ele a ouviu.

— Claro que sim, minha gata — ele rebateu enquanto enrolava o fio na broca.

— Vê se cresce, Nick. Um adulto não precisa sair por aí tocando mulheres só porque pode. Homens de verdade não olham para mulheres como brinquedinhos mais.

Ele a olhou, apesar da distância que os separavam.

— Se você acredita nisso, então é a mesma garotinha tola e ingênua que sempre foi. — Ele abriu a porta dos fundos. — Talvez você devesse seguir seu próprio conselho — ele disse, depois fechou a porta.

— Vê se cresce, Nick — Ela gritou. — E... e... corte o cabelo.

Ela não sabia por que adicionou a última parte. Talvez porque ela quisesse magoá-lo, o que era ridículo. Ele não tinha sentimentos. Ela se virou e olhou para a agenda de horários e viu que não tinha nada marcado. A vida dela ia da bosta à merda. Duas horas, ela pensou. Ela deu duas horas para a fofoca chegar aos ouvidos da mãe, e só porque levaria cerca de uma hora para Laverne chegar até o carro dela.

Lágrimas de raiva embaçavam a vista de Delaney e o olhar dela parou no envelope em cima do caixa. Ela o abriu. Uma página caiu com três palavras em capitulares digitadas no centro. "ESTOU DE OLHO", dizia o bilhete. Delaney amassou o papel e jogou longe. Ótimo! Era tudo de que ela precisava. Helen, a psicótica, vigiando-a e passando bilhetes por debaixo da porta.

Dez

Nick agarrou o volante com força até seus dedos ficarem roxos. A insistente protuberância em sua virilha fazia com que ele andasse para lá e para cá com o jipe para aliviar a ardente necessidade de estar entre as coxas macias de Delaney. Impossível, é claro. Por tantos motivos.

Se ele quisesse, podia ligar para Gail do celular e pedir a ela que o encontrasse. Havia algumas outras para as quais ele podia ligar também, mas ele não queria. Ele não queria transar com uma mulher pensando em outra. Querendo outra. Ele não era tão desgraçado, nem tão doentio.

Em vez de ligar para qualquer uma, ele parou o jipe próximo aos restos queimados do celeiro de Henry. Deixou o motor ligado e em ponto morto. Ele não sabia por que foi até lá. Talvez tenha ido procurar respostas nos escombros. Respostas que ele sabia que nunca iria encontrar.

"Meu lugar não é aqui. Detesto esta cidade. Odeio tudo que é daqui. Mal posso esperar para ir embora. Quero minha vida de volta." As palavras dela ainda ecoavam na sua cabeça. Ainda o faziam ter vontade de agarrá-la e dar um chacoalhão nela.

Porém, ela tinha razão. O lugar dela não era em Truly. Desde o momento em que ele a viu, parada do outro lado do caixão de Henry com seu casaco verde e óculos de sol escuros, ela complicou a vida dele. Quando se mudou para lá, ela trouxe o passado junto. Todas as antigas complicações que ele nunca entendeu.

Nick olhou para a parte da frente de sua camisa e abotoou os botões. O motor do jipe e o barulho do aquecedor eram os únicos sons perturbando o ar da manhã.

"Te odeio", ela sussurrou, e ele acreditou nela. Mais cedo, quando chegou à casa dela com as novas fechaduras, não foi com o propósito de fazer com que ela o odiasse, mas ele fez um bom trabalho para que ela sentisse isso. Era melhor que ela sentisse ódio, e ele acabou até se sentindo um pouco aliviado com isso. Nada mais de beijá-la e tocá-la. Nada mais de encher suas mãos com seus seios firmes, seus mamilos duros embaixo dos polegares.

Ele encostou a cabeça no banco e olhou para a lona bege que cobria o telhado. Tudo que ela precisava fazer era olhar para ele, e ele tinha vontade de bagunçar o cabelo dela. Apertá-la e provar o *gloss* de sua boca. Talvez Henry estivesse certo. Talvez ele soubesse o que Nick recusava admitir até para si mesmo. Ele ainda era atraído pela maioria das coisas que não podia ter. No passado, uma vez que tivesse conseguido as coisas que eram inatingíveis, passava para as próximas. Mas com Delaney ele não podia. Ele não podia tê-la e não conseguia seguir em frente. Se não fosse pelo testamento de Henry, ele já teria transado com ela e já a teria esquecido. Ela não era mesmo o tipo de fêmea com que ele gostava de passar o tempo. Suas roupas eram estranhas e ela tinha uma boca esquisita. Ela não era a mulher mais bonita que ele já conheceu. Na verdade, ela estava horrível de manhã. Ele já tinha visto várias mulheres que não estavam no melhor dia quando fizeram sexo, mas ela estava assustadora.

Nick levantou a cabeça e olhou para o para-brisa. Porém, não parecia se importar como ela era. Ele a queria. Ele queria beijar aquela boca de quem acabara de acordar e sua pele suave. Ele queria levá-la de volta para a cama, onde os lençóis ainda estavam quentes. Ele queria deixá-la nua e se enfiar bem fundo entre suas coxas quentes.

Queria tocá-la como nos milhares de fantasias que teve enquanto cresceu. Ao cair da noite ela entrou no seu carro. Durante a noite ele a levou para a Praia Angel. Ela agia como se o quisesse naquela noite, também, mas foi embora com Henry. Ela o deixou sozinho e com vontade dela. Só mais uma fantasia não realizada. Ele xingou e mudou a marcha do jipe. Os grandes pneus levantaram a sujeira da estrada enquanto iam em direção ao centro da cidade. Alguns contratos de construção o esperavam para ser assinados no escritório, e sua mãe e Louie o aguardavam para o almoço. Em vez disso, Nick dirigiu para um local de trabalho a cinquenta milhas ao norte, em Garden. Os subempreiteiros ficaram surpresos ao vê-lo. Os moldureiros ficaram ainda mais surpresos quando ele colocou as luvas de trabalho e pegou uma pistola de grampos. Ele grampeou as vigas do subsolo e da parede com ímpeto. Fazia vários anos que ele e Louie não faziam a parte física da construção. Ele passava a maior parte do tempo dirigindo ou falando com empreiteiros e fornecedores. Se não estivesse dirigindo ou falando ou fazendo os dois ao mesmo tempo, ele estava criando novos negócios. Mas, depois do dia que ele teve, era gostoso pregar algo novamente.

Na hora que chegou em casa, já tinha escurecido. Ele colocou a jaqueta de couro e as chaves do carro no gabinete de mármore da cozinha, depois pegou uma cerveja Bud. Conseguia ouvir a TV em outra parte da casa, mas não se preocupava. Sua família inteira tinha a chave da casa dele, e Sophie frequentemente ia assistir a um filme na TV de tela grande. As botas dele ecoavam no chão de madeira enquanto caminhava em direção à sala.

A televisão foi desligada e Louie surgiu do sofá de couro bege. Ele colocou o controle na mesinha de pinheiro.

— Você deveria ligar para a mãe e avisar que não está morto numa trincheira.

Nick largou um pouco a cerveja e olhou para o irmão mais velho.

— Vou ligar.

— Nós dois tentamos falar com você desde a tarde. Você se esqueceu do almoço?

— Não. Decidi ir para Garden.

— Por que não ligou?

Ele não queria ouvir a voz de decepção de sua mãe ou ficar carregando a sensação de culpa que ela o faria ter.

— Estava ocupado.

— Por que você não atendeu o celular?

— Porque não tive vontade.

— Por que, Nick?

— Já disse o porquê. O que é esse interrogatório todo? Você não estava esperando por mim porque eu não atendi o celular.

Louie estava com uma expressão séria.

— Onde você estava?

— Já disse.

— Fale novamente.

Nick fez cara feia igual ao irmão.

— Vai pro inferno.

— Então é verdade. O que todos estão dizendo sobre você é verdade. Você estava trepando com Delaney Shaw no balcão do salão dela. Bem na Rua Principal, para qualquer um ver.

Um sorrisinho começou a aparecer no rosto de Nick, depois ele caiu na risada.

Louie não não via graça.

— Vá se foder. Quando a mãe me disse que tinha ouvido falar que você tinha beijado a Delaney no Hennesey's, eu disse a ela para não acreditar. Disse que você não era tão burro assim. Ai, meu Deus do céu, você é.

— Não, eu não sou. Eu não trepei com a Delaney no salão dela nem em lugar nenhum.

Louie espirrou e coçou o lado do pescoço.

— Talvez ainda não, mas vai. Você vai em frente e botar tudo a perder.

Nick pegou a cerveja e tomou um gole.

— Agora sabemos o verdadeiro motivo de você estar aqui. Dinheiro. Você não está nem aí com quem eu transo, contanto que você possa construir em Silver Creek.

— Claro. Por que não? Eu admito. Eu quero tanto isso que a ideia de poder fazer essa construção me deixa acordado no meio da noite pensando em todas as casas milionárias e formas de gastar todo o dinheiro que vou ganhar. Mas, mesmo que essa propriedade não valesse nada, eu ainda estaria aqui porque sou seu irmão. Porque eu passava por arbustos com você. Espiava com você, furava os pneus da bicicleta dela com você e eu achava que fazíamos isso porque ela tinha uma Schwinn nova. Ela ficou com o que você deveria ter. E porque eu achava que você a odiasse. Mas você não odiava. Você furava aqueles pneus porque queria acompanhá-la até em casa. Você disse que a acompanhava para que Henry o visse e ficasse nervoso, mas era mentira. Você tinha tesão por ela. Você tinha um tesão por Delaney Shaw desde que seu pinto aprendeu a ficar ereto, e todos sabem que você pensa com o seu pau.

Nick colocou devagar a garrafa na abóbada de pedra sobre a lareira.

— Eu acho melhor você ir andando antes que eu te expulse a pontapés.

Louie cruzou os braços, parecendo que não planejava ir embora.

— E tem mais. Esta casa. Olhe para ela.

— Sim?

— Olhe ao seu redor. Você mora em uma casa de mil e duzentos metros quadrados. Você tem quatro quartos e cinco banheiros. Você é uma pessoa só. Uma.

Nick olhou para a lareira feita de pedras de rio lisas, o telhado alto com vigas expostas e as janelas de catedral que davam para o lago.

— Aonde você quer chegar?

— Para quem você construiu isso? Você diz que nunca vai se casar. Então para que precisa de uma casa tão grande?

— Me conta você, já que sabe todas as respostas.

Louie ficou abismado.

— Você queria mostrar para Henry.

Era tão próximo da verdade, que Nick não negou.

— Isso não é novidade para ninguém.

— Você queria mostrar para ela também.

— Você é cheio de conversa mole — ele zombou do irmão. — Ela nem morava aqui.

— Agora mora, e você vai estragar sua vida por um rabo de saia.

Nick apontou para a porta da frente.

— Saia daqui antes que você me irrite de verdade.

Louie parou a um braço de distância dele.

— Você vai me expulsar, irmãozinho?

— Você vai me obrigar?

Nick era mais alto, mas Louie parecia um touro. Não só Nick não queria brigar com o próprio irmão, mas ele sabia que Louie batia como um touro também. Ele ficou aliviado quando Louie saiu, meneando a cabeça.

— Se vai fazer sexo com ela, que seja agora. — Louie sussurrou enquanto pegava a jaqueta nas costas de uma poltrona de couro. — Faça antes de envolver mais empreiteiros em Silver Creek. Faça antes de contatar mais financiadores e faça antes que eu perca mais tempo.

— Você está se preocupando com besteira — Nick assegurou ao irmão enquanto saíam pela porta da frente. — Eu não vou me aproximar de Delaney, e tenho a impressão de que ela vai me evitar por um bom tempo.

— Então o que aconteceu no salão hoje?

Nick abriu a pesada porta de madeira.

— Nada. Troquei as fechaduras das portas dela. Foi só isso.

— Duvido. — Louie colocou a jaqueta e desceu as escadas. — Liga pra mãe. Quanto mais cedo acabar com isso melhor.

Nick assentiu com a cabeça e voltou para a grande sala. Ele não estava no clima de ligar para a mãe. Não queria ouvi-la gritar por causa de Delaney. Tirou a tampa da cerveja e depois foi para o deque. Subia vapor da banheira octogonal, e ele ligou o botão para começarem os jatos. Seu ombro direito doía do trabalho que fez em Garden. Ficou nu e deu pancadinhas pelos braços e peito antes de entrar na água quente e borbulhante. Passavam feixes de luz pelas janelas da casa, porém elas não atingiam o canto do deque.

Louie estava certo sobre algumas coisas e totalmente errado sobre outras. Nick tinha construído essa casa como um gesto de "vai ver se estou na esquina" para Henry. Mas, antes de a construção estar na metade, ele perdeu o interesse em provar alguma coisa para qualquer pessoa. Quanto à Delaney, ele não esperava vê-la nunca mais. O irmão errou feio naquela teoria. Ele esteve perto da verdade com relação ao pensamento sobre a teoria da conspiração da bicicleta. Na verdade, Nick não planejava levar a bicicleta até a casa de Henry, mas aí ele olhava para o rosto dela quando ela via os pneus. Ela parecia que ia se debulhar em lágrimas, e ele se sentia tão culpado que a ajudava. Ele até deu a ela um doce Tootsie Roll, e ela deu a ele um chiclete. De menta.

Louie estava certo sobre a outra parte — embora ele considerasse mais como um forte interesse do que gostar. Mas, ao contrário do que o irmão pensava, ele não ia transar com ela.

Talvez não fosse capaz de controlar suas reações corporais, mas certamente era capaz de controlar o que fazia ou não a respeito.

As pessoas diziam muitas coisas a respeito dele. Algumas eram verdade, outras não. Ele não se importava com a maioria. Mas Delaney sim. Ela ficava ofendida com a fofoca.

Nick bebeu um pouco de cerveja e olhou o reflexo das estrelas na água negra do lago.

Ele não queria que ela se sentisse ofendida. Ele não queria ofendê-la. Estava na hora de se afastar de Delaney Shaw.

O telefone tocou e ele se perguntou quanto tempo sua mãe levaria para desistir das ligações. Ele sabia que ela queria falar sobre a fofoca como se tivesse algum tipo de direito materno de se intrometer na vida dele. Louie parecia não se importar com a constante aporrinhação como Nick. Louie chamava de amor. Talvez fosse, mas, quando Nick era mais novo, ela às vezes o apertava tanto que ele mal podia respirar.

Nick colocou a cerveja ao lado da banheira e soltou mais o corpo na água quente. A mãe não gostava de dirigir à noite, então ele chegou à conclusão de que estava são e salvo por aquele momento. Ele ligaria para ela de manhã e se livraria desse problema.

Gwen ligou para a filha pela quinta vez no espaço de uma hora. "Tá na cara que Delaney tirou o telefone do gancho."

Max passou por um grosso tapete Aubusson e parou atrás dela. Ele tirou o telefone da mão dela e desligou.

— Ela claramente tem seus motivos. — Ele esfregou os ombros de Gwen e pressionou os polegares na base do crânio. — Você está tensa demais.

Gwen suspirou e inclinou a cabeça para o lado. Os cabelos loiros e delicados roçavam os dedos dele e o cheiro de rosas chegava até seu nariz.

— É o último rumor sobre ela e Nick. Ele quer arruinar minha filha.

— Ela vai saber lidar com Nick.

— Você não entende. Ele sempre a odiou.

Max se lembrou do dia em que Nick entrou em seu escritório. O homem estava nervoso, mas Max não teve a impressão de que Nick tinha alguma hostilidade em relação à Delaney.

— Sua filha já é uma mulher adulta. Ela sabe se cuidar sozinha.

Ele passou as mãos pela cintura dela e a puxou em direção ao peito. Parecia que o tempo que eles passavam juntos era sempre a mesma coisa. Gwen reclamando de Delaney e ele querendo tocá-la como um amante. Ele a viu bastante desde a morte de Henry, e teve prazer na cama dela várias vezes. Ela era linda e tinha muito a oferecer a um homem. Ainda assim, ele estava ficando cansado de sua imersão nos negócios da filha.

— Como? Criando um escândalo?

— Se é isso que ela quer. Você já fez seu trabalho. Você a criou. Deixe para lá, ou acabará perdendo-a novamente.

Gwen se virou e Max viu raiva nos olhos dela.

— Estou com medo de que ela vai me deixar. Sempre pensei que ela se afastou por causa de Henry, mas agora não tenho certeza. Alguns anos atrás fui visitá-la, quando ela morava em Denver, e ela disse que eu sempre ficava do lado de Henry. Ela acha que eu nunca a defendi. Eu teria defendido, mas Henry estava certo. Ela precisava tirar boas notas para ir para a faculdade e não sair por aí como uma menina levada. — Gwen parou e respirou profundamente. — Delaney é teimosa e guarda rancor há muito tempo. Só sei que ela vai embora em junho e nunca mais vai voltar.

— Talvez.

— Ela não pode ir. Henry podia tê-la feito ficar mais tempo.

Max deixou suas mãos caírem.

— Ele queria, porém eu o aconselhei a não fazer isso, pois um juiz podia invalidar o testamento se Henry estipulasse um período maior de tempo.

Gwen se virou e caminhou até a lareira. Ela segurou a abóbada de tijolos e olhou para Max pelo espelho na frente dela.

— Ele deveria ter feito alguma coisa.

Henry fez de tudo que ele podia para controlar as pessoas na sua vida do túmulo. Ele só manteve o que a corte consideraria como medidas justas e razoáveis. A coisa toda foi de muito mau gosto para Max, e incomodava a ele que Gwen apoiasse as últimas manipulações do marido.

— Delaney precisa ficar aqui. Ela precisa crescer.

Max olhou para o reflexo de Gwen. Seus lindos olhos azuis e lábios rosados, pele clara perfeita e cabelos como cachos de caramelo e bala de leite. O desejo tomou conta da sua virilha. Ele andou em direção a ela determinado a lhe dar algo mais.

Nick não teve chance de ligar para a mãe na manhã seguinte. Ela tocou a campainha dele às 7 da manhã.

Benita Allegrezza colocou a bolsa no gabinete de mármore branco e olhou para o filho. Nick obviamente pensou que podia evitá-la, mas ela era mãe dele. Ela deu à luz, o que dava a ela o direito de tirá-lo da cama. Não importa se ele tem trinta e três anos e não mora mais com ela.

Ele colocou uma calça Levi's rasgada e um moletom preto e velho, e os pés estavam descalços. Ele podia se vestir melhor, mas Nick nunca cuidou muito de si mesmo. Ele não comia quando devia e passou tempo com várias mulheres. Ele achava que ela não sabia sobre as mulheres, mas ela sabia.

— Por que você não evitou aquela *neska izugarri?*

— Não sei o que você ouviu, porém nada aconteceu com Delaney — ele disse, sua voz áspera de sono. Ele pegou seu casaco e o pendurou no armário do corredor.

Obviamente, ele achava que ela podia ser enganada também. Benita o seguiu até a cozinha e o viu pegar duas xícaras do armário.

— Então por que você estava lá, Nick?

Ele esperou até encher as duas xícaras de café antes de responder.

— Eu instalei umas fechaduras nas portas do salão dela.

Ela pegou a xícara que ele ofereceu e olhou para perto da pia da cozinha como se nada tivesse acontecido no salão de beleza. Ela sabia que não era verdade. Ela sabia que quanto menos ele dissesse mais deixava por falar. Algumas vezes ela precisava de um milagre para fazê-lo desembuchar. Ele era assim havia muito tempo.

— Foi isso que seu irmão me disse. Por que ela não contratou um chaveiro, como todo mundo? Por que ela precisou de você?

— Eu disse a ela que faria. — Ele encostou com os quadris na banqueta e encolheu o outro ombro. — Não foi nada demais.

— Como pode dizer isso? A cidade inteira está falando de vocês. Você não atendeu meus telefonemas e escondeu isso de mim.

As sobrancelhas dele se juntaram, e ele franziu a testa para ela.

— Eu não escondi nada de você.

Sim, ele escondeu, e era culpa de Delaney Shaw. Desde o dia em que se mudou para Truly, ela tornou a vida de Nick mais difícil do que era antes de chegar.

Antes de Henry se casar com Gwen, Benita podia dizer a si mesma e a todos que Henry ignorou Nick porque não queria ter filhos. Depois disso, todos sabiam que não era verdade. Henry simplesmente não queria Nick. Ele podia dar amor e atenção a uma enteada e ainda assim rejeitar o próprio filho.

Antes da chegada de Delaney à vida de Henry, Benita se sentava com Nick no colo e o abraçava. Ela beijava sua doce testa e secava suas lágrimas. Depois disso, não havia mais lágrimas ou abraços. Não havia mais delicadeza no filho. Ele cresceu durão nos braços dela e dizia que era grande demais para beijos. Benita culpava Henry pela dor que ele causou a seu filho, mas, aos olhos dela, Delaney se tornou o símbolo vivo de profunda traição e rejeição. Delaney teve tudo que Nick deveria ter, porém tudo não foi suficiente para ela. Ela causava confusão desde nova.

Ela sempre dava um jeito de fazer Nick parecer mau. Como na vez que ele a acertou com uma bola de neve. Embora não devesse ter atirado uma bola de neve, Benita tinha certeza de que a garota fizera algo, mas a escola nem a questionou. Eles apenas botaram a culpa em Nick.

E depois houve aquele terrível episódio em que aqueles péssimos rumores sobre Nick se aproveitar de Delaney se espalharam pela cidade. Dez anos depois, Benita ainda não sabia o que tinha acontecido naquela noite. Ela sabia que Nick não era nenhum santinho quando se tratava de mulheres, mas tinha certeza de que ele não tinha se aproveitado de nada que Delaney não quisesse que ele tirasse proveito. Depois ela, como covarde, escapou das fofocas, enquanto Nick ficou e aturou o pior de tudo. E o rumor sobre Nick ter tirado proveito daquela garota não foi o pior de tudo.

Ela olhava para ele agora — seu garoto alto, bonito. Seus dois filhos conseguiram ter uma carreira de sucesso. Ninguém deu a eles nada, e ela tinha muito orgulho dos dois. Mas Nick... Nick sempre precisou que ela cuidasse dele, embora não achasse que precisava dela para nada.

Agora tudo o que ela realmente queria para Nick era que ele se relacionasse com uma garota católica, casasse na igreja e fosse feliz. Ela não achava que era pedir demais para uma mãe. Se se casasse, as várias garotas iam parar de persegui-lo, especialmente Delaney Shaw.

— Você provavelmente não contaria para sua mãe se algo realmente tivesse acontecido com aquela garota. Em que devo acreditar?

Nick levantou a xícara e tomou um gole.

— Eu te digo em quê. Se algo aconteceu, não acontecerá novamente.

— Me prometa.

Ele abriu um sorriso para acalmá-la.

— Claro, *Ama.*

Benita não ficou calma. Agora que aquela garota havia voltado, os rumores começaram novamente.

Onze

Delaney tirou o telefone do gancho até ir para o trabalho na manhã seguinte. Ela esperava que, de alguma forma, o impossível tivesse acontecido e a senhora Vaughn não tivesse conseguido ver pelo vitrô. Talvez tivesse sorte.

Mas, quando abriu a porta da frente do salão, Wannetta Van Damme estava esperando e dentro de instantes ficou claro que ela estava sem sorte havia meses.

— Foi aqui que aconteceu? — Wannetta perguntou enquanto entrava, com andar pesado. O som de seu andador prateado preenchia o salão.

Delaney teve com um pouco de medo de perguntar o óbvio, mas estava muito curiosa para saber o que diziam por aí.

— O que aconteceu? — ela perguntou enquanto pegava o casaco da mulher e o pendurava num cabideiro na pequena recepção.

Wannetta apontou para o balcão.

— Foi ali que Laverne viu você e o garoto Allegrezza... você sabe?

Delaney ficou com um nó na garganta.

— O quê?

— Copularam?

O nó de Delaney desceu para o estômago enquanto ela sentia as sobrancelhas se arquearem.

— Copular?

— Fazer amor.

— Fazer amor? — Delaney apontou para o balcão. — Logo ali?

— Foi o que Laverne disse para todo mundo na noite passada no final do bingo na igreja na Rua Sete, *Jesus, o Divino Salvador.*

Delaney se afundou na cadeira do salão. O rosto dela ficou quente e as orelhas começaram a suar. Ela sabia que ia ter fofoca, porém não fazia ideia do quão ruim seria.

— Bingo? Jesus, o Divino Salvador? — A voz dela aumentou de tom e ficou estridente. — Ah, meu Deus! Ela devia saber. Qualquer coisa envolvendo Nick sempre foi ruim e ela desejava poder culpá-lo completamente. Mas não podia. Ele não tinha desabotoado a própria camisa. Ela fez isso.

Wannetta foi em direção a ela, o andador fazendo ruído.

— É verdade?

— Não.

— Ah. — Wannetta parecia tão desapontada quanto soava. — Aquele garoto basco mais novo é um colírio. Embora ele tenha uma péssima reputação, eu mesma acho difícil resistir a ele.

Delaney colocou uma mão na testa e respirou profundamente.

— Ele é mau. Mau. Mau. Mau. Fique longe dele, Wannetta, ou você vai acabar acordando e descobrindo que é tema de terríveis rumores.

Sua mãe ia matá-la.

— Na maior parte das manhãs eu fico feliz apenas por acordar. E, na minha idade, não acharia esses rumores tão horríveis — ela disse e foi para o fundo do salão. — Você consegue um horário para mim hoje?

— O quê? Você quer que eu faça seu cabelo?

— Claro. Não tive o trabalho de vir até aqui só para conversar.

Delaney se levantou e seguiu a senhora Van Damme até o lavabo. Ela a ajudou a sentar na cadeira e colocou o andador de lado.

— Quantas pessoas estavam no jogo de bingo? — ela perguntou, temendo a resposta.

— Ah, talvez sessenta ou mais.

Sessenta. Então aquelas sessenta pessoas iam dizer a mais sessenta pessoas e a fofoca ia espalhar como uma faísca.

— Talvez eu devesse me matar — ela murmurou. Era preferível a morte à reação de sua mãe.

— Você vai usar aquele xampu que cheira tão bem?

— Sim.

Delaney colocou uma toalha em Wannetta, depois pousou a cabeça no lavatório. Ela ligou a água e testou no pulso. Tinha passado o dia anterior inteiro se escondendo no seu apartamento, sentindo-se emocionalmente abatida e ferida com o que aconteceu com Nick. E muito embaraçada pelo seu próprio abandono.

Ela molhou o cabelo de Wannetta e lavou com xampu e condicionador Paul Mitchell. Quando terminou de passar o condicionador, ajudou-a a ir até a cadeira.

— A mesma coisa?

— Sim. Eu mantenho o que funciona.

— Eu lembro.

Enquanto Delaney penteava os cachos, as palavras de Nick que partiram seu coração ainda ecoavam na sua cabeça. Elas ecoaram desde que ele as disse. *Para ver se eu podia.* Ele a beijou e tocou seus seios, apenas para ver se podia. Ele fez seus seios latejar e as coxas queimar só para ver se podia. E ela deixou. Da mesma forma que deixou dez anos atrás.

O que tinha de errado com ela? Que defeito pessoal ela tinha que permitia que Nick driblasse qualquer defesa? Durante as longas horas que passou pensando nessa questão, ela achou apenas uma explicação, além de solidão. Seu relógio biológico estava passando. Só podia ser isso. Ela não conseguia ouvir o relógio fazer tique-taque, mas tinha vinte e nove, não era casada, sem prospecções para um futuro próximo. Talvez o corpo fosse uma bomba-relógio hormonal e ela não soubesse disso.

— Leroy gostava quando eu usava calcinha de seda. — Wannetta disse, interrompendo os pensamentos silenciosos de Delaney sobre seus hormônios. — Ele odiava as de algodão.

Delaney pegou um par de luvas de látex. Ela não queria imaginar Wannetta em roupas íntimas de seda.

— Você deveria comprar calcinhas de seda para usar.

— Você quer dizer o tipo que fica em cima do umbigo? O tipo que parece capa de banco de carro?

— Sim.

— Por quê?

— Porque os homens gostam delas. Os homens gostam que as mulheres usem coisas bonitas. Se você se der umas calcinhas de seda de presente, consegue um marido.

— Não, obrigada — ela disse enquanto pegava o creme para ondular o cabelo e cortava a ponta. Mesmo que estivesse interessada em encontrar um marido em Truly, o que era, é claro, ridículo, ela ia ficar na cidade até junho.

— Não quero um marido. — Ela pensou em Nick e em todos os problemas que ele causou desde que voltou. — E, para falar a verdade, não acho que os homens valem por todos os problemas que causam. Os homens são muito valorizados.

Wannetta se calou enquanto Delaney aplicou o creme em uma parte da cabeça, e assim que começou a se preocupar que Wannetta tinha caído de sono com os olhos abertos, ou pior, batido as botas, ela abriu a boca e perguntou numa voz calma.

— Você é uma daquelas lésbicas com jeito feminino? Pode me contar. Não vou falar para ninguém.

"E a lua é feita de queijo verde", Delaney pensou. Se ao menos fosse lésbica, ela não teria beijado Nick e suas mãos não desabotoariam a camisa dele. Ela não teria ficado fascinada pelo peito peludo dele. O olhar dela se encontrou com o de Wannetta no espelhou e ela pensou em responder que sim. Um rumor como aquele talvez neutralizasse o rumor sobre ela e Nick. Mas sua mãe ia pirar de vez.

— Não — ela iria, finalmente —, mas provavelmente facilitaria muito minha vida se eu fosse.

Levou menos de uma hora para Delaney fazer as ondas da senhora Van Damme com os dedos. Quando terminou, ela viu a senhora idosa escrever um cheque, depois a ajudou com o casaco.

— Obrigada por vir — ela disse, enquanto a acompanhava até a porta.

— Calcinha de seda — Wannetta a lembrou e desceu devagar a rua.

Dez minutos depois que a senhora Van Damme foi embora, uma mulher entrou com o filho de três anos. Delaney não cortava cabelo de criança desde a escola de cabeleireiros, mas não tinha se esquecido de como fazia. Depois de cortar a primeira mecha, ela queria que tivesse esquecido. O garotinho arrancou a pequena capa de plástico que achou no estoque como se ela o estivesse enforcando. Ele se contorcia e gritava sem parar "NÃO!" Foi uma luta cortar o cabelo dele. Ela tinha certeza de que, se pudesse amarrá-lo e se sentar em cima dele, conseguiria fazer o trabalho rapidinho.

— Brandon é um garoto tão bonzinho — a mãe arrulhou da cadeira ao lado. — A mãe tem tanto orgulho.

Delaney olhou para a mulher que usava roupas da Eddie Bauer e REI sem acreditar no que ouvia. A mulher parecia ter em torno de quarenta anos e lembrava Delaney de um artigo de revista que leu no consultório odontológico questionando a sabedoria de mulheres mais velhas produzindo filhos com óvulos velhos.

— Brandon quer uma fruta de bom menino?

— Não! — Gritou o produto do óvulo velho dela.

— Pronto — Delaney disse quando terminou e levantou os braços como se fosse lançadora de bezerros campeã. Ela cobrou quinze dólares, com a esperança de que Brandon fosse encher o saco de Helen da próxima vez. Ela secou os cachos loiros do menino, depois colocou a placa de "Fechado para o almoço" e foi à loja do outro lado da rua pedir o de sempre. Ela conheceu o dono, Bernard Dalton, pelo primeiro nome. Bernard tinha trinta e tantos anos e era solteiro. Ele era baixo, careca e parecia um homem que gostava da comida que fazia. Seu rosto estava sempre ligeiramente rosado, como se estivesse um pouco sem ar, e o formato do bigode escuro fazia com que parecesse como se estivesse sempre sorrindo.

O restaurante estava começando a esvaziar do horário de almoço quando Delaney chegou. O local cheirava a presunto, massa e *cookies* de chocolate. Bernard olhou do balcão de sobremesa, mas desviou rapidamente o olhar. O rosto dele ficou mais rosado que o comum.

Ele ouviu. Ele ouviu o rumor e obviamente acreditava nele.

Os olhos dela percorreram o restaurante, e os outros clientes olhavam para ela. Ela se perguntou quantos tinham ouvido essa fofoca. De repente ela se sentiu nua e se obrigou a ir em direção ao balcão da frente.

— Olá, Bernard — ela disse, mantendo a voz normal. — Vou querer peru com pão integral, como sempre.

— Pepsi diet? — Ele perguntou, indo em direção à parte de carnes.

— Sim, por favor — ela olhava fixamente a caixinha para depositar moedas ao lado do caixa. E se perguntava se a cidade inteira acreditava que ela transou com Nick no vitrô da frente. Ela ouviu vozes baixas atrás dela e ficou com medo de se virar. Ela se questionava se falavam dela ou se estava apenas sendo paranoica.

Geralmente, ela levava o lanche para uma pequena mesa perto da janela, mas hoje ela pagou e voltou rapidamente para o salão. Delaney tinha um nó no estômago e teve que forçar para comer uma parte da comida.

Nick. Aquela confusão era culpa dele. Sempre que baixava a guarda perto dele, ela pagava por isso. Toda vez que ele a encantava, ela perdia a dignidade, se não a roupa.

Um pouco depois das 2 da tarde, ela tinha um cliente que precisava cortar as pontas do cabelo liso e preto, e às 15h30 Steve, o retroescavador que ela conheceu na festa de 4 de Julho de Louie e Lisa, entrou no salão trazendo com ele uma brisa do outono. Ele usava uma jaqueta *jeans* com revestimento de lã de ovelha tosada. As bochechas eram rosadas e os olhos brilhantes, seu sorriso dizia que ele estava feliz em vê-la. Delaney estava feliz por ver um rosto amigável.

— Preciso de um corte de cabelo — ele admitiu.

Com uma rápida olhada, ela entendeu a terrível condição do cabelo dele.

— Com certeza você precisa — ela disse e foi em direção à cadeira. — Pendure o casaco ali e venha aqui.

— Quero curto — ele a seguiu e apontou para uma parte em cima da orelha direita dele. — Nessa altura. Eu uso bastante chapéu de esqui no inverno.

Delaney tinha algo em mente que ficaria maravilhoso nele e ia poder usar a máquina de cortar o cabelo também. Algo que ela queria fazer de novo havia meses. O cabelo dele tinha que estar seco, então ela pediu que ele se sentasse na cadeira.

— Não te vejo muito — ela disse enquanto penteava seus cachos dourados.

— Nós estamos trabalhando muito para ficar tudo pronto antes da primeira primavera, mas agora as coisas estão mais calmas.

— Você trabalha com que no inverno? — ela perguntou, e ligou a máquina.

— Eu não trabalho; eu esquio. — ele disse mais alto que o som da máquina de cortar cabelo.

Não trabalhar e esquiar teriam sido interessantes para ela quando tinha vinte e dois anos também.

— Parece divertido — ela disse, cortando o cabelo dele em movimento circular e deixando-o mais longo no topo da cabeça.

— É. Devíamos esquiar juntos.

Ela adoraria, mas o *resort* mais perto ficava fora dos limites de Truly.

— Eu não esquio — ela mentiu.

— E se eu vier te buscar hoje à noite? Podíamos comer alguma coisa e depois dirigir até Cascade para assistir a um filme.

Ela não podia ir para Cascade também.

— Não posso.

— Amanhã à noite?

Delaney segurou a máquina virada para cima e olhou pelo espelho para ele. O queixo estava apoiado no peito, e ele olhou para ela com olhos tão grandes e azuis que parecia dar para mergulhar neles. Talvez ele não fosse tão novo. Talvez ela devesse dar a ele outra chance. Assim talvez não se sentisse tão solitária e vulnerável ao flautista multicolorido dos feromônios.

— Jantar — ela disse e retomou ao corte. — Nada de cinema. E só podemos ser amigos.

O sorriso dele era uma combinação de inocência e malícia.

— Talvez você mude de ideia.

— Não vou mudar.

— E se eu tentar mudar para você?

Ela riu.

— Só se você não ficar muito atrevido.

— Combinado. Vamos devagar.

Antes de Steve ir embora, ela deu a ele o telefone de casa. Por volta das 16h30, ela teve quatro clientes ao todo, e tinha agendado fazer mechas em uma cliente na tarde seguinte. O dia não havia sido tão ruim.

Ela estava cansada e ansiosa para tomar um demorado banho de banheira. Faltando meia hora para fechar, sentou-se numa cadeira do salão com alguns de seus livros de penteados para noivas. O casamento de Lisa era em menos de um mês, e Delaney mal podia esperar para estilizar o cabelo da amiga.

A campainha da porta da frente tocou e ela viu Louie entrar. Suas bochechas estavam coradas como se ele tivesse ficado o dia inteiro fora, e suas mãos estavam dentro dos bolsos de seu casaco azul de lona. Uma ruga profunda se formava em sua sobrancelha e ele não parecia que tinha ido cortar o cabelo.

— O que posso fazer por você, Louie?

Ela foi para trás do balcão.

Ele rapidamente olhou o salão, depois fixou seus olhos negros nela.

— Eu queria falar com você antes que fechasse.

— O.k. — Ela fechou o livro de penteados e abriu o caixa. Colocou o dinheiro em uma bolsa da Naugahyde e, como ele não falou de cara, ela olhou para ele. — Manda.

— Eu quero que você fique longe do meu irmão.

Delaney piscou duas vezes e devagar fechou a bolsa de dinheiro.

— Oh — foi tudo que ela conseguiu dizer.

— Em menos de um ano você irá embora, mas Nick continuará morando aqui. Ele terá que cuidar de seus negócios e terá que conviver com toda a fofoca que vocês criaram.

— Eu não queria criar nada.

— Mas criou.

Delaney sentiu suas bochechas esquentarem.

— Nick me assegurou que não se importa com o que as pessoas dizem a respeito dele.

— Sim, esse é o Nick. Ele diz muitas coisas. Algumas delas verdadeiras, também. — Louie pausou e coçou o nariz. — Olhe, como eu disse, você vai embora em menos de um ano, porém o Nick terá que ouvir as fofocas sobre vocês depois que você for. Ele terá que conviver com isso novamente.

— Novamente?

— Da última vez que foi embora, diziam umas coisas malucas sobre você e Nick. Coisas que magoaram minha mãe e acho que a Nick também. Embora ele dissesse que não se importava com nada, exceto com a dor que causou a nossa mãe.

— Você se refere à fofoca sobre eu estar grávida de Nick?

— Sim, mas a parte do aborto foi pior.

Delaney piscou.

— Aborto?

— Não me diga que você não sabia.

— Não.

Ela olhou para suas mãos apertando a bolsinha de dinheiro. A velha fofoca magoa e ela não sabia por quê. Não que ela se importasse com o que as pessoas pensavam dela.

— Bem, alguém deve ter te visto em algum lugar e percebeu que você não estava grávida. As pessoas diziam que você abortou porque o filho era do Nick. Outros achavam que talvez Henry tivesse feito você se livrar da criança.

O olhar dela se fixou no dele e uma pequena dor estranha ficou perto do seu coração. Ela não engravidou, então não sabia por que se importava com isso.

— Eu não tinha ouvido essa parte.

— Sua mãe nunca te contou? Sempre achei que esse era o motivo de você nunca ter voltado.

— Nunca ninguém me contou. — Mas ela não estava surpresa. Delaney ficou em silêncio por um momento antes de perguntar: — Alguém acreditou nisso?

— Algumas pessoas.

Dizer que ela tinha interrompido uma gravidez por causa de Nick, ou que Henry a havia obrigado a abortar era pior que qualquer insulto. Delaney acreditava no direito de uma mulher escolher, mas não se achava capaz de abortar uma criança. Certamente não porque ela não gostasse mais do pai, e especialmente não por causa de qualquer coisa que Henry fosse capaz de dizer a respeito.

— O que Nick acha disso?

Os olhos negros de Louie olhou nos dela antes de responder.

— Ele agiu como sempre. Como se não se importasse, mas deu uma surra em Scooter Finley quando ele foi estúpido o suficiente em dizer isso na frente dele.

Nick sabia que ela não estava grávida de um filho dele, e Delaney estava muito abismada com o fato de o boato tê-lo incomodado, que dirá incomodar a ponto de dar uma surra em Scooter.

— E agora você volta e novos rumores começaram. Eu não queria que meu casamento se tornasse uma nova desculpa para criar mais fofoca.

— Eu jamais faria isso.

— Que bom, porque quero que Lisa seja o centro das atenções.

— Eu acho que Nick e eu provavelmente vamos evitar falar um com o outro para sempre.

Louie revirou o bolso do casaco e tirou umas chaves.

— Espero que sim. Do contrário, vocês só vão se magoar novamente.

Delaney não perguntou o que ele quis dizer com aquele comentário. Ela nunca magoaria Nick. Impossível. Para Nick se magoar com qualquer coisa, ele precisava ter sentimentos humanos como as outras pessoas, e ele não tinha. Ele tinha coração de pedra.

Depois que Louie foi embora, Delaney trancou a porta, ficou no balcão e olhou vários outros livros sobre penteados para o casamento que estava para chegar. Ela teve algumas grandes ideias, mas não conseguia se concentrar por tempo suficiente para visualizar os detalhes importantes.

"As pessoas diziam que você abortou porque o filho era do Nick. Outros achavam que talvez Henry tivesse feito você se livrar da criança." Delaney largou o livro e apagou as luzes. A antiga fofoca era tão maldosa com a insinuação de que o próprio pai de Nick a havia obrigado a abortar porque a criança era de Nick. Ela se perguntou que tipo de pessoa espalharia algo tão cruel e se alguma vez eles sentiram remorso ou se tentaram se desculpar com Nick.

Delaney pegou o casaco e trancou o salão. O jipe de Nick estava estacionado ao lado do seu carro no pequeno estacionamento escuro. "Ele agiu como sempre. Como se não se importasse."

Ela tentou não se perguntar se ele realmente havia ficado magoado tanto quanto Louie deu a entender. Ela tentou não se importar. Depois, do modo como ele a tinha tratado no dia anterior, ela o odiava.

Ela chegou até as escadas, depois deu meia-volta e foi em direção aos fundos do escritório dele. Bateu três vezes antes de a porta se abrir, e Nick estava lá, parecendo mais intimidador do que nunca numa blusa de tactel preta. Ele jogou o peso do corpo em um pé e inclinou a cabeça para o lado. E levantou uma das sobrancelhas, por conta da surpresa, mas não disse nada.

Agora ele estava na frente dela, com a luz do escritório passando para o estacionamento. Delaney não sabia bem por que acabou indo bater ali. Depois do que havia acontecido ontem, ela realmente não tinha certeza do que dizer também.

— Eu ouvi algo e me perguntei se... — ela parou e respirou profundamente. Seus nervos estavam à flor da pele e ela tinha um nó no estômago, como se tivesse tomado uma dose tripla de *latte* de chocolate alemão com um expresso sem álcool. Ela segurava as próprias mãos e olhava para os polegares. Não sabia por onde começar. — Uma pessoa me contou sobre algo horrível, e... me perguntei se você...

— Sim — ele interrompeu. — Eu ouvi isso várias vezes hoje. Na verdade, Frank Stuart me perseguiu até um local de trabalho hoje de manhã para me perguntar se eu havia descumprido os termos do testamento de Henry. Ele deve perguntar a você também.

Ela olhou para ele.

— O quê?

— Você estava certa. A senhora Vaughn contou pra todo mundo, e aparentemente acrescentou alguns detalhes picantes criados por ela.

— Ah. — Ela sentiu as bochechas queimando e ficou um pouco para a esquerda, para fora da luz. — Eu não quero falar sobre isso. Não quero mais falar sobre o que aconteceu ontem.

Ele apoiou um ombro na porta e olhou para ela em meio às sombras da noite.

— Então por que está aqui?

— Eu não sei bem, mas ouvi sobre um antigo rumor hoje e queria perguntar a você sobre isso.

— Que rumor?

— Supostamente, eu estava grávida quando fui embora dez anos atrás.

— Mas nós dois sabemos que isso é impossível, não sabemos? A menos, é claro, que você não fosse realmente virgem.

Ela deu mais um passo para trás, para o estacionamento escuro.

— Eu ouvi um rumor que abortei porque você era o pai do bebê. — Ela viu ele se endireitar e, de repente, sabia por que bateu na porta dele. — Desculpe, Nick.

— Aconteceu faz muito tempo.

— Eu sei, mas ouvi isso pela primeira vez hoje. — Ela andou até as escadas e colocou a mão no corrimão. — Você quer que todos pensem que nada te fere, mas acho que aquele rumor te magoou mais do que você é capaz de admitir. Do contrário, não teria batido em Scooter Finley.

Nick ficou abismado e colocou as mãos no bolso da frente.

— Scooter é um idiota e me irritou.

Ela suspirou e olhou para ele.

— Só quero que saiba que eu não abortaria.

— Por que você acha que me importo com o que as pessoas dizem a meu respeito?

— Talvez você não se não se importe. Não importa o que o que sinto por você, ou o que você sente por mim, isso foi algo muito cruel. Queria que soubesse que isso foi maldoso e alguém deveria pedir desculpas. — Ela procurou as chaves no bolso do casaco e começou a subir as escadas. — Deixa pra lá. — Louie estava errado. Nick agia como se não se importasse porque ele realmente não se importava.

— Delaney?

— O quê? — Ela colocou a chave na fechadura, depois parou com a mão na maçaneta.

— Eu menti para você ontem.

Ela olhou para baixo, porém não conseguia vê-lo.

— Quando?

— Quando eu disse que podia ser qualquer uma. Eu a reconheceria de olhos fechados. — A voz profunda dele passava pela escuridão de forma mais íntima que um sussurro. Ele acrescentou: — Eu reconheceria você, Delaney.

Então o barulho da dobradiça seguido pelo fechamento da porta e Delaney sabia que ele tinha ido embora.

Ela se inclinou no corrimão, mas a porta estava fechada como se Nick nunca estivera ali. Suas palavras foram engolidas pela noite, como se ele nunca as tivesse pronunciado.

Uma vez que entrou no apartamento, Delaney tirou os sapatos e colocou comida congelada no micro-ondas. Ela ligou a TV e tentou assistir às notícias locais, mas teve dificuldade em se concentrar na previsão do tempo. Sua mente voltava para a conversa com Nick. Ela ficava se lembrando do que ele disse sobre reconhecê-la de olhos fechados e se lembrava que Nick era muito mais perigoso que bonzinho.

Ela tirou o jantar do micro-ondas e se perguntou se Frank Stuart iria realmente querer falar com ela a respeito do último boato. Como dez anos atrás, a cidade estava fofocando sobre ela novamente. Falando sobre ela e Nick e a "cópula" no balcão do salão. Mas, diferentemente de dez anos atrás, ela não podia fugir daquilo. Não tinha como escapar.

Antes que concordasse com os termos do testamento de Henry, ela havia se mudado para vários lugares. Sempre tinha liberdade para se mudar quando desse vontade. Sempre tinha controle sobre sua vida. Sempre tinha um objetivo. Agora tudo estava confuso e fora de controle. E Nick Allegrezza estava no meio disso. Ele era um dos principais motivos de a vida dela estar tão bagunçada.

Delaney foi até o quarto. Ela queria poder culpar Nick por tudo. Queria poder odiá-lo completamente, mas por algum motivo não conseguia odiar Nick. Ele a deixava mais brava que qualquer um, mas nunca foi capaz de realmente odiá-lo. Sua vida seria tão mais fácil se ela pudesse.

Quando dormiu aquela noite, ela teve outro sonho que rapidamente se tornou um pesadelo. Sonhou que era junho e que já tinha cumprido os termos do testamento de Henry. Ela finalmente podia ir embora de Truly.

Ela estava livre e muito alegre. O sol se derramava sobre ela, banhando-a numa luz tão brilhante que ela mal podia enxergar. Finalmente estava aquecida e usava um par maravilhoso de sapatos roxos de salto plataforma. A vida simplesmente não ficou muito melhor.

Max estava no sonho dela, e ele deu a ela um daqueles grandes cheques, como se ela tivesse ganho um grande prêmio. Ela colocou o cheque no banco do passageiro do Miata e entrou no carro. Com 3 milhões de dólares ao lado, ela saiu da cidade sentindo com se tivessem tirado um peso de mamute das suas costas, e, quanto mais perto chegava dos limites da cidade de Truly, mais leve se sentia.

Ela dirigia em direção aos limites da cidade por horas e, quando a liberdade estava a menos de uma milha de distância, o Miata virou um carro de brinquedo da Matchbox, deixando--a na estrada com o grande cheque embaixo do braço. Delaney olhava para o carrinho em cima do dedão do pé e dava de ombros, como se aquele tipo de coisa acontecesse o tempo todo. Ela colocou o carro no bolso para que não fosse roubado e continuou em direção aos limites da cidade. Mas não importava por quanto tempo ou em que velocidade andava, a placa de "Saindo de Truly" continuava visível de muito longe. Ela começou a correr, inclinando-se para um lado para equilibrar o peso do cheque de 3 milhões de dólares. O cheque se tornou um fardo cada vez maior, porém ela se recusava a deixá-lo para trás. Ela correu até que sentisse dor e não conseguisse mais se mover. Os limites da cidade permaneciam longe, e Delaney sabia, sem sombra de dúvida, que estava presa em Truly para sempre.

Ela se sentou na cama. Uma vontade de gritar. Estava suada e a respiração ofegante.

Ela acabava de ter o pior pesadelo da vida.

Doze

A música *Monster Mash* soava dos alto-falantes de um metro e meio nos fundos da picape do prefeito Tanasee. Teias de aranha falsas estavam enroladas no caminhão num emaranhado e duas lápides ficaram nos fundos. O Dodge passava pela Rua Principal com bruxas e vampiros, palhaços e princesas, seguindo o carro. O papo animado sobre fantasmas e *goblins* misturado com a música iniciou o desfile anual de *Halloween*.

Delaney ficou na multidão esparsa na frente do salão. Ela sentiu um calafrio e colocou o casaco verde de lã com os grandes botões de *glitter*. Ela estava congelando, diferentemente de Lisa, que estava do lado dela com um moletom e um par de luvas de lã. O jornal previa calor fora de época para o último dia de outubro. A temperatura devia estar no máximo quatro graus.

Quando Delaney era criança, ela amava o desfile de *Halloween*. Ela amava se vestir e marchar pela cidade até o ginásio da escola de ensino médio onde tinha o concurso de fantasias. Ela nunca ganhou, mas amava participar mesmo assim. Isso dava a ela a chance de se produzir e usar maquiagem. Ela se perguntou se ainda serviam sidra e rosquinhas com glacê e se o novo prefeito dava saquinhos de doce como Henry costumava fazer.

— Lembra quando estávamos na sexta série e raspávamos as sobrancelhas e nos vestíamos como assassinas? E colocávamos sangue falso escorrendo pelo pescoço? — Lisa perguntou ao lado de Delaney. — E sua mãe pirou de vez?

Ela lembrava bem. Sua mãe fez uma fantasia estúpida de noiva naquele ano. Delaney fingiu amar o vestido, mas foi para o desfile como uma assassina sem sobrancelha, encharcada de sangue. Pensando bem, ela não sabia como teve a coragem de fazer algo que sabia que poderia incomodar sua mãe.

No ano seguinte Delaney foi obrigada a se vestir de Smurf.

— Olhe aquela criança e o cachorro — Delaney disse, apontando para um garoto vestido de caixa de batatas fritas do McDonalds e seu cachorro *dachshund* vestido como um sachê de *ketchup*. Fazia muito tempo que Delaney não ia a um McDonald's.

— Estou morrendo de vontade de comer um quarteirão com queijo.

Ela suspirou, babando pela imagem mental de um hambúrguer gorduroso.

— Talvez um quarteirão desça a rua.

Delaney olhou para a amiga de soslaio.

— Vou brigar com você por ele.

— Você não é páreo para mim, garota da cidade. Olha para você tremendo toda em seu grande casaco velho.

— Só preciso me aclimatar — Delaney resmungou, vendo uma mulher e o filho vestido de dinossauro saindo da calçada e se juntando ao desfile. A porta abriu e fechou em algum lugar atrás dela e ela se virou, porém ninguém havia entrado no salão.

— Onde está Louie?

— Ele está no desfile com Sophie.

— Vestido de quê?

— Você vai ver. É uma surpresa.

Delaney sorriu. Ela também tinha uma surpresa. Ela teve que acordar muito cedo naquela manhã, mas, se tudo corresse de acordo com o plano, os negócios dela dariam certo.

Um segundo caminhão se moveu vagarosamente com um caldeirão fervendo e uma bruxa. Apesar do cabelo negro maluco e do rosto verde, a senhora parecia ligeiramente familiar.

— Quem é aquela bruxa? — Delaney perguntou.

— Hmm... Ah, é Neva. Você se lembra de Neva Miller, não é?

— Claro. — Neva era louca e ultrajante. Ela alegrava Delaney com histórias de cervejas que ela roubou, maconha e transas com o time de futebol. E Delaney acreditava em cada palavra. Ela se inclinou para Lisa e sussurrou:

— Lembra de quando ela nos disse que fez um oral em Roger Bonner enquanto ele levava seu irmão mais novo para esquiar na água? E você não sabia o que era um oral até que ela nos contou com detalhes gráficos?

— Sim, e você ficou de queixo caído. — Lisa apontou para o homem dirigindo o caminhão. — Aquele é o marido dela, pastor Jim.

— Pastor? Meu Deus!

— Sim, ela foi salva ou renasceu, ou qualquer coisa assim. O pastor Jim prega naquela pequena igreja na Rua Sétima.

— É pastor Tim — corrigiu uma voz dolorosamente familiar logo atrás de Delaney.

Delaney franziu mentalmente a testa. Era tão típico de Nick chegar por trás quando ela menos esperava.

— Como você sabe que é Tim? — Lisa quis saber.

— Nós construímos a casa dele alguns anos atrás.

A voz de Nick era baixa, como se ele não a tivesse usado muito naquela manhã.

— Ah, pensei que talvez ele rezasse por sua alma.

— Não. Minha mãe reza pela minha alma.

Delaney deu uma olhada rápida para ele.

— Talvez ela devesse fazer uma peregrinação para Lourdes, ou para aquele santuário no Novo México.

Um sorriso natural apareceu na boca de Nick. Ele colocou um grosso moletom de lã com capuz pela cabeça; os cordões brancos pendurados no peito dele. O cabelo estava penteado para trás.

— Talvez — foi tudo que ele disse.

Delaney olhou para o desfile novamente. Ela levantou os ombros e escondeu o nariz com a gola do casaco. Havia apenas uma coisa pior do que ser atraída por Nick: era se perguntar por que ele não era nenhum pouco atraído por ela. Ela o viu muito pouco desde o dia que bateu na porta dos fundos do seu escritório. Para todos os efeitos, eles estavam se evitando.

— De onde você veio? — Lisa perguntou.

— Eu estava fazendo algumas ligações no escritório. A Sophie já passou por aqui?

— Ainda não.

Quatro meninos vestidos de jogadores de hóquei ensanguentados passaram de patins e eram seguidos de perto por Tommy Markham levando sua esposa num riquixá. Helen estava vestida como Lady Godiva e nos fundos da carroça estava pendurada uma placa escrito: "Helen's Hair Hut. Cortes de qualidade por dez dólares". Helen acenou e jogou beijos para a multidão e na cabeça usava uma coroa de diamantes falsos que Delaney reconhecia muito bem.

Delaney deixou os ombros cair e descobriu a parte de baixo do rosto dela.

— Isso é patético! Ela ainda está usando a coroa de rainha da cidade.

— Ela usa todo ano como se fosse a rainha da Inglaterra ou algo do gênero.

— Lembra como ela se candidatou para rainha da cidade e eu não porque fazer campanha era contra as regras? Aí, depois que ela ganhou, a escola não deveria desqualificá-la? Essa coroa devia ser minha.

— Você ainda está com raiva disso?

Delaney cruzou os braços.

— Não.

Mas ela estava. Estava brava com ela mesma por dar a Helen o poder de irritá-la depois de tantos anos. Delaney estava fria, possivelmente neurótica e consciente do homem ao lado dela. Consciente até demais. Ela não precisava vê-lo para saber quão perto ele estava. Ela podia senti-lo como se fosse uma grande parede humana.

Exceto pela vez que Nick andou de bicicleta no desfile fazendo proezas malucas e acabou levando pontos no topo da cabeça, ele sempre foi um pirata — sempre. E todo ano ela olhava para o tapa-olho e a espada falsa e as mãos dela transpiravam. Uma reação estranha, levando em conta que ele geralmente dizia que ela estava ridícula.

Ela virou a cabeça e olhou para ele com seus cabelos negros penteados para trás em um rabo de cavalo e uma pequena argola na orelha. Ele ainda parecia um pirata, e ela estava sentindo um friozinho na barriga.

— Eu não vi seu carro nos fundos — ele disse, os olhos dele nos dela.

— Humm, não. Steve está com ele.

Ele franziu a testa.

— Steve?

— Steve Ames. Ele trabalha para você.

— Um cara bem novo com cabelo loiro tingido?

— Ele não é tão novo.

— Uh-huh. — Nick transferiu o peso do corpo para um pé e inclinou a cabeça para um lado. — Claro que não.

— Bem, ele é legal.

— Ele é *gay*.

Delaney olhou para sua amiga e perguntou:

— Você acha que o Steve é *gay*?

Lisa olhou para Nick e depois para Delaney:

— Você sabe que te amo, mas o cara toca guitarra imaginária.

Delaney colocou as mãos no bolso e se virou para ver a Bela Adormecida, Cinderela e o chocolate Kiss da Hershey passarem. Era verdade. Ela tinha saído com ele duas vezes e o cara tocava guitarra imaginária para tudo. Nirvana. Metal Head. Mormon Tabernacle Choir. Steve tocava tudo e era tão vergonhoso. Mas ele era o mais próximo de um namorado que ela tinha, embora ela nem o chamasse disso. Ele era o único homem disponível em Truly que prestou atenção nela desde que chegou à cidade.

Exceto Nick. Mas ele não estava disponível. Não para ela ao menos. Delaney se inclinou para a frente para olhar a rua e viu o Miata dela virar a esquina. Steve dirigia o carro esportivo com uma mão, seu cabelo tingido e cortado curtinho e espetado. Duas adolescentes sentadas como rainhas da beleza atrás dele, enquanto mais uma garota acenava do banco de passageiro. O cabelo de todos estava cortado e estilizado para parecer que tivessem acabado de sair de uma revista adolescente. Delaney procurou no ensino médio por garotas que não fossem líderes de torcida ou populares. Ela queria meninas comuns, que pudesse produzir para que ficassem fantásticas.

Ela as encontrou na semana passada. Depois de receber a aprovação da mãe, ela trabalhou em cada uma mais cedo naquele dia. Todas as três estavam maravilhosas e eram propagandas vivas para seu salão. E, se as garotas não fossem suficiente, Delaney fez uma placa e a pregou nas laterais do carro dela: *Cortes modernos*, cortes por dez dólares.

— Isso vai deixar Helen louca — Lisa murmurou.

— Espero que sim.

Um grupo sinistro de ceifadores, lobisomens e cadáveres passava, depois um Chevy de cinquenta e sete virou a esquina com Louie no volante. Delaney olhou para seu cabelo escuro enrolado no formato de um rocambole e caiu na gargalhada. Ele usava uma camiseta branca justa com um maço de cigarros enrolados na manga. No banco ao lado do dele estava Sophie com o cabelo em um grande rabo de cavalo, batom vermelho e óculos de sol. Ela mascava chiclete e estava com a jaqueta de couro de Nick.

— Tio Nick — ela chamou e mandou um beijo.

Delaney ouviu a risada dele antes que Louie ligasse o grande motor para a multidão. O carro antigo chacoalhava e fazia barulho, depois, para o *grand finale*, o carro soltava fogo por trás.

Assustada, Delaney deu um pulo para trás e colidiu com a parede imóvel do peito de Nick. Suas mãos grandes agarraram os antebraços dela e, quando ela olhou para ele, seu cabelo roçava na garganta dele.

— Desculpe — ela disse.

Ele a segurou com mais força e ela sentia por cima da blusa seus longos dedos enrolarem na manga de lã. O olhar dele passou pelas bochechas dela, depois abaixou para a boca.

— Não precisa se desculpar — ele disse, e ela sentiu o roçar dos polegares dele na parte de trás dos braços.

O olhar dele se levantou até o dela mais uma vez e havia algo de excitante e intenso no modo como ele a olhava. Como se ele quisesse dar nela um daqueles beijos que devoravam sua resistência. Como se eles fossem amantes e a coisa mais natural do mundo fosse ser ela colocar uma mão na parte de trás da cabeça dele e ele se abaixar para beijá-la. Mas eles não eram amantes. Eles nem eram amigos. E, no fim, ele foi para trás e a soltou.

Ela se virou e respirou profundamente. Conseguia sentir o olhar dele na parte de trás da sua cabeça, sentir o ar entre eles cheio de tensão. A tensão era tão forte que ela tinha certeza de que todos à volta podiam sentir também. Mas, quando ela olhou para Lisa, a amiga estava acenando como louca para Louie. Lisa não tinha percebido.

Nick disse algo para Lisa e Delaney sentiu que ele ia embora. Ela soltou o ar que nem tinha percebido estar prendendo. Olhou uma última vez para ele e o viu desaparecer na construção atrás deles.

— Ele não é fofo?

Delaney olhou para a amiga e meneou a cabeça. De nenhum modo Nick Allegrezza era fofo. Ele era gostoso. Cem por cento gostoso, testosterona pura, de babar.

— Eu o ajudei a arrumar o cabelo de manhã.

— Nick?

— Louie.

Caiu a ficha.

— Ah.

— Por que eu arrumaria o cabelo de Nick?

— Deixa pra lá. Você vai à festa na Grange hoje à noite?

— Provavelmente.

Delaney olhou o relógio. Ela tinha apenas uns poucos minutos antes de seu compromisso à 1 da tarde. Deu tchau para Lisa e passou o resto da tarde fazendo mechas de três cores e atendendo duas pessoas que chegaram depois.

Quando terminou, ela rapidamente secou o cabelo da última garota, depois pegou o casaco e foi para o apartamento. Planejava se encontrar com Steve na festa a fantasia que ia ter no antigo salão Grange. Steve achou um uniforme de policial em algum lugar e, uma vez que ele planejava fazer o papel de um oficial de justiça, parecia uma bênção que ela ia fazer o de uma prostituta. Ela já tinha a saia e a meia arrastão e achou uma echarpe rosa e algemas que combinavam na loja de presentes no Howdy's Trading Post.

Delaney colocou a chave na porta e percebeu um envelope branco no degrau ao lado da ponta da bota preta. Ela teve um mau pressentimento de que sabia o que era mesmo antes de abaixar para pegá-lo. Ela abriu o envelope e tirou dele um pedaço de papel com três palavras digitadas: "SAIA DA CIDADE", dizia desta vez. Ela amassou o papel e olhou para o estacionamento que, é claro, estava vazio. Quem quer que tenha deixado o envelope fez isso enquanto Delaney estava ocupada cortando cabelo. Foi muito fácil.

Delaney reconstituiu mentalmente seus passos pelo estacionamento e bateu na porta dos fundos da Construções Allegrezza. O jipe de Nick não estava no estacionamento.

A porta se abriu e a secretária de Nick, Ann Marie, apareceu.

— Oi. Gostaria de saber se você viu alguém aqui nos fundos hoje.

— O lixeiro esvaziou o lixo esta tarde.

Delaney duvidava que tivesse irritado o lixeiro.

— E a Helen Markham?

Ann Marie meneou a cabeça.

— Não a vi hoje.

O que não significava que Helen não tivesse deixado o bilhete. Depois que Delaney entrou no desfile, Helen provavelmente ficou furiosa.

— O.k., obrigada. Se você vir alguém por aqui que não devia estar, você me avisa?

— Claro. Aconteceu alguma coisa?

Delaney colocou o bilhete no bolso do casaco.

— Não, na verdade não.

O antigo salão Grange foi decorado com feno, crepe preto e laranja e caldeirões cheios de gelo-seco. Um *bartender* de Mort's servia cerveja ou Coca-Cola numa das pontas e uma banda *country and western* tocava na outra. A faixa etária das pessoas reunidas na festa de *Halloween* era de adolescentes que eram velhos demais para oferecer travessuras ou gostosuras para Wannetta Van Damme, que estava embrulhando um doce com dois veteranos remanescentes da Guerra Mundial.

Na hora em que Delaney chegou, a banda estava indo bem na primeira parte da apresentação. Ela vestiu uma saia de cetim preta, bustiê combinando e ligas pretas de laço. Mas deixou em casa o *blazer* de cetim que combinava com a roupa. Seus sapatos pretos tinham saltos bem altos, e ela passou vinte minutos garantindo que as linhas de suas meias estavam retas na parte de trás da perna. A echarpe era drapeada em volta do pescoço e as algemas estavam na linha da cintura da saia. Exceto pelo cabelo penteado no sentido oposto e o rímel grosso, a maior parte dos esforços dela foi ocultada pelo casaco de lã.

Ela queria voltar para casa e entrar em coma. E pensou em nem ir. Tinha certeza de que o bilhete era de Helen e estava mais incomodada com ele do que gostaria de admitir. Claro, ela seguiu Helen um pouco. Ela se escondia na lixeira e fuçava no lixo, mas aquilo era diferente. Não deixava bilhetes psicopatas. Se Delaney não tivesse dito a Steve que o encontraria, ela estaria enrolada em sua camisola de flanela preferida, depois de um banho quente com sais de banho.

Delaney abriu os botões do casaco e olhou para a multidão vestida de uma variedade de fantasias interessantes. Ela viu Steve dançando com uma garota *hippie* que parecia ter uns vinte anos. Eles ficavam bem juntos. Ela sabia que Steve via outras mulheres além dela e não se importava com isso. Ele era uma boa diversão às vezes, quando ela precisava sair do apartamento. Ele era um cara legal também.

Ela decidiu ficar com o casaco enquanto caminhava entre as pessoas. Ela passou entre uma pessoa com cabeça de dois cones e uma sereia e quase bateu num personagem do Star Trek coberto de maquiagem com um colorido levemente amarelado.

— Ei, Delaney — ele disse sobre o som da música *country*. — Ouvi falar que você voltou para a cidade.

A voz soava vagamente familiar e ele obviamente a conhecia. Ela nem fazia ideia. O cabelo liso estava para trás com *spray* preto e ele usava um uniforme vermelho e preto com um símbolo que parecia um A no peito. Ela nunca assistiu a Star Trek e francamente não entendia qual era a graça do programa.

— Ah, sim. Me mudei em junho.

— Wes me disse que era você quando entrou.

Delaney olhou para olhos tão claros que mal chegavam a ser azuis.

— Ah, meu Deus — ela disse. — Scooter!

Tinha uma coisa mais assustadora que um Finley: um Finley vestido como um Trek.

— Sim, sou eu. Quanto tempo. — A maquiagem de Scooter estava rachando na testa, e a escolha dele de cor para o rosto ressaltava o amarelo dos dentes. — Você está bonita — ele disse, a cabeça dele mexendo como uma daquelas bonecas chinesas de madeira com o pescoço de mola.

Delaney olhava para todas as direções, procurando alguém para resgatá-la.

— Você também, Scooter — ela mentiu. Ela não via ninguém que reconhecia e seu olhar pousou nele mais uma vez. — O que você tem feito? — ela perguntou, puxando conversa mole até poder escapar.

— Eu e Wes temos uma fazenda de peixes em Garden. Nós compramos da antiga namorada de Wes depois que ela foi embora com um grande caminhão de carga. Nós vamos fazer fortuna vendendo lampreias.

Delaney só conseguia olhar para ele.

— Você tem uma fazenda de peixes?

— Sim. De onde você acha que vem toda aquela lampreia fresca?

Que lampreia fresca? Delaney não se lembrava de ter visto um monte de lampreias em qualquer balcão de carnes na cidade.

— Tem uma grande demanda por aqui?

— Ainda não, mas Wes e eu imaginamos que com *E. coli* e aquela gripe aviária, as pessoas vão começar a comer toneladas de peixe.

Ele levantou uma xícara vermelha e tomou um longo gole.

— Você é casada?

Geralmente ela odiava essa pergunta, mas não conseguia relevar o fato óbvio de que ele era um idiota ainda maior do que ela lembrava.

— Ah, não. Você é?

— Duas vezes divorciado.

— Vai entender — ela disse enquanto balançava a cabeça e encolhia os ombros.

— Te vejo por aí, Scooter — ela foi embora, porém ele a seguiu.

— Quer uma cerveja?

— Não, vou me encontrar com alguém.

— Traga-a pra cá.

— Não é ela.

— Ah — ele se virou e disse: — Te vejo por aí, Delaney. Talvez eu te ligue um dia desses.

A ameaça a teria assustado se ela estivesse na lista telefônica. Ela passou por um grupo vestido de criminosos, para o canto da pista de dança. Abraham Lincoln a chamou para dançar, mas ela recusou. Sua cabeça estava começando a pesar e ela queria ir para casa, mas chegou à conclusão de que devia contar a Steve que estava indo embora. Ela o viu com Cleópatra desta vez, tocando guitarra no ar ao som de "No one else on earth", de Wynonna Judd.

Seus olhos se apertaram e olharam para outra direção que não a de Steve. Seu olhar pousou num casal familiar vestido como um durão dos anos cinquenta e a namorada numa saia poodle. Ao lado dos casais dançando, Delaney viu Louie passar Lisa pelas costas depois pela frente novamente. Ele a puxou para o peito e a mergulhou tão baixo que o rabo de cavalo dela tocou o chão. Delaney sorriu e o olhar dela passou para o casal mais próximo de Lisa e Louie. Não havia como não ver o homem alto girando a sobrinha dele como um pião. Até onde Delaney conseguia ver, a única concessão ao feriado que Nick fez foi usar um sombreiro basco. Ele usava *jeans* e uma camisa de cambraia cor de canela. Mesmo sem uma fantasia, conseguia parecer um pirata, com aquele sombreiro preto puxado em parte da testa.

Pela primeira vez desde que ela foi embora, Delaney realmente queria fazer parte de uma família novamente. Não uma família superficial e controladora como a dela, mas uma família de verdade. Uma família que ria e dançava e se amava incondicionalmente.

Delaney foi embora e correu para o Elvis.

— Licença — ela disse, e olhou para o rosto de Tommy Markham pintado com costeletas falsas.

Tommy olhou para a mulher ao lado dele. Helen ainda estava vestida como Lady Godiva e tinha a coroa na cabeça.

— Olá, Delaney — ela a cumprimentou, um sorriso presunçoso no rosto, como se fosse superior. Era o mesmo sorriso "coma poeira" que ela dava para Delaney desde a primeira série.

Delaney estava cansada demais para fingir uma civilidade que não sentia. A cabeça pesava, cheia pelo sorriso estúpido de Helen.

— O que você achou da minha participação no desfile?

O sorriso de Helen sumiu.

— Patética, mas previsível.

— Não tão patética quanto sua peruca imunda e a coroa barata. — A música parou enquanto ela se aproximava e ficava cara a cara com Helen. — E, se você me deixar mais alguma mensagem me ameaçando, vou esfregar isso no seu nariz.

As sobrancelhas se abaixaram e ela piscou.

— Você tem problema. Eu nunca te deixei bilhete algum.

— Bilhetes — Delaney não acreditou nela nem por um instante. — Recebi dois.

— Eu não acho que Helen...

— Cala a boca, Tommy. — Delaney interrompeu sem tirar o olhar da antiga inimiga. — Seus bilhetes estúpidos não me assustam, Helen. Estou mais irritada do que qualquer outra coisa. — Ela alertou uma última vez antes de sair. — Fique longe de mim e qualquer coisa que me pertença. — Depois virou e forçou passagem pela multidão, esquivando-se e andando, sua cabeça pesava. E se não fosse Helen? Impossível. Helen a odiava.

Ela estava saindo quando Steve foi atrás dela.

— Aonde você vai? — ele perguntou, andando no mesmo ritmo dela.

— Para casa. Estou com dor de cabeça.

— Você não pode ficar só mais um pouco?

— Não.

Eles foram até o estacionamento e pararam ao lado do carro de Delaney.

— Nós ainda não dançamos.

Naquele momento, a ideia de dançar com um homem que usava calça com pregas na frente era perturbador demais para ela lidar.

— Eu não quero dançar. Tive um longo dia e estou cansada. Vou dormir.

— Quer companhia?

Delaney olhou para o rosto bonito de surfista e deu um sorriso.

— Boa tentativa. — Ele se inclinou para beijá-la, mas a mão dela no peito dele o parou.

— O.k. — ele riu. Talvez da próxima vez.

— Boa noite, Steve — ela disse e entrou no carro. No caminho para casa, Delaney parou em Value Rite e comprou um Reese's grande, uma garrafa de Coca-Cola e alguns sais de banho com cheiro de baunilha. Depois de um banho quente, ela podia ir para a cama às 10 da noite.

"Eu nunca te deixei bilhete algum." Helen tinha que estar mentindo. Claro que ela não ia admitir ter escrito os bilhetes. Não na frente de Tommy.

E se ela não estivesse mentindo? Pela primeira vez, ela sentiu medo como uma bolha no peito, mas tentou ignorar. Delaney não queria pensar que o autor do bilhete poderia ser qualquer pessoa além da antiga inimiga. Alguém que ela não sabia.

Quando parou no estacionamento atrás do salão, o jipe de Nick estava estacionado nos fundos do escritório dele. A silhueta escura se inclinou no para-choque, sua postura familiar relaxada. Os faróis do Miata atravessavam a jaqueta de couro dele enquanto ele saía da direção.

Delaney desligou o motor e pegou o saco plástico do mercado.

— Você está me seguindo? — Ela perguntou, assim que saiu do carro e fechou a porta.

— Claro.

— Por quê? Os saltos do sapato dela raspavam o chão em direção à escada.

— Me fale sobre os bilhetes — Ele pegou a sacola de plástico da mão dela enquanto ela passava.

— Ei, eu consigo carregar isso. — Ela protestou até mesmo quando se deu conta de que fazia tempo desde a última vez que um homem se oferecera para carregar qualquer coisa para ela. Não que Nick tivesse se oferecido, é claro.

— Me fale dos bilhetes.

— Como sabia deles? — Ele a seguiu tão de perto, que ela sentia seus passos na sola dos pés. — Ann Marie te contou?

— Não. Eu ouvi sua conversa com Helen.

Delaney se perguntou quantos outros haviam ouvido também. Ela mal conseguia respirar quando destrancou rapidamente a porta. Uma vez que seria uma total perda de tempo, ela não se incomodou em dizer a Nick que ele não podia entrar.

— Helen me escreveu dois bilhetinhos — Ela entrou na cozinha e acendeu a luz.

Nick a seguiu, abrindo a jaqueta e preenchendo o pequeno espaço com o tamanho e a presença dele. Ele deixou as compras no balcão.

— O que eles dizem?

— Leia você mesmo — ela colocou a mão no bolso do casaco e deu a ele um envelope.

— O outro dizia algo como "Estou de olho". — Ela passou por ele e foi para o pequeno salão que dava para o quarto.

— Você ligou para o xerife?

— Não — ela pendurou o casaco no *closet*, depois voltou. — Eu não posso provar que é Helen que os deixa, embora eu esteja certa de que é ela. E, além disso, os bilhetes não são realmente ameaçadores, mas irritantes.

Da porta, ela o viu estudar o bilhete na mão. O sombreiro o fazia parecer um basco exótico lutando pela liberdade.

— Onde você encontrou isso?

— Na porta da frente.

— Você ainda tem o outr...

Ele olhou e parou na frase do meio. Os olhos dele se arregalaram por um instante, depois o olhar dele foi do cabelo aos pés dela. Pela primeira vez na vida, ela deixou Nick sem palavras. Precisou usar uma fantasia de prostituta para isso.

— Qual o problema?

— Nada.

— Não tem pelo menos um comentário inteligente ou adulador?

Ela tentou ficar parada, como se não conseguisse sentir o olhar dele percorrendo seu corpo inteiro. Mas, no final das contas, ela se encheu disso e moveu a echarpe para cobrir o decote pressionado contra o bustiê de cetim.

— Ao menos um.

— Não estou surpresa.

Ele apontou para a cintura dela.

— O que você faz com as algemas?

— Você deve saber melhor que eu.

— Minha gata — ele disse, um sorriso malicioso no rosto —, não preciso de acessórios para terminar o serviço.

Ela rolou os olhos em direção ao teto.

— Poupe-me dos detalhes de sua vida sexual.

— Tem certeza? Você talvez aprenda algo bom.

Ela cruzou os braços.

— Duvido que saiba de algo que eu queira aprender. — Depois, ela rapidamente acrescentou: — Não foi um desafio.

A risada suave dele preencheu a curta distância entre eles.

— Foi um desafio, Delaney.

— Já que está dizendo, vou acreditar. — Ele se aproximou e ela levantou a mão como um guarda de trânsito. — Eu não quero fazer isso com você, Nick. Achei que você tinha vindo aqui para olhar os bilhetes que Helen escreveu para mim.

— Eu olhei. — Ele parou quando a palma da mão dela acertou o peito dele. Couro frio pressionado na mão dela. — Mas você torna difícil pensar em qualquer coisa além do seu zíper.

— Você é bem grandinho. Tente se concentrar. — Delaney abaixou a mão e foi até a geladeira, passando por ele. — Quer uma cerveja?

— Claro.

Ela tirou as tampas, depois deu a ele uma cerveja de abóbora que ela comprou na microcervejaria. Ele olhou para o formato da cerveja como se não soubesse bem o que fazer com ela.

— Está muito boa — ela assegurou e deu uma boa golada.

Nick levou a cerveja à boca e seus olhos cinza olhavam para ela por cima da garrafa enquanto bebia. Ele imediatamente abaixou a cerveja e esfregou as costas da mão na boca.

— Ai, meu Deus do céu, é nojento.

— Eu gosto — Ela sorriu e tomou um bom gole.

— Você tem alguma cerveja de verdade? — Ele deixou tanto a garrafa quanto o bilhete no gabinete.

— Eu tenho de framboesa.

Ele olhou para ela como se ela estivesse sugerindo que ele cortasse fora os testículos.

— Tem Bud?

— Não. Mas tenho uma Coca-Cola naquela sacola. — Ela tirou a garrafa do saco plástico e passou por Nick para ir para a sala.

— Onde você encontrou o primeiro bilhete? — ele perguntou.

— No salão. — Ela acendeu uma luz em cima do rádio, depois ligou o abajur ao lado do sofá. — Na verdade, você que me mostrou.

— Quando?

— No dia em que mudou as fechaduras. — Ela olhou para ele. Nick estava no meio da sala bebendo a Coca-Cola que ela comprou no Value Rite. — Lembra?

Ele abaixou a garrafa e sugou uma gota marrom do lábio inferior.

— Perfeitamente.

A memória dos lábios dele pressionados contra os dela e a textura da pele quente dele embaixo das mãos dela veio sem convite e inundou seus sentidos.

— Eu estava falando do bilhete.

— Eu também.

Não, ele não estava.

— Por que você acha que Helen é a responsável?

Delaney se sentou no sofá de forma cuidadosa, garantindo que a saia de cetim não deslizasse até a virilha e a fizesse uma estrela de filme pornô.

— Quem mais poderia ser?

Ele colocou a Coca na mesinha e tirou a jaqueta.

— Quem mais quer que você vá embora?

Delaney não conseguia pensar em mais ninguém além de Nick e a família inteira dele.

— Você.

Ele colocou a jaqueta no braço do sofá e olhou para ela por debaixo das sobrancelhas abaixadas.

— Você realmente acredita nisso?

Não muito.

— Não sei.

— Se você acha que eu ando por aí ameaçando mulheres, por que me deixou entrar no seu apartamento?

— Eu tinha como te parar?

— Talvez, mas eu não deixei esses bilhetes e você sabe disso. — Ele se sentou ao lado de Delaney e se inclinou para repousar os cotovelos nos joelhos. Nick havia dobrado as mangas da camisa de cambraia e usava um relógio de pulso com uma faixa preta e gasta. — Alguém está realmente chateado com você. Você fez algum corte de cabelo ruim recentemente?

Os olhos dela se estreitaram e ela colocou a cerveja de abóbora na mesinha com uma pancada forte.

— Antes de mais nada, Nick, eu nunca faço cortes ruins. E, segundo, o que você acha, que algum psicótico furioso está deixando bilhetinhos para mim porque eu cortei a franja dele curta demais ou passei do tempo com um permanente?

Nick olhou para ela e deu risada. Começou a baixar o peito e aumentar a altura da risada, deixando Delaney irritada.

— Por que você está tão brava?

— Você me insultou.

Ele colocou uma mão inocente na parte da frente da camisa, empurrando o delicado tecido para o lado e expondo um pedaço do peito bronzeado.

— Não insultei.

Delaney olhou para os olhos de quem estava se divertindo.

— Você me insultou, sim.

— Desculpe — depois ele arruinou o pedido de desculpas adicionando mais uma ofensa —, minha gata.

Ela deu um soco no braço dele.

— Idiota.

Nick segurou o pulso dela e o puxou em direção a ele.

— Alguém já te disse que você é uma prostituta bonita?

O cheiro do sabonete de sândalo dele e a pele quente preenchiam os sentidos. Os dedos fortes pareciam pequenas picadinhas na parte de dentro do braço dela e ela tentou tirá-los. Ele a soltou apenas para pegar a echarpe com as duas mãos e a puxar para perto. O nariz dela bateu no dele e ela se sentiu sugada pelo olhar dele. Ela abriu a boca querendo dizer algo picante e sarcástico, mas seu cérebro e sua voz a traíram e o que saiu no lugar foi um: — Nossa, obrigada, Nick. Aposto que você diz isso para todas as mulheres da noite.

— Você é minha mulher esta noite? — Ele perguntou em cima da boca de Delaney, numa voz suave, segurando-a apenas com uma corda dos pelos macios da echarpe.

Ela não achava que diria isso, ou que queria dizer isso, ou qualquer coisa...

— Não. Você sabe que nunca poderemos ficar juntos.

— Você não devia dizer nunca. — As penas se esfregavam pelo rosto e pescoço dela enquanto ele deslizava uma das mãos para a parte de cima do bustiê. — Seu coração está acelerado.

— Minha pressão é bastante alta. — Suas pálpebras estavam pesadas e ela sentiu a ponta da língua dele tocar seu lábio inferior.

— Você sempre foi péssima mentirosa — antes que Delaney entendesse como tinha acontecido, ela estava no colo de Nick e a boca dele estava beijando a dela, num beijo que começou lento, porém rapidamente acabou com a resistência de Delaney. Ele estava com uma mão na parte de trás da cabeça dela, a outra na parte de fora da coxa, acariciando-a pela meia preta. A língua lisa dele se encontrou com a dela, causando uma resposta mais apaixonada, ela deu um beijo nele que causou um calafrio de pura luxúria nos dois. Delaney deslizou as mãos pelos lados do pescoço dele e tirou a faixa do rabo de cavalo. O sombreiro caiu da cabeça enquanto ela passava os dedos pelo maravilhoso cabelo dele. Sentiu os dedos dele passarem pela cinta até a barra da saia, desenhando uma linha de fogo que aquecia as partes de dentro das coxas dela e queimavam o desejo no estômago. Então os dedos dele entraram no laço preto e ele agarrou a carne dela. Ela enfiou uma mão dentro do colarinho aberto da camisa dele e tocou os ombros onde ele era quente, seus músculos enrijecidos, porém não era suficiente, e ela desabotoou a camisa até ficar aberta. Ele estava duro e suave, sua pele quente e ligeiramente úmida. Por baixo dela, a ereção estava pressionada contra ela e ela se contorcia cada vez mais no colo dele. Os dedos dele batiam na coxa dela, e ela sentia sua ereção crescendo.

Ele moveu uma mão para a cintura e seus dedos fortes a apertavam pelo fino cetim. Um lamento preso no topo do peito dela enquanto a palma da mão dele deslizava para cima, pelo seio dela, para a garganta. Então ele deslizou a boca sensual na garganta dela e a mão dele para dentro do cetim da coxa. Ele pegou o seio dela com a mão em forma de concha e Delaney se arqueou, pressionando o mamilo duro na palma da mão quente dele. As mãos dela se moviam para o ombro dele e ela agarrou o tecido suave da camisa com força.

Ela o desejava ansiosamente e com o último momento de sanidade sussurrou:

— Nick, precisamos parar com isso.

— Nós vamos — ele murmurou enquanto baixava o bustiê praticamente para a altura da cintura dela e baixava a cabeça. Ele passava os lábios pelas pontas rosadas dos seios dela, depois os sugava com a boca, a língua dele quente e úmida e contínua. As mãos grandes e quentes dele deslizaram por entre as coxas dela e ele pressionou a palma da mão na carne sensível dela. Pela calcinha úmida de algodão dela, os dedos dele a tocaram e ela juntava as pernas, trancando as mãos dele na virilha dela. Os olhos de Delaney fecharam e o nome dele escapou dos lábios dela, parte gemido, parte sussurrado. Era o som de necessidade e desejo. Ela queria que ele fizesse amor com ela. Ela queria sentir o corpo nu dele pressionado contra o dela. Ela não tinha nada a perder, além de respeito próprio. O que era um pouco de respeito próprio em comparação a um orgasmo de qualidade?

Então ele tirou a boca e um ar frio passou pelos seios dela. Ela forçou os olhos a ficarem abertos e seguiu o olhar ardente dele até o mamilo deslumbrante dela. Ele deslizou a mão das coxas dela e pegou uma ponta da echarpe, esfregando-a vagarosamente pela pele sensível dela.

— Diga que você me quer.

— Não é óbvio?

— Diga mesmo assim. — Ele olhou para cima, seus olhos pesados de luxúria e determinação. — Diga. — As penas passavam novamente pelos seios dela.

Delaney segurou o ar.

— Te quero.

O olhar dele passou para o rosto dela, depois se fixou na boca. Ele deu um beijo suave nos lábios dela e colocou o bustiê de volta no lugar, cobrindo os seios dela novamente.

Ele não ia fazer amor com ela. É claro que não. Ele tinha mais a perder do que ela.

— Por que você faz isso toda vez? — Ela perguntou quando ele levantou a boca. — Eu nunca quis que isso acontecesse conosco, mas sempre acontece.

— Você não sabe?

— Queria saber.

— Negócio inacabado.

Ela respirou profundamente e se inclinou sobre ele.

— Do que você está falando? Negócio inacabado.

— Aquela noite na Praia Angel. Nós nunca terminamos o que começamos antes de você fugir.

— Fugir? — Ela sentiu as sobrancelhas abaixarem, depois levantarem na testa. — Eu não tive escolha.

— Você tinha escolha e a tomou. Você foi embora com Henry.

Com o máximo de dignidade possível, dadas as circunstâncias, Delaney saiu do colo dele. O sapato esquerdo dela estava perdido e a echarpe estava presa dentro do bustiê.

— Eu fui embora porque você estava me usando.

— Exatamente em que momento? — Ele se levantou. — Quando você me implorou para tocá-la?

Delaney colocou a saia.

— Cala a boca.

— Ou quando minha cabeça estava entre suas pernas?

— Cala a boca, Nick. — Ela soltou a echarpe. — Você só quis me humilhar.

— Besteira.

— Você me usou para se vingar de Henry.

Ele ficou pasmo e o olhar dele se estreitou.

— Nunca usei você. Eu te falei para não se preocupar e que eu ia tomar conta de você, mas você olhava para mim como se eu fosse algum tipo de estuprador e foi embora com Henry.

Ela não acreditava nele.

— Eu nunca olhei para você como se fosse um estuprador e eu me lembraria se você dissesse uma palavra legal. Mas você não disse.

— Sim, eu disse, só que você escolheu ir embora com o velhote. E, do modo que vejo, você me deve.

Ela pegou a jaqueta dele da parte de trás do sofá e jogou nele.

— Não devo nada a você.

— É melhor você não estar por aqui no dia 4 de junho, do contrário vou tomar de você o que me deve há dez anos. — Ele colocou os braços nas mangas da jaqueta e saiu pela porta. — E reembolsos são péssimos, minha gata.

Delaney olhou para a porta fechada muito tempo depois que ouviu o jipe dele passar pela viela. Seu corpo ainda estava queimando por causa do toque dele e a ideia de alguma forma de retribuição sexual não soava nada interessante. Ela se virou para o quarto e recolheu o sombreiro de Nick do chão. Ela levou o sombreiro até o nariz. Tinha cheiro de couro e lã e de Nick.

Treze

— Tio Nick, você viu aquele filme na TV na outra noite sobre uma garota que foi sequestrada quando era bebê e não sabia até ter uns vinte anos?

Nick olhava para a tela do computador, vendo o orçamento que projetou para uma casa na costa norte do lago. A base foi feita antes que o solo congelasse e o telhado foi colocado antes da neve. A casa estava quase completa, mas o dono decidiu fazer acabamentos diferentes e a carpintaria final estava muito acima do orçamento. Desde que o comércio ficou mais fraco, Ann Marie e Hilda trabalhavam apenas de manhã. Ele e Sophie estavam sozinhos na construção.

— Tio Nick.

— Hmm, o quê? — Ele excluiu várias imagens, depois digitou os novos custos.

Sophie respirou profundamente e suspirou:

— Você não está me ouvindo.

Ele olhou por cima da tela para sua sobrinha, depois voltou a olhar para seu trabalho.

— Claro que estou, Sophie.

— O que eu disse?

Ele colocou uma taxa de reposição de estoque, depois pegou uma calculadora na ponta da escrivaninha, mas, quando olhou para sua sobrinha novamente, suas mãos paralisaram. Seus grandes olhos marrons olhavam para ele como se ele tivesse pisado nos sentimentos dela com suas botas de trabalho.

— Eu não estava ouvindo. — Ele moveu as mãos. — Desculpa.

— Posso te perguntar algo?

Ele chegou à conclusão de que ela não tinha passado pelo escritório no caminho para casa da escola para vê-lo trabalhar.

— Claro.

— O.k., o que você faria se gostasse de uma garota e ela não soubesse que você gosta dela? — Ela parou e olhou para algum lugar em cima da cabeça dele. — E ela gostasse de outra pessoa que se vestisse bem, fosse loira e todos gostassem dela e ela fosse líder de torcida e tudo o mais? — Ela olhou para ele. — Você desistiria?

Nick estava confuso.

— Você gosta de um garoto que se veste como uma líder de torcida?

— Não! Cruzes, eu gosto de um garoto que namora uma líder de torcida. Ela é bonita e popular e tem o corpo mais perfeito das meninas da oitava série, e Kyle não sabe que eu existo. Eu quero que ele me note, então o que devo fazer?

Nick olhou para sua sobrinha, que usava aparelho brilhante e tinha os olhos da sua mãe italiana, que eram grandes demais para o rosto dela. Ela tinha uma espinha grande e vermelha na testa que, apesar de seus esforços, não era disfarçada pela maquiagem que passou. Algum dia Sophie Allegrezza atrairia olhares, mas não hoje, graças a Deus. Ela era jovem demais para se preocupar com garotos.

— Não faça nada. Você é linda, Sophie.

Ela revirou os olhos e pegou a mochila que estava no chão perto da cadeira.

— Você me ajudou tanto quanto meu pai.

— O que Louie disse?

— Que sou jovem demais para me preocupar com garotos.

— Ah. — Ele se inclinou e pegou a mão dela. — Bem, eu jamais diria isso. — Ele mentiu.

— Eu sei. Foi por isso que vim falar com você. E não é só o Kyle. Nenhum dos garotos percebe que eu existo. — Ela colocou a mochila no colo e sentou-se na cadeira, movendo-se pesadamente por causa da tristeza. — Odeio isso.

E ele odiava vê-la tão triste. Ele ajudou Louie a criar Sophie e ela era a única mulher com quem ele se sentia à vontade para demonstrar seu carinho e amor. Os dois podiam se sentar e ver um filme juntos, ou jogar *Monopoly*, e ela nunca se intrometia na sua vida ou ficava no pé dele.

— O que você quer que eu faça?

— Me conta o que os garotos gostam nas garotas?

— Garotos da oitava série? — Ele coçou o queixo e pausou para pensar por um momento. Ele não queria mentir, mas também não queria estragar as ilusões inocentes dela.

— Achei que, como você tem muitas namoradas, você soubesse.

— Muitas namoradas? — Ele a viu tirar um frasco de esmalte verde da mochila. — Não tenho muitas namoradas. Quem te disse isso?

— Ninguém precisava me dizer. — Ela deu de ombros. — Gail é uma namorada.

Ele não via Gail desde algumas semanas antes do *Halloween* e isso foi uma semana atrás.

— Ela é só uma amiga. E nós terminamos no mês passado.

Na verdade, ele terminou e ela não ficou muito satisfeita com isso.

— Bem, o que você gostava nela? — Ela perguntou enquanto colocava uma camada de esmalte verde sobre a unha pintada de azul-escuro.

As poucas coisas que ele gostava em Gail, ele mal podia dizer a sua sobrinha de treze anos.

— Ela tinha cabelo bonito.

— Só isso? Você namoraria uma garota só porque gostou do cabelo dela?

Provavelmente não.

— Sim.

— Qual a sua cor preferida de cabelo?

Ruivo. Diferentes tons de ruivo juntos e enrolados em seus dedos.

— Castanho.

— Do que mais você gosta?

Lábios e echarpes rosados.

— Um bom sorriso.

Sophie olhou para ele e sorriu, sua boca cheia de metal e borrachinhas roxas.

— Assim?

— Sim.

— Do que mais?

Desta vez ele respondeu com a verdade.

— Olhos grandes e castanhos e eu gosto de garotas que conseguem me encarar.

E ele se deu conta de que tinha começado a apreciar o sarcasmo.

Ela mergulhou o pincel no esmalte e começou a passá-lo na outra mão.

— Você acha que meninas deveriam ligar para meninos?

— Sim. Por que não?

— A vovó diz que garotas que ligam para garotos são atrevidas. Ela diz que você e o papai nunca tiveram problemas com garotas atrevidas porque ela nunca deixava vocês falarem ao telefone quando elas ligavam.

A mãe dele era a única pessoa que ele sabia que tinha a habilidade de enxergar apenas o que ela queria e nada mais. Quando cresceram, Nick e Louie se meteram em bastante confusão sem o telefone. Louie engravidou uma garota no último ano da faculdade. E, quando um garoto basco engravida uma boa garota católica, o resultado foi um inevitável casamento na Catedral St. John's.

— Sua avó só se lembra do que quer. Se você quiser falar com um garoto no telefone, não vejo por que não deveria, mas é melhor perguntar para seu pai antes. — Ele a viu soprar as unhas molhadas. — Talvez você devesse falar com Lisa sobre essas coisas de garota. Ela vai ser sua madrasta em mais ou menos uma semana.

— Achei que gostasse de Lisa.

— Ela é legal, mas eu gosto mais de falar com você. Além disso, ela vai ter que me aturar no fim da fila a caminho do altar.

— Provavelmente porque você é a mais baixa.

— Talvez. — Ela analisou o polimento que tinha feito por um instante, depois olhou para ele. — Você quer que eu pinte suas unhas?

— De jeito nenhum. Da última vez que você fez isso, eu me esqueci de tirar e o caixa do posto de gasolina me olhou engraçado.

— Por favooooooor.

— Pode esquecer, Sophie.

Ela franziu a testa e cuidadosamente fechou o frasco do esmalte.

— Não só sou a última da fila agora, mas também tenho que ficar perto de você-sabe-quem.

— Quem?

— Ela. — Sophie apontou para a parede. — Dali.

— Delaney? — Quando ela assentiu com a cabeça, Nick perguntou: — Por que isso importa?

— Você sabe.

— Não. Por que você não me conta?

— A vovó me disse que a garota dali vivia com o seu pai e ele era bom com ela e mau com você. E ele dava a ela roupas boas e outras coisas e você tinha que usar *jeans* velhos.

— Eu gosto de *jeans* velhos. — Ele pegou o lápis e estudou o rosto de Sophie. A boca da garota estava contraída, do mesmo jeito que a da mãe dele quando falava de Delaney. Henry certamente deu motivos para Benita se amargurar, mas Nick não gostava de ver Sophie afetada por isso.

— O que aconteceu ou não entre mim e meu pai, não tem nada a ver com Delaney.

— Você não a odeia?

O problema dele nunca foi odiar Delaney.

— Não, eu não a odeio.

— Ah. — Ela colocou o esmalte de unhas na mochila pegou o casaco nas costas da cadeira. — Você vai me levar ao dentista no fim do mês?

Nick a ajudou com o casaco. A consulta de Sophie era a uma distância de duas horas.

— O seu pai não pode te levar?

— Ele vai estar de lua de mel.

— Ah, é. Eu te levo então.

Enquanto ele a acompanhava até a porta, ela abraçou a cintura dele.

— Tem certeza de que nunca vai se casar, tio Nick?

— Sim.

— A vovó disse que você só precisa encontrar uma boa garota católica. Então você será feliz.

— Eu já sou feliz.

— A vovó diz que você precisa se apaixonar por uma mulher basca.

— Parece que você tem passado tempo demais falando de mim com a vovó.

— Bem, fico feliz que nunca vai se casar.

Ele penteou os macios cabelos negros para trás com as mãos.

— Por quê?

— Porque gosto de ter você só para mim.

Nick ficou na calçada de frente para o escritório e viu sua sobrinha descer a rua. Sophie estava passando tempo demais com a mãe dele. Ele chegou à conclusão de que era questão de tempo até Benita levá-la para o lado negro e Sophie começar a encher o saco dele para se casar com uma boa mulher "basca" também.

Ele colocou os dedos dentro dos bolsos da frente da calça *jeans*. Louie era do tipo que gostava de se casar. Não Nick. O primeiro casamento de Louie não durou mais do que seis anos, mas o irmão dele gostou de estar casado. Ele gostava do conforto de viver com uma mulher. Louie sempre soube que ia se casar novamente. Ele sempre soube que ia se apaixonar, mas levou quase oito anos depois do divórcio para encontrar a mulher certa. Nick não tinha dúvida de que seu irmão seria feliz com Lisa.

A porta para o salão de Delaney estava aberta e uma senhora idosa com um coque saía de lá. Quando ela passou, olhou para ele como se soubesse que ele queria aprontar alguma coisa. Ele sorriu por dentro e olhou para o vitrô. Pelo vidro ele observou Delaney varrer o chão, depois ir para os fundos com uma pá de lixo. Ele viu seus ombros alinhados e para trás e o movimento dos seus quadris por debaixo do moletom que aderia ao seu bumbum. Ele sentiu uma forte dor na virilha e pensou nos perfeitos seios brancos e mamilos rosados. Ele pensou nos grandes olhos castanhos dela, cílios longos e a luxúria em suas pálpebras pesadas, seus lábios úmidos e inchados do beijo dele.

"Te quero", ela disse, ou ele a fez dizer como se fosse um perdedor apaixonado implorando que o quisesse. Ele nunca tinha pedido na vida que uma garota dissesse a ele que o queria. Ele não precisava. Nunca importou se aquelas palavras fossem sussurradas dos lábios macios e rosados de uma mulher. Aparentemente, ele se importava agora.

Não tinha mais dúvida. Henry sabia o que estava fazendo quando escreveu aquele testamento. Ele lembrou Nick de como era querer algo que nunca poderia ter, desejar muito algo além do seu alcance. Algo que ele poderia tocar, mas nunca realmente possuir.

Alguns leves flocos de neve passavam na frente do rosto de Nick e ele entrou no escritório e pegou a jaqueta que estava nas costas da cadeira. Alguns homens cometeram o erro de confundir amor com luxúria. Não Nick. Ele não amava Delaney. O que ele sentia por ela era pior que amor. Era desejo, e isso o estava deixando louco. Ele andava por aí e se comportava como um completo idiota com uma ereção gigante por uma mulher que o odiava mais que tudo.

Delaney empurrou os tomates para o canto do prato, depois separou um pedaço de chicória e frango.

— Como andam os negócios? — Gwen perguntou, imediatamente levantando a suspeita de Delaney. Gwen nunca perguntava sobre o salão.

— Vão bem. — Ela olhou para a mesa e colocou a alface na boca. Sua mãe estava aprontando alguma. Ela nunca devia ter concordado em encontrá-la para almoçar num restaurante onde não pudesse gritar sem causar um escândalo. — Por quê?

— Helen sempre faz o cabelo para o desfile de moda de Natal, mas este ano eu falei com outros membros do conselho e as convenci a deixar você fazer os penteados. — Gwen tocou o *fettuccini*, depois largou o garfo. — Achei que ia gostar da publicidade.

Era mais um modo de sua mãe fazê-la servir a algum tipo de comunidade estúpida.

— Só o cabelo? É só isso?

Gwen pegou o chá quente com limão.

— Bem, pensei que você podia participar do desfile também.

Lá estava. O verdadeiro motivo. Fazer o cabelo para o desfile era uma desculpa. O que Gwen realmente queria era desfilar com roupa lamê combinando com a da filha, como se fossem gêmeas. Havia duas regras no desfile: as roupas ou fantasias precisavam ser feitas à mão e tinham que refletir a estação.

— Nós duas juntas?

— Claro que eu estaria lá.

— Vestidas de forma igual?

— Parecida.

Nem pensar. Delaney se lembrava bem do ano que ela foi forçada a se vestir como Rudolph[18]. Ela não teria se importado se não tivesse dezesseis anos.

— Eu não poderia participar do desfile e fazer os cabelos.

— A Helen faz assim.

— Não sou a Helen. — Ela pegou uma baguete. — Eu faço o cabelo, mas quero o nome do meu salão impresso no programa e anunciado no começo e fim do desfile.

Gwen pareceu não gostar.

— Vou pedir para alguém do conselho fazer isso.

— Ótimo. Quando será o desfile?

— Durante o Festival de Inverno. É sempre no terceiro sábado, poucos dias antes do concurso de esculturas de gelo. — Ela colocou a xícara no pires e suspirou. — Lembra de quando Henry era o prefeito e nós costumávamos andar ao lado dele e ajudá-lo a escolher o melhor?

Claro que ela lembrava. Todos os anos, em dezembro, os comerciantes de Truly faziam gigantes esculturas no Parque

[18] Personagem fictício de uma rena de nariz vermelho.

Larkspur, atraindo turistas de muito longe. Delaney se lembrava das bochechas e do nariz congelando e seu grande casaco macio e chapéu de pele enquanto andava ao lado de Henry e de sua mãe. Ela se lembrava do cheiro fresco de gelo e inverno e a sensação de chocolate quente aquecendo suas mãos.

— Lembra do ano que ele deixou você escolher o vencedor?

Ela provavelmente tinha doze anos e tinha escolhido a escultura de um cordeiro de quatro metros e meio do açougue Quality Meals and Poultry's. Delaney deu outra garfada na salada. Ela tinha se esquecido do cordeiro.

— Preciso falar com você sobre o Natal — Gwen disse.

Delaney imaginou que ia passar na casa da mãe, completa, com uma árvore de verdade, presentes bonitos, gemada, castanhas queimando na fogueira. Tudo o que tem direito.

— Max e eu vamos para um cruzeiro caribenho no dia vinte, no dia seguinte do início do Festival de Inverno.

— O quê? — Ela colocou cuidadosamente o garfo de volta no prato. — Eu não sabia que vocês estavam num relacionamento tão sério.

— Max e eu estamos ficando mais íntimos e ele sugeriu umas férias para descobrirmos quão forte é o que sentimos um pelo outro.

Gwen estava viúva havia seis meses e já tinha um namoro sério. Delaney não conseguia se lembrar da última vez que namorou sério. De repente, ela se sentiu completamente patética, como uma solteirona.

— Achei que podíamos comemorar o Natal quando eu voltar.

— O.k.

Ela não tinha notado quanto ia gostar de passar o Natal em casa até não ter mais aquela opção. Bem, passar os feriados sozinha não é nada que ela não tenha feito antes.

— E agora que começou a nevar, você deveria estacionar seu carrinho na minha garagem e dirigir o Cadillac do Henry.

Delaney esperou para ouvir as condições, como ter que ficar na casa da mãe nos fins de semana, ir a reuniões de algum tipo de conselho ou usar sapatos fechados de salto. Como Gwen não continuou e pegou o garfo em vez disso, Delaney perguntou:

— Com que condição?

— Por que você suspeita de tudo? Só quero que fique segura neste inverno.

— Ah. — Fazia anos que não dirigia na neve e ela descobriu que não era como andar de bicicleta. Ela havia se esquecido de como era. Ela preferia deslizar pelas placas de parar no grande carro prateado a sair no seu Miata. — Obrigada, irei buscá-lo amanhã.

Depois do almoço, ela tirou o resto do dia livre e foi até Lisa para deixar alguns livros de penteados e pegar o vestido de dama de honra. O vestido vermelho de veludo era da cor do vinho em uma luz, mas mudou para um borgonha profundo na outra. Era lindo e, se não fosse pelo cabelo de Delaney, ficaria ótimo nela, mas tantas nuances diferentes de vermelho em uma pessoa a faziam parecer um Picasso. Ela passou a mão no estômago, sentindo o material macio debaixo de sua mão.

— Não pensei no seu cabelo — Lisa admitiu quando viu Delaney no espelho do banheiro. — Talvez você pudesse usar um daqueles grandes chapéus de palha.

— Nem pensar. — Ela inclinou a cabeça para o lado e analisou seu reflexo. — Sempre posso voltar para a minha cor natural.

— Qual a sua cor natural?

— Não tenho mais certeza. Quando retoquei a raiz, era um loiro vivo.

— Você pode mudar para a cor natural sem seu cabelo cair?

Delaney colocou as mãos nos quadris e olhou para a amiga.

— O que há de errado com vocês dessa cidade? É claro que posso remover a tintura sem meu cabelo cair. Eu sei o que estou fazendo. Faço isso há anos. Enquanto falava, o volume da sua voz aumentou.

— Eu não sou a Helen. Não faço cortes de cabelo ruins!

— Nossa, eu só perguntei.

— Sim, você e todos os outros.

Ela abriu a parte de trás do vestido e o tirou.

— Quem mais?

A imagem de Nick sentado no sofá dela veio à mente. Sua boca quente na dela. Os dedos pressionando sua coxa. Ela queria poder odiá-lo por fazê-la dizer que ela o queria, depois deixá-la sozinha para sonhar com ele a noite toda. Mas ela não conseguia odiá-lo e estava tão confusa sobre o que aconteceu que não queria falar sobre isso com ninguém até que entendesse. Nem mesmo com Lisa. Ela deixou o vestido na coberta lisa que cobria a cama de Lisa, depois colocou uma calça *jeans*.

— Deixa pra lá. Não é importante.

— O quê? Sua mãe ainda está te incomodando por ser cabeleireira?

— Não, na verdade ela me pediu para fazer o cabelo para o desfile de Natal. Ela achou que podia me enganar e fazer com que eu fosse vestida igual a ela, como eu tinha que fazer quando era mais nova.

Lisa sorriu.

— Lembra daquele vestido dourado de lamê com o grande cinto e o laço nas costas?

— Como podia me esquecer? — Ela colocou uma blusa de angorá pela cabeça, depois sentou na ponta da cama e colocou seu calçado Doc Marten's. — E depois minha mãe vai para um cruzeiro caribenho no Natal com Max Harrison.

— Sua mãe e Max? — Lisa sentou ao lado de Delaney. — Isso é estranho. Não consigo imaginar sua mãe com ninguém além de Henry.

— Acho que Max é bom para ela. — Ela amarrou uma bota, depois a outra. — De qualquer modo, esta é a primeira vez que estou em casa em dez Natais e ela sai. Isso é típico, pensando bem.

— Você pode ir passar em casa. Vou morar com Louie e Sophie e teremos Natal lá.

Delaney pegou o vestido.

— Já posso me ver repartindo o pão com os Allegrezza.

— Você vai "repartir o pão" conosco na festa do meu casamento.

Delaney se sentiu apreensiva enquanto pendurava o vestido.

— Será num bufê, certo?

— Não. Será um jantar no Hotel Lake Shore.

— Achei que o jantar fosse depois do ensaio.

— Não, nesse dia será o bufê.

— Quantas pessoas estarão nesse jantar?

— Setenta e cinco.

Delaney relaxou. Com tantos convidados, seria bem fácil evitar certos membros da família de Louie.

— Bem, não me coloque ao lado de Benita. Ela provavelmente vai me esfaquear com a faca para passar manteiga.

E Nick? Ele era tão imprevisível, que ela não conseguia nem imaginar o que ele poderia fazer.

— Ela não é tão má assim.

— Não com você.

Delaney pegou o casaco e foi para fora.

— Pense sobre o Natal — Lisa disse para ela.

— O.k. — ela prometeu e em seguida foi embora, mas não havia a mais remota chance de se sentar na mesma mesa que Nick. Que pesadelo. Ela teria que passar o tempo todo tentando não ser atraída por ele, olhando para qualquer lugar menos seus olhos e boca e mãos. "É melhor você não estar por aqui no dia 4 de junho, do contrário vou tomar de você o que me deve há dez anos."

Ela não devia nada a ele. Ele a usou para se vingar de Henry, e os dois sabiam disso. "Exatamente em que momento? Quando você me implorou para tocá-la?" Ela não implorou. Ela pediu. E ela era jovem e ingênua.

Delaney estacionou seu carrinho ao lado do jipe de Nick e subiu as escadas. Ela não estava preparada para vê-lo. Cada vez que pensava em sua boca no seio dela e em suas mãos entre suas coxas, as bochechas dela esquentavam. Ela teria transado com ele naquela hora no sofá, sem dúvida. Tudo que ele precisava fazer era olhar para ela, e ele a sugava como um aspirador de pó Hoover. Ele tinha o dom de fazê-la se esquecer de quem ele era. Quem ela era e do passado deles. "Eu te falei para não se preocupar e que eu ia tomar conta de você, mas você olhava para mim como se eu fosse algum tipo de estuprador e foi embora com Henry." Ela não acreditava mais nele agora do que tinha acreditado na outra noite. Ele devia estar mentindo. Mas por que ele mentiria? Ele não estava tentando convencê-la a transar com ele. Ela tinha abandonado todo o recato naquele ponto.

Ela colocou o vestido no sofá e pegou o sombreiro de Nick que estava na mesinha da sala, onde ela havia deixado. As pontas dos dedos dela contornavam a lã suave do chapéu. Não importava agora. Nada havia mudado. Aquela noite na Praia Angel era uma velha história, e era melhor deixá-la no passado. Ele era um conquistador e ela ia embora assim que possível.

Com o chapéu em uma mão, Delaney foi para fora do estacionamento. O jipe de Nick ainda estava lá, e ela abriu a porta do passageiro. O interior de couro bege ainda estava quente, como se ele tivesse acabado de chegar antes que ela voltasse ao apartamento. A chave do jipe estava na ignição e sua cruz basca pendurada no retrovisor. Uma grande caixa de ferramentas, um cabo de extensão e três frascos de cola para madeira estavam no banco de trás. Ele obviamente morava em Truly há muito tempo, porém ela achava que, se fosse ladra, pensaria duas vezes antes de roubar um Allegrezza. Delaney colocou o chapéu dele no banco de couro, depois voltou e correu para o apartamento dela. Ela não queria que ele tivesse nenhuma razão para subir as escadas para o seu apartamento. Obviamente, ela não tinha poder de decisão quando o assunto era ele, e era simplesmente melhor evitá-lo o máximo possível.

Delaney se sentou no sofá e tentou dizer a si mesma que não ouviu os sons lá de baixo. Ela não ouvia as chaves ou o barulho de pisar em cascalhos com suas botas pesadas. Ela não estava ouvindo, mas ela ouviu a porta do escritório abrir e fechar, suas chaves e o som das botas. Ela não escutava nada além do silêncio quando ele descobriu o sombreiro e ela o imaginou parando para olhar para o apartamento dela. O silêncio continuou enquanto ela ouviu os passos dele. Finalmente o motor do jipe foi ligado e ele saiu do estacionamento.

Delaney soltou o ar e fechou os olhos. Agora tudo o que ela precisava fazer era aguentar o casamento de Lisa. Com setenta e cinco convidados, ela conseguiria ignorar Nick facilmente. Quão difícil poderia ser?

Catorze

Era um pesadelo. Só que, daquela vez, Delaney estava definitivamente acordada. A noite começou bem o suficiente. A cerimônia de casamento foi tranquila. Lisa estava linda e as fotos tiradas depois não tomaram muito tempo. Ela deixou o Cadillac de Henry na igreja e foi para Lake Shore com a prima de Lisa, Ali, que tinha um salão em Boise. Pela primeira vez em muito tempo, Delaney foi capaz de falar sobre cabelos com outra profissional, mas, o mais importante, ela conseguiu evitar Nick.

Até o momento. Ela sabia sobre o jantar do casamento, é claro, porém não sabia que as mesas seriam organizadas num grande retângulo aberto com todos os convidados sentados na parte de fora do retângulo para que todos pudessem se ver. E ela não sabia da disposição dos convidados ou teria trocado de lugar para evitar o pesadelo que estava vivendo.

Por baixo da mesa, algo roçou a lateral do pé de Delaney e ela podia apostar que não era um rato amoroso. Ela colocou os dois pés para debaixo da cadeira e olhou para ver os restos de seu filé-mignon, arroz silvestre e brotos de aspargos. De algum modo, ela estava sentada no lado dos convidados do noivo, entre Narcisa Hormaechea, que claramente não gostava dela, e o homem que se recusava a cooperar que ela o ignorasse. Quanto mais ela tentava fingir que Nick não existia, mais prazer ele tinha em provocá-la. Como batendo acidentalmente no braço dela e fazendo o arroz cair de seu garfo.

— Você trouxe suas algemas? — Ele perguntou perto da orelha esquerda dela, enquanto se esticava para pegar um Basque Red. A lapela do terno dele esfregava o braço dela.

Como um filme erótico colocado para repetir, as imagens da boca quente dele no seio nu dela brincavam na cabeça de Delaney. Ela mal podia olhar para ele sem ficar vermelha como uma virgem envergonhada, porém não precisava realmente vê-lo para saber quando levava o vinho aos lábios, ou quando o polegar dele segurava a taça ou quando ele colocava a gravata-borboleta preta em um bolso e tirava o nó preto de seu pescoço. Ela não precisava olhar para ele para saber que usava uma camisa de algodão e blusa do terno do mesmo modo casual que usava flanela e denim.

— Com licença. — Narcisa tocou o ombro de Delaney, e ela voltou a atenção para a senhora, que tinha duas mexas brancas nas laterais em seu perfeito coque de cabelo preto. Suas sobrancelhas eram baixas e seus olhos castanhos ficavam maiores com os óculos grossos em formato de octógono, fazendo-a parecer um pouco a noiva do Frankenstein míope.

— Pode me passar a manteiga, por favor? — Ela perguntou e apontou para uma pequena tigela ao lado da faca de Nick.

Delaney pegou a manteiga, tomando cuidado de não tocar Nick com nenhuma parte de seu corpo. Ela prendeu o ar, esperando que ele dissesse algo rude, cruel ou socialmente inaceitável. Ele não falou uma palavra, e ela imediatamente começou a suspeitar, perguntando-se o que ele planejava a seguir.

— Foi um belo casamento, não acha? — Narcisa perguntou para alguém mais para o fim da mesa. Ela pegou a tigela de Delaney, depois a ignorou por completo.

Delaney não esperava mesmo que a irmã de Benita fosse cordial e voltou sua atenção aos noivos, que estavam cercados de pais e avós de ambos os lados. Mais cedo, ela arrumou o cabelo castanho de Lisa em uma grinalda invertida. Colocou alguns brotos de véu-de-noiva para enfeitar e trançou um pedaço de tule. Lisa estava linda num vestido de ombros caídos e Louie estava muito elegante em seu fraque.

Todos sentados perto dos noivos pareciam felizes e até mesmo Benita Allegrezza sorria. Delaney achava que nunca tinha visto a mulher sorrir e ela estava surpresa em ver quão jovem Benita ficava quando não estava irritada. Sophie se sentou ao lado do pai com seu cabelo em um simples rabo de cavalo. Delaney adoraria botar as mãos e as tesouras em todo aquele cabelo grosso e negro, mas Sophie insistiu que sua avó arrumasse o cabelo dela.

— Quando é sua vez de se casar, Nick? — A pergunta alta veio de alguma ponta da mesa.

O sorriso silencioso de Nick misturou-se com outros barulhos na sala.

— Sou muito jovem, Josu.

— Muito louco, você quer dizer.

Delaney olhou um pouco para o fim da mesa. Ela não via o tio de Nick havia muito tempo. Josu era forte como um touro e tinha bochechas rosadas, devido em parte à quantidade de vinho que tinha tomado.

— Você simplesmente não achou a mulher certa, mas tenho certeza de que encontrará uma boa garota basca — Narcisa previu.

— Nada de garotas bascas, tia. Vocês são todas muito teimosas.

— Você precisa de alguém teimoso. Você é bonito demais, para o seu próprio bem, e precisa de uma garota que te diga não. Alguém que não vai dizer sim o tempo todo com relação a tudo. Você precisa de uma boa garota.

Delaney observava de soslaio os grandes dedos grossos dele esfregarem a toalha de mesa de linho. Quando respondeu, a voz dele estava suave e sensual:

— Mesmo as boas garotas dizem sim em algum momento.

— Você é mal, Nick Allegrezza. Minha irmã dava demais em cima de você e você cresceu um libertino. Seu primo Skip está sempre seguindo rabos de saia também, ou talvez fosse genético. — Ela parou e deu um suspiro de sofrimento. — Bem, e quanto a você?

Provavelmente era demais esperar que Narcisa falasse com outra pessoa. Delaney olhou para a tia de Nick e seus grandes olhos.

— Eu?

— Você é casada?

Delaney meneou a cabeça.

— Por que não? — Ela perguntou, depois olhou para Delaney como se a resposta estivesse escrita em algum lugar. — Você é bem bonita.

Delaney não só estava cansada daquela pergunta em particular, mas ela estava muito cansada de ser tratada como se houvesse algo errado com ela porque era solteira. Inclinou-se em direção a Narcisa e disse em um tom pouco mais alto que o de um sussurro:

— Um homem jamais me satisfaria. Preciso de vários.

— Você está brincando?

Delaney segurou a risada.

— Não conte a ninguém porque tenho que manter meus padrões.

Narcisa piscou duas vezes.

— O quê?

Ela aproximou ainda mais a boca dela da orelha de Narcisa.

— Bem, ele precisa ter dentes.

A idosa foi para trás para dar uma boa olhada em Delaney e ficou boquiaberta.

— Meu Deus!

Delaney sorriu e levou o copo à boca. Ela esperava ter assustado Narcisa com o assunto de casamento por um tempo.

Nick bateu no braço dela com o cotovelo e o vinho dela espirrou.

— Você encontrou mais bilhetes desde o *Halloween*?

Ela abaixou o copo e secou uma gota de vinho do canto da boca. Ela meneou a cabeça, fazendo o melhor para ignorá-lo o máximo possível.

— Você dividiu o cabelo com um raio? — Nick perguntou alto o suficiente para os que estivessem por perto ouvir.

Antes do casamento, ela dividiu em zigue-zague, colocou a parte que não dá para prender da franja atrás das orelhas e colocou a coroa numa parte bufante do cabelo. Com os fios loiros novamente, ela achava que parecia com uma dançarina dos anos 1960. Delaney olhou para as dobras da camisa de algodão dele, para a parte exposta de sua garganta. De jeito nenhum ela ia ser sugada por aqueles olhos.

— Eu gostei.

— Você tingiu novamente.

— Tingi de volta para a cor natural. — Incapaz de resistir, ela olhou para o queixo dele e depois para os lábios. — Sou loira natural.

Os cantos da boca sensual dele se levantaram.

— Lembro disso, minha gata — ele disse, depois pegou a colher e a bateu na ponta do copo. Quando a sala ficou em silêncio, ele se levantou, parecendo um modelo saído de uma daquelas revistas de noivas. — Como padrinho do meu irmão, é meu dever e honra brindar a ele e a sua nova esposa. Quando meu irmão mais velho vê algo que quer, ele sempre vai atrás com determinação inabalável. A primeira vez que viu Lisa

Collins, ele sabia que a queria na vida dele. Ela não sabia isso na época, mas não tinha chance contra a teimosia dele. Eu o vi continuar com uma certeza tão absoluta que me deixou perplexo e, eu admito, com inveja.

— Como sempre, eu admiro meu irmão. Ele achou muita alegria com uma mulher maravilhosa e eu estou feliz por ele. — Ele pegou a taça. — Para Louie e Lisa Allegrezza. *Ongi-etorri*, Lisa. Bem-vinda.

— Para Louie e Lisa — Delaney brindou com os outros convidados. Ela observou Nick inclinar a cabeça para trás e drenar o vinho. Depois ele se sentou novamente, relaxou e colocou suas mãos nos bolsos da calça de lã. Ele pressionava a perna contra a dela, como se fosse tão sem querer quanto respirar. Ela sabia que não era sem querer.

— *Ongi-etorri* — Josu disse, depois soltou um grito basco que começou parecendo um sorriso de gozação e mudou para algo entre o uivar de um lobo e o zurrar de um burro. Outros parentes homens gritaram com Josu e a sala de jantar reverberava com os sons. Enquanto cada membro da família tentava gritar mais alto que o outro, Nick se inclinou na frente de Delaney e pegou a taça dela. Ele encheu a taça de Delaney e depois a dele, no estilo típico de Nick: sem perguntar primeiro. Por um breve momento, ele a envolveu com o cheiro da pele e da colônia dele. O coração dela batia um pouco mais rápido e sua cabeça ficou um pouco mais leve quando ela aspirava o cheiro dele.

O pai de Lisa bateu a colher na sua taça e a sala ficou silenciosa.

— Hoje minha garotinha — ele começou, e Delaney afastou o prato e apoiou os braços na mesa. Se se concentrasse no senhor Collins, ela poderia praticamente ignorar Nick. Se se concentrasse no cabelo do senhor Collins, que era bem mais branco do que ela lembrava e em seu...

Nick passou levemente os dedos na parte de cima da coxa dela e ela congelou. Pela fina barreira de náilon, as pontas dos dedos dele passavam do joelho até a barra do vestido. Infelizmente, era um vestido curto.

Delaney agarrou o pulso dele por debaixo da mesa e o impediu de deslizar por dentro da sua coxa. Ela olhou para o rosto dele, porém ele não olhava de volta. Sua atenção estava focada no pai de Lisa.

— ...para minha filha e meu novo filho, Louie — o senhor Collins terminou.

Com a mão livre, Nick levantou a taça de vinho e brindou ao casal. Enquanto tomava dois grandes goles, o polegar dele passava pela parte de cima da perna de Delaney. Com movimentos para trás e para a frente os dedos deles acariciavam o náilon macio. Ela não conseguia ignorar aquela sensação e pressionou uma perna contra a outra.

— Você não vai fazer um brinde para o casal feliz? — ele perguntou.

Com o máximo de cuidado possível, ela tirou a mão dele, mas ele agarrou com mais força. Ela empurrou com mais força e acertou acidentalmente a tia de Nick.

— O que aconteceu? — Narcisa perguntou. — Por que toda essa agitação?

Porque seu sobrinho libertino está passando a mão na minha coxa. — Por nada.

Nick se inclinou para ela e disse:

— Fique parada ou as pessoas vão achar que estou te apalpando por baixo da mesa.

— Você está!

— Eu sei. — Ele sorriu e olhou para seu tio. — Josu, de quantas ovelhas você está cuidando este ano?

— Vinte mil. Quer trabalhar comigo que nem quando você era criança?

— Nem pensar. — Ele lançou a ela um olhar de soslaio e deu uma risada. — Tenho muito trabalho aqui.

A quente palma da mão dele aqueceu a pele dela pela meia--calça e Delaney ficou paradinha, fingindo que o calor da mão de Nick não estava passando por seu corpo como uma enxurrada. O calor passava por seu peito e por suas coxas, fazendo seus seios latejarem e suas pernas ficarem bambas de desejo. Ela apertou o pulso dele, mas não tinha mais certeza se estava segurando a mão dele para que ele não a movesse mais ou para que ele não a tirasse da perna dela.

— Nick.

Ele inclinou a cabeça em direção a dela.

— Sim?

— Pare. — Ela abriu um sorriso forçado como se eles estivessem conversando há um bom tempo, e olhou de relance para as pessoas. — Alguém pode te ver.

— A toalha da mesa é muito longa. Já verifiquei.

Ele pegou a taça de vinho e disse por trás do vidro.

— Eu troquei o cartão com o seu nome com o da minha tia Angeles. Ela é a senhora com cara de má sentada ali agarrada à bolsa como se alguém fosse assaltá-la. Ela é um rottweiler. — Ele tomou um pouco de vinho. — Você é mais divertida.

Angeles parecia uma nuvem preta num céu azul. O cabelo dela estava preso em coque e sua carranca fazia com que as sobrancelhas castanhas permanecessem abaixadas. Ela obviamente não gostou de ficar no meio da família de Lisa. Delaney olhou para a mesa, passando pelos noivos até a mãe de Nick. Os olhos escuros de Benita olhavam de volta para ela e Delaney reconheceu o olhar que costumava deixá--la com medo quando criança. "Eu sei que você vai aprontar algo", o olhar dela dizia.

Delaney se virou para Nick e sussurrou.

— Você tem que parar. Sua mãe está de olho em nós. Acho que ela sabe.

Ele olhou para o rosto dela, depois para sua mãe.

— O que ela sabe?

— Ela está me olhando de forma maldosa. Ela sabe onde você está com a sua mão.

Delaney olhou para Narcisa, mas a senhora estava falando com outra pessoa. Ninguém além de Benita parecia estar prestando atenção nela.

— Relaxa. — A palma da mão dele deslizou mais um milímetro e as pontas dos dedos passaram pela parte elástica de sua calcinha.

"Relaxa". Delaney queria fechar os olhos e lamentar-se.

— Ela não sabe de nada. — Ele parou um momento, depois disse: — Exceto, talvez, pelo fato de seus mamilos estarem duros e não estar frio aqui.

Delaney olhou para seus seios e os dois pontos muito distintos no veludo vermelho.

— Idiota.

Ela tirou a mão dele ao mesmo tempo em que empurrou a cadeira. Pegou a bolsa de veludo, saiu da sala de jantar e correu por dois corredores estreitos antes de achar o banheiro feminino. Uma vez no banheiro, ela respirou profundamente e olhou para si mesma no espelho. Nas luzes florescentes, as bochechas dela pareciam coradas, os olhos com brilho.

Definitivamente havia algo de errado com ela. Algo que a fazia parar de pensar quando envolvia Nick. Algo que o permitia acariciá-la numa sala cheia de pessoas.

Ela largou a bolsa vermelha de veludo no balcão e molhou um papel toalha e o pressionou contra seu rosto quente, inspirando profundamente. Talvez ela estivesse há tanto tempo na seca que sofresse de abstinência sexual. Implorando por carinho e atenção como um gato abandonado.

Ela ouviu uma descarga e uma funcionária do hotel saiu de um boxe. Enquanto a mulher lavava as mãos, Delaney abriu a bolsa e pegou seu batom Rebel Red.

— Se você veio para a festa de casamento, eles estão cortando o bolo agora.

Delaney olhou para a mulher pelo espelho e passou o batom no lábio inferior.

— Obrigada. Acho que é melhor eu voltar então.

Ela viu a funcionária do hotel sair e guardou o batom na bolsa. Usando os dedos úmidos, alisou a frente do cabelo e deu uma levantada na parte de trás.

Se Lisa e Louie estavam cortando o bolo de casamento, então o jantar acabou oficialmente e ela não teria que se sentar mais ao lado de Nick.

Ela pegou a bolsa e abriu a porta. Nick surgiu, vindo da outra parede do estreito corredor. As laterais da jaqueta do terno estavam escovadas para os lados e as mãos dele estavam dentro dos bolsos da frente. Quando ele a viu, desencostou da parede.

— Fique longe de mim, Nick. — Ela estendeu o braço para distanciá-lo.

Ele segurou o braço dela e a puxou em direção ao seu peito.

— Não consigo — ele disse, delicadamente. Ele a pressionou contra ele e seus lábios a beijaram de forma ardente, que a deixou paralisada. Ele tinha gosto de paixão incontrolada e vinho. A língua dele a acariciava e, quando ele a tirava, sua respiração estava ofegante, como se ele tivesse corrido quilômetros.

Delaney colocou uma mão em seu coração acelerado e lambeu o gosto dele de seus lábios.

— Não podemos fazer isso aqui.

— Você tem razão.

Ele segurou o braço dela e a puxou pelo salão até que achou um armário de limpeza que não estava trancado. Assim que entraram, ele a pressionou contra a porta fechada, e Delaney notou toalhas brancas e baldes de esfregão antes que ele viesse para cima dela. Beijando-a. Tocando-a em todos os lugares onde suas mãos parassem. As palmas das mãos dela deslizavam pelas pregas da camisa dele até as laterais quentes do pescoço e ela passou os dedos pelo cabelo dele. O beijo virou uma fome de desejo, um frenesi de bocas e lábios e línguas. Eles estavam eufóricos. A bolsa dela caiu no chão e ela começou a tirar a jaqueta dele. Ela tirou os sapatos de veludo e ficou nas pontas dos pés. Como uma completa devassa, ela passou uma perna pelo quadril dele, apertando o pênis intumescido.

Ele gemeu de prazer e se afastou para olhar para ela, com muito desejo.

— Delaney — ele disse com a voz áspera, depois repetiu o nome dela como se não pudesse acreditar que ela estava com ele. Ele beijou seu rosto. A garganta. A orelha. — Diz que você me quer.

— Te quero — ela sussurrou, tentando tirar o resto da jaqueta dele.

— Diz.

Ele tirou a jaqueta e jogou num canto. Depois as mãos dele tocaram os seios dela e os dedos esfregavam seus mamilos por cima do vestido de veludo e sutiã de renda.

— Diz meu nome.

— Nick. — Ela beijou o pescoço dele até a garganta. — Te quero, Nick.

— Aqui?

As mãos dele passaram pelos quadris dela, pelo traseiro, pressionando-a contra ele, apertando a parte de dentro de sua delicada coxa.

— Sim.

— Agora? Onde qualquer um poderia entrar e nos encontrar?

— Sim. — Ela mal se importava. Estava tomada pelo desejo, pelo vazio e pela necessidade de ele dar muito prazer a ela. — Diz que você me quer também.

— Sempre te quis — ele sentiu o cheiro do cabelo dela. — Sempre.

A tensão dentro dela aumentou e a fez não pensar em mais nada além dele. Ela queria ficar em cima dele, dentro dele, e para sempre. Ele fazia movimentos para a frente e para trás com os quadris, estimulando-a.

Nick tirou a perna dela que estava na cintura dele, dobrou a barra do vestido e segurou em uma mão enquanto ela abaixava a meia-calça e a calcinha de seda. Ele colocou o pé no meio da calcinha dela, levando com o pé até os pés dela. Delaney chutou a calcinha para longe. A mão dele se movia entre seus corpos e ele a tocou entre as pernas. Os dedos dele deslizaram por sua pele lisa e ela se arrepiou, sentindo-se conduzida vagarosamente a um clímax com cada carícia. Ela murmurou, emitiu um som de abundante desejo.

— Quero penetrar você. — O olhar dele se afixou no dela e ele tirou os suspensórios, deixando-os pendurados nas laterais. As mãos dele agarraram sua cintura, atrapalhando-se com o botão e o zíper fechando a calça de lã. Delaney puxou a cueca de algodão. O pênis dele ficou livre na mão dela, grande, duro e liso como teca polida. A pele dele totalmente esticada e ele devagar se deixou ser agarrado forte por ela. — Preciso ter você... agora.

Nick a levantou e ela entrelaçou as pernas na cintura dele e os braços em seu pescoço. A cabeça voluptuosa da ereção dele tocava a abertura lisa dela. As peles deles se tocaram e ele segurou o pênis. Ele fez força para entrar enquanto impulsionava para dentro, esticando-a até que um pouco de dor parecia acabar com o erotismo para Delaney, mas ele tirou o pênis, depois penetrou até o fim, e não havia nada além de intenso prazer. A penetração foi tão poderosa e completa que os joelhos dele se dobraram e por um momento tenso ela ficou com medo que ele pudesse deixá-la, mas ele não a largou. Ele segurou com força os quadris dela. Ele tirava e entrava, de modo cada vez mais profundo.

— Meu Deus — ele falou de forma ofegante, e seu corpo forte apertou-a contra a porta. O peito dele arfou enquanto ele se esforçava para inspirar, e sua respiração ofegante sussurrava por suas têmporas, um som de sua paixão e prazer.

As pernas entrelaçaram com força a cintura dele e ela se movia com ele, devagar primeiramente, depois mais e mais rápido enquanto a pressão aumentava. O coração dela parecia bater nas orelhas enquanto ele a penetrava, mais e mais, quase a fazendo chegar a um orgasmo com cada empurrão de seus quadris. Como o impulso frenético, não havia nada devagar ou fácil sobre o prazer intenso que a consumia e a virava do avesso. Ela sentia cada tremor, passava como uma onda pela pele dela e a deixava sem ar. Ela se sentia leve e um som como de um furacão soava em sua cabeça. As costas dela se arqueavam e ela se agarrava à camisa dele. Ela abriu a boca para gritar, mas o som parou em sua garganta seca. Seus braços fortes a esmagavam contra o peito dele, seus longos ombros sacudiam e ele a segurou forte e onda após onda de prazer continuava a passar por ela. Os músculos dela se contraíram, apertando ele dentro dela. Os espasmos dela mal haviam diminuído quando os dele começaram. Ele gemeu enquanto a penetrava. Os músculos dele se endureceram e ele sussurrou o nome dela uma última vez.

Quando acabou, ela sentiu como se tivesse apanhado e estivesse machucada, como se tivesse acabado de sair de uma batalha. Nick descansou sua testa na porta atrás dela até que a respiração dele se acalmou e ele se afastou o suficiente para olhar no rosto dela. Ele ainda estava embebido dentro do corpo dela e as roupas estavam desalinhadas. Cuidadosamente ele saiu dela e ela colocou os pés no chão. Seu vestido deslizou pelos quadris e pelas coxas. Os olhos cinza dele olhavam nos dela, mas ele não pronunciava uma palavra. Ele a olhou por mais um instante, o olhar dele mais cauteloso a cada momento, depois pegou a calça e a subiu até a altura da cintura.

— Você não vai dizer nada?

Ele olhou para ela, depois voltou a olhar para sua calça.

— Não me diga que você é uma daquelas mulheres que gostam de conversar depois?

Algo maravilhoso e terrível acabou de acontecer, ela não tinha certeza do que era. Algo além do sexo. Ela teve a cota dela de orgasmos no passado, alguns muito bons também, mas o que tinha acabado de vivenciar era mais que uma transa. Mais do que ondas se quebrando e terremotos. Nick Allegrezza a levou para um lugar que ela nunca esteve antes e ela sentiu vontade de sentar e chorar. Um soluço subiu pela sua garganta e ela tampou a boca com a mão. Ela não queria chorar. Ela não queria que ele a visse chorar.

O olhar dele pousou nela enquanto ela desenroscava a saia da calça dele.

— Você está chorando?

Ela meneou a cabeça, mas seus olhos se encheram de lágrimas.

— Sim, você está. — Ele passou os braços por dentro do suspensório e o colocou no lugar.

— Não estou.

Ele acabou de dar a ela o prazer mais intenso da sua vida e agora ele calmamente se vestia como se esse tipo de coisa acontecesse com ele o tempo todo. Talvez sim. Ela queria gritar. Fechar a mão em punho e socá-lo. Ela achou que eles partilhavam algo especial, mas obviamente estava enganada. Ela se sentiu ferida e exposta, o corpo dela ainda desejoso do toque dele. Se ele dissesse alguma sacanagem, ela achava que ficaria arrasada.
— Não faça isso comigo, Nick.

— O mal está feito — ele disse enquanto tirava a jaqueta do chão. — Me diz que você está tomando algum anticoncepcional.

Ela conseguia sentir o sangue subir para seu rosto e meneou a cabeça. Ela pensou na data de sua última menstruação e se sentiu um pouco aliviada.

— É a época errada do mês para eu engravidar.

— Querida, eu sou católico. Muitos de nós são concebidos na época errada do mês. — Ele colocou os braços na jaqueta e ajeitou o colarinho. — Eu não deixei de usar camisinha nos últimos dez anos. E você?

— Ah... — Ela era uma mulher da década de 1990. No controle de sua vida e corpo, mas por algum motivo ela não conseguia falar sobre isso com Nick sem ficar sem jeito. — Sim.

— O que você quer dizer com "Ah... sim"?

— Você é o primeiro em muito tempo e, antes disso, eu era cuidadosa.

Ele olhou para ela por um instante.

— O.k. — ele disse, e deu a calcinha e a meia-calça para ela. — Onde está seu casaco?

Ela puxou sua roupa para a altura do peito, sentindo repentinamente vergonha e timidez. Uma estranha reação tardia, tendo em conta o que ela segurava em suas mãos algum tempo antes.

— Pendurada ao lado da porta da entrada. Por quê?

— Vou te levar para casa.

Ir para casa nunca pareceu tão boa ideia como naquele momento.

— Vista-se antes que uma camareira decida que precisa de algumas toalhas ou algo parecido. — O olhar indecifrável dele olhava para o dela enquanto ele arrumava o punho da camisa. — Já venho — ele disse, depois abriu devagar a porta. — Não vá a lugar algum.

Assim que ficou sozinha, Delaney olhou para o cômodo. Ela olhou para a bolsa ao lado de seu pé esquerdo, um sapato de veludo embaixo da cadeira e o outro ao lado de um balde vazio. Sem Nick para distraí-la, os pensamentos de autorrecriminação vieram à tona. Ela não podia acreditar no que tinha feito. Ela transou sem proteção com Nick Allegrezza num armário de limpeza no Hotel Lake Shore. Ele a fez perder o controle com um simples beijo e, se não fosse pela prova física prolongada, ela provavelmente não acreditaria no ocorrido mesmo agora.

Ela cuidadosamente se sentou na cadeira e colocou sua calcinha e meia-calça. Ainda no mês passado ela garantiu a Louie que ela e Nick não fariam nada para causar fofocas em seu casamento, e mesmo assim ela fez sexo selvagem com seu irmão atrás de uma porta não trancada onde qualquer um poderia pegar os dois. Se alguém descobrisse, ela não conseguiria suportar. Provavelmente teria que se matar.

Assim que puxou a meia-calça para a altura da cintura e colocou os sapatos, a porta se abriu e Nick entrou no pequeno armário. Ela sentia dificuldade em olhar para ele enquanto segurava o casaco dela aberto.

— Preciso falar para Lisa que já vou.

— Eu disse para ela que você passou mal e que estou te levando para casa.

— Ela acreditou em você?

Ela olhou para cima rapidamente, depois colocou os braços no casaco de lã.

— Narcisa te viu sair correndo da sala de jantar e disse a todos que parecia que você tinha morrido.

— Meu Deus, talvez eu deva agradecer a ela.

Eles saíram e uma neve branca e macia caía do céu escuro em seus cabelos e ombros. Uma nova camada entrou nos sapatos de Delaney enquanto ela passava pelo estacionamento em direção ao jipe do Nick. Os pés dela deslizavam e ela ia cair de bunda no chão se Nick não a tivesse segurado pelo antebraço. Ele a segurou mais forte enquanto andavam pelo chão escorregadio, mas nenhum dos dois falava, o único som era da neve embaixo das solas dos sapatos.

Ele a ajudou a entrar no jipe, mas não esperou o motor aquecer para engatar a marcha e sair correndo de Lake Shore. A parte de dentro do jipe estava escura e tinha cheiro de assento de couro e de Nick. Ele parou na esquina de Macaco Branco com a Principal e praticamente a puxou para seu colo. As pontas dos dedos dele tocaram a bochecha dela enquanto olhava para seu rosto. Depois devagar a cabeça dele se abaixou e ele pressionou a boca contra a dela. Ele a beijou uma, duas vezes e deu um beijo suave e demorado na terceira vez.

Ele se alinhou e disse.

— Aperte os cintos.

A larga tira foi até o fecho e o vento fresco do ar condicionado batia nas bochechas quentes de Delaney. Ela colocou o queixo no colarinho do casaco e olhou de soslaio para ele. A luz do para-lama iluminou o rosto dele e as mãos em um brilho verde. Neve derretida cintilava como pequenas esmeraldas em seu cabelo negro e nos ombros da jaqueta de seu terno. Uma lâmpada da rua iluminava a parte de dentro do jipe por vários segundos enquanto eles passavam pelo salão dela.

— Você passou a curva para o meu apartamento.

— Não, não passei.

— Você não está me levando para casa?

— Sim. Para minha casa. Você achou que tínhamos terminado? — Ele passou para uma marcha lenta e virou à esquerda em direção ao lado leste do lago. — Nós mal começamos.

Ela se virou e olhou para ele.

— Começamos a fazer o que, exatamente?

— O que fizemos no armário não chegou nem perto.

A ideia do corpo totalmente nu dela pressionado contra o dele não era exatamente irritante, na verdade fazia com que ela sentisse um calor por dentro. Como Nick disse antes, o mal já tinha sido feito. Por que não passar a noite com um homem que era muito bom em fazer o corpo dela ganhar vida de modos que ela jamais achou possíveis? Ela estava na seca havia um bom tempo e não ia receber uma proposta melhor no futuro próximo. Uma noite. Uma noite da qual ela provavelmente se arrependeria, mas se preocuparia com isso amanhã.

— Você está tentando me dizer, do seu modo tipicamente machão, que quer fazer amor novamente?

Ele olhou para ela.

— Não estou tentando te dizer nada. Eu quero você. Você me quer. Alguém vai ficar sem nada, além de um sorriso de satisfação nos lábios.

— Não sei, Nick, talvez eu queira conversar depois. Acha que consegue aguentar isso?

— Posso aguentar qualquer coisa que você puder imaginar, e algumas coisas que você jamais pensou.

— Tenho escolha?

— Claro, minha gata. Tenho quatro quartos. Você pode escolher qual vamos usar primeiro.

Nick não a assustava. Ela sabia que ele não a forçaria a fazer nada contra a vontade dela. Claro, perto dele, ela parecia abandonar qualquer coisa que lembrasse a vontade própria.

O jipe desacelerou e entrou numa estrada ampla com árvores ponderosas em ambos os lados e pinheiros. Fora da densa floresta estava uma grande casa feita de toras e pedras de rio. As janelas de catedral formavam retângulos de luz na neve recém-caída. Nick pegou o controle no quebra-sol e abriu a porta do meio de três vagas de estacionamento. O carro ficou entre sua Bayliner e a Harley.

O interior da casa era tão impressionante quanto o exterior. Muitas luzes expostas, cores atenuadas e fibras naturais. Delaney ficou de frente para uma parede de janelas e olhou para o deque do lado de fora. Ainda estava nevando, e os flocos brancos se acumularam no corrimão e ficaram na Jacuzzi. Nick tirou o casaco e com telhado tão alto e as salas tão abertas, ela ficou surpresa por não estar com frio.

— O que acha?

Ela se virou e viu ele se aproximar pela cozinha. Ele tinha tirado a jaqueta e os sapatos. Mais um botão preto foi removido de sua camisa branca e ele dobrou as mangas até o antebraço. Os suspensórios estavam esticados em seu peito. Ele deu uma Budweiser para ela, depois tomou um gole. Os olhos dele a assistiam por cima da garrafa e ela sentiu como se ele se importasse mais com a resposta dela do que queria que ela soubesse.

— É linda, mas gigante. Você mora aqui sozinho?

Ele abaixou a cerveja.

— Claro. Quem mais moraria comigo?

— Ah, não sei. Talvez uma família de cinco pessoas. — Ela olhou para o corredor que presumiu que levava para os quatro quartos que ele havia mencionado.

— Você planeja ter uma grande família com vários filhos algum dia?

— Não planejo me casar.

A resposta dele agradou a Delaney, mas ela não entendeu por quê. Ela não se importava se ele queria passar a vida com outra mulher, ou beijá-la, ou fazer amor com ela ou impressioná-la com seu toque.

— Sem crianças, também... a não ser que você esteja grávida. — Ele olhou para a barriga dela como se conseguisse dizer só de olhar. — Quando saberemos com certeza?

— Eu já sei que não estou.

— Espero que esteja certa. — Ele foi para a janela e olhou para a noite. — Conheço mulheres solteiras que estão engravidando de propósito nos dias de hoje. Ser filho bastardo não tem o estigma que costumava ter, porém não torna a situação fácil. Eu sei como é crescer desse modo. Não quero fazer o mesmo com uma pobre criança.

O Y do suspensório ficava nas costas e nos ombros largos dele. Ele se lembrou das vezes que viu sua mãe e Josu sentados no ginásio assistindo a jogos escolares e programas de feriado. Henry e Gwen estavam lá também, em algum lugar. Ele nunca pensou em como deveria ser isso para Nick. Ela colocou a garrafa na mesinha e foi em direção a ele.

— Você não é como Henry. Você não negaria a paternidade.

Ela queria passar as mãos pela cintura e pelo abdômen dele e pressionar sua bochecha contra a coluna dele, mas se manteve afastada.

— Henry provavelmente está se revirando no túmulo.

— Ele provavelmente está se parabenizando.

— Por quê? Ele não queria que nós… — Os olhos dela se arregalaram. — Ah, não, Nick. Me esqueci do testamento. Acho que você se esqueceu, também.

Ele olhou para o rosto dela.

— Por alguns momentos cruciais, ele fugiu da minha mente.

Ela olhou nos olhos dele. Ele não parecia muito chateado.

— Não vou contar para ninguém. Não quero aquela propriedade. Prometo.

— Isso é decisão sua.

Ele tirou um pedaço de cabelo do rosto dela e delicadamente passou as pontas dos dedos na orelha. Depois pegou a mão dela e a levou para o andar de cima, para seu quarto.

Enquanto ela subia a escada, pensou no testamento de Henry e na repercussão daquela noite. Nick não parecia o tipo de homem que se esquecia de qualquer coisa, especialmente não de sua herança multimilionária. Ele devia gostar tanto dela quanto ela tinha medo de estar começando a gostar dele. Ele arriscou muita coisa para estar com ela, enquanto ela não arriscou nada além de um pouco de respeito próprio. E, na verdade, quando ela pensou nisso, não se sentiu errada ou usada ou arrependida de tudo. Agora não — talvez ela se sentisse de manhã.

Delaney entrou num quarto com um carpete grosso bege e um conjunto de portas francesas fechadas dando para um deque no andar superior. Havia uma grande cama de madeira com travesseiros e mantas de sálvia verde e bege. As chaves foram jogadas em uma penteadeira e um jornal estava aberto em outra. Não havia uma estampa de flor, nenhuma renda ou franjas em lugar nenhum. Nem mesmo nas almofadas. Era um quarto de homem. Chifres de alce por cima da abóbada de pedra. A cama não estava arrumada e umas calças Levi's estavam jogadas numa cadeira.

Enquanto ele colocava as garrafas de cerveja no criado-mudo, Delaney começou a desabotoar a camisa dele até o peito.

— É hora de te ver nu — ela disse, depois deslizou as palmas das mãos por sua pele quente. Os dedos dela passaram pelo delicado cabelo crescendo em uma linha preta até sua barriga e até seu peito. Ela tirou a camisa de algodão e os suspensórios dos ombros e braços.

Ele enrolou a camisa com uma mão e a jogou no chão. Ela olhou para sua pele bronzeada, peitoral poderoso e mamilos marrons cercados de pelos pretos.

Ela engoliu e achou que talvez devesse procurar por saliva. Apenas uma palavra vinha à mente.

— Uau — ela disse e pressionou a mão dela contra seu abdômen liso. Ela passou a palma da mão pelas costelas dele e olhou em seus olhos cinza. Ele a olhava enquanto ela tirava a roupa dele até deixá-lo apenas de cueca BVDs. Ele era bonito. As pernas dele eram longas e musculosas. Os dedos dela contornavam a tatuagem que circulava seu bíceps. Ela tocou seu peito e ombros e deslizou as mãos pelas costas e bumbum. Quando o exame foi em direção ao sul, ele pegou seu pulso e tirou. Ele vagarosamente a despiu, depois a deitou nos lençóis macios de flanela. A pele quente dele pressionava a dela e ele fez amor com ela sem pressa.

O toque dele estava diferente de antes. As mãos percorriam vagarosamente o corpo dela e ele a seduziu com beijos lânguidos e comoventes. Ele a deixou excitada tocando com a boca e a língua úmida os seios e, quando ele a penetrou, seus impulsos estavam lentos e controlados. Ele segurava o rosto dela entre as palmas das mãos e seu olhar se fixou no dela, controlando-se enquanto a deixava louca.

Ela sentiu que ia ter um orgasmo e fechou os olhos.

— Abra os olhos — ele disse, com a voz áspera. — Olhe para mim. Quero que veja meu rosto enquanto faço você gozar.

Os cílios dela se abriram e ela olhou para seu olhar intenso. Algo a incomodava quanto ao pedido dele, mas não teve tempo para pensar nisso antes de ele penetrar com mais força, mais profundamente, e ela passou uma perna pelas costas dele e se esqueceu de tudo, além dos formigamentos com a pressão contínua em seu corpo.

Até a manhã seguinte, enquanto ele a beijava e se despedia na porta da casa dela, ela pensou naquilo novamente. Enquanto ela o observava partir, lembrou-se do olhar em seus olhos enquanto ele segurava o rosto dela entre as palmas das mãos. Parecia que ele a olhava de uma distância e ainda ao mesmo tempo querendo saber se era Nick Allegrezza que a segurou e a beijou e a levou à loucura.

Ele fez amor com ela na cama dele e mais tarde na Jacuzzi, mas nenhuma das vezes foi como aquela apressada no armário de limpeza, quando ele a tocava com uma urgência e necessidade que não tinha como controlar. Ela nunca tinha se sentido tão desejada como naquele momento em que estava pressionada contra o peito dele no Hotel Lake Shore.

"Preciso ter você... agora", ele disse, tão desesperado por ela como ela por ele. O toque dele foi desejoso e guloso, e ela almejou ainda mais as carícias prolongadas.

Delaney fechou a porta do apartamento e desabotoou o casaco. Eles não haviam falado de se verem novamente. Ele não disse que ia ligar e até pensou que ela soubesse que era melhor assim, decepção cravada em seu coração. Nick era o tipo de cara de que uma garota não podia depender para nada além de grande sexo, e era melhor nem pensar nas coisas como da última vez. Melhor, porém impossível.

O sol nasceu sobre os pinheiros densos, cobertos de neve. Raios prateados se espalharam pelo lago parcialmente congelado na parte de baixo da parede. Ele ficou atrás das portas francesas em seu quarto e viu uma luz brilhante se alongar pelo deque, perseguindo sombras densas. A neve brilhava como se estivesse embebida em pequenos diamantes, tão brilhantes que ele era forçado a se virar. O olhar recaiu sobre sua cama, os lençóis e as mantas na ponta.

Agora ele sabia. Agora ele sabia como era segurar e tocá-la como ele sempre quis. Agora ele sabia como era viver sua fantasia mais antiga, ter Delaney em sua cama, olhando nos olhos dele com ele dentro dela. Ela desejando ele. Ele tentando agradar-lhe.

Nick teve sua cota de mulher. Talvez mais do que alguns outros homens, mas menos do que haviam dado crédito a ele. Ele esteve com mulheres que gostavam de transar rápido ou devagar, obsceno ou papai e mamãe. Mulheres que achavam que ele deveria fazer a maior parte do trabalho e aquelas que fariam qualquer coisa para agradar-lhe. Algumas das mulheres com quem ele tinha amizade, outras que ele nunca mais veria. A maioria sabia o que fazer com as bocas e mãos, poucas eram apenas parte de alguma bebedeira que ele praticamente se esqueceu, mas nenhuma delas o fez perder o controle. Não até Delaney.

Uma vez que a puxou para aquele armário, não havia volta. Uma vez que ela o beijou como se quisesse engoli-lo vivo, entrelaçando sua perna nos quadris dele e se esfregando em seu pênis ereto, nada importava além de se perder no corpo quente e úmido dela — nem o testamento de Henry e, certamente, nem a chance de serem descobertos por um funcionário do hotel. Nada importava além de possuí-la. Pois ele fez e a sensação quase o fez ficar de quatro. Ele se sentiu realmente comovido, mudando tudo o que achava que sabia sobre sexo. O sexo às vezes era lento e fácil, outras vezes rápido e cheio de suor, mas nunca igual ao que fez com Delaney. Nunca havia sentido isso.

Agora ele sabia e desejava não saber. Isso criou um buraco em suas entranhas e o fez odiá-la tanto quanto queria abraçá-la e não deixar que ela escapasse. Mas ela iria embora. Ela deixaria Truly, desaparecendo da cidade em seu carro amarelo.

Agora ele sabia, e era um inferno.

Quinze

Delaney passou os cabelos pela parte de trás do cabelo úmido de Lanna e a olhava de modo sério pelo espelho do salão.

— E se nós cortarmos nessa altura? — ela perguntou, movendo suas mãos pela altura da orelha. — Você tem uma linha de queixo curta o suficiente e ficaria bem de cabelo curto. Eu poderia cortar a parte de trás de forma angulosa e você poderia jogá-lo para cima.

Lanna inclinou a cabeça para um lado e estudou seu reflexo.

— E a franja?

— Sua testa é angular, então você não precisa de franja.

Lanna respirou fundo e disse devagar.

— Vai fundo.

Delaney pegou o pente.

— Você não precisa agir como se eu fosse arrancar seu dente.

— Não tenho cabelo curto desde a quarta série. — Lanna deslizou a mão pela lateral da capa prateada e coçou o queixo. — Eu acho que Lonna nunca cortou o dela curto.

Delaney partiu o cabelo de Lanna, depois colocou presilhas nele.

— Mesmo? — Ela pegou as tesouras. — Sua irmã ainda está saindo com o Nick Allegrezza? — Ela perguntou como se não tivesse mais que um interesse passageiro.

— Sim. Ela sai com ele de tempos em tempos.

— Ah. — Delaney não o tinha visto nas últimas duas semanas, não desde a noite do casamento de Lisa. Bem, ela tinha visto. Ela o viu numa sala cheia na reunião da Business Association, e ela o viu quando passou por um sinal vermelho no cruzamento das ruas Principal e Primeira, quase destruindo o jipe dele com o grande Cadillac de Henry. Ela conseguiu entrar à direita e ele à esquerda. Na mesma noite, ele deixou uma mensagem na caixa postal dela: "Compre pneus para andar na neve", e desligou. Ela não o viu novamente até ontem, quando ele e Sophie saíram pela porta dos fundos do escritório e ela jogou o lixo fora. Ele parou no lado do motorista do jipe e olhou para ela, os olhos com desejo, tocando-a em todos os cantos. E ela ficou lá, a lata de lixo em seus braços esquecida, impressionada com a emoção.

— Tio Nick — Sophie o chamou, mas ele não respondeu. Ele não disse nada. — Vamos, tio Nick.

Ele olhou para a sobrinha e depois para Delaney.

— Vejo que você ainda não tem pneus para neve.

— Ah... não. — Ela olhou em seus olhos e sentiu sua cabeça leve e o estômago embrulhado.

— Vamos, tio Nick.

— O.k., Sophie — ele disse, o olhar dele se movendo sobre ela uma última vez antes de ir embora.

— Acho que Lonna não vê o Nick tem algumas semanas — Lanna disse, quebrando a linha de pensamentos de Delaney. — Pelo menos eu acho que ele não ligou e não pediu para encontrá-lo em algum lugar. Ela me contaria se ele tivesse.

Delaney cortou uma linha na altura da nuca de Lanna.

— Vocês duas têm aquela ligação de gêmeas e contam tudo uma a outra?

— Nós não contamos tudo uma para a outra. Porém, nós falamos sobre os homens com quem dormimos. Mas ela é mais promíscua e tem mais histórias interessantes. Ela e Gail costumavam se sentar juntas e contar histórias sobre Nick. É claro que isso era na época em que Gail ainda achava que tinha alguma chance em se tornar a senhora Allegrezza.

Delaney pegou um bico de pato e penteou devagar uma parte do cabelo.

— Ela não acha mais isso?

— Não tanto agora, e ela tinha tanta certeza de que ele ia convidá-la para morar com ele, porém ele nunca a convidou nem ao menos para passar a noite.

Ele não convidou Delaney também. Naquela época ela não tinha intenção de realmente passar a noite com Nick. Ela sabia quão mal ela aparentava quando acordava de manhã e não tinha intenções de acordar ao lado de alguém que ela suspeitava que acordasse parecendo um modelo de capa de revista. Mas ela não queria ser mais outra de suas mulheres também. Ela se deixou pensar que talvez ela fosse especial, já que ele arriscou perder sua Angel Beach e a propriedade Silver Creek para ficar com ela. Ela se lembrou de algo mais que Lanna havia dito uma vez. Nick não levava mulheres para casa, mas ele a levou. Ela esperava que talvez tivesse sido diferente de outras, mas ele nem ao menos ligou, então ela imaginou que não era.

— Você vai estar no desfile de Natal? — Delaney perguntou à cliente dela. Ela simplesmente não queria mais pensar em Nick.

— Não, mas vou ajudar a microcervejaria a construir a escultura de gelo para o Festival de Inverno.

O tema Nick foi deixado de lado e elas falaram sobre onde cada uma delas tinha passado o Dia de Ação de Graças. Delaney tinha passado na casa da mãe, é claro. Max estava lá e foi o primeiro feriado completamente tranquilo de que ela conseguia se lembrar. Bem, quase completamente tranquilo. A mãe tentou convencê-la a contar tudo sobre o desfile de Natal. Ela queria saber o que Delaney havia planejado, a começar com os cabelos e terminando pelo estilo dos sapatos. Gwen recomendava os sapatos de salto e fechados na frente. Delaney assustou a mãe mencionando botas, embora ela mesma não tenha um par. Gwen sugeriu um "terno Anne Klein bonito". Delaney achou que ela poderia usar um "ótimo terno de gato plástico" que ela tinha, mas ficou grande desde que ela havia ficado presa em Truly. Max tinha entrado e propôs cortar o peru.

Quando Delaney terminou, Lanna gostou tanto do novo corte que deu a ela dez dólares de gorjeta. Em Truly, esse era um raro elogio. Assim que o salão ficou vazio novamente, ela varreu o cabelo e checou sua agenda de compromissos. Ela tinha pouco mais de uma hora antes de um corte e secagem de cabelo. O compromisso era com o segundo cliente masculino que ela tinha desde que abriu o salão, e ela estava um pouco apreensiva. Alguns homens costumavam achar que, uma vez que passava meia hora com os dedos pelos cabelos, ela naturalmente iria querer sair para uma bebida no Motel 6 depois disso. Ela nunca sabia qual cliente ia interpretar o trabalho dela como uma proposta sexual. Estado civil nunca foi um fator. Era estranho, porém não incomum.

Enquanto ela esperava, contava os produtos no estoque, dizendo a si mesma que não estava ouvindo o som de um certo jipe preto, mas estava.

Ela contou as toalhas de cabelo e escreveu uma ordem de compra para mais uma dúzia. Ela precisava de mais creme para ondular cabelos, graças a Wannetta, e, só quando terminou de ver o inventário, o som de pedregulho triturado se tornou audível do terreno do fundo. Ela ficou parada e prestou atenção até que ouviu novamente. Antes que conseguisse pensar nisso, ela pegou uma pequena lata de lixo e abriu devagar a porta dos fundos.

Sophie estava na frente do Cadillac prateado, levantando o limpador de para-brisa com uma das mãos. Na outra ela segurava um envelope branco. Ela colocou o envelope branco no limpador e Delaney não precisou nem ver o bilhete digitado para saber o que dizia.

— É você.

Sophie se virou, com os olhos arregalados, e levou a mão ao peito apertando a capa de chuva azul. Ela ficou boquiaberta, depois fechou a boca de uma vez. A menina ficou tão impressionada quanto Delaney, que não sabia se agradecia por Sophie não ser uma perseguidora psicopata, ou se gritava com ela por agir daquele jeito.

— Eu só estava… só… — ela gaguejou enquanto pegava o envelope e o colocava no bolso.

— Eu sei o que estava fazendo. Você estava me deixando outro aviso.

Sophie cruzou os braços. Ela tentou parecer durona, mas seu rosto estava apenas poucas nuances mais escuro que a neve nos pés dela.

— Talvez eu devesse ligar para o seu pai.

— Ele está em lua de mel — ela disse, em vez de negar qualquer coisa.

— Não para sempre. Vou esperar até ele voltar.

— Vá em frente. Ele não vai acreditar em você. Ele só é legal com você por causa da Lisa.

— Seu tio Nick vai acreditar em mim. Ele sabe dos outros dois bilhetes.

Os braços dela penderam para os lados.

— Você contou para ele? — Ela gritou como se Delaney fosse a pessoa que tivesse feito algo errado.

— Sim, e ele vai acreditar em mim. — Ela passou uma segurança que não sentia. — Ele não vai gostar de saber quando eu contar que você é a pessoa que está deixando os bilhetes com ameaças.

Sophie meneou a cabeça.

— Você não pode contar para ele.

— Me conta por que você andou se esgueirando, tentando me assustar e talvez eu não ligue para o Nick.

Sophie olhou para ela por alguns longos momentos, depois deu vários passos para trás.

— Vá em frente e ligue para ele. Eu simplesmente vou negar.

Delaney viu a garota desaparecer do estacionamento, depois virou e entrou no salão. Ela não podia deixar Sophie se safar com o que tinha feito, mas o problema era que ela não sabia o que fazer a esse respeito. Ela não tinha experiência com crianças e não queria dizer algo como isso a Lisa quando ela voltasse da lua de mel. Além disso, ela suspeitava que Lisa pudesse ter seus próprios problemas com Sophie e não queria acrescentar mais coisas. Sendo assim, sobrou Nick. Ela se perguntou se ele acreditaria nela.

Ela ainda se perguntava, na tarde seguinte, quando Sophie entrou no salão às três e meia da tarde. Delaney olhou por cima da peruca da senhora Stokesberry e viu a garota passando perto da porta da frente. Ela havia colocado presilhas de flores nas laterais do cabelo grosso e seus olhos escuros estavam grandes em seu rosto pequeno. Ela parecia uma criancinha assustada em um grande casaco inflado.

— Falo com você em um instante — ela disse para Sophie, depois voltou sua atenção para a cliente. Ela colocou a peruca branca na senhora idosa, depois entregou a ela um capacete preto de cabelo preso em uma cabeça de gesso. Ela deu à senhora Stokesberry seu desconto de cidadã idosa, depois a ajudou a sair pela porta.

Delaney voltou sua atenção a Sophie e esperou a garota falar. Depois de um momento de hesitação, Sophie disse.

— Você não ligou para o tio Nick a noite passada.

— Talvez eu tenha ligado e você ainda não sabe.

— Você não ligou porque vou ficar com ele até que o papai e a Lisa voltem.

— Você está certa. Não liguei para ele.

— Você falou com ele hoje?

— Não.

— Quando você vai falar?

— Não sei ainda.

Sophie franziu a testa.

— Você está tentando me torturar?

Delaney não tinha pensado na agonia que a garota de treze anos podia estar sentindo esperando até a bomba explodir.

— Sim. — Ela sorriu. — Você nunca saberá quando ou onde eu direi algo.

— Certo, você ganhou. Eu queria te assustar para você sair da cidade. — Sophie cruzou os braços e olhou em um ponto atrás da cabeça de Delaney. — Desculpa.

Ela não parecia arrependida.

— Por que fez isso?

— Por que assim meu tio poderia ganhar tudo que você sempre tirou dele. O pai dele deu tudo para você e ele tinha que usar *jeans* e camisetas rasgadas.

Delaney não se lembrava de Nick usar nada rasgado.

— Eu era enteada do Henry, você acha que eu deveria andar nua por aí porque minha mãe se casou com o pai de Nick? Você realmente acha que o que Nick usava era minha culpa?

— Bem, se sua mãe não tivesse se casado com Henry, então...

— Então ele se tornaria um grande pai? — Delaney interrompeu. — Ele teria amado Nick e comprado para ele tudo o que quisesse? Se casado com a sua avó? — Ela conseguia ver pelo olhar de Sophie que era exatamente o que ela achava. — Não teria acontecido. Nick tinha dez anos de idade quando eu vim para Truly, e nesses dez anos o pai dele nunca o reconheceu. Nunca disse uma palavra positiva.

— Talvez ele falasse.

— Sim, e macacos talvez saíssem do rabo dele, mas as chances não eram grandes. — Ela balançou a cabeça. — Tire seu casaco e entre aqui — ela mandou. Ela achou que não ia aguentar olhar para as pontas duplas de Sophie mais um minuto.

— Por quê?

— Vou lavar seu cabelo.

— Eu lavei hoje de manhã antes da aula.

— Eu também vou aparar as pontas para você. — Delaney parou ao lado do lavabo e olhou a frente do salão. Sophie não tinha se movido. — Ainda não tenho certeza de que não devia ligar para Nick e contar a ele sobre os bilhetes que você tem deixado.

Com cara feia, a garota tirou o casaco e foi para os fundos.

— Não quero que corte meu cabelo. Gosto dele comprido.

— Vai continuar comprido. Só não vai parecer palha. — Delaney usou um xampu e condicionador leve, depois levou a garota para a mesa do salão. Ela penteou e prendeu o cabelo com presilhas e, se todo aquele glorioso cabelo negro estivesse na cabeça de outra pessoa que não a garota fazendo cara feia para ela pelo espelho, ela estaria no paraíso dos cabeleireiros. — Você pode não acreditar nisso, mas seu tio Nick não quer o que Henry deixou para mim no testamento dele. E eu certamente não quero o que ficou para ele.

— Então por que você está sempre por perto dele, dançando e beijando e fazendo ele te levar para casa quando você fica doente? Eu sei tudo sobre o testamento e eu vi você olhando para ele. A vovó viu também. Você quer que ele seja seu namorado.

Ela realmente olhou para ele daquele jeito?

— Nick e eu somos amigos — ela disse, enquanto cortava dois dedos de pontas secas e duplas. Mas eles eram mesmo? Ela não sabia como realmente se sentia a respeito dele e estava com medo do que ele podia sentir por ela. Com medo que ele talvez não sentisse mais nada de um jeito ou de outro. — Você não tem amigos meninos?

— Alguns, mas é diferente.

Elas ficaram em silêncio e Delaney pensou em Nick e no que ela sentia por ele: ciúme, com certeza. A ideia dele com outra mulher dava um nó no estômago dela. Ansiedade, perguntando-se quando ela o veria novamente, e decepção em saber que provavelmente era melhor se não o visse.

Ela soltou o resto do cabelo de Sophie e levantou delicadamente as pontas do cabelo para que pudesse cachear facilmente abaixo dos ombros. Ela pegou uma grande escova redonda e o secou. Delaney estava principalmente confusa.

— Por que você está sendo legal?

— Como sabe que sou? Ainda não viu a parte de trás do seu cabelo. — Ela deu para Sophie um espelho de mão e a virou.

Ela parecia aliviada quando viu que não tinha cortado muito do cabelo dela.

— Não tenho dinheiro para te pagar.

— Não quero seu dinheiro. — Delaney tirou a capa e a faixa do pescoço e abaixou a cadeira. — Quando alguém te perguntar onde você cortou o cabelo, você diz que foi no *Cortes Modernos*, mas, se você for para casa e começar a lavar seu lindo cabelo com algo muito pesado e começar a ficar ruim novamente, diga a todos que você cortou no Helen's Hair Hut. — Ela achou ter detectado um leve sorriso, mas não tinha certeza. — Sem mais bilhetes e eu aceitarei suas desculpas quando você realmente sentir que deve pedir.

Petrificada, Sophie olhou seu reflexo. Os olhos dela se encontraram com os de Delaney, então ela foi para a parte da frente do salão e pegou o casaco. Depois que saiu pela porta, Delaney a viu descer a calçada. Sophie esperou meio quarteirão antes de passar os dedos pelo cabelo e mexer em sua cabeça. Delaney sorriu. Ela reconheceu os sinais de uma cliente satisfeita.

Ela saiu da janela e se perguntou o que a família de Sophie ia achar.

Na manhã seguinte, ela descobriu enquanto decorava o salão para a época de Natal. Nick entrou no salão usando a jaqueta de couro e óculos Oakley de platina. Delaney tinha acabado de coar o café e estava se preparando para seu compromisso às 9h30. Ela tinha meia hora antes de Wannetta Van Damme entrar para fazer o retoque mensal de suas ondas com os dedos.

— Sophie me contou que cortou o cabelo dela.

Delaney colocou um rolo de fita adesiva transparente e uma corda de grinaldas em seu balcão. O coração dela bateu acelerado e ela colocou uma mão no estômago.

— Sim, eu cortei.

Ele tirou os óculos e olhou para a blusa preta de gola rulê e saia *kilt* curta e para suas botas pretas.

— Quanto devo a você? — Ele perguntou enquanto colocava seu Oakley no bolso da jaqueta e tirava uma caderneta de cheque.

— Nada. — Ele olhou para ela mais uma vez, e ela abaixou o olhar para o meio do peito dele. Ela não conseguia olhar nos olhos dele e pensar ao mesmo tempo. — Às vezes eu corto cabelo apenas para me promover. — Ela se virou para a cadeira e alinhou um pote de pentes higienizados. Ela ouviu os passos dele atrás dela, porém manteve sua atenção voltada ao trabalho.

— Ela também me disse que é a pessoa que deixou aqueles bilhetes ameaçadores.

Delaney olhou para o reflexo dele no espelho enquanto se aproximava dela. Ele abaixou o zíper da jaqueta e por baixo dela usava uma camisa de flanela azul colocada para dentro de seu *jeans* Levi's e um cinto de couro.

— Estou surpresa por ela ter te contado.

— Depois de você ter cortado o cabelo dela, ela começou a se sentir tão culpada que chorou e confessou tudo a noite passada. — Ele parou exatamente atrás dela. — Não acho que ela deveria ser premiada com um corte de cabelo grátis.

— Não vi como um... um...

Ela olhou diretamente para ele pelo espelho e se esqueceu do que estava prestes a falar. Ele era tão ruim para a saúde mental dela. Ele estava tão perto que, se ela fosse só um pouco para trás, conseguiria se pressionar contra seu largo peito.

— Você não viu isso como o quê?

O cheiro do ar fresco da manhã se agarrava a ele. Ela respirou profundamente, aspirando o cheiro dele.

— Delaney?

— Hmm?

Depois ela se inclinou para trás, os ombros dela encostados em seu ombro, o traseiro dela pressionado contra a virilha dele. Ele estava firme e completamente reto. Ele colocou uma de suas mãos na barriga dela e puxou as coxas em direção a ele. Delaney seguiu seu olhar até os longos dedos espalhados pelo abdômen dela. O polegar dela passava de leve pela curva debaixo de seu seio.

— Quando é seu primeiro compromisso na parte da manhã? — ele perguntou perto da orelha dela. E abaixou parte da gola rulê e beijou a lateral do pescoço.

Os olhos dela se fecharam e ela inclinou a cabeça para um lado para facilitar para ele. Ele gostava dela. Ele tinha que gostar.

— Daqui a uns vinte minutos.

— Eu posso dar para nós o que precisamos em quinze minutos.

Os dedos dele roçavam de leve a pele sensível dela pelo algodão da blusa.

Ela estava se apaixonando por ele. Ela conseguia sentir isso acontecendo como um forte sentimento adormecido, puxando, tirando o chão debaixo dos pés dela, e não havia nada que ela pudesse fazer, exceto talvez se salvar de sentir alguma dor. Ela olhou para o rosto incrível dele e disse:

— Eu não quero ser mais uma de suas mulheres, Nick. Eu quero mais.

Ele olhou para ela.

— O que você quer?

— Enquanto estou aqui, quero ser a única mulher com quem você está. Só eu. — Ela fez uma pausa e respirou fundo. — Eu quero que você faça amor apenas comigo. Quero que se livre de outras mulheres.

As mãos dele paralisaram e ele olhou para ela por longos momentos.

— Você quer que eu "me livre" de todas as mulheres com quem eu estaria transando para me comprometer com você por uns… seis meses?

— Sim.

— O que ganho em troca?

Ela ficou com medo de que ele fizesse essa pergunta. Só havia uma resposta que ela podia dar e ela estava ciente de que ele podia achar que não era suficiente.

— Eu.

— Por seis meses.

— Sim.

— Por que eu deveria?

— Porque quero fazer amor com você, mas não quero te dividir com mais ninguém.

— Você fala demais a palavra "amor" — ele se alinhou e tirou a mão do abdômen dela. — Você me ama?

Ela estava com muito medo de dizer isso e do que isso significava.

— Sim.

— Bom, porque eu não te amo — ele deu um passo para trás e fechou a jaqueta. — Você sabe o que dizem sobre mim, minha gata. Eu não posso ser fiel a uma mulher, e você não disse nada que iria me fazer querer tentar. — Ele deu mais alguns passos para trás. — Se você quiser sexo picante, suado, você sabe onde me encontrar. Se quiser alguém para implorar migalhas na sua mesa por alguns meses, ache outra pessoa.

Ela não queria que ele implorasse por nada e não sabia bem o que ele queria dizer com isso, só que ela não era o suficiente para ele. Depois que ele foi embora, Delaney queria apenas se encolher num cantinho e chorar. Talvez ela devesse aceitar esses quinze minutos que ele ofereceu, mas ela era mais egoísta que isso. Ela não compartilhava. Não homens, especialmente Nick. Ela o queria só para ela. Infelizmente, ele não sentia o mesmo. Por causa do risco de ser pego junto com ela. Ela estava tão certa de que ele gostava dela. Talvez não.

Agora ela não precisava pensar no que significava amar Nick. Ela não tinha que pensar nas repercussões ou no que fazer com elas. Tudo de que ela precisava era aguentar os seis meses.

Dezesseis

O desfile do feriado iniciou o Festival de Inverno de Truly e começou um escândalo que poderia durar por décadas quando o homem escolhido para interpretar o Papai Noel, Marty Wheeler, ficou tão bêbado que tirou uma ferramenta do trenó, se bateu e ficou inconsciente. Marty era baixo, tão atarracado quanto um cachorro *pug* e tão peludo quanto um primata. Ele consertava motores na Chevron na rua Sexta e era o instrutor de *kung fu dojo*, um homem de verdade. O fato de que Marty ficou bêbado antes e durante o desfile não surpreendeu ninguém. A escolha de roupa íntima dele, contudo, deixou a multidão sem palavras. Quando os paramédicos abriram a roupa de Papai Noel e revelaram seu corpete rosa brilhante, todos se surpreenderam. Todos menos Wannetta Van Damme, que sempre imaginou que o solteirão de quarenta e três anos era "uma bichinha".

Delaney quase sentia muito por ter perdido ver Marty de roupas de baixo, porém ela estava ocupada no Grange, decorando-o para o desfile. Ela ajudou a decorar o palco com estrelas prateadas e lantejoulas, e a passarela com ramos de pinheiros e luzes de Natal. Nos bastidores, ela montou espelhos com luzes e cadeiras. Trouxe gel e musse, grandes latas de *spray* para cabelo e pequenos galhos de azevinho. Ela imaginou que as pessoas de Truly não estivessem preparadas para nada tão extremo como um desfile de moda de cabelos. Nada de arbustos de rosas ou ninhos de passarinhos para essas moças. Ela trouxe fotos de penteados que poderia fazer em dez a quinze minutos por cabeça.

O show estava previsto para começar às 7, e às 6h30, Delaney ainda estava trabalhando arduamente. Ela trançou os cabelos em cordas e nós, virou-os do avesso e de ponta-cabeça. Ela torceu e colocou para dentro e enrolou e ouviu o mais novo prato, secretamente aliviada por Marty ter tomado o lugar dela no cardápio.

— Uma das enfermeiras do hospital contou a Patsy Thomason que me contou que Marty estava usando uma daquelas tangas de rendinha também — a esposa do prefeito, Lillie Tanasee, informou Delaney enquanto ela colocava uma pequena coroa no cabelo ruivo da mulher. Lillie tinha se fantasiado e fantasiado sua filha com uma roupa de tafetá vermelho e verde. — Patsy disse que o corpete e a calcinha eram da marca Victoria's Secret. Você consegue imaginar algo de tamanho mau gosto?

Delaney tinha trabalhado com vários cabeleireiros *gays* ao longo dos anos, mas ela nunca viu um *cross dresser*[19]— ao menos não que ela soubesse. — Ao menos ele não é muquirana. Eu não me incomodo com mau gosto tanto quanto com gente muquirana.

— Meu marido me comprou uma calcinha fio-dental de náilon — confessou uma mulher esperando a vez dela para se

[19] Pessoa que se veste com roupas e acessórios do sexo oposto.

sentar na cadeira. Ela cobriu as orelhas da garotinha vestida como um elfo parada ao lado dela. — Era três números menor e tão barata que me senti como uma prostituta barata.

Delaney balançou a cabeça enquanto colocava algumas frutas de azevinho no cabelo de Lillie.

— Nada melhor do que lingerie barata para fazer uma mulher se sentir uma prostituta.

Ela pegou uma lata grande de *spray* e espirrou no cabelo de Lillie. A filha do prefeito, Misty, foi a próxima a se sentar na cadeira, e Delaney fez nela uma réplica do cabelo da mãe. Várias mulheres que tinham feito seu próprio cabelo ficaram longe de outras. Benita Allegrezza era uma delas. De esguelha, Delaney via a mãe de Nick falar com um grupo de amigas. Ela imaginou que Benita devia ter em torno de uns cinquenta, porém parecia ter uns dez anos mais. Ela se perguntava se eram os genes ou a amargura que havia aumentado as linhas na testa e perto da boca. Ela olhou para sua mãe e não ficou surpresa quando a viu na metade do caminho, com seu cabelo perfeito. Helen não estava em lugar algum, mas Delaney não estava surpresa pela ausência dela.

Aquelas que escolheram se sentar na cadeira de Delaney variavam em idade e modelo de roupa. Algumas usavam veludos elegantes, outras fantasias elaboradas. A preferida de Delaney era uma jovem mãe vestida de Senhora Inverno e sua filhinha estava com uma fantasia de floco de neve. Ela ficou muito surpresa quando Lisa chegou vestida de doce e querendo que seu cabelo fosse preso com corda francesa. Delaney falou com a amiga várias vezes desde que ela voltou da lua de mel, há poucas semanas. Elas almoçaram juntas algumas vezes, mas Lisa não havia mencionado que planejava participar.

— Quando você decidiu fazer parte do desfile?

— No fim de semana passado. Achei que seria legal para mim e Sophie fazermos algo juntas.

Delaney olhou ao seu redor.

— Onde está Sophie? — por um breve momento ela se perguntou se Lisa sabia dos bilhetes que Sophie estava deixando, mas imaginou que Lisa já teria mencionado.

— Se trocando. Ela estava ajudando Louie e Nick a trabalhar na escultura de gelo deles. Quando eu a busquei do Parque Larkspur, ela não estava usando chapéu e o casaco dela estava aberto. Será um milagre se ela não ficar doente amanhã.

— Ela vai se vestir de quê?

— Uma camisola que fizemos. Nos inspiramos no filme *The Night Before Christmas.*

— Você se dá bem com a Sophie agora que mora com ela?

— É um grande ajuste para nós duas. Eu gosto que ela coma na mesa da cozinha, mas deram autorização para ela comer em qualquer canto. Só coisas pequenas como essa. Se ela não tivesse treze anos, talvez fosse mais fácil. — Lisa olhou no espelho e ajustou as folhas em volta do pescoço.

— Louie e eu queremos um bebê, mas achamos que devemos esperar até que Sophie se acostume a me ter por perto antes de trazermos outra criança para a família.

Um bebê. Ela usou todos os dedos enquanto enfeitava e torcia o cabelo de Lisa para trás. Lisa e Louie planejavam constituir família. Delaney nem tinha um namorado e, quando pensava em um homem na vida dela, havia apenas um que passava pela cabeça, Nick. Ela pensou muito nele ultimamente. Mesmo enquanto dormia. Ela teve outro pesadelo uma noite dessas, só que dessa vez os dias progrediam e o carro dela não desaparecia. Ela ficou livre para ir embora de Truly, mas o pensamento de nunca mais ver Nick novamente partia seu coração. Não sabia o que era pior: viver na mesma cidade e ignorá-lo ou não viver na mesma cidade e não se obrigar a ignorá-lo. Ela estava confusa e patética e achava que talvez devesse aceitar o inevitável e comprar um gato.

— Acho que você ouviu sobre Marty Wheeler — ela disse num esforço para distrair seus pensamentos.

— Claro. Me perguntei o que leva um homem a querer usar um corpete por baixo de sua fantasia de Papai Noel. Você sabe, essas coisas são realmente desconfortáveis.

— Você ouviu falar da tanga de rendinhas? — Delaney pegou uma faixa elástica e prendeu a ponta da corda francesa. Depois ela passou por baixo de um grampo.

Lisa ficou parada e arrumou a fantasia.

— Vai entender. Você consegue imaginar como seria puxar a cueca dele?

— Dói só de pensar.

Ela olhou para Sophie em sua camisola longa e com o lenço na cabeça a pouca distância tentando não parecer sem graça ou culpada.

— Você quer que eu arrume seu cabelo? — Ela perguntou para a menina de treze anos.

Sophie meneou a cabeça e olhou para outra direção.

— Já está quase na nossa vez, Lisa.

Depois que Lisa saiu para desfilar pela passarela, Delaney fez um rabo de cavalo invertido no cabelo de Neva Miller, deu às quatro filhas penteados de cabeça para baixo. Neva falou sem parar sobre a igreja dela, seu marido, o pastor Tim e o Senhor. Sua boca começou a falar do nascimento, abriu um sorriso Jesus-me-ama-mais-que-você, deixando Delaney tentada a perguntar a Neva se ela se lembrava de como era fazer um oral no time de futebol durante o intervalo da partida.

— Você deveria ir a nossa igreja amanhã. — Neva disse enquanto conduzia as filhas para o palco. — Nos reunimos das 9 ao meio-dia.

Delaney preferia queimar no inferno eternamente. Ela empacotou o que faltava e foi atrás da mãe. Ela não a veria até depois do ano-novo e queria dar tchau e desejar uma boa viagem.

Por anos ela passava os feriados com amigos que tinham pena dela e a convidavam para o jantar de Natal. Este ano ela estava completamente sozinha e se deu conta, enquanto abraçava sua mãe e prometia cuidar de Duke e Dolores, de que ela realmente queria passar o Natal em casa, como costumava fazer. Ainda mais agora que Max fazia parte da família. O advogado parecia ser capaz de distrair a mãe dela de criticar tudo na vida de Delaney.

A neve caía sobre a cabeça de Delaney enquanto ela colocava tudo dentro do Cadillac de Henry. Sem luvas, suas mãos congelavam enquanto ela esfregava as janelas. Estava exausta e seus ombros doíam, e ela fez a curva na rua de trás do salão rápido demais. O Caddie deslizava para o estacionamento e finalmente parou, bloqueando a porta da Allegrezza Construções. Delaney chegou à conclusão de que os irmãos não trabalhariam no dia seguinte e de qualquer modo estava muito cansada para se importar. Ela se trocou, colocou uma camisola e foi dormir. E teve a sensação de mal ter dormido antes de alguém bater na porta. Ela olhou para o relógio no criado-mudo enquanto continuavam batendo. Eram 9h30 da manhã de domingo e ela não precisava ver Nick para saber que era ele que estava na varanda socando a porta. Ela pegou seu roupão vermelho de seda, mas não se incomodou em lavar o rosto ou pentear o cabelo. Pensou que ele merecia se assustar por acordá-la tão cedo no dia de folga.

— Você tem problema? — foram as primeiras palavras dele enquanto entrava furioso no apartamento, parecendo ter a ira divina.

— Eu? Não sou eu que estou socando a porta feito louca.

Ele cruzou os braços e inclinou a cabeça para o lado.

— Você pretende deslizar pela cidade durante o inverno inteiro, ou só até se matar?

— Não me diga que está preocupado. — Ela amarrou o roupão por precaução em volta da cintura, depois passou por ele e foi para a cozinha. — Isso pode significar que você realmente se importa comigo.

Ele a pegou pelo braço e a parou.

— Tem algumas partes do seu corpo com as quais eu me importo.

Ela olhou para o rosto dele, seus lábios comprimidos, a linha de suas sobrancelhas e o desejo em seus olhos. Ela nunca o havia visto tão nervoso, mas ele não conseguia esconder que a desejava.

— Se você me quer, sabe as condições. Nenhuma outra mulher.

— Sim, e nós dois sabemos que em dois minutos eu conseguiria fazer você mudar de ideia.

Ela aprendeu meses atrás que, se discutisse, ele tomaria isso como um desafio apenas para provar que ela estava errada. Ela queria acreditar que conseguia resistir à tentação, mas, no fundo, tinha medo que ele tivesse um minuto e meio de sobra. Ela se soltou e foi para a cozinha.

— Me dá as chaves do carro de Henry.

— Por quê? — Ela pegou o bule de café e colocou água. — O que você vai fazer, roubá-lo?

A batida da porta da frente serviu de resposta. Ela colocou o bule na mesa de centro e foi para a área de estar. A bolsa estava jogada na mesa de café e ela teve um pressentimento de que as chaves não estavam lá. Ela correu para a varanda e seus pés afundaram na neve no primeiro degrau.

— Ei — ela o chamou —, o que você pensa que está fazendo? Me devolve as chaves, seu idiota!

A risada dele chegou até ela.

— Desce até aqui e vem pegar.

Ela podia pensar em vários bons motivos para andar descalça na neve. Um prédio em chamas, infestação de ratos, um pedaço de *cheesecake* de chocolate, mas o Cadillac de Henry não era um deles.

Nick entrou no carro prateado e correu com ele. Ele esfregou uma parte do para-brisa e depois foi embora. Uma hora depois, quando voltou, Delaney estava vestida e esperando por ele na porta de entrada.

— Você tem sorte que não chamei o delegado — ela disse enquanto ele subia as escadas.

Ele segurou a mão dela e colocou as chaves na palma. Os olhos dele estavam na mesma altura dos dela e a boca dele a milímetros de distância da dela.

— Vai com calma.

Vai com calma? O coração dela acelerava e ela sentia falta de ar enquanto esperava que ele a beijasse. Ele estava tão perto. Se se inclinasse só um pouquinho…

— Vai com calma antes que você se mate — ele disse, depois virou e desceu as escadas.

A decepção desacelerou o coração dela para um batimento monótono. Ela o observou voltar para seu escritório, depois foi para o Cadillac estacionado lá embaixo. Ela espiou pelas janelas as latas de *spray* de cabelo e gel que havia jogado na parte de trás na noite anterior. Sem amassos. Sem estragos. O carro estava exatamente o mesmo de sempre, exceto que agora tinha quatro pneus para neve, tão novos que brilhavam.

A manhã de segunda-feira começou devagar, de modo que Delaney conseguiu pendurar luzes de Natal na pequena árvore que ela havia comprado para a recepção. Tinha menos de um metro de altura, mas preencheu o salão com o cheiro de pinho. À tarde houve mais movimento e permaneceu assim até que ela fechou, às 17h30. O concurso de esculturas no gelo iria começar no Parque Larkspur às 18 horas. Ela se apressou, colocou uma calça *jeans*, um suéter de algodão bege com a bandeira americana na frente e suas Doc Marten's. Ela não estava tão interessada nas esculturas de gelo mas na ideia de encontrar um certo basco que trocou os pneus do carro de Henry no dia anterior.

Assim que chegou a Larkspur, o estacionamento estava praticamente cheio e o concurso já havia começado. O sol havia se posto e as luzes do estacionamento brilhavam nas maravilhas em formas de cristal. Delaney passou por uma réplica de A Bela e a Fera, um forte homem das montanhas com seu burro de carga e Puff, o Dragão Mágico. As esculturas foram feitas de modo bastante detalhado, trazendo-as à vida na noite escura com luzes brilhantes. Delaney passou na multidão por Dorothy e Toto, um pato gigante e uma vaca do tamanho de uma minivan. O ar frio arrepiava suas orelhas e ela colocou as mãos nos bolsos do casaco de lã. Ela viu a entrada do Allegrezza Construções cercada de pessoas e jurados. Nick e Louie haviam feito uma casa de biscoitos de gengibre com balas de goma e doce natalino. Dava para entrar na casa, mas ela estava fechada até que os juízes tomassem sua decisão. Delaney procurou Nick e o viu ao lado de seu irmão. Ele usava uma parca preta da North Face com forro branco, *jeans* e botas. Gail Oliver estava ao lado dele, de braços dados. Delaney sentiu uma ponta de inveja, e ela teria perdido a paciência e ido embora se ele não tivesse fixado o olhar nela.

Ela se obrigou a ir até ele, mas falou apenas com Louie, pois era mais fácil.

— A Lisa está por aqui em algum lugar?

— Ela e Sophie foram ao banheiro — Louie respondeu, suas sobrancelhas castanhas se movendo em direção a Delaney e a Nick, depois voltando para ela. — Mas fique por aqui, ela já volta.

— Na verdade eu gostaria de falar com Nick. — Ela se virou e olhou para o homem responsável pelos sentimentos caóticos conflitantes em seu coração. Ela olhou para o rosto dele e soube que de algum modo havia se apaixonado loucamente pelo rapaz que costumava fasciná-la e atormentá-la ao mesmo tempo.

Eles eram adultos agora, mas nada havia mudado. Ele apenas descobriu novos modos mais eficazes de torturá-la. — Se você tiver um momento, preciso falar com você.

Sem falar uma palavra ele se soltou de Gail e foi em direção a ela.

— O que foi, minha gata?

Ela olhou para as pessoas em volta deles, depois olhou para ele. Suas bochechas estavam coradas e ela conseguia ver a respiração dele na escuridão.

— Eu queria agradecer pelos pneus para neve. Procurei por você hoje, mas você não foi para o escritório. Então achei que o encontraria aqui. — Ela olhou para baixo. — Por que fez isso?

— Isso o quê?

— Colocou pneus para neve no carro do Henry. Nunca nenhum homem me deu pneus. — Ela esboçou um sorrisinho constrangido. — Foi muito gentil.

— Eu sou um cara muito gentil.

Um cantinho da boca dela se levantou.

— Não, você não é. — Ela meneou a cabeça e olhou para ele. — Você é rude e autoritário na maior parte do tempo.

O sorriso dele mostrava seus dentes brancos e formava rugas no canto dos olhos.

— O que eu sou quando não sou rude nem autoritário?

Ela fez uma concha com as mãos e soprou ar quente nas mãos geladas.

— Metido.

— E? — Ele pegou a mão dela.

Ela viu de esguelha Gail vindo na direção deles.

— E percebo que vim na hora errada. — Ela soltou as mãos e as colocou no bolso. — Falo com você outra hora, quando não estiver ocupado.

— Não estou ocupado agora — ele disse assim que Gail parou ao lado dele.

— Oi, Delaney.

— Gail

— Não pude ir ao desfile de moda no sábado à noite. — Gail olhou para Nick e sorriu. — Tive outras coisinhas para fazer, mas ouvi que fez um grande trabalho com os cabelos das participantes este ano.

— Acho que todo mundo se divertiu. — Delaney deu um passo para trás. Ela se mordeu de ciúme e precisava se afastar de Nick e Gail e da visão dos dois juntos. — Até mais.

— Aonde você vai? — ele perguntou.

— Tenho que ver se Duke e Dolores estão bem — ela respondeu, num tom que causava pena a ela mesma. — Depois vou encontrar alguns amigos — aumentou a mentira para alimentar seu orgulho, acenou para ele, depois partiu.

Em três passos largos Nick a alcançou.

— Eu vou te acompanhar até o carro.

— Não precisa. — Ela olhou para ele, depois para Gail que os observava enquanto caminhavam para o estacionamento. — Você vai deixar sua namoradinha nervosa.

— Gail não é minha namorada, e você não precisa se preocupar com ela. — Ele pegou as mãos de Delaney e as colocou no bolso do seu casaco. — Por que você precisa ver se os cães de Henry estão bem?

Eles passaram por um gênio de gelo sentado em sua lâmpada. Ela não sabia se acreditava nele em relação a Gail, mas decidiu deixar o assunto de lado por enquanto.

— Minha mãe viajou com Max Harrison. — Ele esfregou os dedos nos dela e ela sentiu um calor subindo pelos pulsos. — Eles vão celebrar o Natal em um daqueles cruzeiros românticos.

Nick andou mais devagar enquanto eles se moviam em direção a uma multidão reunida na frente do gênio.

— E o seu Natal?

O calor subiu pelo seu cotovelo e depois pelo braço.

— Nós vamos comemorar quando ela voltar. Nada demais. Estou acostumada a ficar sozinha durante os feriados. Não tenho um Natal de verdade desde que fui embora da cidade.

Ele não disse nada por alguns instantes enquanto andavam sob as luzes do estacionamento e pedaços da noite.

— Parece solitário.

— Não. Geralmente acho alguém que tenha pena de mim. E, além disso, sempre foi escolha minha me afastar. Eu poderia ter voltado e me desculpado por ter sido tamanho desapontamento e fingido ser a filha que meus pais queriam, mas alguns presentes não eram suficientes para eu engolir meu orgulho e renunciar a minha liberdade. — Ela encolheu os ombros e mudou de assunto de propósito. — Você não chegou a responder à minha pergunta.

— Qual foi?

— Os pneus. Por que fez isso?

— Ninguém estava seguro com você dirigindo aquele carro enorme do Henry. Era questão de tempo antes que você atropelasse algumas crianças.

Ela olhou para ele, considerando seu histórico.

— Mentiroso.

— Acredite no que quiser — ele disse, recusando-se a admitir que gostasse dela.

— Quanto devo a você?

— Considere-os presente de Natal.

Eles saíram do parapeito e foram para o estacionamento. Andaram entre um jipe e uma van.

— Não tenho nada para te dar.

— Sim, você tem. — Ele parou e levou a mão dela em direção à boca. Ele esfregou os lábios nos dedos dela. — Quando não sou rude, autoritário nem metido... o que eu sou?

Ela não conseguia ver os traços dele com clareza em meio à escuridão, mas não precisava ver seus olhos para saber que a observava. Ela conseguia sentir-se olhada da mesma forma que sentia seu toque. — Você é... — Ela conseguia sentir que se derretia, ali no estacionamento com seus dedos congelados e a temperatura abaixo de zero. Ela queria estar com ele. — Você é o homem em que penso o tempo todo. — Ela soltou sua mão e deu um passo para trás. — Penso no seu lindo rosto, ombros largos e seus lábios. — Ela entrelaçou os braços no pescoço dele e encostou o corpo dela no dele. Ele acariciava as costas dela, trazendo-a para perto. O coração dela batia acelerado e ela pousou o nariz gelado logo abaixo da orelha dele. — Então penso em te lamber.

As mãos dele pararam.

— Todinho. — Ela tocou a ponta da língua perto da garganta dele.

— Ai, meu Deus do céu! Quando você tem que ver seus amigos?

— Que amigos?

— Você disse que ia encontrá-los hoje à noite.

— Ah, é. — Ela tinha se esquecido da mentira. — Não é importante. Eles não vão sentir minha ausência se eu não for.

Ele se afastou para olhar para ela.

— E os cachorros?

— Eu preciso mesmo deixá-los soltos por um tempo. E a Gail?

— Já falei para não se preocupar com ela.

— Você está saindo com ela.

— Eu saio com ela.

— Você está transando com ela?

Ela conseguia enxergar os cantos escuros da boca dele se franzirem.

— Não.

O coração de Delaney estufou no peito, e ela encostou sua boca na dele, tomando um beijo que deixou os dois sem ar.

— Vem comigo.

— Para a casa do Henry?

— Sim.

Ele não falou por um instante, e ela não conseguia adivinhar o que ele poderia estar pensando.

— Te encontro lá. Preciso falar com o Louie e depois passar na farmácia.

Ela não precisa perguntar por quê. Ele encostou os lábios nos dela, depois foi embora. Ela o observou partir, a passos largos e confiantes, em direção ao estacionamento.

No caminho para a casa da mãe, ela tentou se convencer de que Nick era dela naquela noite e que mais nada importava. Ela sentia um ligeiro tremor no chão e disse a ela mesma que aquela noite era suficiente, e tentou acreditar nisso.

Quando abriu a porta da casa, Duke e Dolores a cumprimentaram balançando o rabinho e com a língua para fora. Ela os deixou sair e ficou na calçada enquanto eles pulavam na neve até afundarem pela barriga, dois cachorros marrons num grosso manto branco. Ela se lembrou das luvas dessa vez e fez algumas bolas de neve para Duke pegar com o focinho.

Talvez ela conseguisse convencer Nick de que era suficiente para ele. Ela queria acreditar que ele não estava envolvido com mais ninguém. Ela queria acreditar quando ele disse que não estava transando com Gail, mas não conseguia confiar nele completamente. Ela jogou uma bola de neve para Dolores. Acertou a lateral do cão e o *weimaraner* ficou olhando de um lado para outro, sem entender. Delaney sabia que havia mais entre eles do que sexo, e Nick precisava saber disso também. Ela podia enxergar isso nos olhos dele quando ele a olhava. Era apaixonante e intenso e, depois daquela noite, talvez ele quisesse somente a ela.

Eu não posso ser fiel a uma mulher apenas, e você não me disse nada que me fizesse querer tentar.

Ele a queria. Ela o queria. Ele não a amava. Ela o amava tanto que chegava a doer. Os sentimentos dela não aconteceram como um delicioso passeio no túnel do amor. Assim como todo o resto que envolvesse Nick, amá-lo a havia deixado cega, fazia--a girar e a deixava zonza. E tão confusa que sentia vontade de rir e chorar ao mesmo tempo e talvez de deitar e não se levantar até conseguir organizar seus pensamentos.

Enquanto fazia outra bola de neve, ela ouviu o motor do jipe antes de ver a luz dos faróis do carro. Ele estacionou ao lado de um poste de luz na frente da garagem, e Duke e Dolores atravessaram o jardim em direção ao estacionamento, latindo muito. A porta se abriu e Nick saiu.

— Olá, cãezinhos. — Ele se abaixou para fazer carinho nas costas deles antes de olhar para cima.

— Oi, minha gata.

— Você algum dia vai parar de me chamar assim?

Ele olhou novamente para Duke e Dolores.

— Não.

Delaney jogou a bola de neve e acertou a cabeça dele. A neve suave desintegrou com o impacto e se espalhou pelos seus cabelos escuros e ombros sobre sua parca preta. Devagar, ele se levantou, balançou a cabeça, banhando a noite com os flocos brancos.

— Achei que me conhecesse melhor que isso para entrar numa briga de bolas de neve comigo.

— O que você vai fazer, me deixar com um olho roxo?

— Não.

Ele caminhou em direção a ela pela calçada, os calcanhares da bota soando ameaçadores no silêncio.

Ela pegou mais neve e fez uma bola em suas luvas.

— Se você tentar qualquer gracinha, vai se arrepender.

— Você me assustou, minha gata.

Ela jogou a bola de neve que estourou no peito dele.

— Eu te devia essa. — Ela deu um passo para trás em direção ao jardim e afundou até os joelhos na neve.

— Você me deve várias. — Ele a pegou pelo antebraço e a levantou até que a ponta da Doc Marten's dela não tocasse mais o chão. — Depois que eu terminar de cobrar tudo o que me deve, você não será capaz de andar por uma semana.

— Você me assustou — ela disse devagar. Ele olhava para ela com os olhos um pouco fechados, e ela achou que ele ia puxá-la para perto e a beijar. Ele não fez isso. Ele a soltou. Um grito de susto saiu de seus lábios enquanto ela voou uns milímetros e caiu estirada na neve. Era como pousar em um travesseiro baixo, e ela ficou deitada lá abismada, olhando para o céu escuro cheio de estrelas brilhantes. Duke e Dolores latiam, pulavam em cima dela e lambiam seu rosto. Além dos cachorros empolgados, ela conseguia ouvir o som de uma gargalhada alta. Ela afastou os cachorros e se sentou. — Besta. — Ela tirou a neve do colarinho e de cima das luvas. — Me ajuda a levantar. — Ela estendeu uma mão e esperou até que ele a puxasse para que se levantasse para usar todo o peso dela e puxá-lo para o chão junto dela. Mas ele pousou em cima dela. Estupefata, ela levantou a sobrancelha como se não pudesse acreditar no que acabara de acontecer.

Ela tentou respirar profundamente, porém não conseguiu.

— Você é um pouco pesado.

Ele rolou, levando-a com ele, que era exatamente onde ela queria ficar. Suas pernas estavam ao lado dele, e ela segurou-o pela gola.

— Renda-se e eu não terei que te machucar.

Ele olhou para ela como se fosse louca.

— Para uma garota? Não nessa vida.

Os cachorros pularam sobre eles como se fossem obstáculos, e ela encheu a mão de neve e jogou na cara dele.

— Vem ver isso, Duke. É o Homem de Neve Basco.

Com suas próprias mãos, ele tirou os flocos da pele bronzeada e lambeu a neve dos lábios.

— Vou me divertir muito fazendo você pagar por isso.

Ela abaixou o rosto e passou a ponta da língua no lábio inferior dele. — Deixe que eu faço isso por você. — Ela sentiu a resposta pela respiração ofegante dele e pela força com que a segurou com os braços. Ela beijou sua boca quente e sugou sua língua. Quando terminou, sentou-se sobre seus quadris, o casaco de lã cobrindo. Pelo *jeans*, ela sentiu o excitamento dele, longo, duro e proeminente. — Tem um picolé no seu bolso ou você está feliz em me ver?

— Picolé? — Ele passou as mãos por baixo do casaco dela e acariciou suas coxas. — Picolés são frios. Você está sentada sobre trinta centímetros quentes.

Ela olhou para o céu.

— Trinta centímetros.

Ele era grande, mas nem tanto assim.

— É fato sabido.

Delaney riu e saiu de cima dele. Ele poderia estar certo sobre aquela parte quente, contudo. Ele com certeza sabia como fazê-la se sentir em brasas.

— Meu traseiro congelou. — Ele se sentou e Duke e Dolores pularam nele. — Já chega — ele dizia enquanto os afastava e ajudava Delaney a se levantar. Ela tirou a neve da parca dele, enquanto ele tirava a neve do cabelo dela. Na varanda, eles secaram os pés, depois entraram. Delaney pegou o casaco dele e o pendurou ao lado da porta de entrada. Ela aproveitou enquanto ele olhava a casa para analisá-lo. Ele usava uma camisa de flanela, claro. Camisa vermelha e lisa de flanela colocada dentro da calça Levi's desbotada.

— Você já esteve aqui antes?

— Uma vez. — Ele olhou para ela. — No dia da leitura do testamento de Henry.

— Ah, sim. — Ela olhou ao redor, tentando ver a sala com novos olhos, como se nunca tivesse estado lá antes. Era tipicamente vitoriana. Tinta branca e papel de parede, madeira escura e lambris, tapetes grossos da Pérsia costurados à mão, relógio antigo do avô. Tudo era rico e de algum modo opressor, e os dois sabiam que, se Henry estivesse interessado em ser pai, Nick teria crescido na enorme casa. Ela se perguntava se ele se considerava sortudo.

Eles tiraram da porta as botas molhadas e congeladas e ela sugeriu que ele acendesse a lareira enquanto ela ia para a cozinha e fazia café. Quando ela voltou, dez minutos depois, ela o encontrou parado ao lado da tradicional lareira, olhando o retrato da mãe de Henry que estava em cima do console da lareira. Alva Morgan lembrava vagamente seu único neto. Nick procurou objetos de seus ancestrais. A casa dele parecia mais apropriada, vigas expostas, pedras de rio e lençóis macios de flanela.

— O que você acha? — Ela perguntou enquanto colocou uma bandeja de vidro na mesa.

— Do quê?

Ela apontou para a foto da mãe de Henry, que havia se mudado para a capital muito antes da chegada de Delaney a Truly. Henry levou Gwen e Delaney para visitar a senhora várias vezes por ano até a morte dela, em 1980, e, até onde Delaney conseguia se lembrar, o retrato a favorecia. Alva era alta e magra, ossuda como uma cegonha, e Delaney lembrava o cheiro de tabaco fedorento e Aqua-Net dela.

— Sua avó.

Nick inclinou a cabeça para o lado.

— Acho que tenho sorte de ter puxado o lado da família da minha mãe, você tem sorte por ser adotada.

— Não guarde para você — Delaney sorriu. — Me diz o que você realmente acha.

Nick olhou para ela e se perguntou o que ela faria se ele dissesse. Ele olhou seu cabelo loiro e seus grandes olhos castanhos, a curva de sua sobrancelha e seus lábios rosados. Ele andava pensando sobre várias coisas ultimamente, coisas que jamais aconteceriam, coisas que era melhor não pensar a respeito. Coisas como andar ao lado de Delaney toda manhã para o resto da vida dele e ver os cabelos deles ficarem grisalhos.

— Acho que o velho deve estar muito feliz agora.

Ela deu a ele uma xícara, depois pegou a dela e soprou para esfriar a bebida.

— Por que acha isso?

Ele tomou um gole de café e sentiu o uísque queimar seu estômago. Ele gostava da sensação. Fazia-o se lembrar dela.

— Henry não queria que ficássemos juntos.

Ele se perguntou se deveria contar a ela a verdade, e decidiu que não havia por que não. — Você está enganada. Ele queria que ficássemos juntos. Por isso você está presa aqui em Truly. Não para fazer companhia para sua mãe. — As rugas na testa dela diziam a ele que ela não acreditou nele por um instante. — Confie em mim.

— Certo, por quê?

— Você quer mesmo saber?

— Sim.

— Tudo bem. Alguns meses antes de morrer, ele me ofereceu tudo. Ele disse que teria que deixar algo a Gwen, mas deixaria o resto para mim se eu desse a ele um neto. Ele ia te excluir do testamento completamente. — Ele parou e depois prosseguiu. — Mandei ele ir para o inferno.

— Por que ele faria isso?

— Acho que ele pensou que um filho bastardo era melhor que nada e, se eu não tivesse filho, então todo o sangue superior dos Shaw morreria comigo.

Ela franziu a testa e balançou a cabeça.

— Certo, mas isso não tem nada a ver comigo.

— Tem sim. — Ele pegou a mão livre dela e a puxou para perto. — Pode parecer loucura, mas ele achou, por causa do que houve na Praia Angel, que eu estava apaixonado por você. — Ele acariciou os dedos dela com o polegar.

O olhar dela procurou o dele, depois ela olhou para outra pessoa.

— Você tem razão. É loucura.

Ele largou as mãos dela.

— Se não acredita em mim, pergunte a Max. Ele sabe de tudo. Ele que escreveu o testamento.

— Ainda não faz muito sentido. É tão arriscado, e Henry era controlador demais para deixar isso ao acaso. Quero dizer, o que aconteceria se eu me casasse antes dele morrer? Ele poderia ter vivido por anos e, nesse meio-tempo, eu poderia ter virado freira ou algo assim.

— Henry se matou.

— Não é verdade. — Ela balançou a cabeça novamente. — Ele se amava demais para fazer algo assim. Ele adorava ser um peixe grande em um laguinho.

— Ele estava morrendo de câncer de próstata e tinha poucos meses de vida.

Ela ficou boquiaberta e piscou várias vezes.

— Ninguém me contou. — As sobrancelhas dela se juntaram na testa, e ela esfregava o pescoço. — A minha mãe sabe disso?

— Ela sabe do câncer e do suicídio.

— Por que ela não me contou?

— Não sei. Tem que perguntar para ela.

— Isso soa tão bizarro e controlador que, quanto mais penso a respeito, mais soa como algo que Henry faria.

— Os fins sempre justificam os meios para ele, e tudo tem um preço. — Ele se voltou para a lareira e bebeu mais café. — O testamento foi o modo dele de controlar a todos mesmo depois de morto.

— Você quer dizer que ele me usou para te controlar.

— Sim.

— E você o odeia por isso.

— Sim. Ele era um filho da puta.

— Então não compreendo. — Ela ficou ao lado dele e ele conseguia perceber quanto ela estava confusa pelo seu tom de voz. — Por que você está aqui hoje? Por que não me evitou?

— Tentei. — Ele colocou a xícara na bandeja e olhou para as chamas. — Mas não é tão fácil. Henry estava certo sobre uma coisa, ele sabia que eu te queria. Ele sabia que eu ia te querer, apesar do risco.

Eles ficaram longos momentos em silêncio. Depois, ela perguntou:

— Por que você está aqui agora, esta noite? Nós já ficamos juntos.

— Não acabou. Ainda não.

— Por que se arriscar novamente?

Por que ela estava pressionando ele? Se ela queria a resposta, ele daria, mas ele duvidava que ela fosse gostar de ouvi-la.

— Porque pensei em você nua e te desejava desde que você tinha treze, catorze anos. — Ele respirou profundamente. — Desde a época em que Louie e eu fomos para a praia pública com alguns amigos, e você estava lá também, com outras amigas. Não me lembro delas, só de você. Você estava usando um maiô brilhante de cor verde. Era peça única e tinha um zíper na frente que me deixava louco. Eu lembro de te observar passando com suas amigas e ouvindo música, e não conseguia tirar meus olhos daquele zíper. Aquela foi a primeira vez que reparei nos seus seios. Eles eram pequenos e pontudos e eu só conseguia pensar em abrir aquele zíper para vê-los, para que eu pudesse ver as mudanças no seu corpo. Eu fiquei tão excitado que tive que mentir que estava com dor de barriga para que ninguém visse que eu estava com a barraca armada. Naquela noite, quando fui para casa, fantasiei escalar a janela do seu quarto. Imaginei que a observava dormir com seu cabelo loiro espalhado no travesseiro. Depois imaginei você vindo em minha direção e me dizendo que estava me esperando, abrindo os braços e me convidando para sua cama. Eu me imaginava entrando embaixo dos lençóis, arrancando sua camiseta e sua calcinha. Você me deixava tocar seus pequenos seios quanto eu quisesse. Você me deixava acariciar entre suas pernas também. Eu imaginava isso por horas. Eu tinha dezesseis anos e sabia mais sobre sexo do que deveria. Você era jovem e ingênua e não sabia nada. Você era a princesa de Truly e eu era o filho bastardo do prefeito. Eu não era bom o suficiente para beijar seus pés, mas isso não me impedia de te querer demais. Eu poderia ligar para várias garotas que conhecia, mas não o fazia. Queria fantasiar estar com você. — Ele respirou fundo novamente. — Você deve achar que sou um pervertido.

— Sim. — Ela riu. — Do tamanho de uma barraca.

Ele olhou a expressão de interesse dela.

— Você não está brava?

Ela meneou a cabeça.

— Você não acha que sou doentio? — Ele frequentemente se perguntava isso.

— Na verdade, estou lisonjeada. Acho que toda mulher gosta de imaginar que em algum momento na vida ao menos um homem fantasiou com ela.

Ela não sabia da missa a metade.

— Sim, bem, penso em você de tempos em tempos.

Ela se voltou para ele e pegou um botão da camisa.

— Pensei em você também.

Ele observava as mãos brancas dela em contraste com a flanela vermelha, seus dedos finos se movendo em direção à cintura dele.

— Quando?

— Desde que voltei. — Ela tirou a camisa de dentro de sua calça. — Semana passada pensei nisso. — Ela se inclinou e passou a língua no mamilo dele, que endureceu como couro, e ele deslizou os dedos pelo cabelo dela.

— No que mais?

— Nisso. — Ela desabotoou sua calça e colocou uma das mãos por dentro da cueca. Quando ela pegou o órgão dele com sua mão suave e o apertou, ele teve uma forte sensação, que subia e descia, mas se controlou. A textura do cabelo macio dela em seus dedos, a sensação dos lábios úmidos dela no peito e na boca dele. Ele conseguia sentir o cheiro de um perfume leve, parecido com o de talco na pele dela e, quando o beijou, ela tinha gosto de uísque, café e luxúria. Ele adorava a língua dela na sua boca e a mão dela dentro da sua calça. Ele amava olhar para o rosto dela enquanto ela o tocava.

Ele tirou o suéter dela e abriu o sutiã bege e pensou nas centenas de fantasias que teve com aquela mulher. Juntos, nenhum dos dois podia imaginar como realmente seria. Ele pegou seus seios brancos com as mãos em concha e acariciou seus perfeitos mamilos rosa.

— Eu disse que queria te lamber todinho — ela sussurrou enquanto colocava as mãos dentro de sua calça, cueca e descia a mão pela coxa. — Andei pensando nisso também. — Ela se ajoelhou na frente dele vestindo apenas *jeans* e meias e colocou seu pênis na boca quente e úmida. Ele ficou sem ar e afastou as pernas para encontrar equilíbrio. Ela beijou a cabeça do pênis e gentilmente acariciou seus testículos. Ele estremeceu e tirou o cabelo de Delaney do rosto enquanto olhava para seus longos cílios e bochechas delicadas.

Nick geralmente gostava mais de sexo oral do que qualquer outra coisa. Ele nem sempre usava camisinha durante o ato, deixava a escolha para a mulher. Mas não queria gozar na boca de Delaney. Ele queria olhar nos olhos dela enquanto a penetrava. Ele queria saber que ela o sentia. Queria senti-la puxando-o para dentro do seu corpo e sentir suas fortes pulsações. Ele queria se esquecer de usar proteção e deixar algo dele dentro dela muito depois de ir embora. Ele nunca havia sentido isso antes com nenhuma outra mulher. Ele queria mais. Ele queria coisas que jamais imaginou serem possíves. Ele queria que ela fosse dele por mais do que uma noite. Pela primeira vez na vida, ele queria mais de uma mulher do que ela queria dele.

No final, ele a deixou de pé e tirou uma camisinha do bolso do seu *jeans* e colocou na mão dela.

— Coloca em mim, minha gata.

Dezessete

Delaney acordou com o roçar suave de pontas de dedos acariciando as costas. Ela abriu os olhos e olhou para o peito peludo de Nick a menos de um milímetro de seu nariz. Ela deitou de barriga para cima e um feixe de sol da manhã refletia na pele bronzeada dele.

— Bom dia.

Ela não tinha certeza, mas achou que sentiu ele beijar a cabeça dela. — Que horas são?

— Umas 8h30.

— Droga. Ela rolou da cama e teria caído no chão se ele não tivesse segurado seu braço e passado uma perna sobre os quadris dela. Um lençol floral fino era a única coisa que os separava. Ela olhou para o mesmo teto rosa para que olhava na maioria das manhãs quando menina. A cama era pequena para uma pessoa, que dirá para uma pessoa e um rapaz do tamanho de Nick. — Eu tenho uma cliente agendada às 9. — Ela criou coragem e olhou para ele, seu maior medo confirmado. Ele era lindo pela manhã. O cabelo na altura dos ombros caía para um lado e um princípio de barba escurecia seu queixo. Debaixo das pálpebras grossas, seus olhos eram muito intensos e alertas para 8h30 da manhã.

— Você não consegue cancelar?

Ela meneou a cabeça e procurou as roupas.

— Se eu sair em dez minutos, talvez eu chegue a tempo. — Ela olhou para ele e o flagrou olhando para ela, como se estivesse memorizando seus traços ou procurando defeitos. Ela sentia suas bochechas esquentaram e se sentou, cobrindo-se com o lençol.

— Eu sei que estou horrível — ela disse, mas ele não olhava para ela como se estivesse quase morta. Talvez uma vez na vida ela tenha tido sorte e não tinha olheiras. — Não estou?

— Você quer a verdade?

— Sim.

— Certo. — Ele pegou a mão dela e beijou. — Você está mais bonita do que quando era um Smurf.

Apareceu uma ruguinha no canto do olho de Nick, e Delaney sentiu um formigamento nas pontas dos dedos e se espalhou pelos seios. Esse era o Nick que ela amava. O Nick que a provocava enquanto a beijava. O homem que a fazia rir mesmo enquanto queria chorar.

— Eu devia ter pedido para você mentir — ela disse e soltou sua mão antes que se esquecesse do compromisso das 9. Ela achou as roupas jogadas no chão ao lado. De costas para ele, vestiu-se o mais rápido possível.

Atrás dela, as molas da cama afundavam enquanto Nick se levantava. Ele se moveu pelo quarto, pegando as roupas do chão, despreocupado com sua nudez. Com uma meia em uma mão, ela o observava colocar a calça Levi's e abotoá-la. Sob a forte luz da manhã, Nick Allegrezza era cem por cento perfeito. A vida não era justa.

— Me dá as chaves do seu carro que já vou aquecendo para você.

Delaney enfiou a meia no pé. Nenhum homem nunca se ofereceu para aquecer o carro para ela, e ela se sentiu comovida pelo simples gesto.

— No bolso do meu casaco.

Depois que ele saiu do quarto, Delaney lavou o rosto e escovou os dentes e o cabelo. Assim que trancou a casa, as janelas do Cadillac de Henry já estavam limpas. Homem nenhum havia esfregado suas janelas também. Os novos pneus para neve eram de um preto brilhante em contraste com o fundo prata e branco. Ela sentiu vontade de chorar. Nunca ninguém havia se preocupado com a segurança e bem-estar dela, exceto talvez o antigo namorado, Eddy Castillo. Ele era viciado em exercícios e se preocupava com sua dieta. Ele deu a ela um processador de saladas de aniversário, porém um aparelho de cozinha não se comparava a pneus para neve.

Ela não perguntou quando veria Nick novamente. Ele não comentou nada. Eles passaram a noite juntos como amantes, mesmo assim nenhum deles falou nada sobre amor nem planos de jantar juntos.

Delaney chegou ao salão momentos antes da primeira cliente, Gina Fisher, que havia se formado um ano antes de Delaney na escola e tinha três filhos menores de cinco anos. Gina tinha cabelo grosso, comprido até a cintura, desde a sétima série. Delaney cortou na altura dos ombros e deu a ele longas camadas. Ela fez luzes vermelhas e fez com que a jovem mãe parecesse ainda mais jovem. Depois de Gina, ela cortou o cabelo de uma menina que queria se parecer com Claire Danes. Ela atendeu uma cliente que apareceu sem marcar, às 11; depois, fechou o salão ao meio-dia e finalmente tomou um banho. Ela jurou a si mesma que não estava esperando um telefonema dele ou ouvir o som do seu jipe, mas é claro que ela estava.

Quando deu 6 horas e ela ainda não tinha notícias dele, entrou no Cadillac para fazer uma comprinha de Natal. Ela ainda não tinha comprado um presente para sua mãe e acabou parando numa daquelas lojas caras, que parecem armadilhas para turistas, que abastece a população de Eddie Bauer. Ela não achou nada para a mãe, mas gastou setenta dólares numa camisa, meio flanelada, do mesmo tom de cinza dos olhos de Nick. O embrulho era em papel laminado vermelho e ela o levou para casa, deixando na mesa da sala de jantar. Não havia mensagens em sua secretária eletrônica. Ela apertou novamente a secretária só para garantir, mas ele não havia telefonado.

Ela não teve notícias dele no dia seguinte e, na manhã de Natal, estava se sentindo mais solitária do que nunca. Criou coragem e ligou para Nick a fim de desejar feliz Natal, mas ele não respondeu. Ela pensou em passar na casa dele para ver se estava lá, evitando-a. No final das contas, ela foi para a casa da mãe visitar Duke e Dolores. Finalmente os dois weimaraners estavam felizes em vê-la.

À tarde, ficou cansada assistindo a *Uma história de Natal*, identificando-se com Ralphie como nunca antes. Ela sabia que era como querer algo que provavelmente não conseguiria ter. E ela sabia como era ter uma mãe que fazia a filha usar uma fantasia de coelhinho horrível também. Assim que Ralphie estava prestes a atirar nos próprios olhos com sua arma Red Ryder B-B, a campainha tocou. Os weimaraners levantaram a cabeça, depois a abaixaram, provando que não eram muito bons como cães vigia.

Nick estava na varanda de jaqueta de couro e Oakley. Sua respiração estava lenta como um sorriso sensual que ele deu. Ele parecia bem o suficiente para rolar no açúcar e não ser devorado por inteiro. Delaney não sabia se o deixava entrar ou se batia a porta na cara dele por tê-la deixado esperar por dois dias. A caixa brilhante e dourada na mão dele decidiu seu destino. Ela o deixou entrar.

Ele guardou os óculos de sol no bolso, pegou um pedaço de visco e segurou sobre a cabeça dela.

— Feliz Natal — ele disse.

Sua boca quente cobriu a dela, e ela sentiu o beijo da cabeça aos pés. Quando ele se afastou para olhar, ela pousou as mãos no rosto dele e o aproximou mais. Ela nem se preocupou em esconder seus sentimentos. Ela não tinha certeza de que era capaz de escondê-los. Passou a mão pelos ombros dele e pelo peito e, quando terminou, confessou:

— Senti sua falta.

— Eu estava em Boise até ontem à noite. — Ele transferiu o peso de uma perna para outra e entregou a caixa para ela. — Isto é para você. Levei um tempo para achar.

Ela olhou para a caixa dourada e passou a mão pelo papel macio.

— Talvez eu devesse esperar. Tenho um presente para você no meu apartamento.

— Não — ele insistiu como se fosse um preso no corredor da morte que queria apenas que sua sentença saísse o mais rápido possível. — Abre agora.

Embaixo de suas mãos, o papel macio se rasgou num puxão empolgado. Sobre uma camada de papéis estava uma coroa de *strass*, como aquelas dadas em concursos de beleza.

— Achei que, já que a Helen roubou aquela coroa de você no ensino médio, eu poderia te dar uma ainda melhor.

Era grande, muito enfeitada e a coisa mais linda que ela já tinha visto. Ela mordeu o lábio inferior para que não tremesse enquanto tirava a coroa de cima do ninho de papéis e dava a caixa na mão do Nick.

— Amei o presente. — As pedrinhas absorviam a luz e lançavam luzes pela sala. Ela colocou na cabeça e se olhou no espelho ao lado do porta-casacos. As pedras brilhantes eram adornadas em forma de uma fileira de corações e laços, com um coração no centro maior do que os outros. Ela tentou segurar as lágrimas quando olhou no espelho. — Esse é o melhor presente de Natal que alguém já me deu

— Fico feliz que gostou. Ele colocou as mãos no abdômen dela, depois deslizou-as por dentro da blusa dela ate os seios. Pelo sutiã maleável, ele apalpou seus seios, seus dedos pressionando sua carne enquanto ele a puxava em direção ao peito. — No longo trajeto de Boise na noite passada, fiquei imaginando você usando apenas a coroa e nada mais.

— Você já fez amor com uma rainha?

Ele meneou a cabeça e deu uma risadinha.

— Você é a minha primeira.

Ela o pegou pelo pulso e o levou para o solário, onde ela estava vendo tevê. Ele a despiu com mãos lânguidas e cuidadosas e a fez se sentir bonita, desejada e amada ali mesmo, no sofá amarelo limão de sua mãe. Ela passou as pontas dos dedos pelas suas costas quentes, seu traseiro e beijou seu ombro macio. Ela queria se sentir como estava se sentindo naquele momento para sempre. Sua pele formigava e seu corpo se corava. O coração dela estufava no peito quando ele beijava seus seios sensíveis, e, quando ele a penetrava, ela estava mais que pronta. Ele colocou suas mãos nas laterais do rosto dela e olhou-a nos olhos enquanto a penetrava vagarosamente várias vezes.

Ela olhava para o rosto dele, em seus olhos cinza, vivos com a paixão que sentia por ela, seus lábios úmidos dos beijos trocados, a respiração ofegante.

— Te amo, Nick — ela sussurrou. Ele ficou imóvel por um instante, depois penetrou ainda mais e mais e mais, e ela sussurrou seu amor a cada penetração até que mergulhou de cabeça na melhor sensação de êxtase de sua vida. Ela ouviu o gemido dele que era uma mistura de palavras de oração e xingamentos. Depois ele jogou todo o peso sobre ela.

Ela sentiu uma ponta de insegurança assim que percebeu que a respiração dele havia normalizado. Ela tinha dito que o amava. E, enquanto ele a fazia se sentir amada, não disse as palavras. Ela precisava saber como ele se sentia a respeito dela agora e, ao mesmo tempo, tinha medo da resposta.

— Nick?

— Hum?

— Precisamos conversar.

Ele levantou a cabeça e olhou nos olhos dela.

— Me dê um instante. — Ele se separou dela e andou pelado pela sala para jogar fora a camisinha que não havia esquecido de usar desde a primeira e frenética vez no *closet* no Lakeshore. Delaney procurou a calcinha e a encontrou embaixo de uma mesa de bebidas. Ela passou pelas bebidas, e a cada momento que passava sua insegurança aumentava. E se ele não a amasse? Como ela poderia suportar, e o que ia fazer se ele não a amasse? Ele voltou assim que ela encontrou o sutiã atrás de uma almofada do sofá. Ele tirou o sutiã da mão dela e o deixou de lado. Ele a abraçou e a puxou para perto de seu peito, segurando-a mais forte do que nunca. Dentro de seus braços quentes, com o cheiro de sua pele preenchendo a cabeça dela, ela disse a si mesma que ele a amava. Mesmo não sendo uma pessoa paciente, poderia esperar ele dizer as palavras que ela precisava ouvir. Em vez disso, ela ouviu rangidos de madeira e dobradiças, como se a porta da frente estivesse sendo aberta, e congelou.

— Você ouviu alguma coisa?

Ele a silenciou colocando um dedo nos lábios dela e ouviu. A porta foi fechada, fazendo com que ela se apressasse.

— Ai, meu Deus! — Ela se soltou dos braços de Nick e pegou a primeira peça de roupa que viu, a camisa de flanela dele. Ela ouvia passos no *hall* enquanto colocava os braços nos buracos da camisa. O *jeans* de Nick estava em algum lugar atrás do sofá, e ele se escondeu atrás de Delaney assim que Gwen entrou na sala. Delaney teve uma estranha sensação de *déjà-vu.* A mãe ficou dentro de um feixe de luz, o sol brilhando nos cabelos como se fosse um anjo de Natal.

Gwen olhou de Delaney para Nick e depois para Delaney novamente, com olhos de espanto.

— O que está acontecendo aqui?

Delaney fechou a parte da frente da camisa com a mão.

— Mãe... eu... — Os dedos abotoaram a camisa enquanto ela sentia algo irreal. — O que você está fazendo aqui?

— Eu moro aqui!

Nick colocou uma mão na barriga de Delaney e a puxou para perto dele, escondendo seus "bens" da mãe de Delaney.

— Eu sei, mas você deveria estar num cruzeiro romântico.

Gwen apontou o dedo para Nick.

— O que ele está fazendo na minha casa?

Com cuidado, ela terminou de fechar os botões.

— Bem, ele foi bonzinho de passar o Natal comigo.

— Ele está nu!

— Bem, sim. — Ela puxou a barra da camisa dele para tentar cobri-lo melhor. — Ele... ah... — Ela fechou a boca e encolheu os ombros. Não havia como remediar a situação, ela foi pega em flagrante. Com a diferença de que, desta vez, ela não era uma menina inocente de dezoito anos. Tinha quase trinta anos e amava Nick Allegrezza. Era uma mulher madura e independente, mas preferia que a mãe não os encontrasse nus no solário. — Nick e eu estamos namorando.

— Eu diria que estão mais que namorando. Como pôde fazer isso, Delaney? Como pode ficar com um homem como ele? Ele é um mulherengo e odeia esta família. — Ela se voltou para Nick. — Você pôs as mãos na minha filha novamente, mas desta vez se deu mal. Você violou os termos do testamento de Henry. Sendo assim, você vai perder tudo.

— Nunca me importei com o testamento. — Os dedos dele roçavam a flanela cobrindo o abdômen de Delaney.

Delaney conhecia sua mãe bem o suficiente para saber que ia cumprir com a ameaça. Ela também sabia como pará-la.

— Se contar para qualquer um a respeito disso, nunca mais falarei com você. E, quando eu for embora em junho, você nunca mais me verá. Se pensou que nunca mais me viu depois que fui embora dez anos atrás, espere e verá. Quando eu for embora desta vez, não vou nem te dizer onde vou ficar. Quando eu for embora, terei 3 milhões de dólares e nunca mais virei te visitar.

Gwen ficou boquiaberta e levou a mão ao peito.

— Falaremos sobre isso depois.

Nick soltou Delaney.

— Se você não quiser ver meu traseiro, então é melhor sair da sala enquanto me visto.

O tom da voz dele era áspero. Ela já havia ouvido esse tom antes. Na última vez os três estavam no escritório de Henry. No dia em que o testamento foi lido. Delaney não podia culpá-lo por ser tão ríspido. A situação era muito constrangedora, e a mãe dela despertava o pior em algumas pessoas em determinadas circunstâncias.

Assim que Gwen saiu, Delaney se voltou para Nick.

— Nick, desculpa. Desculpa se ela disse aquelas coisas para você, eu prometo que não deixarei que ela faça nada que prejudique o que Henry deixou para você.

— Não esquenta com isso. — Ele achou a calça e a vestiu. Eles se vestiram em silêncio e, quando ela o acompanhou até a porta da frente, ele foi embora e não deu um beijo de despedida. Ela disse a si mesma que não importava e foi procurar a mãe. Gwen não ia gostar de ouvir o que ela tinha a dizer, mas Delaney tinha parado de viver sua vida em função da mãe havia muito tempo. Ela a encontrou na cozinha, esperando.

— Por que você está em casa, mãe?

— Descobri que Max não é o tipo de homem para mim. Ele é muito crítico — ela disse de forma rígida. — Isso não importa agora. O que aquele homem estava fazendo na minha casa?

— Eu te disse, ele veio passar o Natal comigo.

— Eu achei que era o jipe dele estacionado na garagem, mas tinha certeza de que eu devia estar enganada. Nem em um milhão de anos eu esperava encontrá-lo... você... em minha casa. Nick Allegrezza, dentre todos os homens. Ele é...

— Estou apaixonada por ele — Delaney interrompeu.

Gwen pegou as costas de uma cadeira da cozinha.

— Isso não tem graça. Você está apenas dizendo isso para se vingar de mim. Você está brava porque eu te deixei sozinha no Natal.

Às vezes a lógica da mãe a confundia, mas era sempre previsível.

— Meus sentimentos por Nick não têm nada a ver com você. Quero ficar com ele, e vou ficar com ele.

— Entendo. — O rosto da mãe de Delaney ficou com uma expressão mais séria. — Você está dizendo que não se importa em como me sinto a esse respeito.

— Claro que me importo. Não quero que odeie o homem que amo. Eu sei que não consegue ficar verdadeiramente feliz por mim no momento, mas talvez pudesse simplesmente aceitar que eu estou envolvida com Nick, e estou feliz com ele.

— Isso é impossível. Você não pode ser feliz com um homem como Nick. Não faça isso consigo mesma ou com sua família.

Delaney meneou a cabeça e sua coroa caiu para o lado. Ela a tirou da cabeça e passou os dedos nas pedras geladas. Não tinha jeito. A mãe jamais iria mudar.

— Henry está morto. Eu sou sua única família agora. — Ela olhou para Gwen. — Eu quero o Nick. Não me faça escolher.

* * *

Nick ficou perto da lareira de pedras olhando para o pisca-pisca que Sophie ajudou a pendurar na árvore. Ele tomou um gole de cerveja e as luzes pareciam um borrão quando ele abaixou a garrafa.

Ele deveria ter previsto isso. Nos últimos dias viveu a fantasia dele. Ele a abraçava enquanto dormia naquela pequena cama rosa e se deixava imaginar uma casa e um cachorro e dois filhos. Ele se deixou imaginar ela na vida dele, para o resto da vida, e ele queria isso mais que tudo.

"Quando eu for embora em junho, você nunca mais me verá. Se você pensou que nunca mais me viu depois que fui embora dez anos atrás, espere e verá. Quando eu for embora desta vez, não vou nem te dizer onde vou ficar. Quando eu for embora, terei 3 milhões de dólares e nunca mais virei te visitar."

Ele era um besta. Ele deveria saber que ela ia embora, até começou a acreditar que era o suficiente para fazê-la ficar. Ela disse que o amava, do mesmo modo que várias outras naquele momento específico, enquanto ele tentava dar prazer aos dois. Nem sempre significava algo, e ele não era o tipo de homem que esperava sinais do contrário.

A campainha tocou e ele esperava ver Delaney. No lugar dela estava Gail.

— Feliz Natal — ela disse e deu a ele uma caixa brilhante e colorida. Ele a deixou entrar porque precisava de uma distração.

— Não te comprei nada. — Ele pendurou o casaco dela na porta, depois a deixou entrar na cozinha.

— Tudo bem. São apenas biscoitos, nada demais. John e eu tínhamos de sobra.

Nick colocou a caixa no balcão e a olhou. Ela usava um vestido vermelho e justo e salto agulha. Ele podia apostar que ela estava usando uma cinta-liga e nada mais. Tinha passado lá para entregar mais que biscoitinhos, mas ele não estava nenhum pouco interessado.

— Cadê o seu filho?

— Ele vai ficar com o pai hoje. A noite toda. Achei que eu e você poderíamos passar algum tempo juntos na banheira.

A campainha tocou novamente cinco minutos depois, e desta vez era Delaney. Ela estava na varanda, com um presente embrulhado em papel laminado vermelho nas mãos e um sorriso nos lábios. O sorriso desapareceu quando Gail veio por trás dele e se pendurou no seu ombro. Ele podia ter tirado o braço dela, mas não o fez.

— Entre. Eu e Gail já íamos entrar na banheira.

— Eu... — o olhar abismado dela percorria os dois. — Eu não trouxe meu biquíni.

— A Gail também não. — Ele sabia o que ela pensou e a deixou pensar isso. — Você também não vai precisar de um.

— O que está acontecendo, Nick?

Ele abraçou Gail e a trouxe para seu lado. Tomou um gole de bebida da garrafa e olhou para a mulher que amava tanto que era como se sentisse uma pontada no peito. — Você é bem grandinha. Tente entender.

— Por que está agindo assim? Você está bravo por causa do que aconteceu mais cedo? Eu te disse que vou garantir que minha mãe não fale nada.

— Não estou nem aí para nada disso. — Mesmo querendo não magoar Delaney, ele não conseguia se conter. Ele se sentia como uma criança fraca novamente, vendo-a e a querendo tanto que o deixava doido. — Por que você não se junta a nós na banheira?

Ela meneou a cabeça.

— Três é demais, Nick.

— Não, três é uma delícia. — Ele sabia que jamais se esqueceria da dor nos olhos dela. Ele olhou para Gail. — O que me diz? Está a fim de um *ménage à trois*?

— Hum…

Ele olhou para Delaney e levantou uma sobrancelha. — Então?

Ela levantou a mão que estava livre e pegou o casaco de lã, deu um passo para trás e sua boca se mexia, mas ela ficou sem palavras. Ele a viu ir embora, a embalagem vermelha e brilhante esquecida na mão dela, correndo em direção ao carro. Era melhor deixá-la ir embora agora antes que implorasse para que ela ficasse. Era melhor terminar naquele exato momento. Nick Allegrezza não implorava a ninguém que o amasse. Ele nunca fez isso e nunca o faria.

Ele se obrigou a ficar lá e a vê-la ir embora de sua vida. Ele se obrigou a sentir seu coração se partir, depois entrou e deu o casaco a Gail.

— Não sou boa companhia — ele disse, e uma vez na vida ela teve bom senso e não tentou fazê-lo mudar de ideia.

Sozinho, ele foi para a cozinha e abriu outra cerveja. À meia-noite ele evoluiu para o uísque Jim Beam. Nick não era um bêbado malvado, mas ele estava de mau humor. Ele bebeu para esquecer, mas quanto mais bebia mais se lembrava. Ele se lembrava do cheiro da pele dela, da textura suave do seu cabelo e do gosto da sua boca. Ele dormiu no sofá com o som da gargalhada dela em suas orelhas e com o nome dela em seus lábios. Quando acordou, às 8 da manhã, a cabeça pesava e ele sabia que precisava comer algo no café. Pegou um frasco de Bufferin e adicionou um pouco de suco de laranja à vodca. Ele estava na terceira bebida diferente, e na sétima garrafa quando o irmão entrou na casa.

Nick se esparramou no sofá de couro, ficou zapeando de canal em canal com o controle remoto na mão. Ele mal se importava em olhar para os lados.

— Você está horrível.

Nick mudou de canal e virou o copo. — Também estou me sentindo horrível, então por que você não vai embora?

Louie foi até a tevê e a desligou.

— Nós esperamos você para o jantar de Natal.

Nick colocou o copo vazio e o controle na mesinha. Ele finalmente olhou para Louie do outro lado da sala, cercado por um brilho turvo, como a imagem de Jesus que sua mãe havia pendurado na parede da sala de jantar.

— Não consegui ir.

— Obviamente. O que está acontecendo?

— Não é da sua conta. — A cabeça pesava e ele queria ficar sozinho. Talvez, se ele não tivesse ficado bêbado por alguns meses, o álcool mataria a voz persistente na cabeça que começava a perturbá-lo por volta da meia-noite, chamando-o de idiota e dizendo que ele havia cometido o maior erro de sua vida.

— Lisa falou com Delaney hoje de manhã. Acho que ela está muito chateada com algo. Você saber dizer com o quê?

— Sim.

— Bem, o que você fez?

Nick ficou parado e a sala parecia girar duas vezes antes de parar.

— Cuide da sua própria vida.

Ele se movimentou e passou por Louie, mas o irmão o segurou pela camisa. Ele olhou para os dedos de Louie emaranhados na camisa de flanela e mal podia acreditar. Os dois não brigavam a ponto de se agredir desde que derrubaram a porta da casa da mãe, quinze anos atrás.

— Qual é o problema com você? Você passou a maior parte da sua vida querendo uma coisa só. Uma. Delaney Shaw. Assim que você finalmente ia conseguir o que queria, faz algo para ferrar com tudo. Você a magoou de propósito para que ela te odiasse. Como sempre. E adivinhe só! Ela te odeia.

— Por que você se importa? — Nick olhou nos olhos castanhos e profundos de seu irmão. — Você nem gosta dela.

— Eu gosto mais ou menos dela, mas como eu me sinto não importa muito. Você a ama.

— Não importa. Ela vai embora em junho.

— Ela disse isso?

— Sim.

— Você pediu para ela ficar? Você tentou acertar as coisas com ela?

— Não faria nenhuma diferença.

— Você não sabe disso e, em vez de descobrir, vai deixar a única mulher que amou a vida inteira ir embora. Qual é seu problema? Você é um covarde por acaso?

— Vai se foder, Louie. — Ele mal viu o punho de Louie antes de ser acertado no rosto. Nick caiu com tudo, batendo a parte de trás da cabeça no chão de madeira. A visão escureceu e ele achou que ia desmaiar. Infelizmente, o teto de madeira serviu como foco e, com a visão mais clara, o crânio dele parecia ter sido partido em dois. As maçãs do rosto começaram a tremer e sua cabeça pesava. Ele gemeu e cuidadosamente tocou os olhos. — Você é um idiota, Louie, e quando eu levantar, vou arrebentar sua cara.

O irmão se moveu para ficar do seu lado.

— Você não seria capaz de arrebentar a cara do senhor Baxter, e ele usava um cilindro de oxigênio há dez anos.

— Você abriu minha cabeça.

— Não, sua cabeça é muito dura. Provavelmente abri o chão. — Louie pegou um molho de chaves do bolso da calça. — Não sei por que fez Delaney te odiar, mas você vai se dar conta de que cometeu um grande erro. Espero que não seja tarde demais. — Ele franziu a testa e apontou um dedo para seu irmão. — Vai tomar um banho, Nick. Você fede a bebida.

Depois que Louie saiu, Nick se levantou do chão e subiu as escadas para se deitar. Ele dormiu até a manhã seguinte e acordou sentindo como se tivesse sido atropelado por um caminhão. Ele tomou um banho, mas não se sentiu muito melhor. A cabeça doía e ele estava com um olho roxo. Isso não era a pior parte. Saber que Louie estava certo era ainda pior. Ele tirou Delaney da sua vida. Ele pensou que podia tirá-la da cabeça também. Ele pensou que ia se sentir melhor, mas nunca havia se sentido tão triste.

"Você é covarde por acaso?" Em vez de lutar por Delaney, seguiu antigos hábitos. Em vez de tentar, preferiu magoá-la antes de se magoar. Em vez de correr um risco, preferiu se precaver. Em vez de agarrá-la com as duas mãos, preferiu afastá-la.

Ela disse que o amava e ele se perguntou se havia arruinado tudo. Talvez não merecesse o amor dela, mas o queria. E se ela não o amasse mais, aquela vozinha perguntou. Ele a fez amá-lo uma vez. Ele poderia fazer isso novamente.

Ele se vestiu e foi para a porta para correr o maior risco da sua vida. Ele foi para o apartamento de Delaney, mas ela não estava em casa. Era sábado e o salão também estava fechado. Mau sinal.

Ele foi para a casa da mãe, mas Gwen não queria falar com ele. Ele olhou na garagem para ver se o carro de Delaney estava escondido e ela se recusando a vê-lo. O Cadillac de Henry estava lá dentro. O pequeno Miata amarelo não estava mais.

Ele a procurou por toda a cidade e, quanto mais ele procurava, mas desesperado ficava em encontrá-la. Ele queria fazê-la feliz. Ele queria construir uma casa para ela na propriedade da Praia Angel ou no lugar que ela quisesse. Se ela quisesse viver em Phoenix ou Seattle ou Chattanooga, Tennessee, ele não se importava, contanto que vivesse com ela. Ele queria o sonho. Ele queria tudo. Agora tudo que tinha que fazer era encontrá-la.

Ele falou com Lisa, mas ela não sabia de Delaney. Quando ela não apareceu para abrir o salão na segunda de manhã, Nick visitou Max Harrison.

— Você tem notícias da Delaney? — ele perguntou, entrando no escritório do advogado.

Max olhou para ele e levou um tempo antes de responder.

— Ela me ligou ontem.

— Onde ela está?

Novamente ele levou um tempo para responder.

— Acho que vai descobrir em breve. Ela saiu da cidade.

As palavras o atingiram como um soco no peito.

— Merda. — Nick afundou numa cadeira e esfregou seu queixo. — Para onde ela foi?

— Ela não disse.

— Como assim, ela não disse? — Ele bateu na própria perna. — Você disse que ela ligou.

— Ela ligou. Ligou para me dizer que vai sair da cidade e que ia descumprir o testamento. Ela não disse por que ou para onde ia. Eu perguntei, mas ela não quis me falar. Acho que ela pensou que eu ia contar para a mãe antes que ela estivesse pronta para dizer para Gwen. — Max inclinou a cabeça para o lado. — Isso significa que você recebe a parte de Delaney. Parabéns, em junho você ganhará tudo.

Nick meneou a cabeça e riu sem ver a menor graça. Sem Delaney, não havia nada. Ele não tinha nada. Ele olhou para o advogado de Henry e disse:

— Delaney e eu tivemos uma relação sexual antes de ela sair da cidade. Diga a Frank Stuart e vocês dois façam o que tiverem que fazer para garantir que ela receba a propriedade de Silver Creek e da Praia Angel.

Max parecia enojado e cansado dessa confusão toda. Nick sabia como ele se sentia.

Duas semanas depois da visita a Max, ele ainda não tinha ouvido uma palavra. Ele havia atormentado Gwen e Max Harrison, e ele havia ligado para o antigo salão em que Delaney havia trabalhado em Scottsdale. Eles não ouviam falar dela desde que pediu demissão, em junho. Nick estava ficando louco. Ele não sabia onde mais procurar. Ele não suspeitava que deveria ter procurado dentro da própria família.

— Eu ouvi dizer que Delaney Shaw está trabalhando em Boise — Louie mencionou enquanto tomava uma colherada de sopa.

Nick ficou paralisado e olhou para seu irmão. Ele, Louie e Sophie estavam sentados na mesa de jantar da casa da mãe almoçando.

— Onde você ouviu isso?

— Lisa. Ela me disse que Delaney está trabalhando no salão da prima dela, Ali.

Nick soltou a colher vagarosamente.

— Há quanto tempo você sabe disso?

— Há poucos dias.

— E você não me contou?

Louie encolheu os ombros.

— Achei que não quisesse saber.

Nick ficou parado. Ele não conseguia decidir se abraçava o irmão ou dava um soco na sua cabeça.

— Você sabe que eu queria saber.

— Talvez eu tenha pensado que você precisava se recompor antes de encontrá-la novamente.

— Por que o Nick iria querer ver aquela garota? — Benita perguntou. — A melhor coisa que ela fez foi sair da cidade. A coisa certa finalmente foi feita.

— A coisa certa seria Henry aceitar a responsabilidade dele há muito tempo atrás. Mas ele não tinha interesse em mim até que foi tarde demais.

— Se não fosse por aquela garota e a mãe dela, ele teria tentado te dar de tudo anos atrás.

— E macacos poderiam sair voando do traseiro dele — Sophie disse enquanto pegava o sal e a pimenta —, mas eu duvido disso.

Louie levantou uma sobrancelha desconfiada enquanto Nick ria.

— Sophie — Benita arfou. — Onde você ouviu esse linguajar?

Havia diversos lugares, começando com o pai e o tio e terminando com a televisão. A resposta dela surpreendeu Nick.

— Delaney.

— Viu só! — Benita levantou-se e foi em direção a Nick. — Aquela garota não presta. Fique longe dela.

— Vai ser um pouco difícil, já que vou para Boise encontrá-la. Eu a amo, e vou implorar para que ela se case comigo.

Benita parou e levou a mão ao pescoço como se Nick a estivesse enforcando.

— Você sempre disse que queria me ver feliz. Delaney me faz feliz, e eu não vou mais viver sem ela. Vou fazer o que for necessário para trazê-la de volta para a minha vida. — Ele parou e olhou para a expressão de choque da mãe. — Se não consegue ficar feliz por mim, então se afaste até você conseguir pelo menos fingir que está feliz.

Delaney detestava ter que admitir, e provavelmente não o diria em voz alta, mas ela sentia falta de fazer ondas com as mãos. Na verdade, ela sentia falta de Wannetta. Mas era mais do que sentir falta de uma senhora barulhenta. Ela sentia falta de morar em Truly. Sentia falta de morar em um lugar onde as pessoas a conheciam, e onde ela conhecia quase todo mundo.

Ela tirou o grampo do avental e o colocou sobre a mesa de trabalho. Em ambos os lados, estilistas de cabelo cortavam e escovavam no salão de alta classe no centro de Boise. O salão de Ali estava localizado em um depósito renovado e era todo estiloso e novo. O tipo de salão em que ela sempre amou trabalhar, mas era diferente agora. Não era dela.

Ela pegou uma vassoura e varreu o cabelo do último cliente. Nos últimos dez anos tinha vivido em lugares onde não havia passado, histórias, amigas que passaram pela agonia do ensino fundamental e médio com ela. Ela morou em quatro estados, sempre procurando por algo vago, pelo lugar perfeito para criar raízes. A vida dela tinha completado um ciclo, e era irônico que ela tivesse achado o lugar perfeito exatamente na cidade que abandonou. Ela se sentiu como Dorothy em *O Mágico de Oz*, com a diferença de que ela jamais poderia voltar para casa. Agora não.

Boise era uma boa cidade e tinha muito a oferecer. Mas não tinha um Papai Noel travesti ou paradas todos os feriados. Não tinha o mesmo pulso e batimento cardíaco que uma cidade pequena.

Não tinha Nick.

Ela terminou de varrer os cabelos e formar uma pilha, depois pegou uma pá de lixo. Não ter Nick na mesma cidade deveria fazê-la se sentir melhor. Não fazia. Ela o amava e sabia que sempre o amaria. Ela queria poder seguir com a vida e se esquecer de Nick Allegrezza, mas não conseguia nem se obrigar a sair do estado. Ela o amava, mas não podia viver perto dele. Nem mesmo por 3 milhões de dólares. A decisão de partir não foi tão difícil. Não tinha como ela viver pelos próximos cinco meses vendo Nick com outras mulheres. Nem por todo o dinheiro do mundo.

A campainha acima da porta tocou assim que Delaney jogou os cabelos no lixo. Ela ouviu várias mulheres suspirando nas outras cabines de trabalho e o barulho de botas.

— Posso te ajudar?

— Obrigado — disse uma voz muito familiar. — Encontrei o que estava procurando.

Ela olhou e viu Nick a pouca distância dela.

— O que você quer?

— Quero falar com você.

Ele havia cortado o cabelo. Um cacho de cabelo escuro tocava a sobrancelha. Ele a deixava sem ar.

— Estou ocupada.

— Me dá cinco minutos.

— Eu tenho escolha? — ela perguntou, esperando que ele dissesse que não, para que ela então pudesse mandá-lo pro inferno.

Ele transferiu o peso de um pé para outro e colocou as mãos nos bolsos da frente do *jeans*.

— Sim.

A resposta dele a assustou, e ela se virou para Ali, que trabalhava próxima.

— Volto em cinco minutos — ela disse, e foi em direção à porta. Com Nick logo atrás dela, ela foi para o *hall* e parou ao lado de um orelhão.

— Você tem cinco minutos.

Ela se encostou na parede e cruzou os braços.

— Por que saiu da cidade com tanta pressa?

Ela olhou para seus saltos plataforma de camurça. Ela os comprou para se sentir melhor, mas eles não ajudaram.

— Precisava ir embora.

— Por quê? Você queria muito todo aquele dinheiro.

— Evidentemente eu precisava sair de lá mais do que precisava do dinheiro.

— Eu falei para Max sobre você e eu. A Praia Angel e Silver Creek são suas agora.

Ela se segurou, tentando se manter. Ela não podia acreditar que eles estavam falando sobre uma propriedade estúpida com a qual ela não se importava.

— Por que você falou para ele?

— Não me parecia certo herdar tudo.

— Foi isso que você veio me dizer?

— Não. Eu vim te dizer que eu sei que te magoei e sinto muito.

Ela fechou os olhos.

— Não me importa. — Ela disse por que não queria se importar. — Eu disse que te amava e você chamou a Gail para ir até sua casa para transar com ela.

— Eu não liguei para ela. Ela apenas apareceu e nós não transamos.

— Eu vi o que estava acontecendo.

— Nada aconteceu. Nada jamais vai acontecer. Você viu o que eu queria que você visse, que pensasse o que eu queria que você pensasse.

Ela olhou para ele.

— Por quê?

Ele respirou profundamente.

— Por que eu te amo.

— Isso não tem graça.

— Eu sei. Eu nunca amei nenhuma outra mulher além de você.

Ela não acreditava nele. Ela não acreditava nele e não quis pôr seu coração em risco. Doeu demais quando ele partiu o coração dela.

— Não, você ama me confundir e me deixar maluca. Você não me ama de verdade. Você não sabe o que é o amor.

— Sim, acho que sim. — As sobrancelhas dele se abaixaram e ele deu um passo em direção a ela. — Eu te amei minha vida inteira, Delaney. Não consigo me lembrar de um dia que eu não tenha te amado. Te amei no dia que praticamente te nocauteei com uma bola de neve. Te amei quando furei seus pneus para te acompanhar até em casa. Te amei quando vi você se escondendo atrás dos óculos de sol no Value Rite, e te amei quando você amou aquele perdedor, filho da puta, do Tommy Markham. Nunca me esqueci do cheiro do seu cabelo ou da textura da sua pele desde a noite em que te deitei no capô do meu carro na Praia Angel. Então não me diga que eu não te amo. Não me diga — a voz dele estremeceu e ele apontou o dedo para ela. — Só não me diga isso.

A visão dela ficou embaçada e os dedos dela apertaram com força os próprios braços. Ela não queria acreditar nele, mas ao mesmo tempo queria acreditar mais do que viver. Ela queria se jogar nos seus braços tanto quanto queria dar um soco nele.

— Isso é tão típico. Assim que me convenci de que é um grande idiota, você me faz pensar que não. — Uma lágrima escorreu nos olhos dela e ela a secou. — Mas você realmente é um idiota, Nick. Você partiu meu coração e agora acha que pode vir aqui e dizer que me ama e eu devo esquecer tudo? — Ela parou antes de perder o controle e se debulhar em lágrimas.

Nick abraçou-a e a trouxe para perto do seu peito. Ela não sabia disso, mas ele não planejava deixá-la ir embora. Agora não. Nem nunca.

— Eu sei. Eu sei que fui um idiota e não tenho uma boa desculpa. Mas tocar você e te amar, e saber que você planejava me deixar, me deixou louco. Depois que fizemos amor pela segunda vez, eu comecei a pensar que talvez você fosse decidir ficar comigo. Eu comecei a pensar em você e eu acordando todos os dias juntos para o resto da nossa vida. Eu até pensei sobre filhos e fazer algumas daquelas aulas de respiração quando você engravidasse. Talvez comprar uma daquelas minivans. Mas, depois Gwen veio para casa, e você disse que ia embora, eu achei que estava fantasiando novamente. Eu estava com medo de que você realmente fosse embora, então fiz você ir embora mais cedo. Eu simplesmente não imaginava que você iria embora. — De dentro das dobras da jaqueta de couro, ela fungava, porém não respondia. Ela não havia dito a ele que o amava e ele morria por dentro. — Por favor, diga algo.

— Uma minivan? Eu tenho cara que sou do tipo que gosta de minivan?

Não era exatamente o que ele esperava, mas não era mau sinal também. Ela ainda não o tinha mandado pro inferno.

— Eu compro para você o que quiser se disser que me ama.

Ela olhou para ele. Os olhos dela estavam úmidos e a maquiagem escorreu.

— Você não precisa me subornar. Eu te amo tanto que não posso pensar em mais nada.

Ele ficou aliviado e fechou os olhos.

— Graças a Deus, eu estava com medo de que fosse me odiar para sempre.

— Não, esse sempre foi o meu problema. Nunca fui capaz de te odiar pelo tanto de tempo que eu deveria — ela disse em um suspiro e passou os dedos pelo cabelo curto dele. — Por que cortou o cabelo?

— Você me disse uma vez que eu deveria cortar. — Ele secou as lágrimas do rosto. — Achei que poderia me ajudar a te conquistar.

— Ficou ótimo.

— Você é ótima. — Ele a beijou gentilmente, sentindo o gosto de seus lábios. A língua dele entrou na boca dela e a tocou com uma carícia leve para distraí-la enquanto pegava sua mão esquerda e colocava um anel de diamantes de três quilates no dedo anelar.

Ela puxou a mão e observou.

— Você podia ter pedido.

— E correr o risco de você dizer que não? Nunca.

Delaney balançou a cabeça e olhou para ele.

— Não vou dizer que não.

Ele respirou profundamente.

— Quer casar comigo?

— Sim. — Ela abraçou o pescoço dele e o beijou. — Agora me leva para casa.

— Não sei onde você mora.

— Não. Quero dizer Truly. Me leva para casa.

— Tem certeza? — ele perguntou, sabendo que não a merecia ou a felicidade que carregava no peito, mas a aceitando. — Nós podemos morar onde você quiser. Posso transferir meu negócio de volta para Boise, se quiser.

— Quero ir para casa. Com você.

Ele se afastou o suficiente para olhar nos olhos dela.

— O que posso dar a você que possa se comparar com o que você me deu?

— Apenas me ame.

— Isso é fácil demais.

Ela meneou a cabeça.

— Não é, não. Você viu como eu acordo de manhã. — Ela pousou a mão esquerda no peito dele e analisou o anel. — O que eu posso te dar? Eu ganho um cara bonitão que continua bonitão de manhã, e ganha uma ótima aliança. O que você ganhou?

— A única coisa que eu queria. — Ele a abraçou apertado e sorriu. — Eu ganhei você, minha gata.

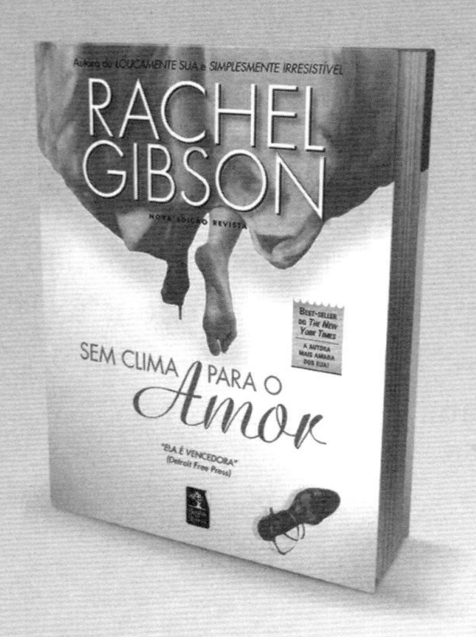
Autora de LOUCAMENTE SUA e SIMPLESMENTE IRRESISTÍVEL
RACHEL GIBSON
Best-seller do The New York Times
A autora mais amada dos EUA!
SEM CLIMA PARA O Amor
"ELA É VENCEDORA"
(Detroit Free Press)

GANHADORA DO PRÊMIO GOLDEN HEART
RACHEL GIBSON
Loucamente SUA
Best-seller do The New York Times
A autora mais amada dos EUA!

GANHADORA DO PRÊMIO GOLDEN HEART
RACHEL GIBSON
Maluca por VOCÊ
Best-seller do The New York Times
A autora mais amada dos EUA!

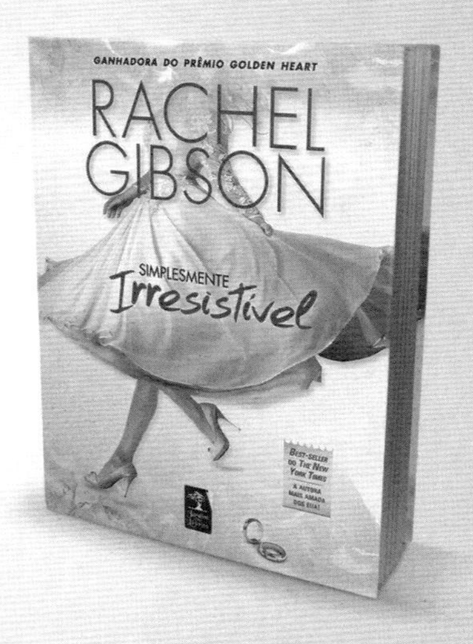
GANHADORA DO PRÊMIO GOLDEN HEART
RACHEL GIBSON
SIMPLESMENTE Irresistível
Best-seller do The New York Times
A autora mais amada dos EUA!

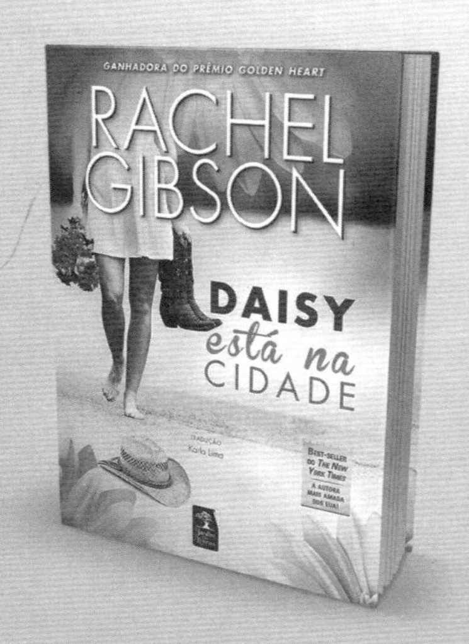
GANHADORA DO PRÊMIO GOLDEN HEART
RACHEL GIBSON
DAISY está na CIDADE
Best-seller do The New York Times
A autora mais amada dos EUA!

GANHADORA DO PRÊMIO GOLDEN HEART
RACHEL GIBSON
SALVE-
-me
Best-seller do The New York Times
A autora mais amada dos EUA!